Gustav Freytag

Marcus König

Die Ahnen Band 4

Gustav Freytag: Marcus König. Die Ahnen Band 4

Erstdruck: Leipzig (Hirzel) 1876

Neuausgabe
Herausgegeben von Karl-Maria Guth
Berlin 2016

Der Text dieser Ausgabe folgt:
Gustav Freytag: Die Ahnen. Roman, München: Droemersche Verlagsanstalt, 1953.

Die Paginierung obiger Ausgabe wird hier als Marginalie zeilengenau mitgeführt.

Umschlaggestaltung von Thomas Schultz-Overhage unter Verwendung des Bildes: Lucas Cranach der Ältere, Albrecht von Brandenburg, 1527

Gesetzt aus der Minion Pro, 11 pt

ISBN 978-3-8430-9101-5

Druck: Libri Plureos GmbH, Friedensallee 273, 22763 Hamburg

Die Deutsche Nationalbibliothek verzeichnet diese Publikation in der Deutschen Nationalbibliografie; detaillierte bibliografische Daten sind im Internet über www.dnb.de abrufbar.

Verlag: Henricus - Edition Deutsche Klassik GmbH
Mörchinger Str. 33, 14169 Berlin, info@henricus-verlag.de

Inhalt

Im Jahre 1519

Im Preußenlande ging die Herrschaft des kalten Winters zu Ende. Noch lastete auf Flur und Wald der Schnee, und über dem Wasser der Weichsel starrte geborsten und in riesige Schollen zusammengeschoben die Eisdecke. Aber ein lauer Westwind, der erste Vorbote des Frühlings, hatte zur Fastnacht mit neuem flockigem Weiß die mißfarbige Landschaft überzogen. Der leichte Flaum der Wolken deckte die kahlen Stellen der Heide, welche der Nordsturm gefegt, er verbarg die Fährten der Wölfe und die Stapfen der Raubvögel, die Gleise der Schlitten und die braunen Steige, welche der Fuß des Menschen gedrückt hatte. Jedes Turmdach und jeder Vorsprung der Häuser, die Kiefer im Walde und der Wacholder am Moor waren geschmückt mit glitzernden Kappen.

Am Ufer des Stromes lagen die Altstadt und Neustadt, welche den Namen Thorn führten und einem Rate gehorchten, noch durch Mauern voneinander geschieden und durch Tore, welche in der Nacht verschlossen wurden; nach außen aber gegen die Landschaft eine einige Burg mit vielen stolzen Türmen, von drei Seiten von einem breiten Graben umgeben; an der vierten wälzte sich unter der Eisdecke das wilde Weichselwasser. Ungern ertrug es die lange Brücke, welche die Bürger erst vor kurzem gezimmert hatten, damit ihnen der Verkehr nach Polen bequemer sei.

Dreihundert Jahre hatte dies feste Feldlager deutscher Arbeiter an der Slawengrenze bestanden, zuerst war es von Holz gewesen, dann hatten die Ansiedler sich eine Mauerbrüstung aus gebranntem Steine errichtet. Als Eroberer waren die ersten Burgmannen an den Heidenstrand gezogen, als Herren fühlten sich die Nachkommen noch jetzt zwischen Slawen und deutschen Edelleuten. Klugen Sinn im Rat und harte Faust zur Tat rühmte man an ihnen überall im Lande, doch wurden sie auch herrisch gescholten und eigennützig, aber sie behaupteten ihren hohen Mut unter lauernden Gegnern und offenen Feinden. Und wenn die Stadt aus ihrem Artushofe die Söhne alter Geschlechter zur Landesmusterung sandte, so trug der Fähnrich ein Banner von rotem Tuch, worauf ein Salamander zwischen Flammen gemalt war, mit der stolzen Umschrift: ›Ich werde dauern.‹ Saßen die Männer von Thorn auch nicht in der größten Stadt des Weichsellandes – denn Danzig an der See war mächtiger geworden –, sie freuten sich doch des Vorrechts der ältesten, ihre Bürgermeister führten den Vorsitz im gemeinsamen Rat der Städte, als Glieder der

Hansa waren sie heimisch auf den Kontoren von Lübeck und Brügge und übten Herrenrechte an dem Strand von Schonen, wo das Stadtzeichen über den Lagerhäusern ihrer Fischer befestigt war.

Sie waren Deutsche geblieben und sahen mit geheimer Verachtung auf die polnische Unordnung jenseits der Weichsel, aber über ihrer Stadt schwebte gebietend der weiße Adler der Polen. Denn zur Zeit der Großväter hatte sich das ganze Weichselland von Thorn bis zur See gegen den verdorbenen Deutschen Orden empört und der Krone Polen untergestellt, weitab im Osten lag das verkleinerte Ordensland wie eine Insel zwischen dem Meere und dem slawischen Gebiet. Auch diesen Landrest sollte der Hochmeister nur als Vasall der Krone Polen regieren, und da der junge Herr Albrecht von Brandenburg, welcher jetzt auf dem Hochmeisterstuhle saß, die Lehnshuldigung noch nicht geleistet hatte, so wurde er in den Städten des polnischen Preußens mit Argwohn und Haß betrachtet. Denn überall zürnte und spottete man über den Verfall des Ordens, und die Bürger wurden nicht müde, arge Geschichten von Druck, Freveltat und nichtswürdiger Schwäche der alten Kreuzritter zu erzählen. Auch die weltklugen Männer, welche in dem Rate von Thorn saßen, haßten den Gedanken an eine Rückkehr der tyrannischen Ordensherrschaft und dachten feindselig an ihre Landsleute im Ordensland. Sie hofften für sich und ihre Stadt aus dem großen Polenreiche ein fröhliches Aufblühen, sie verstanden trefflich, sich von dem Könige als Belohnung ihrer Treue wertvolle Vorrechte zu erhandeln und sie wunderten sich zuweilen, daß ihrer Stadt ein völliges Gedeihen doch nicht wiederkehren wollte. So glichen sie Matrosen, welche sich beim Schiffbruch gegen den schlechten Schiffsmeister empört und auf einem Boot an das Land gerettet haben; und sie sahen hinüber nach dem verlassenen Schiff und auf die bedrängten Maate, welche bei dem Meister zurückgeblieben waren, in einem finsteren Groll, der vielleicht verstärkt wurde durch geheime Mahnung des Gewissens.

Wer aber heut die Gassen der Stadt betrat, der merkte nicht, daß die Bürger durch schwere Händel und Kriegsgefahr bedrängt wurden. Es war Wochenmarkt in der Fastnacht, das lustigste Frühlingsfest der Stadt. Durch die klare Luft klang das Morgengeläut der kleinen und großen Glocken, jede der metallenen Stimmen redete vertraulich dem Stadtsohne zum Herzen, denn in jeder vernahm er den Gruß eines Schutzheiligen der Stadt, und jede hatte hohe Stunden seines eigenen Lebens geweiht. Vor allem erhob den ehernen Gesang das schöne Geläut der Heiligen Jungfrau, welcher die erste Rede gebührte, da sie für die himmlische Gebieterin des ganzen Preußenlandes galt, wie im Wettstreit antworteten aus der Neustadt der große Jakob und die scharfe Stimme der Dominikaner von St. Nikolaus, gleich darauf folgten mit schnellem Schwunge und hellem Gebimmel alle kleinen Bethäuser und Kapellen. Aber am liebsten lauschten die Bürger in der Altstadt auf den Ruf der Pfarrkirche von St. Johannes, und sie hatten die Absicht, dort eine neue Riesenglocke aufzuhängen, welche zu allem Gesange der Luft den Baß hallen und die Ehre der Stadt in der Landschaft vermehren sollte. Denn weit über die Dörfer und Wälder, den Strom entlang und nach Polen hinein drang der Morgengruß der großen deutschen Burg, und das raublustige Gesindel, welches mit den Wölfen und Füchsen bei Nacht über die preußische Heide trabte, wandte sich mißvergnügt von dem Klange ab nach seinen wilden Schlupflöchern.

Als die ersten Festgenossen des Tages schwärmten die Kinder aus den Häusern, sie wateten lustig im weichen Schnee und sprangen im Reigen, viele mit Flittern und künstlichen Blumen aus buntem Papier geschmückt. Auch die Bürger beeilten sich, auf dem Markt und in den breiten Straßen Bänke aufzustellen und die Waren auszulegen; wer keinen Stand behauptete, der brachte doch seine Arbeit in den Hausflur oder hing sie an seine Tür, damit sie den Fremden gefalle. Denn auf allen Straßen zog das Landvolk der Stadt zu, die Bauern der Umgegend in ihren Korbwagen, die Junker mit ihren Knechten auf behenden Rossen, die gewöhnt waren, sich durch Kiefergebüsch und über das Moos der Sümpfe zu winden. Auch die Polen kamen über die lange Brücke in lodigen Schafpelzen auf kleinen struppigen Pferden; viele lagerten außerhalb der Mauern am Ufer wie ein Kriegshaufe bei rauchenden Feuern, und sie luden von ihren Karren ab, was sie zum Tausch gegen städtische Waren angefahren hatten: Honig, Wachs und Felle.

Zunächst nach den Glocken erhob der ehrbare Rat seine mahnende Stimme. Der erste Diener, gefolgt von zwei Hellebardieren, schritt vom Rathaus über den Markt und rief an den Ecken den strengen Frieden der Stadt aus: »Der Rat gebietet euch von Gottes wegen und von der Stadt wegen, verbricht jemand mit Worten, so gehe es ihm an seine Habe, verbricht er mit Werken, so gehe es ihm an seinen Hals.« Und jedesmal folgte den Worten ehrfürchtige Stille, darauf ein unterdrücktes Gemurmel.

Gleich darauf erklangen Trommeln und Pfeifen aus allen Stadtvierteln, Frauen und Mädchen traten in die Haustüren und blickten neugierig aus den Fenstern, denn die Viertel trugen heut nach altem Brauch ihre Fahnen

vor das Rathaus, damit einer der Herren Bürgermeister das Fahnentuch
mustere und den Trägern von Rats wegen eine Verehrung zuteile. Zu
gleicher Zeit kamen aus beiden Städten die Fähnriche, begleitet von einem
Zug Bewaffneter, herangezogen. Sobald der Fähnrich des Viertels, welches
das Altthorner hieß, von der Heiligengeiststraße her den Markt betrat,
hielt er vor einem Eckhause, das unter den ansehnlichen Steinbauten des
Marktes als ein Überrest aus alter Zeit stand. Der Unterstock war dicke
Mauer, die an der Straßenecke kreisförmig geschwungen war, gleich einem
Festungsturme, darüber erhob sich ein hölzerner Giebelbau aus starken
Balken, welche in jedem höheren Stockwerk über die unteren vorsprangen;
das Holzwerk war geschwärzt durch Sonnenbrand und Wintersturm vieler
Jahre. Eine gepflasterte Einfahrt mit hochgewölbtem Tor und im Giebel
eine Luke, aus welcher an einem Kranbalken das Seil herabhing, ließen
erkennen, daß das Haus einem Kaufherrn gehörte. Der Fähnrich sah
scharf nach den Fenstern, entfaltete das blau und weiße Tuch der Fahne
und streckte sich, um seine Kunst zu zeigen. Da öffnete sich die Tür, und
auf die obere Stufe der Steintreppe trat ein Mann in der Tracht eines
wohlhabenden Bürgers, den Hut auf dem Haupte, eine goldene Kette am
Halse, über dem Hausgewande einen schönen Pelz, um den Leib einen
breiten Gürtel, der mit Golde reich verziert war. Stolz stand er da, trotz
seiner hohen Jahre ein kräftiger Mann, mit hagerem Antlitz von strengem
Ausdruck und mit dunkeln Augen, denen die starken Augenbrauen einen
düsteren Ausdruck gaben; dahinter ein Jüngling, dem Alten sehr ungleich,
mit rundlichem Gesicht und lachendem Munde. Als der Fähnrich die
beiden erblickte, hob er sich wie zum Tanz, senkte grüßend die Fahne
und ließ das Tuch in kunstvollen Wellen durch die Luft sausen, endlich
sprang er gar selbst über den Fahnenstock, und die Fahne stand erhebend
aufrecht, so daß die Falten derselben ihn wie ein Mantel umhüllten. Dem
Gruß antwortete der Mann auf der Schwelle, indem er seinen Hut abnahm
und das Haupt ein wenig neigte, während der Jüngling dem Fähnrich
vertraulich zuwinkte. Darauf traten die beiden zurück, die Tür schloß sich
und kein neugieriges Gesicht erschien an den Fenstern, als hätte das Haus
nur mit Herablassung die Ehre angenommen, welche ihm die Bürger erwiesen.

Unter den Leuten, welche den Fahnenzug begleiteten, ging ein Fremder;
an dem langen Pelzrock, der Mütze mit einer Reiherfeder und dem
krummen Säbel erkannten die Bürger einen polnischen Gast. Dieser
wandte sich zu seinem Begleiter, dem Schreiber des Rates, und sagte

spöttisch, auf die Haustür deutend: »Eure Stadt hat stolze Bürgermeister, mein Herr Seifried, es wird ihnen mühsam, das Haupt zu neigen.«

»Es war der reiche Marcus König, der dort heraustrat und verschwand wie das Männchen in der Uhr«, versetzte der Schreiber und verzog sein breites Gesicht; »er ist weder Bürgermeister noch Ratmann, doch rechnet 726 er sich zu den Herren von edlem Blut, welche im Artushofe auf der Georgenbank sitzen.«

»So ist er ein Kriegsherr der Stadt?«

»Er ist auch nicht Hauptmann; das Fahnenschwenken vor seinem Hause dauert nur als alte Gewohnheit, und er bezahlt die Ehre dem Fähnrich jedes Neujahr mit einer Kanne Wein. Es geht die Sage, daß sein Haus noch von den Alten herstammt, die sich zuerst gegen die Heiden hier anbauten. Auch die Farben der Fahne sollen von seinem Geschlechte gegeben sein. Jetzt nährt der unnütze Brauch nur den Hochmut. Doch dünkt mich, daß Herr Marcus stolzer ist auf sein Geld als auf sein Wappen. Fragt nur Euren Großkanzler, er kennt sicher den Preis des Goldstoffes, welcher hier in dem Kaufhause zu finden ist.«

»Ihr sagt recht, Herr Stadtschreiber, daß es unser Geld ist, welches die Bürger von Thorn stolz macht«, versetzte der Pole lachend. »Wir Edelleute in unsern Palästen trösten uns damit, daß auch ein fester Kasten springt, wenn man mit der Axt darauf schlägt.«

»Laßt Eure Edelleute doch zuerst dafür sorgen, daß ihre Paläste ein festeres Dach erhalten als Euer Stroh. Wer die Kisten der Thorner begehrt, mag sich selbst vor den Brandkugeln hüten, welche unsere Bürger in die Raubnester der Edelleute schießen«, entgegnete der Stadtschreiber.

»Wir sind gute Brüder«, beruhigte der Pole, »und Federn im Schwanz desselben Adlers. Kommt, Bruder Stadtschreiber, und weist mir den Kram, den Eure Städter heut auslegen.«

Allmählich füllten sich die Straßen, zwischen geschäftigen Bürgern und Landleuten trieben einzelne Vermummte umher. Vor den Häusern stimmte ein Haufe Lehrlinge kräftigen Gesang an um Wecken und Würste, sie hatten die Gesichter durch Ofenruß geschwärzt und machten eine närrische Musik mit mißtönenden Instrumenten, mit Kuhhörnern, großen Trichtern und mit Pfannen, welche durch einen Kochlöffel geschlagen wurden; der Vorsänger hielt eine riesige Gabel in der Hand und spießte auf, was die Leute ihm darreichten. Wer nur wenig auf sich zu wenden vermochte, lief in der Jacke eines Bauern oder im Kittel eines Fuhrmanns oder band sich ein Strohseil um das Knie, zur Andeutung, daß er einen

Landmann vorstelle. Sogar die Verkäufer hinter ihren Tischen gaben der Festzeit die Ehre, indem sie ihre Pelze umdrehten, so daß die Haare nach außen starrten, oder ein Band mit tönenden Schellen um das Handgelenk befestigten.

Bei einem Krämer an der Marktecke war jetzt der regste Verkehr. Dieser hatte an der Tür den lockenden Schmuck des Tages ausgehängt. Narrenkappen mit langen Zipfeln, breite Bänder mit Schellen für Knie und Arme, auch Larven für solche, welche ihr Gesicht nicht gern unter der Narrenmütze zeigen wollten. Wer nicht kaufen konnte, erhielt wohl auch geliehen, wenn er sicher war, und gab am Abend zurück, was er nicht verdorben hatte. Da das Haus einen Ausgang nach der Hintergasse hatte, so schritt mancher ernsthaft durch die Vordertür und sprang als Bär oder Stocknarr hinten heraus, nachdem er auf der hohen Düngerstätte des Hofes sein neues Wesen durch einige Sprünge eingeübt hatte. Wie die Sonne höher stieg, wurden die Vermummten dreister und beschwerlicher, als Mönche und Nonnen kamen sie paarweise mit wilden Gebärden, tanzend, Schelmlieder singend und bereit, jedermann zu umarmen. Noch unleidlicher waren die grauen Brüder, welche große Säcke mit Asche trugen und oft hineingriffen, am liebsten, wenn ihnen eine wohlgeschmückte Person aufstieß, der sie Kleider und Gesicht bestäuben konnten. Auch zierliche Gestalten sah man in rotem Hut mit Hahnenfeder, um den ein Schleier gewunden war, über der Haustracht ein buntes Hemd mit seidenen Nähten. Jeder, der sich als Maske betrachtete, arbeitete eifrig in seinem erwählten Berufe, der Bär im Pelz tanzte unermüdlich, das Kuhhorn blies, der Aschenmann stäubte, bis irgendein auffallender Narrenstreich und ein helles Gelächter dies geschäftliche Treiben unterbrach. Am meisten geplagt waren die Landleute, zumal die Polen, deren Schafpelze beliebt waren, um darauf schwarze und graue Streifen zu ziehen. Aber obwohl sie das wußten, freuten sie sich doch nicht weniger als die andern über das wilde Treiben, mancher vorsichtige Landmann polsterte sich seinen Rücken mit Werg, um durch die Schläge der Lederkolben und Pritschen weniger belästigt zu werden, und sie brachten sogar ihre Frauen mit, welche den Anfechtungen durch die Narren mit starken Ellenbogen zu widerstehen wußten. Eng zusammengeschart saßen die Bäuerlein um die Häuser, in denen Bier und Met geschenkt wurde, und boten ihren Nachbarn den Trunk, bis sie einander umarmten und küßten, oder bis ihnen das Herz aufging gegen die Frauen und Mädchen, dann brach die ganze Vetterschaft auf zu den Tischen, an denen der Schmuck für die Weiblein zu kaufen war: Ringe mit Glassteinen, Spangen, Rosenkränze und zierliche Kramtaschen. Dort feilschten sie mit dem Krämer, wehrten die Narren ab und blickten begehrlich auf die ausgelegten Schätze und mit erstauntem Grinsen auf die wunderlichen Masken der Bürger und auf das tolle Gebaren in der Stadt, die sonst so ernsthaft war.

Am Kirchhof von St. Johannes hatte Hannus, der Buchführer, seinen Tisch aufgeschlagen, einige gebundene Bücher lagen darauf und viele leichte Büchlein, wie sie das Volk gern kaufte, Kalender und Prognostika, in denen aus dem Stand der Gestirne die Fruchtbarkeit des Jahres und das Schicksal der Könige prophezeit wurden. Manche klagten über die Lügen der Kalenderschreiber, doch bedächtige Leute wußten, daß zwar die Vorhersagung nicht sicher war, aber die ganze Wissenschaft keineswegs verächtlich. Liebevoll behütete der kleine Hannus seine Waren: »Rühre mit deinen geteerten Fingern nicht an, was du doch nicht kaufst«, rief er, als ein Bäuerlein neugierig nach einem Blatte griff, auf welchem Sonne und Mond freundlich auf ein Totengerippe mit Sense herabsahen. »Es ist etwas Neues gekommen von Straßburg, Meister Schwertfeger, über die Kunst, Eisen zu härten«, empfahl er, ein Büchlein in die Höhe haltend, »die besten Rezepte und verborgenen Geheimnisse Eures Handwerks werden darin offenbart. Seid willkommen, hochgelehrter Herr«, begrüßte er einen ernsten Mann, welcher vorbeiging, »Ihr fragtet neulich nach dem Carmen des ruhmvollen Eobanus Hessus Poeta, welches betitelt ist: Beschreibung des Preußenlandes, es war nicht auf Lager, jetzt aber ist es mir zugegangen.«

Trotz der eifrigen Empfehlungen blieb der Stand in den ersten Morgenstunden wenig beachtet, und Hannus sah zuweilen abfällig hinüber nach dem umdrängten Tisch zur Linken, auf welchem bunte Bänder verkauft wurden, und nach dem Haufen, welcher sich an seiner Rechten um Kuchen und Pfeffergebäck sammelte. Aber nach und nach erhielt auch er Zuspruch, so daß, wer später in die Nähe kam, sich über die ansehnlichen Männer um den Tisch wunderte und ebenfalls herantrat. Doch hatte es mit den neuen Kunden eigene Bewandtnis. Hannus wählte sie sich gewissermaßen unter den Vorbeigehenden aus, indem er, wie in geheimem Einverständnis, mit dem Finger winkte, dann trat der Geladene hinter den Tisch, Hannus sprach leise mit ihm und wies ihm ein und das andere Büchlein, welches der Bevorzugte still in seiner Tasche barg, worauf er unweigerlich den Beutel zog. Dabei spähte der Buchführer vorsichtig umher. »Bonum matutinum, domine«, rief er einem Fremden zu, der mit einer verhüllten

Frau langsam über den Markt schritt und an seiner Tracht und der Neugier, mit welcher er sich umsah, leicht als ausländisch erkannt wurde.

Der Fremde lächelte und steuerte mit entschlossenem Schritt dem Tische zu, gleich dem Schiffe, welches nach unsicherem Kreuzen die Einfahrt zum Hafen gefunden hat; ein kleiner Mann mit hagerem Gesicht und zwei lebhaften Augen, die durch zahllose Falten eingefaßt waren, er griff an die Mütze und antwortete mit heller Stimme, der man anhörte, daß sie gewohnt war zu befehlen: »Salve domine bibliopola.« Dabei versenkte er beide Hände in die Taschen seines Gewandes und suchte nach etwas, sah forschend unter sich auf den Boden, griff in andere Taschen und suchte wieder, bis eine Frauenstimme neben ihm mahnte: »Herr Vater, den Brief habt Ihr in die Ledertasche gesteckt.«

»Ganz recht«, bestätigte der Fremde und holte ein zusammengefaltetes Papier heraus. »Wenn ich in Euch, wie ich annehme, den fürsichtigen Hannus Buchführer begrüße, so nehmt dieses Schreiben Eures ansehnlichen Geschäftsfreundes aus Danzig.«

Hannus las und warf dabei prüfende Blicke auf die Fremden. »Seid willkommen in Thorn, wohlgelehrter Herr Magister Fabricius, ich empfehle mich Eurer Gunst zu guter Kundschaft. Und dies ist des Herrn Magisters Frau Liebste?« Da aber die Begleiterin des Fremden errötend den Kopf schüttelte, so sah der Händler wieder in den Brief und verbesserte sich: »Doch nein, es ist die Tochter, Jungfer Anna«, und er sprach heuchlerische Worte von einer Ähnlichkeit mit dem Vater. »Kann ich mit meinem Vorrat dienen? Hier das Neueste von Erasmus Roterdamus.«

Der Magister griff danach, doch das Buch haltend, sprach er ehrlich: »Wenn jemand eine weite Reise gemacht hat, so ist bei ihm die Lust zu kaufen vielleicht größer als das Vermögen.«

»Das tut nichts«, tröstete der Thorner wohlwollend, »mir ist ja bekannt, daß Ihr als neuer Rektor hiesiger lateinischer Schule von ansehnlichen Männern erwartet werdet. Was Ihr nicht kauft, seht Ihr Euch an.« Der Magister war sogleich in das Lesen einer lateinischen Vorrede vertieft. »Vielleicht gefällt es der Jungfer Anna, unterdes hier die Bilder zu betrachten«, riet Hannus der vergessenen Tochter, welche unruhig auf den Vater sah, und bot ihr ritterlich die Meerfei Melusine. Während er so für die Fremden sorgte, steigerte sich seine Teilnahme an ihrem Wohlbefinden, und er unterbrach den lesenden Magister, beugte sich über den Tisch und sprach leise: »Oder begehrt Ihr etwas von Wittenberg?«

»Mönchsgezänk«, versetzte der Magister, aber er legte doch den Erasmus auf den Tisch und fragte: »Wo?« und beide senkten die Nasen und sahen einander über die Brillengläser bedeutsam an. Hannus zog unter einer Decke kleine Büchlein hervor. »Sie sind alle von demselben Manne, von dem die Leute jetzt überall reden.«

»Diese sind deutsch«, rief der Magister verwundert: »Sermon von Ablaß und Gnade. Und was haben wir hier: Ohne Ablaß von Rom kann man wohl selig werden.«

»Es sind lauter Bibelsprüche, mit denen das bewiesen wird«, erklärte der Buchführer leise.

Die Augen des Magisters glänzten, er fuhr mit dem Büchlein schnell in die Tasche – die Tochter stieß ihn an –, »doch ich vergesse wieder«, entschuldigte er, den Fund herausziehend.

»Behaltet die Bogen«, ersuchte Hannus wohlwollend, »das Geld ist gut angelegt, denn Ihr werdet mich dafür bei vorkommender Gelegenheit gebührlich empfehlen.«

»Ich bleibe dafür in Eurer Schuld«, versetzte der Gelehrte mit Würde.

Unterdes betrachtete Jungfer Anna nicht ohne Störung die Holzschnitte ihres Buches. Sie hatte Aufsehen erregt, vielleicht wegen ihres anmutigen Gesichtes, vielleicht weil sie einen Beduinenmantel trug, welcher in Thorn bei ehrbarn Jungfrauen nicht gebräuchlich war, denn sie vernahm plötzlich neben sich die dreisten Worte eines fremden Mannes: »Was guckt Ihr in Gedrucktes, Ihr hübsches Fräulein; hört lieber auf die Rede eines Edelmanns, wenn er Euch sagt, daß Ihr selbst schöner anzusehen seid als die Weibsstücke, welche in diesem Buche abgebildet sind.« Anna sah neben sich den Schnauzbart des Polen, welcher in das Buch und auf sie starrte. Errötend wandte sie sich ab und faßte den Magister am Arm: »Herr Vater, gehen wir.«

Aber als der Magister sich zu der Verabschiedung rüstete, raunte Hannus: »Bergt die Bücher, dort schleicht ein Dominikaner herzu, es ist Pater Gregorius, der heftige Mann.« Er schob mit schneller Handbewegung eine Decke über die aufgelegte Ware und neigte sich vor dem Mönch, welchen der Beduinenmantel der Jungfrau und die weiße Feder auf der Mütze des Polen herangelockt hatten, damit er seine Gewalt erweise. Der Mönch sah unter der gerollten Krempe seines Hutes finster auf den Händler herab: »Ich sorge, Meister Hannus, Ihr bewahrt vieles in Eurem Kram, was die Seelen guter Leute zu Schaden bringen mag.«

»Ihr kennt ja mein Geschäft seit lange«, versetzte der Buchführer, »wenn Ihr mir auch selten Eure Kundschaft vergönnt. Wir armen Laien kaufen und verkaufen, was die Drucker von neuer Ware zusenden, uns fehlt die Zeit, um alles selbst zu lesen; auch haben wir nicht Witz genug, um zu verstehen, was den ehrwürdigen Vätern lieb oder leid ist.«

»Der Rat sollte Euch strenger auf die Finger sehen«, fuhr der Mönch tadelnd fort, »denn wie mir scheint, gleitet allerlei durch Eure Hände, was Euch einmal da Angst bereiten wird, wo Ihr Erbarmen nötig habt.«

»Ich halte auf reine Wäsche«, entgegnete Hannus gereizt, »erst gestern habe ich das Geld zu Eurem Tische getragen und meinen Zettel gelöst. Ist mir in meinem Geschäft zuweilen ein unrichtiges Buch durch die Hände geschlüpft, so habe ich diese Sünde durch richtiges Geld bei den Heiligen wettgemacht. Ihr selber wißt, daß ich Ablaß für alles habe.«

»Dennoch rate ich Euch, daß Ihr Euch vor der Versuchung wahrt; denn der böse Feind ist mächtig geworden unter solchen, welche Bücher schreiben, und zu der Rotte des Reuchlin und Erasmus gesellen sich jetzt andere Übeltäter, welche ärger sind als jene«, und er schlug im Eifer mit der Faust auf den Tisch.

Der Pole hörte ergötzt dem Eifer des Mönches zu. »Recht, ehrwürdiger Vater«, ermunterte er, »alles Gedruckte ist Unsinn.«

Diese törichten Reden der Dunkelmänner vermochte der Magister nicht geduldig anzuhören, er wandte sich mit herber Miene, um ihnen Bescheid zu sagen. Da aber erhob sich ein helles Geschrei, die Marktleute stoben vor einem fernen Schrecken auseinander, Weiber und Kinder rannten den Häusern zu und das Volk schrie: »Die Teufel kommen.« Anna drückte sich ängstlich an den Arm des Vaters. Ach, sie glich heut dem Schwan Hangan mit goldenen Federn, von dem die Thorner eine alte Geschichte wußten, wer ihn berührte, blieb an ihm hängen. Auch an die Jungfer heftete sich der Pole, an diesen der Mönch und an den Mönch leider viele Teufel.

In der weiten Gasse, welche durch den Schrecken des Volkes geöffnet wurde, sprang etwa ein Dutzend wilder Gestalten heran in roten Kamisolen und engen schwarzen Hosen, vor den Gesichtern braune und schwarze Teufelslarven mit großen Hauzähnen, zwischen denen eine Zunge von rotem Tuch heraushing, die Häupter durch schwarze Ziegenfelle verhüllt, aus denen die Hörner ragten, in den Händen schwenkten sie Lederkolben und rasselnde Schweinsblasen. Der gute Stoff ihrer höllischen Gewänder und der kecke Übermut, mit welchem sie auf die Menge schlugen, ließen wohl erkennen, daß sie gewöhnt waren, sich als Herren in den Straßen der Stadt zu fühlen, aber die Leute vergaßen vor den greulichen Gestalten, daß heut Fastnacht und daß diese Maske in Thorn nicht ungewöhnlich war. Viele empfanden ein Entsetzen, als wenn Luzifer mit seinem Gesinde leibhaftig aus dem Abgrund aufgestiegen wäre, vollends die Landleute, welche zum erstenmal die Schreckbilder sahen, verfielen in Not und Angst, mehr als einer kniete nieder, und die Weiber auf den Karren schrien zum Himmel, rangen die Hände oder bargen die Gesichter in Stroh, je nach ihrer Gemütsart. Als Hannus den Aufstand und das Drängen des Volkes sah, warf er behend die wertvollsten Bücher in den Kasten. Doch daß er so eifrig seinen Tisch räumte, gedieh ihm nicht zum Heil. Denn als die Teufel herankamen, erkannte einer den geleerten Tisch und schwang sich hinauf; ein kleiner dienender Satan, der mit zwei Widderhörnern auf dem Kopfe und einem großen Kuhschwanz am Hinterteil sehr bösartig aussah und während des Laufes zuweilen Kobolz geschossen hatte, brüllte im nächsten Augenblick den Buchführer so grimmig an, daß auch dieser erschrocken zurückfuhr, ergriff den Schemel, auf dem Hannus auszuruhen pflegte, und hob ihn auf den Tisch als Thron des Oberteufels. Dieser setzte sich darauf und rief, seinen Kolben schwingend, mit hohler Stimme über den Platz: »Wohl her, wohl her, mein teuflisches Heer, aus Sümpfen und Moor, aus Brüchen und Rohr.« Und auf den Dominikaner weisend, fuhr er fort: »Hier haben wir Mönch und Nonne beieinander, das Sprichwort sagt wahr, daß die Heiligen nicht einzeln wandern, sondern zu zweien; ist das zweite nicht ein Männlein, so ist es ein Fräulein; heran, meine Teufel, ehrt die Frommen durch einen Tanz. Denn auch wir gehören zur Kirche, überall, wo die heiligen Väter sich ein Haus errichten, bauen sie dem Teufel daneben eine Kapelle. Sa, sa, rund um.« Der Mönch und der Pole, der Magister und seine Tochter wurden, bevor sie sich's versahen, von den Teufeln in einen Kreis gezogen und mit wildem Tanze umringt. Das Mädchen barg entsetzt über den Anblick und empört über die Schmach in der fremden Stadt das Gesicht in ihren Händen, der Magister starrte durch seine Brille erstaunt auf die unerhörte Gesellschaft, der Pole fluchte und der Mönch begann einen zornigen Verweis, aber die Worte wurden übertönt durch den lauten Gesang der tanzenden Teufel: »Luzifer auf deinem Höllensitz, rivo, rivo, rivo; einst warst du ein Engel von gutem Witz, jetzt bist du greulich und gar nichts nütz, pfu Deubel, pfu Deubel.« Der Mönch, übermannt von Zorn, ballte die Faust, um sich tatkräftig der Andringenden zu wehren, welche mit ihren Schweinsblasen seinen Rücken

732

zu treffen suchten, aber der kleine Satan mit dem Kuhschwanz sprang ihm wie ein Bock gegen die Beine, so daß der würdige Herr stolperte und sich auf den Boden niedersetzte. Da erhob sich unter dem zuschauenden Volk ein wildes Gelächter, in dem die geheime Abneigung laut wurde. Doch die Teufel wichen zurück. »Ihr seid ungeschickt«, rief der Oberteufel, »daß ihr unsern lieben Vater an den Boden setzt, helft ihm säuberlich auf und entlaßt ihn aus unserer Mitte, denn ich hoffe, er und wir bleiben gute Freunde.« Der Mönch erhob drohend den Arm und entwich aus dem Kreise.

»Wer aber ist der polnische Hahn, der so wild in unserm Ringe kräht?« fuhr der Anführer fort und sprang vom Tische dem Polen entgegen. Doch in demselben Augenblick blitzte ein geschwungener Säbel in der Luft und traf seine Larve; die festen Hörner minderten die Wucht des Hiebes, aber die Larve klaffte und glitt vom Haupte, und ein gerötetes Jünglingsgesicht wurde sichtbar, dem das Blut von der Stirne rann. Ein lauter Schrei erscholl, die Umstehenden riefen einen wohlbekannten Namen, und gleich darauf erhob sich der zornige Ruf: »Greift den Polen, er hat den Frieden der Stadt gebrochen.« Eine Anzahl fester Fäuste packte den widerstrebenden Fremden und riß ihn zur Seite. Der Teufel hatte im Nu seine Larve wieder befestigt und schrie: »Führt jeden zur Hölle, der die Rechte der Kinder von Thorn kränkt, heran, meine Gesellen, erhebt noch einmal den Gesang. Zwei Gefangene sind uns geblieben und der eine gleicht einem Gelehrten.« Er wies auf den Magister, welcher den Arm um seine Tochter geschlungen hatte und schrie: »Latine loquamur, ut vir doctus gaudium habet.«

»Nicht habet, sondern habeat, du höllischer Abcschütz«, rief ihm der Gelehrte unwillig entgegen. Doch ungerührt durch den Verweis fuhr Luzifer fort: »Schwand auch der Mönch, die Nonne blieb«, und dabei legte er den Arm um die Kappe der Jungfrau, aber er stand wie versteinert, als er ein verblichenes junges Antlitz sah, die verstörten Mienen und den entsetzten Blick, und er rief zurücktretend und die Hand hebend: »Diese gehören nicht zu uns, hinweg, ihr Gesellen.« Mit großen Sprüngen fuhr er an die Spitze des Schwarms und schwang sich mit ihm durch die Haufen in die nächste Gasse, die gehobenen Kolben fielen auf die Rücken der Landleute, und das Gelächter der Zuschauer begleitete die Unholde, bis Geschrei in der Ferne verriet, daß die Teufel wieder mit einem Gegner zusammengestoßen waren.

»Furor diabolicus«, rief der Magister, »blicke auf, mein Kind, sie sind fort, komm nach der Herberge.« Er vergaß den Scheidegruß an den Buchführer, welcher zerknitterte Bogen glättete, und verschwand mit seinem Kind in der Menge.

Am Nachmittage schlug der eiserne Klopfer stark an die Haustür des Marcus König, in dem Flur wurden Stimmen laut, Barbara, die alte Hausmagd, öffnete dem Ankommenden die Stubentür. Ein stattlicher Mann in höheren Jahren trat ein, das braune Haar mit Grau gemischt, in dem großen Antlitz runde, scharfblickende Augen; über dem langen, braunen Samtmantel trug er einen Kragen von Marderfell, an dem silberbeschlagenen Gürtel einen Degen in silberner Scheide. Er bewegte seinen gestickten Hut mit gemessenem Gruß gegen den Hausherrn und streckte ihm die Rechte entgegen. Mit langsamer Förmlichkeit ergriff der Wirt die gebotene Hand und lud den Gast auf einen großen Lederstuhl, den Ehrensitz. Er selbst rückte sich seinen Sitz gegenüber und winkte der harrenden Magd, welche eine Flasche und zwei kleine Silberbecher herzutrug und vor den Herren auf den Tisch setzte. Als sie die Tür geschlossen hatte, begann der Wirt, sein Glas hebend: »Dies bringe ich Euch zum Willkommen, namhafter Herr Bürgermeister Hutfeld.«

Der Gast antwortete ebenso bedächtig: »Ich denke in diesen Wänden an meine selige Schwester Martha, Eure Ehegattin, und gern würde ich vernehmen, daß Ihr mich wie sonst als Euren Schwager begrüßt.« Da Marcus schweigend das Haupt neigte, fuhr der Gast lebhafter fort: »Ich bedaure, Schwager Marcus, daß Ihr mir so fremd gegenübersitzt. Tragt nicht mir nach, wenn Euch vor kurzem eine Weigerung des Rates gekränkt hat. Ihr erbatet aus dem Zeughause zwei Feldschlangen für das feste Haus Eures Landguts, aber Ihr selbst wißt, daß nur den Ratmännern zuweilen Geschütz in ihre festen Häuser geliehen wird.«

»Ich weiß«, versetzte der Hausherr. »Die Bürger klagen zuweilen, daß die ehrbaren Herren vom Rat nur deshalb die Geschütze der Stadt auf ihre Landhäuser ziehen, um die Gastgelage, welche sie dort ausrichten, durch Freudenschüsse den Untertanen zu verkünden. Mir aber hatten, als ich die Herren durch meine Bitte beschwerte, fremde Wegelagerer eine Scheuer meiner Dorfleute ausgebrannt und mit fernerer Rache gedroht. Die wilde Reiterei ist gemein geworden im Lande, und darum meinte ich, der Stadt werde nicht gleichgültig sein, wenn das Gut ihrer Bürger zugrun-

734

de geht. Ich will fernerhin versuchen, mich selbst zu beraten; ich habe durch mein Leben gelernt, fremder Hilfe nicht zu trauen.«

»Wenige in der Stadt werden bezweifeln, daß Ihr in Ratschlag und Tat wohlbedacht seid. Doch verzeiht, Herr Schwager, wenn ich Euch in treuer Meinung sage, nicht immer frommt es dem Bürger, seine Meinung von denen seiner Nachbarn zu trennen, und leichter gewinnt man Gutes für sich selbst, wenn man sich gutherzig in andere schickt. Das Geschütz hättet Ihr erhalten, und ein Sitz im Rate würde Euch nicht fehlen, wenn Ihr williger der Stadt Eure günstige Gesinnung erweisen wolltet.«

Der Hausherr richtete sich in seinem Stuhle hoch auf: »Sprecht weiter, gebietender Herr Bürgermeister, Ihr habt zuviel gesagt, um aufzuhören.«

»Ich rede vertraulich, mein Schwager«, fuhr der andere fort. »Vielen fällt auf, daß Ihr in dieser Zeit, wo es sich um Gedeihen oder Untergang der Stadt handelt, in Rede und Tat so wenig Haß und Liebe erkennen laßt: und sie wissen darum nicht, ob sie Euch vertrauen dürfen oder nicht.«

»Ich bin gelehrt worden«, versetzte der Wirt, »daß dem Bürger ziemt, um das eigene Wohl zu sorgen, und daß ein ehrbarer Rat die Sorge um die Stadt als sein Vorrecht betrachtet.«

»Dem Rat aber vermöchte Eure Einsicht zu nützen. Ich weiß am besten, Schwager Marcus, wie hoch der Sinn des Mannes ist, mit welchem ich rede. Nie werde ich vergessen, daß ich meinen Wohlstand den Jahren verdanke, in denen ich als Euer Geselle Handelschaft trieb.«

»Vergeßt die alte Zeit, Herr Bürgermeister, und wenn Ihr redlich an mir handeln wollt, so müht Euch zu vergessen, was Ihr vielleicht von mir kennengelernt habt, als wir beide jünger waren. Ich bin alt geworden, es ist einsam in meinem Hause; ich denke, die Stadt kann mich leiden, wie ich bin, bis ich in der Marienkirche beigesetzt werde gleich anderen meines Geschlechts. Dann mag Euer Pate, mein Sohn Georg, versuchen, dem Rat besser zu gefallen.«

»Wenn ich unwillkommen zu Euch kam«, antwortete der Bürgermeister, gekränkt durch die Abweisung, »so kam ich um Eures Sohnes willen. Ein Haufe Vermummter in der unheiligen Tracht von Teufeln hat heut in den Gassen Ungebühr geübt, hinter der Larve ihres Anführers ist mein Pate Georg erkannt worden. Es geschieht nicht zum erstenmal, daß der Rat Ursache hat, auf ihn zu merken. Diesmal hat er der Kirche Ärgernis gegeben und ist auch mit dem Polen Pietrowski zusammengestoßen, welcher als Gesandter des Großkanzlers dem Rate am Herzen liegen muß.

Vielleicht gefällt es Euch, Herr Schwager, den Sohn auf einige Tage zu versenden, bis der ärgerliche Fall vergessen ist.«

»Hat der Knabe einen polnischen Abgesandten auf offener Straße gekränkt, so soll er auf offener Straße die Buße zahlen«, versetzte Marcus finster, »ich will nicht, daß um meines Blutes willen die Stadt in Ungelegenheiten gerate. Erlaubt, daß ich ihn in Eurer Gegenwart abhöre.« Er schritt zur Tür und rief nach seinem Sohne. Es verging einige Zeit, in welcher die Herren schweigend einander gegenübersaßen; endlich öffnete sich die Tür, und herein trat ein junger Gesell, hoch aufgeschossen, mit blondem Kraushaar und mit einem runden, rosigen Antlitz, in dem zwei schlaue Augen unruhig über die ernsten Gesichter der Herren fuhren; man sah dem Eintretenden die Verwirrung an, sein Wams war unordentlich genestelt und eine Seite der Stirn mit einem Pflaster gedeckt, aber um den Mund zuckte doch die Schelmerei, als er, sich verneigend, grüßte: »Guten Abend, Herr Vater, guten Abend, Herr Pate.«

»Wer hat dir die teuflische Fratze gemacht«, fragte der Vater streng, »in der du heut vor den Bauern getanzt hast?«

»Lorenz, der Läufer, hat sie von Danzig zugeführt.«

»Und wer hat dir das Geld dazu in die Hand gelegt?«

»Der Danziger wartet noch darauf, Herr Vater«, gestand Georg mit geringerer Zuversicht. »Da ist der Gewinn vom letzten Vogelschießen.«

»Der ist schon mehr als einmal in Rechnung gebracht«, unterbrach ihn der Vater. »Wer hat dich an der Stirn getroffen?«

»Der Säbel des Pan Pietrowski, aber er soll dafür bezahlen. Eisen um Eisen ist ein Thorner Sprichwort.«

»Schweig, du dreister Knabe. Ihr hört, Herr Bürgermeister, er hat bekannt, nehmt ihn und tut mit ihm nach Ermessen des ehrbaren Rats.«

Dem Bürgermeister war die kurze Bereitwilligkeit des Vaters nicht willkommen, und er fragte nach einer Weile: »Als der Fremde den Säbel zog, was hatten ihm die Vermummten angetan?«

»Sie hatten ihn umtanzt wie viele andere, die heut in fremder Tracht auf unsern Gassen wandeln. Das ist ein altes Recht der Fastnachtsteufel, wenn es den Fremden nicht gefällt, mögen sie draußen bleiben«, antwortete Georg trotzig.

»Haben Stadtleute gesehen, daß die Wunde geblutet hat?«

»Er hieb die Bänder der Larve durch und entblößte mein Gesicht, und einige schrien Gewalt, als das Blut rann.«

Hutfeld sah den Vater ernst an: »Dies mag das Recht des Polen mindern und dein Unrecht bessern. Euch, Herr Schwager, ersuche ich, diesen unterdes in Eurem Hause festzuhalten, wenn etwa der Rat ihn Euch abfordern läßt.« Er wandte sich zum Abgange.

»Darf ich noch etwas reden, lieber Herr Pate«, bat Georg demütig, und als Hutfeld nickte, fuhr er fort: »Mir wäre wirklich lieber, wenn statt meiner der Pietrowski verhaftet, verstrickt und eingesetzt würde. Denn nicht ich habe das Gesetz mit dem Säbel gebrochen, sondern er, und nicht er trägt die Schmarre, sondern ich, und deshalb kann mir nicht gefallen, daß ich in der Klausur sitzen soll, während er in der Schenke die Stiefel zusammenschlägt; zumal heut, wo alle Brüderlein lustig sind.«

»Du bist Sohn eines Hauswirts, er ist der Gast«, antwortete Hutfeld ernst. »Nicht immer trinken Wirt und Gast das gleiche Maß. Dir aber kann morgen vor dem Rate frommen, wenn du heut nicht im Artushofe beim Abendtanz gefunden wirst.« Er verließ grüßend das Zimmer. Der Wirt folgte ihm bis zur Haustür.

Als Marcus zurückkam, schritt er schweigend zu einem kleinen Wandschrank, hob ein Schlüsselbund heraus und gebot dem Sohne:

»Folge mir. Hole zuvor dein Gebetbuch, denn es wird dir heilsam sein, um den Himmel zu sorgen, nachdem du dich im Dienst der Hölle so lustig bemüht hast.«

Georg trug mit düsterer Miene ein kleines Buch herzu und folgte dem Vater die Treppe hinauf in den Oberstock. Dort hielt Marcus vor einer eisenbeschlagenen Tür und faltete, bevor er das Schloß öffnete, die Hand über dem Schlüssel. Der Sohn aber trat einen Schritt zurück, der stumme Trotz, mit welchem er die Einsperrung erwartete, schwand in unverhohlenem Schrecken. Denn das Gemach war, obwohl stattlich in der Mitte des Hauses nach dem Markte gelegen, doch bei den Hausgenossen und auch unter den Nachbarn übel beleumdet als Behausung eines polternden Geistes, welchen alte Leute als einen gepanzerten Mann geschaut hatten, andere aber als einen braunen Kobold. Georg hatte nur selten den Raum betreten, und gerad heut, wo er sein Gewissen ein wenig bedrängt fühlte, war ihm der Aufenthalt unheimlich, aber die Scheu vor dem Vater schloß ihm den Mund, und er preßte die Lippen zusammen. Die Tür knarrte in den Angeln, der Sohn trat auf die Schwelle, und sein Blick irrte in dem dämmrigen Raume umher. Es war ein Gewölbe mit dicken Mauern, durch die trüben Rauten des Fensters fiel ein Sonnenstrahl und zeichnete auf die Dielen ein Netzwerk aus mattem Gold, an den Wänden standen

Schränke und eiserne Kästen, auf einem Tisch hing am kleinen Ständer eine goldene Haube und anderer Schmuck, wie ihn die vornehmen Frauen zu Thorn trugen. Der Vater blieb vor einem großen Schrank stehen. »Tritt näher«, begann er feierlich, »du hast heut Heilloses getrieben in dem Übermut, den ich wohl an dir kenne und lange mit Nachsicht getragen habe, ich will dich zur Vorsicht und Bescheidenheit mahnen durch ein ernstes Beispiel.«

»Sagt mir vor allem, Herr Vater, ob Ihr selbst sehr böse seid wegen des Teufelskrams«, bat Georg.

»Daß mein Sohn in der unheiligen Maske als Narr vor den Bürgern gespielt hat, war für uns beide Unehre, und noch größer war die Torheit, daß er sein Gesicht sehen ließ.«

»Der Pole soll mir's bezahlen«, murmelte Georg.

»Was ist der Pole?« fragte der Vater, »der Diener eines Dieners. Wer seinen Zorn an kleinem Gesindlein verzettelt, gleicht dem Bussard, der nach Mäusen stößt.« Er öffnete die Schranktür. »Du warst oft begierig, in Blechkappe und Krebs eines Gewappneten zu reiten, weißt du mir zu sagen, wer einst diese Rüstung getragen hat?« In dem Schranke stand eine altertümliche Rüstung, graues Eisen mit Gold verziert, dabei ein hoher Schild mit dem Zeichen, welches in Thorn verhaßter war als irgend etwas anderes. Es war das schwarze Ordenskreuz, in dessen Mitte ein goldenes lag.

»Ein Weißmantel trug die Rüstung«, antwortete Georg, »und sehe ich recht, so war es ein Hochmeister des Ordens.«

»Es war ein Meister des Ordens«, bestätigte der Vater, »und er war von unserm Geschlecht. Vernimm, was von ihm die Chronik kündet. Herr Ludolf wurde zu seiner Zeit gerühmt als ein weiser und kriegstüchtiger Herr. Er führte ein großes Kreuzheer gegen die Heiden in Litauen, wohl-überlegt war der Kriegsplan, und er hoffte Ruhm für sich und Landgewinn für den Orden. Aber die große Hoffnung erwies sich als eitel, die Litauer wichen weit rückwärts in ihre Sümpfe, und während er mühsam durch die Wildnis nachzog, brachen andere Heerhaufen der Heiden in das preußische Land und verwüsteten erbärmlich Gut und Volk des Ordens. Als er auf die Trauerbotschaft umkehrte, verlief sich unzufrieden das Kreuzheer, und von allen Seiten erhoben sich Klagen gegen ihn selbst. Das Unglück des Landes fraß ihm am Herzen, so daß er in Trübsinn verfiel und in schwarzer Stunde mit dem Messer nach einem Ordensbruder stach. In seinem Gram über die Missetat entsagte er selbst einer Herrschaft.

Nach Jahren schwand die Wolke von seinem Geiste, und die Brüder, welche seinen Wert wohl kannten, wollten ihn wieder auf den Herrenstuhl setzen, er aber weigerte sich. Und als er von dieser Erde schied, umgeben von trauernden Brüdern und Männern unseres Geschlechts, da sprach er, wie die Sage meldet, eine schwere Besorgnis aus: Oft ist das Schicksal der Könige von Thorn gewesen, daß durch den Lauf der Welt vereitelt wurde, was sie redlich wollten, ihnen ist, wie ich fürchte, kein Glück auf Erden beschieden. Sorgt dafür, Kinder meines Geschlechtes, daß ihr im Himmel euch gute Fürbitter gewinnet. Was der Sterbende sprach, hat die folgende Zeit erfüllt. Einst saß unser Geschlecht ehrenvoll in den großen Städten und in der Landschaft, es sind wenige davon übriggeblieben, hier in Thorn sind wir beiden die letzten.« Er sah finster vor sich nieder.

Dem Sohn tat der Kummer des Hausherrn leid, und er versuchte gutherzig zu trösten: »Ach, Herr Vater, hätte der arme selige Vetter Hochmeister doch, bevor er schwermütig wurde, noch einmal auf die hinterlistigen Heiden losgeschlagen. Blieben sie stärker, so starb er im Felde mit leichtem Herzen. Und wegen seiner Prophezeiung grämt Euch nicht. Euch ist doch auch manches gelungen in Eurem Leben, und im Artushofe schweigen alle mit Achtung, wenn Ihr einmal das Wort ergreift. Waren die Alten trübselig, warum sollen wir's sein.«

»Du sprichst in kindischem Mut«, antwortete Marcus, »höre weiter. Du hast deinen Großvater nicht gekannt, auch von ihm bewahre ich ein Gewand.« Er öffnete die andere Hälfte des Schrankes, ein Büßerkleid hing darin. »In seiner Zeit war der Deutsche Orden schwach und hilflos, die Ordensherren verdorben durch Schwelgerei und Unzucht, wie sie in der Mehrzahl noch jetzt sind; hochmütig pochten sie auf ihren Adel, sie versagten uns alten Geschlechtsgenossen aus den Städten die Aufnahme in die Bruderschaft, weil wir Kaufmannschaft trieben und Bürger waren, und verteilten die Ämter des Ordens an fremde Abenteurer aus dem Reiche, die gewöhnt waren, von Raub zu leben, und die auch als Ordensritter gleich Räubern in unserm Lande hausten. Die Tyrannei wurde dem Lande unleidlich, zum Unheil war der Orden geworden, und ein Unheil war die Hilfe, welche das Land zur Zeit deiner Großväter dagegen fand. In offener Empörung kämpften Städte und Landschaft gegen den Orden, und sie, die sich Deutsche nannten, gaben ihr Geld und ihr Blut dafür, daß der Pole ihr Schutzherr wurde. Damals war im Lande alles feindlich geteilt, Brüder und Nachbarn in grimmigem Kampf gegeneinander. In unserer Stadt gab es viele, welche dem Hochmeister anhingen und die Stadt der deutschen Herrschaft bewahren wollten. Auch dein Großvater gehörte zu den Freunden des Ordens. Da ich ein kleiner Knabe war, wurde ich vor ein Gerüst geführt, das dort vor unserem Hause gezimmert war, und sah, wie die Häupter ansehnlicher Bürger in den Sand fielen. Zuletzt erkannte ich meinen Vater. Er ließ mich durch den Mönch, der neben ihm stand, auf das Gerüst heben, küßte mich, sah mich aus hohlen Augen an und sprach mir leise in das Ohr: ›Du wirst mich rächen, Marcus.‹ Seitdem sehe ich zuweilen am Boden das schwarze Blut, und ich höre, wenn ich allein bin, die heisere Mahnung in meinem Ohr.« Er hielt inne, auch der Sohn starrte bleich auf das blutgetränkte Gewand. Endlich fuhr Marcus fort: »Der Bruder meines Vaters, der mein Pate war, hielt zur polnischen Partei, er rettete mir das Erbe und erzog mich in Treue. Wundere dich nicht, Georg, daß dein Vater ein schweigsamer Mann geworden ist, nur kurz war das Glück, welches mir mit deiner lieben Mutter, der Schwester meines Spielgesellen Hutfeld, in das Haus geführt wurde, sie ging zu den Engeln und ließ dich mir zurück. – Ungern gieße ich den bittern Trank in den Becher deiner Jugend, aber der Tag ist gekommen, wo dein sorgloser Mut durch ernste Gedanken gebändigt werden soll. Erkenne, daß ich dich nicht wie einen ungezogenen Knaben behandle, und hüte dich, mir fernerhin zu mißfallen.«

Er wandte sich zum Gehen, Georg eilte ihm nach und sprach mit tränenden Augen: »Ich danke Euch, Herr Vater, für Eure Liebe und Euer Vertrauen und daß Ihr mich so gütig straft. Gefällt es Euch, Herr, so sagt mir noch eins, worum ich in Demut bitte: Ist's nach Eurem Wunsche, wenn ich mich für einen Deutschen halte gegen die Polen?«

Der Vater hielt an und antwortete mit Überwindung: »Ich denke, dir ist nicht not, darum zu sorgen. Du bist ein Sohn, der im Hause des Vaters lebt, und der Vater richtet dir den Willen. Zuerst gebietet dir der Vater, dann der Rat. Wirst du einst zum Ratmann der Stadt erkoren, dann erst darfst du deine eigenen Gedanken betätigen.«

Als Marcus die Tür verschlossen hatte, fragte Georg erstaunt: ›War dies mein Vater? Er sah höher aus als sonst, und so gewaltige Rede habe ich nie aus seinem Munde vernommen; er wäre wohl strenger gewesen, wenn er gewußt hätte, daß wir den Frauenbruder garstig vexiert haben.‹ Scheu blickte er durch die Dämmerung nach dem offenen Schrank, dessen Tiefen wie schwarze Schlünde gegen ihn gähnten. ›Vom Großvater hat mir oft die selige Tante erzählt, und meine Gesellen haben mir sonst sein Schicksal vorgeworfen. Jetzt wagt es keiner mehr. Dennoch ist es hart,

739

mit diesen Totengewändern eingesperrt zu sein.‹ Er drückte die Schrank-
türen zu, eilte an das Fenster und zog, bis es ihm gelang, zu öffnen. Dort
atmete er frische Winterluft, sah die heimziehenden Landleute, die geschäftigen Bürger, welche Tische und Kasten vom Markte in die Häuser trugen,
und hoch über den dunklen Schatten der Erde den lichten Abendhimmel;
da wurde ihm leichter zu Sinn. ›Also ich bin von dem Blute, dem Hochmeister entstammen? Ich grüße Euch, mein Kumpan, Herzog Albrecht
von Brandenburg! Der Vater trägt, wie ich merke, seinen Stolz in der
Tasche, ich wollte, er zeigte ihn auf dem Markte. Meine Ahnen haben als
die Vornehmsten dem Adel geboten, jetzt drängen wir uns mit den Jun-
kern vom Lande, wenn wir zufällig auf derselben Bank sitzen, und höhnen
einander in wilden Reden. Der lange Henner Ingersleben, der weder Gut
noch Geld hat und als Einlieger bei seinen Spießgesellen auf dem Lande
haust, weigert sich höhnisch, mit uns Stadtknaben im Ringelrennen zu
reiten und schalt uns Bürgerpack. Treffen wir uns auf der Heide, so ist
ausgemacht, daß wir einander schlagen, bis einer unter dem Pferde liegt.
Auch mit dem Polen und seiner Sippschaft hängt jetzt ein Handel, den
wir in Frieden schwerlich zu Ende bringen; aber Junker und Polen sollen
merken, daß wir Kinder von Thorn uns gegen sie zu behaupten wissen.‹
Drohend hob er die Faust, aber er sah gleich darauf wieder scheu in der
Stube umher. ›Als ich vor Jahren auf dem Danziger Schiff nach Schonen
fuhr, um unsere Heringstonnen heimzuholen, und der dänische Seeräuber
uns anlief, da sprang ich mit den andern auf sein Verdeck, obwohl ich
ein Knabe war, und der Schiffer Hendrik rühmte die Hiebe des Dussek,
den ich gegen die Dänen schwang.‹ Doch trotz dieser tapfern Reden hielt
er sich vorsichtig in der Nähe des Fensters. Draußen war es finster geworden, nur einzelne Tritte klangen auf den Straßen, in den Häusern glänzten
Lichter und flackernde Herdfeuer, um die Schänken summte das Geräusch
lustiger Gesellschaft, und vom Artushofe her klang die Tanzmusik. ›Die
Pfeifer hätten auch nicht nötig, so gellend zu locken, ich vernehme die
Ladung ohnedies. Ob Eva Eske wohl nach mir fragt? Ich denke, sie erwartet, daß ich mit ihr tanze. Wäre ich dort, ich hätte den Vortritt, weil ich
beim letzten Stechen das Beste gewonnen habe. Jetzt wird sich Vetter
Matz Hutfeld, die teige Bürgermeistersemmel, obenan auf das Brett
schieben. Matz stolperte neulich beim Tanze über mein ausgestrecktes
Bein und fiel hin, mich soll wundern, ob sein Vater trotzdem im Rate für
mich sprechen wird.‹ Auf der Straße sangen vorübergehende Gesellen ein
Liebeslied, Georg summte es leise mit. ›Ach, das fremde Mädchen hat ein

holdseliges Gesicht, und mich ärgert sehr, daß ich sie gekränkt habe, sie starrte mich an in Schreck und Scham, ich kann den Blick nicht vergessen; ich muß erfahren, wer sie ist und bei wem sie haust, ich möchte nicht, daß sie mich für ganz unbändig hielte. Vielleicht berede ich meine Genossen, daß sie ihr eine Nachtmusik bringen, dann spiele ich die Laute, und Lips Eske streicht das Bassettel.‹ Lange erfreute ihn dieser Gedanke, und er summte eine zierliche Weise, die zu dem Ständchen paßte. Auch als die Abendglocken läuteten und er das Gebetbuch in der Tasche fühlte, dachte er: das läuft niemals weg, und begann eine neue Melodie. Zuletzt aber fühlte er die Kälte und den Hunger, und auch die finstere Stube bereitete ihm Sorge. ›Der Herr Vater sitzt wohl im Artushofe bei seinem Trunke, und Barbara getraut sich nicht ohne seine Erlaubnis, Licht und Nachtkost zu bringen. Es ist zuweilen mühseliger, ein Sohn zu sein als ein Vater.‹

Da knarrte es leise längs der Hauswand, an dem Seile, welches aus der Giebelluke hing, glitt ein dunkles Bündel herab, und eine Stimme flüsterte vor dem Fenster: »Seid Ihr noch bei Leben und Gesundheit, Junker?«

»Bist du's, Dobise?«

»Niemand sonst. Wenn Ihr Euren Arm ausstreckt, könnt Ihr den meinen fassen und mich ans Fenster ziehen.«

Das tat Georg. Der Ankömmling, dessen Fuß in dem Haken des Seils haftete, klammerte sich an das Fensterbrett und blickte ängstlich in den Raum. »Was bringst du, Hausteufel?« fragte Georg.

»Nichts vom Teufel«, warnte der andere, »denn es ist Nacht, und die schwarzen Geister wandeln. Eure Gesellen grüßen Euch, sie ziehen nach dem Abendtanz in die Trinkstube zu Jan Rike, dort erwarten sie Euch. Haltet das Seil fest, Ihr könnt nach mir auf den Boden steigen und durch das Hinterhaus ins Freie. Schlagt den Haken an das Fenster, so findet Ihr Euch auf demselben Wege zurück, und kein Herr merkt Eure Fahrt.«

»Wo ist der Vater?«

»In seiner Kammer, die er nicht mehr verläßt.«

Georg dachte sehnsüchtig an die harrenden Genossen, aber er ermannte sich: »Ich bin hier verstrickt und darf nicht entweichen.«

»Bindet Euch ein Strick, so löst Euch der andere«, erinnerte Dobise, an dem Seil schüttelnd.

»Dennoch bleibe ich hier, man muß seinem Alten auch einmal etwas zu Gefallen tun. Den Gesellen sage, daß der Rat über uns ist; und hör, mahne heimlich die Magd, daß sie mir ein Licht und gute Kost zuträgt, denn es ist einsam im Finstern.«

»Ihr wollt doch die Nacht nicht allein bleiben mit den Unholden der Stube?«

»Willst du zu mir hereinkommen und bis zum Morgen hier weilen, so habe ich nichts dagegen«, versetzte Georg.

»Lieber wollte ich sterben«, raunte Dobise in ehrlichem Grauen und ließ das Fenster los, so daß er an dem Seile baumelte.

»So fahr dahin, du Narr.«

»Auf der Treppe will ich die Nacht sitzen um Euretwillen«, flüsterte der andere handelnd, »dafür bitte ich Euch, morgen um Silber bei den Pfaffen einen Zettel für mich zu kaufen. Denn sie sagen, daß die Teufel Macht über jeden erhalten, der ihren Rock anzieht, und da ich Euch zuliebe mit Kuhschwanz und Hörnern gesprungen bin, so hoffe ich, werdet Ihr Euch meiner Seele erbarmen. Alle vierzehn Nothelfer! Seht Ihr die feurigen Augen hinter Euch?«

Georg wandte sich erschrocken um. »Es ist die Goldhaube der Mutter«, sagte er beruhigt.

Dobise schwieg und sah spähend in den Raum.

Auf dem leeren Markt klangen Tritte, welche sich näherten. »Schnell, mach dich fort«, mahnte Georg und trat vom Fenster zurück. Im nächsten Augenblick vernahm er Gebrüll und einen Schreckensruf und sah den Dobise schleunigst am Seil nach der Höhe klimmen. Unten murmelte es leise, dann wurde alles still, der Nebel quoll in den Straßen, die roten Lichter, welche hier und da blinkten, schwanden eines nach dem andern, in der Ferne schlug dumpf die Uhr von St. Johannes, und zuweilen blies der Türmer die gewohnte Weise. Spät kam die alte Barbara, sie trug die Abendkost, eine Lampe, Strohsack und Decke. Georg antwortete ihrem bekümmerten Nachtsegen mit freundlichem Lachen, warf sich auf sein Lager am Boden und entschlief ruhig.

Der Vater aber in seiner Kammer wachte, er saß über ein Buch gebeugt, dessen Seiten er mit vielen Zeichen beschrieben hatte, zählte zusammen und rechnete. Die Zeichen und Zahlen des Buches, unverständlich für jeden andern, bedeuteten nicht Kaufmannsgüter und Summen seines irdischen Handelsgeschäftes, es war die Rechnung, die er als frommer Christ für das ewige Leben führte. Die frommen Bruderschaften standen darin, denen er angehörte, jede mit vielen Tausenden Paternoster und Ave-Marias, mit ganzen Rosenkränzen und anderen Hilfsmitteln zur Seligkeit, welche die Bruderschaft als gemeinsamen Schatz für ihre Mitglieder gut-gemacht hatte. Auch seine eigenen guten Werke waren darin verzeichnet, die frommen Spenden und Almosen, die er ausgeteilt, und die Bußübun-gen, denen er sich unterzogen. Seite auf Seite überschlug er und rechnete zusammen, am sorgfältigsten, was er der Mutter Gottes und seinem Schutzpatron, dem heiligen Johannes, zu Ehren erwiesen hatte, damit sie ihm ihre besondere Neigung zuwendeten. Es war eine große Summe von Gebeten und von guten Werken. »Wir flehen und opfern unablässig«, seufzte er endlich, »aber nimmer erfahren wir, wie hoch die Heiligen den Aufwand schätzen, den wir für sie gemacht, und wir müssen den Priestern vertrauen, wenn sie uns gute Vertröstung geben und bestätigen, daß un-sere Rechnung mit dem Himmel günstig für uns stehe. Ich bin ein alter Mann geworden über der Arbeit dieses Buches, aber den größten irdischen Wunsch, um den ich flehe, entbehre und opfere, haben die Heiligen nicht erhört.« Er barg das Buch in seinem Schrein und ging mit großen Schritten und gehobenem Haupte in der Kammer auf und ab, die Augen-brauen zogen sich finster zusammen, die Faust ballte sich, und wenn das Licht seine düstern Züge erleuchtete, sah er einem harten Kriegsmanne ähnlicher als einem friedlichen Kaufherrn.

Der Herr Magister

Marcus König galt für den reichsten Großhändler der Stadt, er war Herr eines Landgutes mit befestigtem Hause, er besaß Wälder, Wiesen und Mühlen nicht nur im Stadtgebiet, auch jenseit der Brücke in Polen, ihm gehörten mehrere Bordinge und Frachtkähne auf der Weichsel, und man wußte, daß er in Gesellschaft mit großen Kaufherren aus Danzig und Lübeck weit über die See handelte. Wer in sein Kontor, ›die Kammer‹, trat, erkannte, daß der Hausherr sich viel in der Welt versucht hatte; neben den Schränken mit Handelsbriefen und Warenproben hingen zwei halbe Rüstungen aus schwarzem Eisenblech, wie die Seefahrer im Kampfe zu tragen pflegten, darunter ein Feuerrohr, Piken und Enterbeile, an der Decke zusammengerollte Wimpel und Flaggen verschiedener Schiffe; in der Ecke lehnten gewaltige Wurfspeere, welche der Nordländer zum Streit gegen Seeungeheuer gebrauchte, und zwischen ihnen das riesige Horn eines Ungetüms. Auch das Marienbild, welches über dem Weihkessel an der Tür hing, war mit einem Rosenkranz von großen roten Korallen umgeben,

743

die nur im Südmeer erfischt wurden. Die oberen Stockwerke des Hauses, die Keller und die Speicher in dem langen Hof waren mit Kaufmannsgut gefüllt, dort lagerten Kupfer und Pelzwerk, Wachs und Honig der Ostländer, aber auch die köstlichen Waren, welche aus dem fernen Westen herzugefahren wurden, süßer Wein und Gewürz, teure Gewebe, Samt und goldgemusterte Stoffe aus Flandern und Genua. Dennoch war es ein stilles Haus und eine kleine Dienerschaft, mit welcher der reiche Mann seinen Handel betrieb. In der Kammer saß nur ein Gehilfe ihm gegenüber, Bernd Gusek, ein demütiger Mann, welcher ›der Lieger‹ hieß, weil er eigenen Anteil an vielen Geschäften hatte und das Vorrecht, gleich dem Herrn mit der Marke der Handlung zu zeichnen; er war wohlbekannt in allen Oststädten von Lemberg bis Danzig und galt unter den Polen soviel als der Herr selbst. Ein niedriger Seitentisch war für Georg aufgestellt, der als Gesell in der Handlung diente. Im Hofe und in den Speichern aber wirtschaftete mit einigen Packern der Hausknecht Dobise, ein Unfreier vom Gute des Hausherrn. Sonst wußten die Neugierigen weniger von dem reichen Marcus zu erzählen als von andern Brüdern des Artushofes. Denn er war nach dem Tode seiner Hausfrau viele Jahre auf Handelsfahrten in der Fremde gewesen, während seine unverheiratete Schwester ihm den einzigen Sohn erzog. Erst als die Schwester starb, war er heimgekehrt, ein ernster, schweigsamer Herr, der sich stolz hielt gegen die Bürger, aber auch unter den Brüdern des Artushofes, wo er von seinen Vorfahren her einen Ehrensitz an der vornehmsten Bank innehatte.

Am Tage nach dem Teufelstanz schrieb Marcus in der Kammer über Geschäftsbriefen, auch Georg, der seiner Haft entledigt war, saß mißvergnügt auf dem Schemel, als der Ratsbote eintrat und den Hausherrn mit seinem Sohne vor den Rat lud. Die alte Magd reichte dem Herrn klagend seinen Hut: »Das wird für Euch ein saurer Gang. Sonst, wenn Lischke, der Bote, in das Haus kam, hielt er gern bei der Küchentür an, er saß auf dem Schemel nieder und erwartete, daß ich ihm ein Glas Danziger zutrug, heute sah er feindselig um sich und wich vor dem Schemel zurück, wie ein Kater vor dem heißen Rost.«

Nicht nur der Diener war in Aufregung, auch die Herren des Rates saßen steif auf ihren Stühlen, und sogar der älteste Bürgermeister, Burggraf Friedewald, der allen ehrwürdig war mit seinem langen weißen Haar und dem freundlichen Antlitz, begann feierlicher als sonst: »Bevor der Rat Euren Sohn straft, Herr Kumpan, muß ich Euch vorhalten, daß heut Barthel Schneider mit seinem Gesellen eine Anzeige vor uns gebracht hat.

Als er gestern in später Abendstunde bei Eurem Hause vorbeiging, hat er nahe an Eurer Wand über sich in der Luft eine schwarze scheußliche Gestalt gesehen, die ihm als der leibhaftige Teufel kenntlich wurde. Diese Gestalt hat sich in der Luft überschlagen und gegen die redlichen Männer, den Schneider und seinen Gesellen, so greulich gebrüllt, daß beide entsetzt auseinanderfielen, bis sie auf dem Boden lagen. Von dort, sagt Barthel, habe er noch gesehen, daß der böse Geist an Eurem Hause in die Höhe flog, wobei sein Schwanz immer länger wurde, bis er endlich in Eurer Giebelluke verschwand. Der Geselle sagt aus, daß er ein unmenschliches Gelächter vernommen habe und daß obenerwähnter Schwanz, welcher gerade herabhing, am Ende gekrümmt gewesen sei wie bei einem Fleischer-hunde. Ungern teile ich Euch das mit, da Ihr als ruhiger und gottesfürch-tiger Mann bekannt seid, doch Euch selbst wird nicht verborgen bleiben, was viele meinen, daß der Frevelmut Eures Sohnes und sein Spiel mit dem Teufel dem Bösen Zugang in Euer Haus bereitet habe. Arges Gerücht aber verdirbt den besten Mann, und des Rats Verpflichtung ist unter an-derem auch, Beunruhigungen christlicher Seelen zu verhindern, deshalb werdet Ihr wohltun, unverzüglich die frommen Väter zu laden, damit sie dem Bösen Euer Haus verleiden, und werdet fortan Eure Hausgenossen in strenger Zucht halten, damit das Geräusch in der Stadt wieder gestillt werde und unsere und Eure Ehre im Lande nicht durch schädliches Ge-rücht gekränkt.«

Marcus warf einen forschenden Blick auf seinen Sohn, der betroffen an das Seil des Dobise dachte, und schwieg eine Weile, wie einem beschei-denen Manne schicklich war, wenn ihm Gewichtiges in das Ohr klang. Endlich begann er: »Ich bedanke mich bei dem ehrbaren Rat für die Vermahnung, und ich werde zur Stelle bei den ehrwürdigen Dominikanern um die Hilfe der Heiligen anhalten. Ich selbst habe in meiner Kammer, wo ich gerade besser als mit weltlichen Dingen beschäftigt war, einmal ein fernes Brummen vernommen und mich dabei beruhigt, daß es vom Markt herkomme. Gegen die Aussage des Barthel Schneider vermag ich nichts vorzubringen, er ist aus der Neustadt und deshalb geneigt, von unserer Altstadt Unfreundliches zu vermelden, und er ist zwar bekannt als ein redlicher Mann, aber nicht als ein herzhafter. Einen ehrbaren Rat bitte ich nur, wohlmeinend zu erwägen, daß der nächtliche Spuk nach Aussage nicht in meinem Hause sichtbar wurde, sondern außerhalb, und wenn er sich unter meinem Dach verloren haben soll, so mögen vielleicht die Erschrockenen dies nicht deutlich gesehen haben, zumal die Nacht

745

finster war.« Darauf wandte sich der Burggraf gegen Georg und strafte diesen stärker mit Worten: »Denn obwohl die Maske des Teufels in der Fastnacht von Thorn nicht unerhört ist, so bleibt sie immer bedenklich, vor anderen für junge Gesellen des Artushofes; und obwohl das Vexieren mit Schweinsblasen und Lederkolben ebenfalls gebräuchlich ist, so ist dabei doch billige Rücksicht zu nehmen auf fremde Gäste und zumeist auf heilige Männer. Beide aber sind durch den Narrentand gekränkt worden, und der Rat muß Euch, weil Ihr den Frieden der Stadt durch Wort und Gebärde geschädigt habt, zu einer starken Pön verurteilen, zumal uns allen wohlbewußt ist, daß Ihr nicht zum erstenmal wegen Ungebühr vor dem Rate steht. Da Ihr öfter gemahnt worden seid und doch nicht Ruhe haltet, so muß der Unwille der Stadt um so größer werden.«

»Hochgebietender Herr Burggraf«, antwortete Georg mit aufrichtigem Kummer: »Mich selbst verwundert sehr, daß gerade ich zuweilen das Unglück habe, einen Anstoß zu geben, denn ich möchte gern in Frieden leben. Wenn die anderen Vögel davonfliegen, an meinen Federn haftet das Pech, daß zuletzt der Bote des Rats seine Mütze über mich wirft.«

»Wollt Ihr damit sagen«, versetzte der Bürgermeister, »daß Ihr von anderen angestiftet seid, so mögt Ihr in diesem Fall vielleicht Eure Strafe mildern, wenn Ihr die Rädelsführer angebt.« Und als der alte Herr so sprach, zuckte trotz der strengen Worte doch ein Lächeln um seinen Mund. Georg errötete über die Zumutung: »Ihr wißt selbst, hochgebietender Herr, daß mir nicht ziemen würde, einen meiner Gesellen zu verraten oder gar das Urteil, welches gegen mich gefällt ist, andern an den Hals zu reden.«

Da Herr Friedewald dasselbe wußte und auch daran dachte, daß die andern Teufel zum Teil Söhne von Ratsherrn gewesen waren, so begnügte er sich zu sagen: »Wenn Euch der Rat nach dem Namen Eurer Kumpane fragen wollte, würdet Ihr ihm die Antwort nicht weigern, diesmal geht die Klage gegen Euch allein. Dagegen ist wieder dem Rate berichtet, daß ein Bäuerlein von den Stadtgütern mit einem eisernen Flegel gefährlich gegen Eure Genossen losgeschlagen und daß der fremde Pole Euch mit gezückter Waffe angefallen hat. Beide haben den Frieden der Stadt gebrochen, das Bäuerlein, welches uns angehört, wird nach Gebühr gerichtet werden, und gegen den Polen steht Euch selbst eine Klage zu wegen des Hiebes, welcher dem Vernehmen nach zweizöllig und blutig war.

746

Da der Pole als Gast der Stadt anwesend ist und sich als fremd zu unserm Brauch und Recht bekannt hat, so will der Rat ein übriges tun und Eure Strafe erlassen, wenn Ihr davon absehet, den Gast zu verklagen.«

»Ich denke, gebietende Herren«, versetzte Georg, »mein Recht mir selbst von dem Pietrowski da zu holen, wo der Friede der Stadt mir nicht die Waffe bindet.«

»Ich merke«, sagte Herr Friedewald strafend, »daß Ihr geringe Ursache habt, friedliche Gesinnung vor uns zu rühmen. Wahrt Euch auch auf fremdem Grunde vor Händeln und Rache, damit der Stadt nicht Euretwegen neue Sorge entstehe. Heut aber entnehme ich aus Euren Worten, daß Ihr der Klage entsagt. Fertigt die Vergleichung zu Papier, Stadtschreiber.«

Als Vater und Sohn das Ratszimmer verließen und der Vater schweigend mit gesenktem Haupt über den Markt schritt, dachte Georg reuig, daß er sehr zornig sein müsse, und der Kummer des Alten tat ihm von Herzen weh. Erst als sie vor ihrem Hause standen, sah Marcus nach der Höhe und sprach, seinen Sohn scharf anblickend: »Dort hängt der Haken mit dem Seil aus der Luke, sage dem Dobise, daß er ihn zur Stelle einzieht; ich gehe zu den Predigermönchen.«

»Herr Vater«, bat Georg, »warum wollt Ihr nicht bei unserem Pfarrer von St. Johannes Hilfe suchen, was kümmern uns die Mönche in der Neustadt.«

»Sie kümmern uns, weil sie gegenwärtig die Herrschaft unter den Geschorenen führen. Der Pfarrer von St. Johannes ist beargwöhnt als ein Unzufriedener.«

Kurze Zeit darauf bewegte sich ein heiliger Zug von der Neustadt über den Markt, zwei Predigermönche, vor ihnen die Knaben mit Lichtern, der Sakristan mit Wedel und Sprengkessel, ein junger Bruder mit dem großen Buche. An der Tür empfing der Hausherr die hilfreichen Gäste, die Knaben zündeten die Lichter an, welche der Wind ausgeblasen hatte, und die Mönche umschritten feierlich die versammelten Hausgenossen, sprachen die lateinischen Gebete und besprengten die Knienden mit dem Weihwasser, wobei Georg ohne Freude erkannte, daß der Zorn des Pater Gregorius ihm das ganze Gesicht mit dem Wedel bestrich. Als die Menschen notdürftig gegen die Einwirkungen des Satans geschützt waren, durchzogen die Brüder das Haus, forderten in jedem Raume den Bösen auf, zu entweichen, sprengten und räucherten jede Ecke. Der Demütigste von allen war Dobise, er hatte sich aus eigenem Triebe ein Wachslicht angezündet, das er mit gesenktem Haupt und gefalteten Händen vor sich hertrug, er murmelte das Ave-Maria, dessen er mächtig war, unablässig vor sich hin und benutzte jede Gelegenheit, sich auf die Knie zu werfen.

Als alles nach Gebühr vollendet war, führte der Hausherr die Brüder zur Wohnstube, wo bereits der Weinkrug mit den Bechern stand, er bedankte sich wieder ehrerbietig wegen Säuberung seines Hauses und empfahl sich und die Seinen dem Gebet der Mönche. »Und jetzt bitte ich, daß die ehrwürdigen Väter eine Stärkung nicht verschmähen.«

»Noch haben die Heiligen nicht die Sühne, welche sie sich begehren müssen nach der Kränkung, die einem Geweihten zugefügt wurde«, versetzte Pater Gregorius feindselig abweisend.

»Mein armer Sohn ist bereit, sich jeder Buße zu unterwerfen, welche Ihr ihm auferlegen werdet.«

»Wenn er an drei Festtagen vor dem andächtigen Volke büßend befunden wird, nicht auf den Stufen des Altars, sondern auf dem Fußboden, nicht auf seinen Knien, sondern ausgestreckt, und wenn er darauf gebührlich opfert, so mag die Kirche ihn seiner Sündenschuld erbarmend entledigen.«

Das Antlitz Georgs rötete sich und er ballte die Faust, aber der Vater hob die Hand, daß er schweige. »Wenn er auch tut, was Ihr frommen Väter ihm auferlegt, so weiß ich doch, daß Euer Gebet heilkräftiger für ihn sein wird als seine eigene Buße, und vor allem möchte ich Euren guten Willen erwerben. Deshalb flehe ich, daß Ihr als Zeichen günstiger Meinung nicht verschmäht, von diesem Sekt zu trinken, welcher das Beste meines Kellers ist.«

Pater Gregorius ergriff nachlässig den Wedel, sprengte um den Wein, wobei er sich hütete, Wassertropfen in den Trunk zu werfen, leerte vornehm das Glas und wandte sich dann im stillen Gebet vor das Muttergottesbild in der Nähe der Tür. Als Dobise, welcher dort unter den Knaben stand, die neue Andacht des großen Mannes sah, hielt er es für nützlich, ihm wieder zu leuchten, und warf sich mit seiner Kerze vor den Füßen des Mönches zu Boden. Unterdes nahm Marcus den anderen Bruder, der dem Wein volle Ehre erwiesen hatte, ans Fenster und sprach bekümmert: »Ich bitte Euch, ehrwürdiger Bruder, mir zu sagen, wie ich den guten Willen unseres Vaters gewinnen kann; gern würde ich ihm meine Verehrung erweisen, damit er des Mutwillens nicht mehr gedenkt und fortan mit treuer Gesinnung für mich und meinen Sohn zu bitten vermag. Denn hart ist die Buße, welche die Heiligen meinem armen Georg auferlegen wollen, und gern vermiede ich die Unehre.«

»Vielleicht«, versetzte der Mönch wohlwollend, »wenn Ihr ein ansehnliches Faß von demselben Wein an unserer Pforte abladen ließet, würde mein Bruder besseres Vertrauen gewinnen.«

»Ein ansehnliches Faß«, wiederholte Marcus erstaunt, »Ihr wißt, daß dieser Wein nur in kleinen Tonnen aus Welschland zu uns kommt. Doch bin ich bereit, gegen Abend zwei Legel nach St. Nikolaus zu schaffen, diese soll mein Knabe selbst überbringen.«

748

Der Mönch winkte mit einem Blick des Einverständnisses, und die frommen Brüder verließen das Haus im Zuge, nachdem sie die Hausbewohner gesegnet hatten.

Georg trat mit flammendem Blick vor den Vater. »Niemals unterwerfe ich mich der Buße des boshaften Mannes.«

»Wer länger gelebt hat als du, der erkennt, daß alles seinen Preis hat. Am kostbarsten aber ist der Zoll, den wir auf dem Wege in jenes Leben zu entrichten haben. Gibt jemand den Pfaffen ein Recht über sich, so darf er sich nicht wundern, wenn sie den Vorteil unmäßig benutzen. Denn die Geistlichen, wie sie auch sein mögen, haben die Macht, jedem in diesem und noch mehr in jenem Leben zu schaden oder zu nützen. Kein Kaiser und kein König vermag ohne ihre Hilfe und Fürbitte zu bestehen, und die von St. Nikolaus sind, obgleich schärfer als andere in Thorn, doch noch nicht so unersättlich als größere, und kluger Sinn vermag sie noch zu gewinnen. Und ich sage dir«, fuhr er befehlend fort, »du wirst dich vor ihnen demütigen, sie aber werden, wie ich hoffe, dir die öffentliche Unehre erlassen.«

Als Georg gegen Abend mit Dobise den Wein vor der Klosterpforte abgeladen hatte, senkte er, seinen Stolz mühsam bändigend, vor dem Pater das Haupt und bat mit höflichen Worten, die er sich mühsam überlegt hatte, um Verzeihung. Der finstere Blick des Paters glitt auf die Tönnlein herab und wurde etwas freundlicher, so daß er dem Sünder nur als stille Buße auflegte, an drei Tagen eine vorgeschriebene Anzahl von Gebeten vor jedem Altar der Klosterkirche zu sagen. Mit diesem Bescheid ging Georg mißmutig heim.

An einem der nächsten Tage saß Georg in der dunkeln Hinterstube des Hauses und berechnete die Unkosten, welche eine Kiste Samt und Brokat von Venedig bis zur Ankunft in Thorn verursachen würde. Die Arbeit rötete ihm die Wangen, und da er sich mehrmals in das Haar gefahren war, stand es ihm aufgeregt um den Kopf, er sah zuweilen auf ein Rechenbrett mit wunderlichen Zeichen und war unzufrieden mit dem

Schreiberohr, der Tinte und der schweren Rechnerei. Unvermerkt war der Vater herangetreten; als Georg das Rohr weglegte und tief aufatmete, ergriff er das Blatt und sah die Rechnung durch: »Samt und Brokat haben klein Gewicht, das konntest du wissen«, tadelte er, »auch hast du vergessen, daß die Herrschaft von Venedig dem deutschen Kontor beim Zoll zehn Prozent vom Werte der Ware nicht in Rechnung bringt. Die Berechnung über Augsburg ist richtig, der Danziger nimmt die Lagermiete nach dem Wert der Ware, sobald er die Kiste unter sein Dach bringt, und es ist deshalb unsere Sache, mit dem Bordschiff bei der Hand zu sein, damit wir vom Deck einladen.« Das Blatt weglegend, fuhr er fort: »Wie lange ist es her, seit du die lateinische Schule von St. Johannes verlassen hast?«

»Drei Jahre, Herr Vater, und ich mußte länger dort sitzen als ein anderer, ich war der größte Schüler, und die kleinen Schützen lachten, wenn ich einmal nicht Bescheid wußte«, versetzte Georg mit ehrlichem Abscheu.

»Ich habe mit Bürgermeister Hutfeld, deinem Paten, deinethalben gesprochen; einiges, was er mir sagte, vermag er mit guten Gründen zu stützen; jetzt sitzest du im Artushofe unter den jüngsten, ich denke, du hast den Willen, einen Ehrensitz zu erwerben.«

»Ich will der Stadt keine Schande machen, Herr Vater.«

Marcus nickte. »Es kommt eine neue Zeit, und wer jetzt über das Wohl der Stadt verhandeln will mit den Polen oder auch fern im Reiche, der muß des Lateinischen mehr mächtig sein, als du bist. Gern hätte ich dich an die Oder nach Frankfurt geschickt, damit du dort bei den Juristen das Recht lerntest. Aber die Handlung konnte dich nicht entbehren. Noch andere Knaben aus dem Artushofe sind in derselben Lage, daß die Väter sie im Hause nicht ganz missen wollen. Darum haben einige von uns vereinbart, euch dem neuen Magister der Johannesschule in der Art zu übergeben, daß ihr gesondert von den andern in Stil und lateinischer Kanzlei belehrt werdet. Es wird dem Magister sowohl durch Geld als auch durch Getreide gutgemacht werden.«

Georg vernahm bekümmert diesen Befehl, aber im nächsten Augenblick erhellte sich sein Gesicht, und mit größerer Freudigkeit, als der Vater erwartet hatte, antwortete er: »Ich bin willig, Herr.«

Am Nachmittage saß Konrad Hutfeld wieder seinem Schwager gegenüber, diesmal in besserem Einvernehmen; beide in der Absicht, den geladenen Magister zum lateinischen Lehrer ihrer Söhne zu werben. Der Gelehrte wurde eingeführt und begrüßte geziemend die beiden. »Hochansehnlicher Kaufherr und Wirt, namhafter Herr Bürgermeister, es geschieht auf Grund einer Aufforderung, daß ich hier eindringe. Gern bin ich bereit, zu vernehmen, womit ich meinen günstigen Herren zu dienen vermag. Sind hier auch meinerseits Bitten statthaft, so wollte ich mit gebührendem Respekt anheimgeben, daß der Ofen in der mir überwiesenen Schulstube qualmt und daß meine Schützen Rauch schlucken, was ihre Aufmerksamkeit nicht befördert und auch mir erschwert, in dem schwarzen Dampf die Übeltäter zu erkennen, obgleich dies wegen der Abrechnung am Samstage notwendig ist.«

Der Bürgermeister stellte Abhilfe in Aussicht; der Magister nahm auf dem bereitstellenden dritten Stuhle Platz und empfing den Wein, welcher ihm von dem Hausherrn eingeschenkt wurde. Er kostete, setzte erfreut ab, leerte das Glas und rief: »Dieser Rivesalt hat lange Jahre in einem guten Keller gelegen.«

Da lächelte der Hausherr ein wenig, und der Bürgermeister machte den verabredeten Vorschlag. Doch der Magister vernahm die Zumutung ohne Freude: »Ungern nehme ich erwachsene Jünglinge in die Lehre, noch unlieber teile ich ihnen besondere Stunden zu, denn selten lernt etwas Ordentliches, wer gewöhnt ist, am Abend mit der Laute durch die Gassen zu ziehen und auf das Frauenvolk an den Türen zu blicken.«

»Dennoch würdet Ihr manchen durch diese Gefälligkeit verpflichten, der Euch von Nutzen sein kann«, mahnte Hutfeld, verletzt durch die kühle Haltung.

»Es ist nicht meine Sache, gebietender Herr«, versetzte der Magister, ihn steif ansehend, »als Lehrer anderen angenehm zu sein, sondern die Knaben, welche ich lehre, sollen mir angenehm werden, das will sagen, sie sollen etwas Ordentliches lernen, denn das ist die Freude des Lehrers; wollen sie das nicht, so kränkt mich die verlorene Zeit, selbst wenn die Faulen, mit Verlaub zu sagen, Söhne eines Bürgermeisters sind.«

»So mögt Ihr mit mir reden«, antwortete Hutfeld mit Haltung, »nachdem Ihr Eure Schüler als träge erkannt habt, jetzt rate ich doch, die Sache erst zu versuchen.«

Der Magister fühlte, daß er zu eifrig gewesen war, und diese Erkenntnis bändigte den Stolz, den er als Feldherr im Kriege gegen bäurische Unwissenheit gewonnen hatte; er fuhr ruhiger fort: »Auch was Ihr von der Zulage zu meiner Besoldung gesagt habt, kann mich nicht locken. Wenn ich Eure alten Knaben in meine Lehre nehme, so tue ich es nur auf meine Bedingungen.«

»Nennt diese«, mahnte Hutfeld.

»Zunächst nehme ich sie nur auf Probe, und ich selbst bestimme am Ende des Vierteljahres das Geld, welches jeder zu zahlen hat; wer nichts lernt, zahlt doppelt, und wer mir Freude macht, weniger; denn bei den Schlechten habe ich Ärger und Mühe.«

»Ihr habt recht, Herr Magister«, lobte Marcus, dem die Gesinnung des Alten gefiel, »um das Schulgeld wollen wir also nicht streiten.«

»Noch bin ich nicht fertig«, fuhr der Magister ungerührt fort, »ich nehme keinen Knaben an, den ich nicht vorher gesehen habe, denn wir Schulmänner lesen aus den Linien des Gesichtes manches, was die Eltern nicht erkennen.«

»Einer wenigstens ist zur Stelle«, sagte Marcus aufstehend und rief in die Kammer nach seinem Sohne.

Georg trat eilig ein in dem Wams, das er in der Schreibstube trug, und grüßte den Paten; als sein Blick auf den Magister fiel, errötete er ein wenig, denn er erkannte sein Opfer vom Fastnachtsspiele. Da der kleine Magister die hohe Gestalt sah in voller Jugendkraft, die Stirne von blonden Locken umgeben, stellte er sich dicht vor den Jüngling und stützte die Arme unter. Sein scharfer Blick wurde heiter: »Einen so langen Bacchanten habe ich noch niemals unter meinem Zepter gehabt«, begann er endlich und lachte so laut, daß er schütterte und sich beugte, und daß Georg von der Fröhlichkeit angesteckt wurde. »Doch wie geschieht mir«, unterbrach sich der Magister, »diesen Lateiner habe ich bereits gesehen; richtig, er ist es«, und er faßte ihn am Wams und schüttelte ihn. »Ihr wollt den Teufel spielen, Ihr seid in der höllischen Kanzlei schlecht bewandert, meint Ihr, ich habe vergessen, daß Ihr in Eurer Rede ut mit dem Indikativ konstruiert habt? Ihr werdet Eurem Lehrer Not machen.« Er wandte sich kurz ab und setzte sich stracks auf seinen Stuhl.

Jetzt lächelte auch Hutfeld und fragte, um die Verhandlung zu enden: »Wollt Ihr es nicht dennoch mit ihm und den andern versuchen?«

»Die Frage ist jetzt, gebietender Herr Bürgermeister, ob er es mit mir versuchen will.« Er sprang wieder vor Georg und sprach, mit dem Finger gegen die eigene Brust stoßend: »Ich gehe nicht in die Häuser, um die Söhne reicher Leute zu unterrichten wie ein verlaufener Bettelmönch; wer bei mir lernen will, der muß zu mir kommen, und wer in meine Lehre eintritt, der wird mein Schüler und ich werde sein Meister. Lasse ich vor dem Schüler, welcher bereits ein Jüngling ist, meinen Stock in der Ecke, so muß der Schüler seinen Hochmut zu Hause lassen! Willst du ein Lehrling werden in der Grammatik und in den Skriptoren, so mußt du mir die Ehre eines Herrn zugestehen und von mir den Gruß annehmen, den ich meinen Knaben gebe; denn nur in der Zucht gedeiht die Lehre. Wollt Ihr das nicht, Junger, so bleibt zu Hause oder lauft als Teufel durch die Gassen, wie es Euch gefällt.«

Da der Gelehrte Georg als Knaben anredete, hob sich dieser trotzig, aber im nächsten Augenblick beugte er das Haupt und sprach: »Ich will, mein Herr Magister.«

Der Magister wandte sich wieder kurz um und setzte sich: »Wenn die andern nicht ärger sind als dieser hier, so will ich's versuchen.«

Dem Bürgermeister gefiel die Art des Fremden gar nicht, doch er bedachte, daß derselbe als ein gelehrter Mann und trefflicher Lehrer empfohlen war, und so wurde zuletzt mit höflichen Worten eine Schule für Knaben des Artushofes verabredet.

Der vornehmen Schüler sollten außer Georg noch zwei sein. Der eine war Matthias Hutfeld, der nächste Vetter Georgs; doch bestand zwischen ihnen keine Herzlichkeit, denn Matz sorgte lieber für sich selbst als um andere; er war ein rundlicher Gesell, der in engen Kleidern daherging wie ausgestopft, hatte ein milchweißes Gesicht mit roten Backen, große wasserblaue Augen unter weißlichen Brauen und trug sein hellblondes Haar zu einem Kolben geschnitten, der ihm die Stirn bis zur Mitte verdeckte. Er hielt sich für einen sehr hübschen Knaben, und weil sein Vater mächtig war, galt er auch bei vielen Mädchen dafür. Da er vorsichtig Händel und gemeine Gesellschaft mied, so wurde er als wohlgezogen gerühmt und hatte gute Aussicht, dereinst in die Ratsstube seines Vaters zu treten. Ein besserer Gesell war Philipps Eske, Sohn des Dritten Bürgermeisters, ein langer hagerer Knabe, der sich gern zu Roß mit der Stechstange sehen ließ, er sprach wenig, und es war ihm lieb, wenn Georg für ihn dachte, denn er hielt treu zu diesem. Beim Abendtanz im Artushofe suchte er mit seiner Tänzerin hinter Georg zu stehen und sprang genau wie sein Vormann, nur daß er wegen seiner Hagerkeit die Glieder in scharfen Ecken hob; er trieb auch wie Georg die Musica und strich am liebsten die Standgeige, das Bassettel, mit einem starken Bogen, der zum Krähenschießen brauchbar gewesen wäre, seine Kunst war nicht groß, aber ihn freute mehr als alles das Gebrumm der dicken Saiten. Der Magister merkte in den ersten Stunden, daß Philipps die lateinische Weisheit seines Freundes Georg bewunderte und gern einige Körnlein davon für sich aufpickte, und er änderte ihm deshalb den Vornamen in Pylades.

Da die Decke in der Schulwohnung von St. Johannes eingefallen war, weil der vornehme Rat lange die Zudringlichkeit des Regens mißachtet hatte, so wurde jetzt über einen Neubau verhandelt und der Magister mußte mit einer andern Behausung vorliebnehmen, welche nach einiger Mühe bei einem Diener des Rates beschafft wurde. Es war der ganze Oberstock des Hauses: eine große Stube, in welcher vorläufig die Schule abgehalten wurde, daneben eine Studierkammer für den Magister und auf der andern Seite der Treppe die Wohnstube, Kammer und Küche. Anna freute sich über das gute Gelaß, zumal auch der Ratsdiener und dessen Frau sich als dienstfertige Leute erwiesen. Das Haus lag unweit der Stadtmauer zwischen Altstadt und Neustadt, aus den Fenstern der Vorderseite sah man auf einen stillen Platz mit zwei alten Linden, von der Hinterseite auf einen ummauerten Raum, in welchem Karren und Feuertonnen des Rates bewahrt wurden. Seitwärts lag ein ungeheurer Schutthaufen wie ein Berg, aus welchem ein geborstener Turm und Mauertrümmer ragten. Das war die Stätte der Ordensburg, welche die Thorner vor sechzig Jahren zerstört hatten, weil sie ihnen eine verhaßte Zwingfeste geworden war. Aber auch die Umgebung der wüsten Stätte war durch Frauensorge ein wenig verschönt. Hinter dem Hause hatte die Ratsbotin, ohne daß die Herren vom Rat widersprachen, allmählich bei den Feuertonnen einen kleinen Garten angelegt mit einer schönen Sommerlaube, sie zog dort nicht nur rankende Bohnen, auch wohlriechende Kräuter und Blumen, und ein großer Fliederstrauch in der Ecke, welcher noch aus der Ordenszeit stammte, war in der ganzen Stadt rühmlich bekannt, so daß Frau Lischke alljährlich Kampf mit den Kindern hatte, wenn diese über die Mauer klommen, um die heilkräftigen Blüten abzureißen. Und als sie an einem warmen Tage des März ihrem Gaste die kleinen Beete wies, aus denen das erste Grün hervorsproß, vertröstete sie gutherzig: »In einigen Wochen ist alles grün, und Euch, Jungfer Anna, soll der Garten immer geöffnet sein und auch die Laube, wenn Ihr einmal den Sitz unter Blumen begehrt, wie junge Fräulein gern tun.«

So richtete Anna mit gutem Mute die neue Behausung ein. Und eines Mittags rief ihre Stimme fröhlich über den Flur: »Herr Magister!«

»Quid vis, Annule?« antwortete der Magister aus der Schulstube, »denn einem Ringe kann ich dich vergleichen, den mir der grundgütige Gott an den Finger gesteckt hat zur Ehre und Freude meines Lebens.«

»Will der Herr Vater mir helfen, die Truhe in die Kammer tragen?«

»Sogleich, meine Tochter, ich muß nur erst den wilden Dampf hinaus-
senden, welchen diese teutonischen Buchschützen in dem Museum zurück-
lassen.« Er kam eilig heraus, rückte die Truhe und fuhr lächelnd fort:
»Doch habe ich auch einige glatte und wohlgeputzte Patricios, ich denke,
es wird ihnen sauer, an der beklexten Schulbank zu sitzen. Es sind lange
Götzen darunter, vorab dieser Georg Regulus, dem du schon begegnet
bist; in Wahrheit ein hübscher Junge und nicht ganz übel im Wollen,
wenn auch nicht stark im Können. Hast du ihn dir betrachtet?«

»Nein, Herr Vater«, versetzte Anna kurz, »mir kommt ein Schauder,
wenn er die Treppe heraufkommt, und ich sehe ihn in Gedanken immer,
wie seine Larve gegen uns die Zähne fletscht. Ich sorge, Vater, sein Eindringen in die Schule bedeutet nichts Gutes.«

»Possen«, versetzte der Magister überlegen. »All dieser Satyrkram wird
ohnmächtig in dem Raume, in welchem die oberen Götter walten: Jupiter,
Phöbus Apollo und die herzerhebende Minerva. Hat der Gesell dich geängstigt durch das Brüllen seiner Teufel, so ängstige ich ihn durch den
Accusativus cum Infinitivo, diese Konstruktion ist allen Teufeln lästig.«
Er trat an den Tisch, auf welchem Anna das einfache Mittagsmahl zurecht-
gesetzt hatte, und faltete die Hände, während die Tochter den Tischsegen
sprach. »Wenn wir allein sind«, ermahnte er, seinen Stuhl rückend, »habe
ich nichts dagegen, daß du dein Sprüchlein in gemeinem Deutsch sagst,
wenn aber arme Schüler mit uns essen, so fordere ich des guten Beispiels
wegen das angenehmere Latein, denn nicht umsonst will ich dich darin
unterrichtet haben. Wie?« fuhr er erfreut fort, »sogar ein schönes Stück
Fleisch? Schade, daß ich das während der Schule nicht gewußt habe, denn
unter meinen Schützen sind einige armselig.«

»Eßt es nur lieber selbst, Herr Vater, denn Ihr habt die größte Mühe.«

»Natürlich«, stimmte der Magister essend bei. »Der Lehrer darf auch
sie nicht vergessen«, und behaglich fuhr er fort: »Im ganzen hoffe ich,
Kind Anna, daß uns das Leben hier wohl gedeihen wird.«

»Beruft es nicht, Vater«, mahnte die Tochter, »wir kennen noch wenig
davon.«

»Unsinn«, entschied der Magister vergnügt, »wir wissen, daß wir dreißig
Schock erhalten und ziemliches Holz, wenn auch nicht ganz reichlich.
Die Schulstube mag in Zukunft zu klein werden, aber unsere Wohnung
ist hell und es ist eine ruhige Stätte. Der Hauswirt sagte mir etwas von
dem Steinhaufen nebenbei, daß darin zuweilen Ungetüme poltern, aber
ich merke, auch dies Geschlecht nächtlicher Schatten erweist seine Achtung

754

vor dem Musensitz, welcher hier eingerichtet wird; wenigstens habe ich gestern, als ich am späten Abend in meiner Kammer las, von den Steinen her ganz wohlklingende Musik gehört. Wenn die Kobolde so artig zwischen dem Gestein umgehen, habe ich nichts dawider.«

Die Tochter sah finster auf den Teller, auch sie hatte die späte Musik gehört und mußte der Warnung gedenken, welche die Hauswirtin gleich in den ersten Tagen vertraulich gegeben hatte: »Hütet Euch zumeist vor den stolzen Knaben aus dem Artushofe. Denn diese werden leicht unverschämt. Wie sie zur Fastnacht als Teufel springen, so schwärmen sie auch des Abends in den Gassen und suchen Eingang durch Liebeslieder und Saitenspiel, wo ihnen eine Jungfer gefällt. Dann gibt es zuweilen Lärm mit den Wächtern, und uns armen Weiblein entsteht üble Nachrede.«

Trotz dem weiblichen Widerwillen klang auch ferner aus den Steinen der zerstörten Burg das Spiel einer Laute; niemand wußte, wer der Spieler war, auch der Ratsdiener schüttelte unsicher den Kopf. Denn von Mauer und Graben umgeben lag der Burghof nahe am Strome zwischen Altstadt und Neustadt, den Schlüssel zu der einzigen Pforte bewahrte Lischke selbst, in der Dämmerstunde schloß er ab und sperrte die Trümmer für jedermann. Und obgleich er vertrauter mit den Schrecken des Platzes war als andere, hinderte auch ihn die Furcht vor den Unholden, in der Finsternis unter den Steinen zu suchen. Nur aus seinem Hofe hatte er einmal dunkle schwebende Schatten erkannt. Wer sich aber auch die Mühe gab, dort im Nachtwind die Saiten zu rühren, eines Gewinns konnte er sich nicht rühmen, denn das Haus verriet nicht, daß es sich um diese luftige Artigkeit kümmerte, kein Fenster wurde aufgesperrt, kein Licht erschien in der Nähe der Scheiben und kein Frauenkopf wurde sichtbar.

Georg öffnete zögernd die Pforte der Dominikanerkirche, um seine Buße an den Altären abzutun; er meldete sich, wie Brauch war, bei dem ab- und zugehenden Bruder Sakristan, dieser nickte gleichgültig mit dem Kopf, sah noch zu, wie der Büßer in einer dunklen Ecke an den Stufen des Altars niederkniete, und verschwand dann in einem Nebenraum. Als Georg die dicke Weihrauchluft atmete, wurde ihm fühlbar, daß er im Hause und unter Herrschaft der Heiligen war, er faßte seinen Rosenkranz, neigte das Haupt und begann mit gutem Willen die Gebete. Aber die ehrfürchtige Stimmung hielt nicht vor, die Kugeln glitten langsam durch die Finger, er begann die Augen um sich zu werfen, starrte auf die künstlichen Blumen, welche die Landleute gestiftet hatten, auf den dunklen Trauerbehang, der über den Altar gebreitet war, und ihm fiel der Handel ein und die Fäßlein mit Sekt, durch welche er sich die mäßige Buße verschafft hatte. Da kam ihm das Lachen an und zugleich ein Zorn gegen die Mönche. »Den Wein trinken Gregorius und Pankraz miteinander aus, möge er ihnen den Schlund verbrennen. Das ist nicht recht und wird nimmer recht. Wahrlich, die Heiligen gehen mit bösem Beispiel voran, wenn sie durch ihre Büttel, die Mönche und Pfaffen, Bestechung nehmen, wie manche unserer Herren vom Rat tun. Das meiste nimmt, wie man hört, der Heilige Vater selbst, wenn er um Ablaßgeld die Türen des Himmels öffnet.« Er sah mißfällig auf eine arme Frau, die heranschlich, sich am nächsten Altar auf die Stufen warf und die Hände rang. »Das Weib kenne ich, ihr Sohn sitzt im Turme, weil er zur Fastnacht das Eisen schwenkte, um sich gegen die Schweinsblasen meiner Teufel zu verteidigen. Man sagt, der Hieb mit dem Flegel wird ihm die Hand kosten, gewiß schreit sie deshalb zu den Heiligen. Warum hob der Tor seine Waffe gegen Stadtkinder. Wäre er wie der Pole Pietrowski, so würde er frei ausgehen. Wohl dem, der reich ist, die armen Leute mögen sehen, wie sie in diesem und jenem Leben zurechtkommen. – Vielleicht kann ich dem Vater Gregorius einen Possen spielen. Ich weiß, daß er gern ein frommes Weiblein besucht, es wäre gut, ihm aufzulauern, wenn er einmal in der Dämmerung von ihr weicht.« Dieser Gedanke machte ihn eine Weile lustig, bis ihm einfiel, daß die Rachsucht an diesem Orte eine neue Sünde sei; und er fing wieder an, die Kugeln des Kranzes zu bewegen. Da vernahm er in seiner Nähe leisen Tritt, er sah auf, ob Vater Gregorius komme, sich an seiner Demütigung zu weiden, aber er drückte sich tiefer in die dunkle Ecke, denn an die Stufen des Altars trat eine verhüllte Magd, es war Jungfer Anna. Seine Andacht hatte ein Ende. Erblickte scharf nach dem holden Angesicht, das sich einst im Zorn über ihn gerötet hatte. Sie war ihm noch nie so schön vorgekommen; mit gefalteten Händen stand sie vor dem Altar, nicht gebeugt, wie sonst die Frauen pflegten, denn sie sah 756 über das Kruzifix weg nach der Höhe, sie bewegte auch nicht betend die Lippen, sondern sprach ihre Bitte ganz still. Georg sah aus seiner dunklen Tiefe zu ihr auf, und ihm kam etwas wie Ehrerbietung vor solcher Andacht. »Sie hält sich auch vor den Heiligen fremdländisch«, dachte er; »ich höre, daß es Ketzer gibt, welche den Bildern die gebührliche Demütigung weigern«, und er erschrak bei dem Gedanken, daß sie zu diesen Verdammten gehören könne. Nicht zum erstenmal kam ihm die Sorge, denn er hatte bereits bemerkt, daß auch der Magister sich auffällig gegen die Werke der Pfaffen verhielt. Einst, als während der Lektion auf der

Straße das Glöckchen tönte und Georg mit den andern Schülern sich schweigend über die Bücher neigte, tat der Lehrer, als vernehme er nichts von dem Wandel des Allerheiligsten, sondern erklärte die Worte Augur und Haruspex und erzählte aus dem alten Rom: wenn zwei solche Männer einander begegneten, vermochten sie sich des Lachens nicht zu enthalten. Und Georg dachte wieder, daß Gregorius und sein Geselle einander auch angeblinzt und gelächelt hätten, als der Wein in das Kloster gerollt wurde. Die aber jetzt vor ihm stand, war sicher fromm.

Als sich Anna vom Altar abwandte, erhob sich auch Georg, sah auf die liegende Frau und ging mit leisen Schritten zum Ausgang, wo er sich an dem Weihbecken aufstellte; ihm schlug das Herz, und seine Verlegenheit war größer als seit lange, da er auf Anna zutrat. Das Mädchen fuhr zurück, und sein furchtsamer Blick las in ihren Augen leider Schrecken und Abneigung. Mit stockender Stimme begann er: »Da ich wegen der neulichen Teufelei hier bin, um die Heiligen zu versöhnen, so möchte ich auch Euch, liebe Jungfer, bitten, daß Ihr mir verzeiht, wenn ich Euch in der Fastnacht kränkte, ich versichere Euch von Herzen, es reut mich sehr, daß ich Euch unhöflich an den Mantel gerührt habe.«

Anna wollte ihm streng entgegnen, aber weil er mit niedergeschlagenen Augen demütig vor ihr stand, antwortete sie nur:

»Tut es Euch leid, so darf auch ich als Christin Euch verzeihen.«

»Reicht mir die Hand«, flehte Georg, »zum Zeichen, daß Ihr mir nicht mehr böse seid.«

Diese Gunst konnte ihm Anna nicht gewähren, obgleich er verschüchtert aussah; sie zog die Hand zurück und sprach hastig: »Laßt mich gehen, Junker, redet nicht zu mir im Heiligtum und nicht auf der Straße, dann werdet Ihr mir besser gefallen; denn Ihr wißt selbst, Eure Nähe kann mir nicht frommen.«

Der arme Georg dachte, daß er gern in ihrer Nähe weilen und ihr sehr gern gefallen wollte, und ihm kam ein verzweifelter Einfall. »Dennoch bitte ich Euch, mir einen Augenblick Gehör zu geben. Der Sohn jener Frau, welche dort vor dem Altar fleht, sitzt im Turme und ist in Gefahr, wegen desselben Fastnachtsfrevels seine Hand zu verlieren, weil er gegen mich und meine Gesellen die Waffe gehoben hat. Als ich Euch bei dem Altare sah, fiel mir ein, daß Ihr vielleicht der Frau helfen könntet. Denn wenn sie den Mönchen eine ansehnliche Spende opfert, so werden diese ein Fürwort beim Rate einlegen, weil der Sohn sich nur als guter Christ gegen solche gewehrt hat, die er für Teufel hielt. Ich darf der Frau die

Anweisung nicht geben, denn die Mönche wollen mir nicht wohl und könnten sie ausfragen; darum flehe ich, sprecht Ihr zu der Armen.«

»Wenn die Mönche nur gegen Spende ihr Fürwort geben, wie kann ich der Frau helfen, da ich so wenig das Geld habe wie sie?«

»Gerade deshalb ersuche ich Euch, daß Ihr dieses hier in ihre Hand legt, damit sie es zum Opfer trage«, und er bot ihr ein großes Goldstück, ein Patengeschenk des Bürgermeisters, welches er als Opfer für sich selbst mitgenommen hatte.

Diese List Georgs erwies sich als Ungeschick, denn Anna trat zurück und lehnte mit einer Handbewegung das Geld ab. »Wenn die Mönche um Geld ihre Fürbitte gewähren, so ist dies ein Unrecht vor unserem lieben Gott, und mein Gewissen sagt mir, daß ich nicht dazu helfen darf. Wisset aber, Junker, daß es Eure Pflicht ist, nicht durch andere der Frau etwas in das Ohr sagen zu lassen, sondern selbst Mühe anzuwenden bis zum äußersten, damit ihr Sohn entledigt werde. Unrecht ist es, wenn Ihr ertragt, daß der Arme Euretwegen in Not kommt, denn jedermann wird sagen, daß Ihr schuld seid an dem Unglück des Bäuerleins.« Sie nahm ihr Gewand zusammen und verließ das Heiligtum.

Georg sah ihr betroffen nach und murmelte: »Mich soll's nicht wundern, wenn ihr im Rücken zwei Flügel herauswachsen.« Er trat hinter den Pfeiler und überlegte, endlich schlich er mit unhörbarem Tritt in die Nähe des Altars, an dem die Frau noch immer jammervoll über ihrem Rosenkranz kauerte. Plötzlich vernahm diese eine flüsternde Stimme von der Seite über sich: »Weib, willst du Gnade finden, so wandle von hier zu dem frommen Bruder Gregorius, flehe ihn an, daß er beim Rate für deinen Sohn spricht. Denn der Teufel geht umher wie ein brüllender Löwe, und dein Sohn ist nur in Not gekommen, weil er als frommer Christ gegen einen Teufel das Messer gezückt hat. Damit die frommen Väter erkennen, daß die Heiligen dir gnädig sind, so empfange hier, was du der Kirche opfern sollst.« Ein großes Goldstück fiel klirrend auf die Stufen des Altars. Das Weib, welches bei dem ersten Laut sich niedergestreckt hatte, fuhr auf, als das Metall klang, und faßte das Gold, hob es entzückt gegen den Altar, sprang auf und lief dem Kloster zu. Georg aber stahl sich schnell nach Hause: »Ich hoffe, Bruder Gregorius merkt nicht, daß ihm von der einen Seite abgeht, was ihm von der andern zukommt. Wenn ich meine Büchse ausfege, finde ich immer noch, was mich zur Not von den Habgierigen löst.«

Die Frau stammelte vor den Mönchen einen verwirrten Bericht von der himmlischen Stimme, die sie gehört, und von dem Engelsantlitz, das sie einen Augenblick über sich am Altar gesehen, sie wiederholte, so gut sie vermochte, die Worte und bot das Geld. Die Mönche schüttelten den Kopf, erforschten das Weib kreuz und quer und prüften das Goldstück. Da sie sahen, daß die arme Frau nicht täuschen wollte, so überlegten sie, wer der Geber sein könne, und es ist wohl möglich, daß sie auf Georg rieten. Aber sie erkannten auch, daß der Vorfall wunderlich und ihrem Kloster nützlich sei, darum beschlossen sie nach langer Erwägung, die Sache mit Vorsicht auf sich zu nehmen, und geleiteten die Frau nach dem Rathause. Dem Rat gefiel im Grunde gar nicht, daß die Predigermönche durch ein Wunder die Stadtjustiz hindern wollten, auch erschien ihm seltsam, daß die Heiligen mit dem Goldstück sich gewissermaßen selbst ein Geschenk machten. Dennoch wurde die Fürbitte des Pater Gregorius mit Achtung angehört; denn dieser sprach bescheidener als wohl sonst und stellte die Angelegenheit gänzlich der Weisheit des Rates anheim. Zuletzt wurde, nachdem die Mönche abgetreten waren, die Sentenz gefällt, daß das Bäuerlein seine Hand auf den Klotz legen, und daß Hans Buck, der Scharfrichter, die Schneide des Beils darüberhalten und dann wegziehen solle, damit der Bauer gnädiges Recht erhalte und die Unehre fühle, doch ohne Leibesschaden.

Konrad Hutfeld sah genau auf das Goldstück, bevor es in die Kutte der Mönche fiel, doch schwieg er und billigte den Beschluß. Nur der Stadtschreiber Seifried wollte seine Verachtung nicht bergen, als er am Ende halblaut fragte, ob er den Vorfall unter der Rubrica Gaunerei oder Gewalttat gegen den Rat in das Stadtbuch eintragen solle, und erst ein strafender Blick des Burggrafen wandelte ihm die spöttische Miene. Die Thorner liefen in hellen Haufen zu, um Hans Buck mit seinem Beil zu sehen; die Predigermönche aber hatten den größten Vorteil, denn um den Altar, auf welchem das Engelsgold aufgestellt wurde, war seitdem ein Gedränge von Betenden, und alle, die in Not waren, lauschten nach dem Klange eines Geldstücks. Doch der Engel hatte keines mehr, das er zu werfen vermochte.

Georg ging am nächsten Tage zufrieden in seine Schule, er sah nach dem Zeiger der Uhr auf St. Johannes, um ein wenig vor der Zeit einzutreffen. Denn er hatte bereits gemerkt, daß Anna zuweilen vorher im Museum des Vaters beschäftigt war; entwich sie auch schnell, wenn ein Schüler nahte, so hatte er doch bei solcher Gelegenheit die Freude, sie zu grüßen und in ihre Augen zu sehen. Auch heut glückte es ihm, denn Anna trat aus dem Raume, als sie seinen Tritt auf der Treppe hörte; aber als er ihr mit höflichem Gruß zu sagen wagte: »Dem Bauer ist es wohl gelungen, er hat seine Faust gerettet«, da versetzte sie traurig: »Wenn Ihr meinen Vater fragt, wird dieser Euch sagen, daß es vielleicht noch größere Sünde war, den Engel zu spielen als den Teufel.«

»Der Junge ist doch mit seiner Mutter ganz voll von Met und Bier aus der Stadt gefahren, mit Semmeln und Würsten beladen, die ihm als Ehrengeschenk wegen des Wunders von den Leuten zugetragen wurden.«

»Ein anderer aber hat das Heiligtum gemißbraucht zu losem Streich und die Mönche und Stadtleute in falschem Glauben bestärkt, und er trägt die Verantwortung, wenn die Seelen in ihrem Irrtum verhärtet werden.« Damit ließ die Eifrige den Verdutzten stehen. Er schlug auf den Pfosten der Treppe, auch seinerseits unwillig, und dachte: »Ihr ist nichts recht; nie habe ich eine Jungfer gekannt, welche eine so scharfe Bürste führt. Ich weiß nicht, warum ich mich um sie kümmere, es gibt wohl noch andere, welche freundlicher gegen mich sind.«

Er bestand den Tag schlecht in der Lektion, und die ärgerliche Gemütsstimmung hielt bis zum Abende an. Denn als Anna spät in ihre Kammer kam, hörte sie wieder die Laute aus dem wüsten Gestein eine bekannte Weise spielen, und sie vernahm zum erstenmal, daß der Lautenspieler auch zu singen vermochte – nicht schlecht – die Worte klangen undeutlich, aber ihr war wohlbekannt, daß sie lauteten: »Ich armes Käuzlein kleine, wo soll ich fliegen hin, ich muß mich von dir scheiden, ganz traurig ist mein Sinn, es geschah mir nie so Leides. Ade, ich fahr' dahin.«

Da setzte sie sich auf das Bett, schlug die Arme übereinander und sang den letzten Vers leise vor sich, so daß niemand als sie selbst etwas davon vernehmen konnte: »Ade, er fährt dahin! – Ich merke, er wird nicht wiederkommen«, sagte sie, indem sie ihr Haar löste und in Gedanken die langen braunen Flechten durch die Finger gleiten ließ.

Es blieb auch wirklich mehrere Abende still, und Anna dachte jedesmal, wenn sie zur Nacht ihr Haar aufband: Es ist gut, daß der Gesang zu Ende ist! Aber die Zufriedenheit dauerte nicht lange, denn am nächsten Sonnabend, als sie in ihre Kammer getreten war und gerade vor sich hinsummte: »Ich armes Käuzlein kleine«, wurden die Geister wieder unruhig, und diesmal erklang nicht nur die Laute, sondern auch die Pfeife und ein Bassettel. Sie sprang vom Bett und eilte an das Fenster, aber sie fuhr sogleich zurück und dachte ärgerlich, daß sie die Dreistigkeit ruhig ertragen müsse. Da rührte sich's auch im Museum, und der Magister rief in den

Flur hinaus: »Hörst du die Geister lärmen, mein Kind? Einer spielt gar das Bassettel.«

»Ich höre, Vater«, antwortete Anna bekümmert, »was werden die Leute sagen?«

»Sie werden wohl wieder ein Wunder daraus machen«, versetzte der Magister in guter Laune, »kannst du dir denken, was die Musica soll?«

»Ich weiß es nicht, Herr Vater, wir sind ja fremd hier.«

»Das ist richtig«, sagte der Magister. »Sollten unter meinen Schülern einige sein, welche mir und dem Museum zu Ehren dies Nachtstück aufführen? Das war sonst nicht die Art meiner Schützen; aber jede Stadt hat ihre Bräuche, und ich habe unter ihnen bereits zwei Musensöhne zur Strafe notiert, welche ihre Lust so wenig bezwingen konnten, daß sie während der Lektion auf einem Kamme bliesen.«

»Vater, ich glaube nicht, daß diese es sind.«

»Jedenfalls muß der mit dem Bassettel ein starker Gesell sein; ich möchte wissen, wie sie das Instrument über Wasser und Steine hineingebracht haben.«

Unten bellte ein Hund, die Hoftür öffnete sich und der Ratsdiener drang in den Hof in nächtlicher Tracht mit einer großen Schlafmütze und einem Feuerrohr, hinter ihm seine Frau, welche die Laterne hielt, aber den mutigen Gatten am Bund seiner Beinkleider zurückzog. »Wer erkühnt sich, wer unterfängt und wer unterwindet sich, den Frieden der Nacht zu stören?« fragte Lischke gegen das Gemäuer, doch hörte man seiner Stimme die Aufregung an. Er rief umsonst, die geisterhaften Musiker fuhren fort, ganz versunken in ihre Kunst, die liederliche Weise zu spielen: Wer hier mit mir will fröhlich sein, das Glas will ich ihm bringen, trink, mein liebes Brüderlein, so wird dir's wohl gelingen. Der Ratsbote, welcher sich bis dahin hinter dem Zaun des Gartens gedeckt hatte, drang kühn noch einen Schritt vor und rief wieder gegen die wüste Stätte: »Seid still oder ich feuere«, und er hob sein Rohr. Da schwieg die Musik einen Augenblick und eine hohle Stimme tönte gewaltig zurück: »Der Rat hat alles Schießen in der Stadt verboten«, und sogleich ging der Lärm weiter. Lischke setzte verdutzt das Rohr ab und sagte, sich zu seiner Frau umwendend: »Sie wissen Bescheid und sie haben recht.«

Oben lehnte sich der Magister zum Fenster hinaus und lachte laut: »Laßt sie gewähren, Herr Hauswirt, ich freue mich der Ehre«, und er rief ihnen den Vers eines lateinischen Dichters hinüber, in welchem die stygischen Schatten aufgefordert werden, sich in den Orkus zurückzuziehen.

Das Erscheinen des Magisters und die lateinische Beschwörung bewirkten, was dem Ratsdiener nicht gelungen war, die Musik verstummte plötzlich. Die Lauschenden vernahmen nur noch den Abendwind, der über den Strom wehte, und sahen nichts als ragende Trümmer und oben die kleinen Sterne, welche durch die Wolken blinzten. Der Hund bellte noch einmal gegen die Ruinen und Lischke ging laut scheltend in das Haus zurück. Der Magister schloß zufrieden das Fenster. »Den Virgil vermochten sie nicht auszuhalten, er hat sie verscheucht; er soll noch manchem von ihnen schrecklich werden.«

Anna aber sprach in der Kammer zu sich selbst: »Das kann und darf nicht so fortgehen, und es muß dem Dreisten verboten werden. Doch gegen den Vater traue ich mich nicht davon zu reden, da ich doch nichts Sicheres weiß, und ich fürchte seine Heftigkeit.« Da kam ihr wieder der Rat zu Hilfe. Denn die trotzigen Neustädter, welche weniger Mitleid mit nächtlichen Musikanten hatten als die in der Altstadt, und außerdem jetzt durch die Erscheinung von Teufeln und Engeln aufgeregt waren, trugen eine Klage über Unruhe in dem verwünschten Schloß aufs Rathaus; und weil der Rat sich um alles kümmerte, was das Gemüt der regierten Bürgerschaft aufregen konnte, so wurde Lischke als Hüter der Stätte ernsthaft ermahnt, dies Getöse junger Gesellen zu stillen. Als der Diener nach Hause kam, war er wegen der Ermahnung widerwärtig gegen seine Frau und sprach strafend: »Ihr Weiber fürchtet die Geister, wo gar keine zu finden sind, auch der Rat meint gerade wie ich, daß es nur Unruhestifter sind, und sie sollen den Ernst erkennen.« Das klagte wieder Frau Lischke gegen Anna: »Meiner ist ganz wild, und der Rat hat ihm erlaubt, wenn sie nicht gutwillig weichen, das Rohr zu gebrauchen; wandeln sie in Fleisch und Bein, so mögen sie den Schaden tragen. Selbst wenn Georg König zu ihnen gehört.«

Anna fragte erschrocken: »Warum denkt Ihr auf diesen?«

»Weil er bei jedem Schabernack geschäftig ist«, versetzte die Wirtin, »und schlimmer als andere im Gassieren und Anlachen der Mädchen und Frauen.«

Die Miene Annas wurde sehr streng, und die Wirtin, welche selbst eine zierliche Frau war, fuhr verschämt fort: »Auch Euch hat er gekränkt, und Ihr seid nicht die einzige, denn voriges Jahr beim Vogelschießen wagte er sogar im Vorübergehen seinen Arm um mich zu schlingen und, ich glaube, er hätte mich geküßt, wenn ich mich nicht ihm entwunden hätte. Doch durfte man ihm das nicht so übel deuten, denn er war gerade frohen

Mutes, weil er einen glücklichen Schuß getan hatte. Und die Bürger halten ihm auch mehr zugute als anderen.«

Da erkannte Anna aufs neue, daß der Schüler ihres Vaters ein gefährlicher Hausgast war, den ein Mädchen sich fernhalten mußte; sie hatte die Absicht gehabt, der Wirtin eine vertrauliche Warnung für Georg anzuempfehlen, aber die Art, in welcher Frau Lischke von der Dreistigkeit des Gesellen gesprochen hatte, mißfiel ihr heimlich, und sie bedachte seufzend, daß sie selbst die Musik ihm wehren müsse. »Noch dies eine Mal rede ich mit ihm und nicht wieder.«

Deshalb geschah es, daß sie ihm begegnete, als er in die nächste Lektion kam, und da er sie mit leuchtenden Augen grüßte, begann sie leise: »Mein Vater und ich sind fremd hier, und es liegt uns daran, die gute Meinung der Thorner zu gewinnen; wir werden sie aber verlieren, wenn in den wüsten Steinen neben uns zur Nachtzeit Musik gemacht wird, wie seither öfter geschah. Da Ihr in der Stadt wohlbekannt seid, so werdet Ihr für die Ruhe und den guten Ruf meines lieben Vaters und aller Hausleute sorgen, wenn Ihr den Anstifter erkundet und ermahnt, daß er unsern Nachtfrieden nicht mehr stört.«

Georg sah zu Boden, endlich fragte er ergeben: »Sagt mir nur, ob Euch das Lautenspiel auch lästig wäre, wenn es von niemandem vernommen würde als von Euch allein.«

Anna erschrak über die dreiste Frage und antwortete tonlos: »Ja.« Da zuckte ein so tiefer Schmerz über sein Gesicht, daß sie fast die kurze Antwort bedauert hätte, er wich zurück und sprach mit mühsam gedämpfter Bewegung: »Die Musik soll Euch nicht mehr stören.« Gern hätte sie ihm für die Bereitwilligkeit gedankt, aber sie fand nicht Worte und schied mit stummem Gruß.

Seitdem hielten die Geister Ruhe, und Lischke triumphierte über ihre Furcht. Georg aber stampfte mit dem Fuße heftig auf den Boden, als er die Schule verließ: »Es gedeiht nimmer zwischen ihr und mir und ich will gar nicht mehr an sie denken.«

Bevor er seinen Beschluß ausführte, beschwerte er sich noch einmal bei seinem Vertrauten Philipps: »Sie spricht anders und sie hält sich anders wie unsere Mädchen.«

»Sie ist aus Kursachsen«, erklärte Lips.

»Sie hat auch andere Gedanken. Keine unserer Jungfern hat so stolzen Sinn und so vornehme Art.«

»Soll ich dir meine Meinung sagen«, entschied Lips, »sie ist eines Magisters Kind, Topf wie Kessel, sie ist eine Schulmeistersche.«

»Dir stände besser an«, rief Georg, »wenn du sie mit einer Herzogin verglichst.«

»Eine Herzogin, die ich gesehen habe«, antwortete Lips, »trug einen Schleppenpelz und blies über beide Achseln. Das ist nicht nach meinem Gefallen. Wie ich gewachsen bin, so tanze ich. Mir ist die Jungfer am liebsten, die mich haben will, so wie ich bin.«

»Sie gleicht einem Heiligenbilde«, klagte Georg wieder, »kannst du dir ihre Augen denken, daß sie holdselig anlachen, kannst du ihren Mund denken, wie er küßt? Und kannst du dir denken, daß sie abends die Tür öffnet?«

»Warum nicht«, versetzte Lips.

Da aber fuhr Georg zornig auf ihn los. »Willst du an so etwas denken?«

»Das ist ja deine Sorge«, entschuldigte sich Lips. »Aber darf ich dir einen Rat geben, denke auch du nicht mehr an die Fremde, denn sie macht dich ärgerlich. Und wenn meine Geige bei der nächtlichen Reise über Graben und Mauer zerbricht, dann werden alle Ständchen in Thorn ein jämmerliches Ende finden. Darum sage ich, schlage sie dir gänzlich aus dem Sinn.«

Das versprach Georg aufs neue. Und es wäre ihm vielleicht gelungen. Aber die Jahreszeit war dazu nicht geeignet. Es kam ein Mai, so lind und froh, wie er im Nordlande seit Menschengedenken nicht gewesen war. Die Vögel sangen wunderschön, die Sonne lachte, und die Bäume blühten, alle Locken flogen in dem warmen Hauch, durch alle Sinne drang die Wonne des Frühlings in die Seelen, und die jungen Gesellen und die Mädchen schwangen sich in Wohlgefühl und Überkraft dahin wie zum Tanze. Das war keine Zeit, einen roten Mund zu vergessen und zwei tiefblaue Augen, und am wenigsten wollte das ihm gelingen, der jeden Tag in die Gefahr kam, die Geliebte wiederzusehen. Oft wenn Georg unglücklich darüber grübelte, daß eine, welche schöner war als alle andern, ihn in der Stille mit Abneigung betrachtete, fielen ihm die Worte ein, mit denen sie ihn gescholten hatte, dann sprang er leicht wie ein Ball über die Gasse und rief: »Solch hohen Mut und solch redliches Herz gibt es nicht weiter auf Erden«, und war auf kurze Zeit so froh, als ob ihm die fremde Jungfrau einen Kranz von Rosen aufgesetzt hätte. In der Schule aber war er in dieser Zeit nicht gerade lustig und hielt sich stiller als sonst. Aus diesem Benehmen erriet Anna endlich, daß es nicht mehr nötig war,

763

ihn durch Strenge abzuschrecken, und sie vernahm auch ohne Widerwillen, wenn der Magister einmal Georgs Vortrag lobte. Denn der Magister ließ seine Patrizier gern Reden aus dem Livius memorieren und vortragen. Dann ergriff er seinen Stock und setzte sich mit übergeschlagenen Armen vor sie hin. »Hier sitzt euer Konsul Fabricius. Da ihr dereinst als Oratores vor dem polnischen Senat eure Worte stellen sollt, so sorgt jetzt, daß ihr vor dem römischen Rate wohl besteht.« Wenn nun Anna in Küche und Flur beschäftigt war und die Stimme Georgs hörte, so unterbrach sie die Arbeit, um zu vernehmen, ob er auch gewichtig und ohne Stocken die schweren Worte herausbrächte, ja, es geschah, daß sie die Küchentür öffnete und harrte, bis er an die Reihe kam. Dann stand sie an den Pfosten gelehnt und lauschte mit vorgebeugtem Haupt, und wenn der Magister zuletzt urteilte: satis bene, flog ein Lächeln über ihr Gesicht, und sie nickte zufrieden.

Die Fahrt aufs Land

Der Sommer kam, im Garten bei der Schule blühten die stolzen Lilien; wer ein Liebchen hatte, war selig, wenn er sie küßte, und wer um die Neigung einer Jungfrau warb, der dachte in der Stille darauf, ihr seine Liebe zu erweisen.

Der Buchführer hatte dem Magister neue Büchlein zur Ansicht geschickt, und da der Bote die alten zurücknehmen sollte, gedachte Anna, daß sie heut wohl in das Museum des Vaters dringen dürfe, weil gerade nur einer von den drei Patriziern anwesend war, Georg König, der ihren Eintritt unmöglich übel auslegen konnte.

Der Magister ergriff die Sendung, betrachtete die Holzschnitte der Titel und sagte zufrieden: »Auch diese Bilder werden jetzt kunstvoller gemacht als ehedem; sieh hier ein zierliches Weib, an welchem das Hündlein heraufspringt.«

»Es ist ein hübsches Hündlein«, bestätigte Anna.

»Da du klein warst, hatte die selige Mutter lange Not mit dir, weil du durchaus einen solchen Zwerghund zum Spielgenossen haben wolltest. Endlich gab die Mutter dir nach und betupfte, um einen Hund hervorzubringen, das weiße Fell deines hölzernen Schafes mit braunen Flecken. Aber als sie dir das neue Wunder darbot, wolltest du kluges Kind nicht an die Verwandlung glauben.«

»Ich würde mich auch jetzt über ein solches Hündlein freuen«, sagte Anna arglos, »doch es ist nur ein Spiel für reiche Leute.« Sie trug die Antwort des Vaters hinaus, aber Georg war durch ihre Worte in tiefes Nachdenken versetzt, und als er von dem Magister entlassen wurde, sprang er die Treppe hinab in dem Entschluß, der Jungfrau einen kleinen Hund zu verschaffen. Die Sache erwies sich schwierig, denn in der Stadt waren zwar Hunde genug, aber nur von ungefügem Schlage, wie sie an der Kette lagen, mit den Metzgern liefen, oder wie der Hirt sie hielt zum Kampf gegen Wölfe. Nur zwei Frauenhunde wußte er in der Stadt, ein Wachtel und ein Windspiel, welche der Stolz ihrer Herrinnen und von jedermann gekannt waren. Diese durch Bitten oder List aus ihren Burgen zu entführen, war unmöglich, auch um den Nachwuchs stand es bei beiden verzweifelt. Als er unsicher um sich blickte, sah er sich selbst am Fährtor und vor sich den Mast eines wohlbekannten Bordschiffes; mit geflügelten Schritten eilte er darauf zu, kletterte die Leiter hinan und traf auf dem Deck den Schiffer Hendrick, seinen alten Bekannten. Diesen nahm er beiseite und beschwor ihn im höchsten Vertrauen, bei seiner nächsten Fahrt einen kleinen Frauenhund von Danzig oder Lübeck mitzubringen.

Hendrick stemmte beide Arme über seine dicken Hüften und zog schnaubend einen Strahl Luft ein, als wollte er den neuen Fahrwind einfangen. »O Jörge, lieber Jörge, was forderst du von mir? Noch niemals ist ein Frauenhund zwischen Haupt und Sterz meines Bordings gelaufen, die Schiffskinder sind argwöhnisch, und ich weiß nicht, wie sie einen solchen Gesellen ihrer Fahrt ertragen werden. Er könnte bei Nacht über Bord fallen. Warum willst du nicht lieber eine bis drei junge Robben? Sie drehen sich auch ganz behende und sie sind fetter.«

Da Georg diesen Vorschlag mißbilligte, fuhr der Schiffer überredend fort: »Ich weiß im Danziger Hafen einen Papagei mit wunderschönem Gefieder, Schnabel wie ein Adler und beißt dir jede Nuß.«

»Hendrick, es muß ein Wachtel sein mit Loden an den Ohren und am Schwanze.«

»Das ist das Schlimmste«, versetzte der Schiffer, »denn wenn ich auch einen meiner Jungen mit dem Fangnetz in die Straßen von Danzig ausschicke, er wird mir eine ganz andere Art von Schwanz zurückbringen.«

»Du mußt den Hund von den Kaufleuten erbitten, das Geld dafür verlegst du, was er auch koste.«

»Ich merke, wohin die Fahrt geht«, schloß Hendrick bekümmert, »ich tät's für keinen als für dich.« Und er versprach mit Handschlag das mögliche.

Einige Monate vergingen, in welchen die Thorner vergebens auf hohes Wasser hofften, damit die tiefen Bordschiffe sich von der See stromauf steuern könnten; endlich kam doch der Tag, wo Hendricks Mastkorb wieder über das Zollhaus ragte.

Am nächsten Morgen hatte Lischke in der Dämmerung die Haustür geöffnet und war gegangen, die Mauerpforten zwischen den beiden Städten aufzuschließen. Als er zurückkam, stand etwas Helles auf der Treppe zum Oberstock, er erkannte die Henkel eines Korbes, der mit einem weißen Tuche lose verdeckt war. Zuerst erschrak er und bekreuzigte sich, dann ergriff er den Korb und trug ihn in seine Kammer vor das Bett seiner Frau, welche erstaunt dem Abenteuer entgegensah. Beim Schein des Lichtes erblickte er ein beschriebenes Papier auf dem Tuche, er trug es vorsichtig zum Licht und buchstabierte laut die Worte: »Dies gehört dem Herrn Magister.« Unter dem Tuche aber rührte sich's, und ein leises Winseln wurde im Zimmer gehört.

»Es ist ausgesetzt«, rief Frau Lischke, nach dem Korb starrend.

»Es ist ausgesetzt«, wiederholte Lischke, und beide fuhren fort, aus der Ferne den Korb zu betrachten, in welchem sich's unter der Leinwand wieder regte.

Endlich faßte der Mann ein Herz und griff nach der Decke. »Rühre nichts an«, rief die Frau, »wer es zuerst ansieht, muß ihm etwas Gutes wünschen und sein Pate werden.«

Lischke ließ die Hand fallen, aber er dachte daran, daß er ohne Leibes-erben war, und sagte mitleidig: »Vielleicht geschah es mit dem Willen der Heiligen, daß es in unser Haus getragen wurde.« Da aber sprang Frau Lischke mit ihren nackten Beinchen aus dem Bette und stellte sich drohend vor den Gatten: »Was höre ich, du bist gar nicht verwundert über dies Eingebrachte?«

»Es ist ja dem Magister zugeschrieben«, versetzte Lischke kleinlaut.

»Das ist nur Hinterlist«, rief die Frau in hellem Zorn, »der Herr Magister gleicht nur einem Sack, auf den geschlagen wurde, aber ein anderer ist gemeint. Ach, wenn du so ein gutes Gewissen hättest als der Magister.«

»Wo denkst du hin«, antwortete der bestürzte Lischke, »wir vom Rat –«

»Schweig mit deinem Rate«, befahl die Frau, »die Herren vom Rat sind auch nicht besser als du. Zur Stelle nimmst du den Korb und trägst ihn hinauf.«

Das hielt auch Lischke für das beste. Er trug den Korb die Treppe hinauf und pochte, während die Frau mit fliegender Eile die nötigsten Gewänder umlegte und ihm nacheilte. Anna öffnete und der Zug bewegte sich nach dem Museum des Magisters, der verwundert über den aufgeregten Besuch aus seiner Kammer kam. Er las den Zettel und riß das Tuch von dem Korbe, ein kleines zottiges Ungetüm von dunkler Farbe lag darin und winselte. Frau Lischke fiel entsetzt auf die Knie und hob die Arme in die Höhe: »Hilf Maria Jacobe, hilf Maria Salome, helft ihr heiligen Marien alle drei, hier ist ein neugeborener Teufel.«

»Wie?« fragte der Magister, erschrocken seine Brille suchend, »werden hierzulande die Teufel in Körben ausgetragen?«

Anna fühlte einen Stich in ihrem Herzen, sobald die Hauswirtin des Teufels gedachte; ihr fiel sogleich ein, wie Georg mit großen Augen zugehört hatte, als der Vater einmal von ihren kindischen Wünschen sprach, und sie rief: »Herr Vater, dies ist nur ein kleiner Wachtelhund.« Sie beugte sich nieder, hob das Tier heraus und löste die Bänder, mit denen die Füße festgebunden waren. Das Hündlein fiel aus ihrem Schoß auf die Diele, schüttelte sich und lief laut bellend im Kreise.

»Canis pusillus«, bestätigte der Gelehrte.

»Es ist ein vornehmer Frauenhund«, rief Lischke bewundernd, und auch seine Frau begann sich ihres Argwohns zu schämen. Anna aber saß schweigend und stützte den Kopf in die Hand.

»Das ist die Tücke eines meiner ungeschlachten Schützen«, erklärte der Magister, »erst gestern habe ich ihnen die Stimmen der Tiere im Latein beigebracht, er hat den Hund aus einem Patrizierhause entwendet.«

Aber Lischke verneinte. »Der Hund ist nicht von hier, er hat einen weißen Brustlatz; er ist, wie der Zettel besagt, ein Geschenk für den Herrn Magister.«

»Wir haben bereits Esser genug an unserm Tisch, welche ungern zahlen.« Doch das Wachtel selbst machte der Verlegenheit ein Ende, denn es setzte sich vor Anna nieder, wedelte mit seinem buschigen Schwanz und winselte bittend. Da faßte Anna den Hund schnell in die Arme, trug ihn in die Küche und setzte ihm ein Schälchen Milch vor, während der Magister mit den Wirtsleuten nachträglich den geziemenden Morgengruß wechselte und sie dankend entließ.

Aber den ganzen Morgen erfüllte der Ankömmling die Gedanken des Hauses, Frau Lischke vertrat im Unterrock die Meinung, daß der Magister das vornehme Tier nicht behalten dürfe, weil Anna dadurch in den Verdacht des Hochmutes kommen müsse. Auch der Magister entwich einige Male seinen Amtsgeschäften, um seinen Gast zu betrachten, der neben der Küche auf einem Stühlchen saß, aber jedesmal auf den Gelehrten lossprang und die runden Brillengläser anbellte. Am größten war Annas Not, welche niemand kannte. Daß Georg König in solcher Weise ein Geschenk zu machen wagte, ärgerte sie, daß er so eifrig gewesen war, ihr einen Wunsch zu erfüllen, ängstigte sie; und doch fühlte sie eine geheime Freude, dann streichelte sie das Hündlein und drehte ihm seine Locken. Als sie ihren Gast über der Schüssel liebkoste, fand sie, daß ein Faden um seinen Hals gebunden war und daran ein schmales, zusammengerolltes Pergamentblatt. Auf dem Streifen stand geschrieben: »Mein Name ist Amor.« Diese Andeutung hatte sich Georg ausgedacht. Anna wich bestürzt von dem Kleinen und ihr Antlitz rötete sich bis an die Schläfe. Ein solcher Name war eine deutliche Anspielung vor jedermann. Sie löste den Faden, versteckte den Zettel in ihrem Gewande und sah aus der Ferne starr auf den Hund. Es war ein hübsches Tier, es drehte sich zierlich und schnoberte am Boden umher, und sie rief es halb bewußtlos leise mit dem geschriebenen Namen. Doch der Hund beachtete den Ruf nicht. Da atmete sie tief auf, er wenigstens wußte von nichts. Aber je höher der Tag heraufstieg, desto größere Beklemmung fühlte sie bei dem Gedanken an die Dreistigkeit des fremden Knaben und daß sie jetzt mit ihm ein Geheimnis teile und Mitschuld trage an der Täuschung ihres lieben Vaters. Als die Tischgenossen sich bedankt hatten und geschieden waren, holte sie das Pergament heraus. »Herr Vater, dies trug das Hündlein um den Hals.«

Der Magister las und nickte sorglos. »Es ist ein lustiger Name.« – »Wir dürfen das Tier nicht Amor nennen, das würde Gerede geben.«

»Worüber?« fragte der Vater verwundert. »Nenne ihn also Psyche.« – »Herr Vater!« – »Ja, so«, verbesserte sich der Magister, »es wäre gegen die männliche Würde. Was meinst du zu Cupido?«

»Das wäre nicht besser.«

»So soll er Ajax heißen wegen seiner Zornwut.«

Dem widersprach Anna nicht. »Herr Vater, auf wen mutmaßt Ihr wegen des Hündleins?«

Der Gelehrte beugte sich gewichtig zurück: »Es ist ein alter Brauch, daß Gelehrte einander etwas senden, ein neues Buch, oder auch einen

Karpfen, oder gutes Getränk, dann schreiben sie eine Entschuldigung an das Ende des Briefes und ihren Namen darunter. Da aber der Geber des Hündleins nicht gewagt hat, mit seinem Namen zu zeichnen, so ist er noch kein Gelehrter, sondern wahrscheinlich ein Schüler, und ich vermute, daß es einer von meinen Patriziern ist, denn wie sollten die jungen Schützen eines solchen Geschenkes habhaft werden.«

»Und wem von den Großen traut Ihr die listige Sendung zu?«

»Dem Matz Hutfeld«, versetzte der Magister entschieden, »denn die andern haben sich sämtlich mehrmals durch Verehrungen bemerkbar gemacht, dieser aber noch nicht.«

Anna schlug die Augen nieder: »Ich dachte daran, Herr Vater, daß der Sohn des reichen König einmal gegenwärtig war, als Ihr ein solches Hündlein in einem gedruckten Buche fröhlich ansaht und rühmtet, und ich denke, der junge Georg ist der Geber.« Ihr wurde leichter, als sie den Vater in dieser Weise zum Mitwisser gemacht hatte, nur eines traute sie nicht zu sagen, daß die Sendung ihr gegolten hatte; und sie wurde deshalb aufs neue geängstigt, als der Vater zufrieden zustimmte. »Du bist mein bedächtiges Kind, und ich freue mich deines guten Gedächtnisses, denn ich weiß nichts mehr von jener Rede. Von meinem Regulus ist mir's, im Vertrauen gesagt, am liebsten, obgleich er seine Orationen gern kürzer macht als die andern.«

Als der Magister aber bei der nächsten Lektion der Großen den widerstrebenden Hund auf den Tisch stellte und dazu fragte: »Wer von euch hat mir diesen als Präsent geschickt?« antworteten alle einstimmig: »Nicht ich«, auch Georg, obgleich er scharf angeblickt wurde; und als der Magister zum zweitenmal fragte: »Wer von euch hat mir diesen Zettel geschrieben?« und alle wieder antworteten: »Ego, vero, minime«, da entschied er kräftig: »Dann also tat es ein anderer«, schob das Hündlein bis zur Tür hinaus, und die Sache blieb geheimnisvoll.

Anna lebte in der Sorge, daß Georg wegen des Geschenkes ihr eine größere Vertraulichkeit zeigen werde, und sie war entschlossen, in diesem Fall den Vater zu bitten, daß er die Gabe samt dem Korbe zurücksende, was auch daraus entstehen möge. Doch Georg verriet gegen sie niemals durch Wort oder Miene, daß er den Geber kenne, er blieb still und ehrerbietig und bewies dem Kleinen, welcher Ajax genannt wurde, weil er nicht Amor heißen durfte, nur kühle Freundlichkeit. Diese Klugheit wurde belohnt. Nämlich das Wachtel selbst hatte eine Vorliebe für ihn. Wenn die Stunde kam, in welcher die Treppe unter seinem Tritt knisterte, lief es nach der Tür und wedelte eifrig. »Das ist nicht zu verwundern«, dachte Anna, »denn er hat es zuerst gefüttert und sein weiches Fell gestreichelt.« Seitdem geschah es wohl, daß Anna einen Spalt der Tür öffnete und das Hündlein zur Begrüßung hinausließ. Bei dieser Gelegenheit gewann Georg einen flüchtigen Anblick ihrer Gestalt und zuweilen einen freundlichen Gruß. War das auch nur wenig, es gab ihm doch Mut, mehr für sich zu begehren.

Es kam ein Sonntag im Herbste, klar, warm und still, die Frucht der Felder war in den Scheuern geborgen, und viele kleine Vögel waren fortgezogen, aber große Flüge der Tauben lagen auf den Stoppeln, die grauen Stelzen liefen die Raine entlang, und die Stadtsperlinge von Thorn wiesen der jungen Brut die schönen Felder und Bäume, an denen sie altes Herrenrecht hatten, und zankten sich mit den Dorfspatzen. Da erbat Georg von seinem Vater, daß er dem Herrn Magister einmal auf dem Landgute Ehre erweisen dürfe, und der Vater war das wohl zufrieden: »Der Magister möge nicht für ungut nehmen, wenn ich nicht selbst komme.« Darauf sandte der vorsichtige Georg zuerst seinen Gesellen Philipps zu Frau Lischke, diese einzuladen, weil sie doch die Hauswirtin der Schule sei, und die Frau, geschmeichelt durch die Höflichkeit der vornehmen Knaben, erklärte ihre Bereitwilligkeit. »Lischke wird nicht übelnehmen, wenn er der Ehre nicht teilhaftig wird, denn er sitzt des Sonntags gern im Bierhause. Doch schickt sich nicht, daß ich allein unter jungen und alten Männern weile, und ich kann nur kommen, wenn Jungfer Anna zugleich eingeladen wird.«

Darauf lud Georg feierlich in lateinischer Sprache den Magister ein, welcher für sich und seine Tochter in einer wohlgesetzten Periode die Freundlichkeit annahm. Wie Georg die Treppe hinabstieg, erwartete ihn Frau Lischke: »Ihr wißt selbst, Junker, daß eine ehrbare Frau nicht mit euch wilden Brüdern durch die Gassen und Tore spazieren darf, und ich rate euch, vorauszuziehen und den Magister und uns am Birkenholz zu erwarten.« Damit war Georg einverstanden. Als der Gottesdienst beendet war und die Bürger in ihren Festkleidern durch die Straßen gingen, schritt auch der Magister mit den beiden Frauen langsam nach dem Tor. Er trug sein bestes Kleid und einen seltenen Stock von hispanischem Rohr mit einem Lederriemen, und grüßte würdig zur rechten und linken Hand. Hinter ihm kamen Anna und die Wirtin, ihre großen Regentücher auf dem Arme, beide mit Handkörben. Anna trug in dem ihren das Wachtel, und Frau Lischke hatte bedacht, daß es auf dem Lande Brauch war, den Gästen aus der Stadt etwas Zubeiße für den Heimweg mitzugeben.

Als sie beim Birkenholz um die Ecke bogen, blieben sie erstaunt stehen, denn auf der Straße hielten zwei Reiter, und zwischen diesen stand ein schöner Wagen mit zwei großen Gäulen bespannt. Auf dem Kutschersitz hockte Dobise und sah unter seinen buschigen Augenbrauen schlau auf die bevorstehende Ladung. Die Reiter sprengten ihnen entgegen, es waren Georg und Matz, während Lips im Wagen die Gesellschaft begleiten sollte. Das Antlitz Georgs war in heller Freude gerötet, als er vom Rosse sprang, um die Gäste zu begrüßen. Auch Anna lachte ihn froher an, als er bis jetzt an ihr gesehen hatte. Der Magister aber schritt bewundernd um den Wagen und die Pferde. Das Korbgeflecht war mit Hochrot und Gold bemalt, darüber trugen Reifen ein luftiges Dach von bunter Leinwand, welche sich an den Seiten zurückschieben ließ und oben noch mit einer Lederdecke überspannt war zum Schutz gegen ein Unwetter. Georg nötigte den Herrn Magister auf den Vordersitz. »Du, Lips, sitze daneben und sorge, daß unserm Herrn Vater die Unterhaltung nicht fehle.« Darauf öffnete er die Hinterwand des Wagens, zog eine kleine Leiter heraus und hakte den Polstersitz ab, damit den Frauen das Einsteigen bequemer sei, half ihnen ritterlich in das Innere, befestigte hinter ihnen Sitz und Rückwand und schwang sich wieder auf seinen Gaul, um nebenher zu reiten. Der Magister steckte den Kopf seitwärts heraus und rief vergnügt: »Wahrlich, wie ein römischer Gott fahre ich im Triumphwagen, zu beiden Seiten die Dioskuren.« Und auch Annas Augen leuchteten, als sie auf den bewaffneten Reiter an ihrer Seite blickte, der als Seitenwehr einen großen Dussek mit breiter krummer Klinge und in der Hand einen Kurzspeer führte, und sie unterdrückte mit Mühe einen Angstruf, als das mutige Pferd unter dem Reiter aufsprang, bis er es mit fester Faust bändigte. Dobise knallte, und in scharfem Trabe ging es vorwärts; der Staub wirbelte, der Wagen schütterte, und wenn die Räder über einen Stein hüpften, zuckten die Fahrenden von ihren Sitzen in die Höhe, so daß Anna sich am Holz des Wagens festhalten mußte. Aber das Schütteln gehörte zu vornehmer Fahrt, die Frauen überwanden bald den kleinen Schreck, lachten einander zu und fanden endlich den Mut, die artigen Fragen Georgs zu beantworten. Und obgleich zuweilen der Staub durch die Fensteröffnung wehte, wollte Anna doch die Leinwand nicht vorschieben, wie Frau Lischke riet, und sie wurde auch nicht böse, als Georg ihr nach dieser Erklärung einen dankbaren Blick zuwarf. Unterdes hörte Lips ergeben die Bemerkungen des Magisters und nannte die Namen der Dörfer, deren Kirchtürme hier und da aus der Ebene aufstiegen. Es war Sonntagsstille über der Landschaft und auf den Feldern niemand zu sehen, nur hier und da rollten sie an einer weidenden Herde vorüber und hörten das Gebell des Hirtenhundes, der auf sie zulief.

Endlich fuhren sie über eine kleine Grenzbrücke in den Schatten wilder Birnbäume, welche zu beiden Seiten des Weges standen, der Wagen hielt, und Georg bat die Gäste, sich eine Weile zu gedulden, damit die Pferde verschnaufen und er vorausreiten könne, sie auf dem Hofe anzumelden. Die Fahrt war wundervoll gewesen, aber eine kurze Ruhe war nach der Erschütterung doch allen lieb. Dobise stieg ab und trat zu den Pferden, auch der Magister und Philipps kletterten über den Kutschersitz ins Freie, nur die Frauen blieben in dem Wagen und hatten einander jetzt leise viel zu erzählen. Plötzlich sprang Dobise auf seinen Sitz, ergriff die Zügel und wies mit der Peitsche in die Ferne: »Es kommt einer.«

Ein einzelner Reiter trabte über das Feld gerade auf sie zu. Es war auf magerem Pferde ein langer Mann in halber Rüstung mit Brustschiene und Helmkappe und einem langen Reiterspieß. »Wer ist es?« fragte Matz Hutfeld den Kutscher.

»Es ist eine Landfliege. Seht ihn nur an, Ihr kennt ihn gut genug.«

Der Reiter ritt ohne zu grüßen langsam im Kreise um die Gesellschaft, wobei sein Pferd wie ein Hund durch den Graben am Wege kroch, endlich hielt er, betrachtete unverschämt die erschrockenen Frauen und spähte in jede Ecke des Wagens. Der hagere, starkknochige Gesell mit schmalem Angesicht, das bleich und verbrannt und trotz der Jugend durch hartes Leben und Ausschweifungen gefurcht war, sah auf seinem struppigen Klepper gegenüber dem rundlichen Stadtreiter aus wie aus einem andern Lande. Matz hielt still auf seinem Platze, Lips aber entriß dem Dobise die Peitsche und rief dem Gefährten zu: »Hilf ihn zurücktreiben.« Da lenkte auch Matz sein Pferd heran: »Macht Euch fort, Henner, hier ist nichts für Euresgleichen zu holen.«

»Ich komme nicht zu holen, sondern zu geben; ich merke, Matz, Ihr seid nach Streichen begierig«, versetzte der Reiter verächtlich. »Redet höflicher auf der Landstraße, ihr stolzen Bürgermeistersöhne, es wird jedermann erlaubt sein, die Könige von Thorn anzustaunen, wenn sie im roten Wagen durch das Land traben. Potz Blitz, weg mit der Peitsche, du Narr, oder ich treibe dir das Eisen in die Rippen. Wo wollt ihr hin, ihr heldenmäßigen Kumpane des König Artus?«

»Das geht Euch nichts an«, rief ihm Matz zu, »wir haben auch Euch nicht gefragt, wo Ihr herkommt. Ich sage Euch, macht Euch fort. Dies ist Thorner Grund, und wir sind vier gegen einen.«

»Die vier sind auch danach«, höhnte der Fremde. »Schöne Samtmützen sehe ich auf euren gekräuselten Haaren. Wie hoch haltet Ihr das Stück, Junker Krämer? Ich habe Lust, meine mit Eurer zu vertauschen. Ist's nicht eine Schere, die Ihr an der Seite tragt?« Er rührte mit dem Spieß an Hutfelds Dussek.

»Die Thorner Schere hat schon mehr als einmal in Euer Wams geschnitten, ich denke, Ihr kennt den Käfig über unserm Kerkertore.«

»Ich weiß eure guten Herbergen zu rühmen«, antwortete der Reiter ungerührt, »auch die Thorner hängen keinen, den sie nicht haben. Meiner Treu, Ihr reitet ein starkes Pferd, Bürgermeister Matz, ich merke, Ihr wollt mir's zum Tausch anbieten; steigt einmal herunter, es ist nur zur Probe.«

Hutfeld errötete, aber er blieb unbeweglich sitzen. »Dort kommt Georg«, rief Eske.

»Das ist eine andere Art Apfel«, sagte der Reiter ernsthafter, lenkte sein Pferd zurück und legte den Bolzen auf die Armbrust. »Guten Tag, Jörge, gerade Euretwegen bin ich gekommen; ich ritt so am Rande Eurer Feldmark entlang und suchte jemanden, dem ich einen Gruß an Euch in den Kopf schlagen könnte, da ersah ich Eure Kardinalsfuhre; ich merke, Ihr wollt geistlich werden, weil Ihr schon zwei Weiblein unter Eurem roten Dach eingefangen habt.«

»Ich habe lange auf Eure Botschaft gewartet«, rief Georg, ihm nahe reitend, »Ihr hattet die Frechheit, mir vor der Fastnacht sagen zu lassen, daß Ihr mich unter freiem Himmel werfen wolltet, wenn ich den Mut hätte, gegen Euch zu sprengen. Jetzt habe ich Euch vor der Klinge, heraus mit dem Eisen, frisch gezückt ist halb gefochten.«

Er hob schnell den Dussek und schlug dem andern die Armbrust aus der Hand. »Laß ihn los, Lips«, rief er seinem Gesellen zu, der von der andern Seite mit kräftigem Griff das Bein des Reiters gepackt hatte, so daß dieser schief im Sattel hing. »Er soll herunter vom Gaule«, versetzte Eske festhaltend, »er trägt die Eisenplatten, und du bist wehrlos, ich leide nicht, daß Ihr Euch heute rauft.«

»Laß ihn los«, wiederholte Georg heftig.

»Er hat recht, Jörge«, sprach der Reiter zwischen Zorn und Lachen. »Steckt ein und wartet auf einen andern Tag. Ich verspreche Euch, heut

Frieden zu halten, obgleich Ihr meine Armbrust zerhauen habt. Laßt das Bein los, Junker Klette, und gesegne euch der Teufel eure Lustfahrt.«

»War er unhöflich gegen die Frauen?« fragte Georg zurück, indem er mit drohender Gebärde vor dem Wegelagerer hielt.

»Wir erheben keine Klage gegen ihn«, rief der Magister, »wir haben am Tage des Herrn genug von Streit gesehen und schon zuviel für unser Vergnügen. Weicht von hinnen, Ihr Catilina aus Moor und Heide, excede evade, erumpe.« Er stand drohend mitten auf der Straße, und seine Brillengläser glänzten gegen den Reiter.

Unterdes ritt Henner näher an Georg und sprach leise: »Durch Eure Gesellen wollte ich Euch sagen, damit Ihr nicht unrichtig von mir denkt, daß ich seither Leib und Roß einem andern zum Dienst angelobt habe und meine eigenen Händel nicht betreiben darf, bis ich wieder mein eigener Herr werde.«

Georg antwortete ebenso: »Ihr hattet es heiß, den Brei zu kochen, jetzt stellt Ihr ihn kalt. Seid Ihr frei, so laßt mich's wissen, dann bestimme ich die Zeit, wo wir uns treffen, damit ich für mich dasselbe Recht behaupte, das heut Ihr Euch nehmt. Ich denke, wir sorgen alsdann dafür, daß einer von uns heimgetragen wird.«

Henner nickte einverstanden: »Macht euch zuerst fort, Jörge, obgleich ihr die Stärkeren seid; ich will nicht vom Pferde steigen und mich nach der Armbrust bücken, während die Stadtjungen zusehen.« Und lachend fuhr er fort: »Ihr hättet heut nicht viel Ehre mit mir gewonnen, denn ich reite in einem Auftrage, an dem gelegen ist; ich und das Pferd sind abgetrieben, und ich habe Nacht und Tag den Riemen über meinem Magen enger geschnallt, weil er knurrte. Jetzt habt Ihr mir zerschlagen, was zu einem Feldhuhn oder Hasen helfen konnte, und ich muß mir's zurechtbasteln.«

Georg wies auf einen alten Baum. »Da wir einander durch die Haut an das Leben wollen, kann ich Euch, obgleich Ihr hungert, nicht einladen, mein Gast zu sein, auch würde Eure Galle gegen die Kinder von Thorn uns das Mahl verbittern; aber ich sende vom Hofe einen Kober und Krug dort in den hohlen Stamm. Findet Ihr's, so nehmt Ihr's ohne Dank.«

»Euch wäre auch schicklicher, Georg, wenn Ihr als ein Reiter geboren wärt; Ihr würdet in dieser Zeit auf gezäumtem Pferde um anderes sorgen als um Frauenfuhren«, antwortete Henner, und beide lüfteten gegeneinander ein wenig die Mützen. Darauf rief Georg: »Vorwärts«, Dobise knallte stolz mit der Peitsche, und die Pferde liefen, daß den Fahrenden in der

Anstrengung, die Sitze zu behaupten, alle Sorge um Vergangenes und Künftiges dahinschwand. Auch Georg ritt schweigend, überdachte die Reden des Henner und wunderte sich, daß der Buschreiter ganz gegen seine Art lieber hungere, als die Kost mit Gewalt von den Bauern nehme. Als er endlich wagte, in den Wagen hineinzusprechen und Anna zu fragen, ob der rohe Mann sie erschreckt habe, saß die Jungfrau mit niedergeschlagenen Augen und gab mit gleichgültiger Stimme den Bescheid: »Es waren ja Männer genug zur Stelle«, und er merkte, daß sie durch die Begegnung gekränkt war.

Vor ihnen erhob sich ein Herrenhaus, der Wagen rasselte über die Zugbrücke und fuhr in einen engen Hof, in welchem Ställe und Wirtschaftsgebäude von Graben und hoher Mauer umgeben standen. Das Haus selbst war ein schmuckloser Steinbau mit dicken Wänden, auf dem Unterstock erhob sich ein zweiter mit verschlossenen Fenstern und mit kleineren Öffnungen, über welche sich Schirmdächer wölbten; der Raum war zur Aufstellung von Sandbüchsen und Geschütz bestimmt, jetzt aber diente er als Kornboden. Der Vogt des Gutes trat mit seiner Frau achtungsvoll heran, Georg sprang vom Pferde und half den Gästen aus dem Wagen. Als er alle auf dem Erdboden versammelt hatte, nahm er die Mütze ab und begrüßte im Namen seines Vaters den Besuch, während ein Knecht mit Dobise die Pferde nach dem Stall führte. Auch der Magister lüftete seine Mütze und antwortete durch schönen Gegengruß, worauf Georg in das Haus geleitete. Unter Vortritt des Magisters stiegen die Gäste die steinernen Stufen hinauf und sahen neugierig in die Herrenstube und über die gedeckte Tafel, auf welcher ein kleines Vesperbrot aufgestellt war, dreierlei Weizengebäck, süße und saure Milch, und was dem Magister lieber war, große Tonkrüge, gefüllt mit starkem Bier und uraltem Met. Mit heißen Wangen erfüllte Georg die Pflicht des Wirtes, er bot dem Magister den Ehrensitz und lud ihm zu beiden Seiten die Frauen; da er als Wirt bescheiden unten sitzen mußte, konnte er nicht vermeiden, daß Matz Hutfeld seinen Platz neben Anna erhielt. Das war ihm unlieb, und ihn ärgerte auch, daß Matz sogleich mit großer Sicherheit die Speisen bot und die Frauen zum Met nötigte, als ob er selbst der Gastgeber sei, doch tröstete ihn wieder, daß Anna sich auch gegen diesen ernsthaft hielt, auf den Teller blickte und wenig beachtete, wenn Matz seine runde Hand zierlich schwenkte und den Frauen die Babe, den großen Napfkuchen, vorschnitt. Frau Lischke aber ließ vergnügt ihre Augen umherschweifen, ermahnte Anna, die große Menge blanken Zinns zu bewundern, welches auf dem Tische aufgesetzt war und noch reichlicher auf Gestellen an der Wand, und sie hob das Tischtuch und rühmte das feine Gespinst. Das mußte auch Anna loben, und sie sah ein wenig nach Georg hinüber, als dieser ernsthaft sagte: »Es ist aus dem Brautschatz meiner seligen Mutter.« Der Magister aber, als er einen tiefen Trunk getan hatte, richtete sich strack auf und begann das Gespräch: »Vor allem sage mir, mein Sohn Regulus, wer war dieser gewappnete Strolch, was wollte er von uns, und was hatte er gegen euch, meine Scholaren?«

»Es ist ein Adliger«, erklärte Georg, »den sie den langen Henner nennen, seine Väter waren im Lande angesessen, er aber schweift ohne Gut und Habe, liegt bei den Landherren ein und gelobt sich bald dem einen und bald dem andern zur kleinen Reiterei.«

»Er ist ein armseliger Latro und Buschklepper«, fiel Matz wegwerfend ein, »er ist in der Stadt übel berüchtigt wegen seiner Schamlosigkeit, und ich werde meinem Vater sagen, daß er unsern Freireitern befiehlt, auf ihn zu fahnden und ihn festzumachen.«

»Diesmal hat er nur mit losen Reden gefrevelt«, versetzte der Magister, »und mein Sohn Eske hat das richtige getan, als er ihm das Bein schwenkte. Dich aber, Georg, muß ich schelten, soweit sich bei diesem Vespermahle geziemt, denn auch du bist wie ein Heckenreiter gegen ihn gesprungen und warst nicht abgeneigt, mich und die Frauen in eine Katzbalgerei zu verwickeln.«

»Ich merke wohl, Herr Magister, daß ich mich ungebührlich geregt habe, und ich merke auch, daß die Frauen mir deshalb zürnen. Aber da ich ihn von ferne sah, bekam ich Angst, daß er gegen die Gäste unschickliche Reden führen könnte, denn sein Mundwerk mahlt nur groben Schrot, auch gibt es zwischen mir und ihm alte Späne, weil er uns Thornern feindselig ist.«

»Vernahm ich recht, so war von einem Duellium die Rede.«

»Es ist nichts damit«, entschuldigte sich Georg mit bösem Gewissen, »er hatte sich früher gerühmt, daß er jedem Kinde von Thorn feindlich sein wollte, und kam heut zu sagen, daß er verhindert sei, gegen uns zu reiten.«

»Der lange Henner ist mit allen jungen Gesellen vom Artushofe verfeindet«, erzählte auch Eske, der in der Rede häufig zu spät kam, »denn er hat sich geweigert, auf der Stechbahn gegen uns zu stechen, weil unser Adel, wenn unsere Väter ihn auch gehabt hätten, durch Tinte bekleckst und durch die Gewandschere zerschnitten sei. Es ist jedem unleidlich, das zu hören.«

»Darum also wollte er nicht mit Georg raufen?« fragte der Magister ernsthaft.

»Bei diesem«, fuhr Eske vorsichtig fort, »will er eine Ausnahme machen, weil ihre Vorväter Landsleute gewesen wären aus Thüringen, wir aber stammten aus Westfalen; und er sagt, ein Vorfahr des Georg hätte lange als Knecht gedient bei einem seiner Vorfahren, deshalb habe er ein Recht, sich mit Georg zu schmeißen und ihn zu schlagen, sooft es ihm gefiele.«

»Du könntest auch Besseres tun, Lips, als den Frauen die ungefügen Reden des wüsten Junkers vorerzählen«, unterbrach ihn Georg mit einem furchtsamen Blick auf das ernste Gesicht der Jungfrau. »Aber hier ist ein Gast, welcher sein Schüßlein noch nicht erhalten hat«, und er bückte sich zu Ajax, der wohl wußte, wer Wirt war, denn er saß still neben ihm und bat mit Schweif und Pfoten. Georg goß Milch in eine Schale, brockte Weißbrot ein und setzte das Gericht neben Annas Stuhl auf den Boden, aber er gewann keinen dankenden Blick.

Jetzt nahm der Magister das Wort und sprach Gelehrtes über den Unterschied zwischen deutschen Rittermäßigen und römischen Rittern, die deutsche Reitersitte sei ungeschickt und barbarisch, bei den Römern aber sei sie weit besser gewesen, »denn«, sagte er, »die römischen Reiter vergeudeten nicht, sondern sammelten Geld und hielten auch für ehrenvoll, durch Kaufmannschaft vorwärtszukommen«. Er wurde heiter durch seine Rede und den Met, und da unterdes alle dem Vesperbrot Ehre erwiesen hatten, und da die Vogtin mit einer Handvoll großer grüner Blätter hereinkam und den Frauen viel von dem Weizengebäck einpackte, damit sie es in den Körben heimtrügen, so erhob sich auch der Magister und erklärte seine Beistimmung, als Georg um die Erlaubnis bat, den Gästen das Gutsland und die Gegend zu zeigen. Die Gesellschaft brach auf, Georg gab dem Dobise, der unterdes vom hohlen Baume zurückgekehrt war, einen Wink, worauf dieser zwei Lauten aus der Kammer holte und hinter ihnen hertrug. So schritten sie aus dem Hofe und zwischen dürftigen Hütten des kleinen Dorfes dahin. Die Dorfleute saßen gedrängt in der Schenke, aus welcher eine Sackpfeife klang; wer in der Tür stand, grüßte unterwürfig den Herrensohn und mit finsteren Blicken den Vogt, der den Gästen mit seinem großen Amtsstock folgte. Die Kinder des Dorfes starrten von den Hausschwellen neugierig auf die Fremden, ein übel bekleidetes Völklein, die meisten barfüßig, die kleineren nur im groben

Hemde, und als Anna sich nach den rundlichen Wangen und blauen Augen umsah und einem Krauskopf die Wange streichelte, kam die ganze Schar nachgezogen, aus Furcht vor dem Stock des Vogtes in geziemender Entfernung.

Die Gäste durchschritten einen Wiesengrund und betraten den hochstämmigen Laubwald. Der unebene Fußpfad führte zu einer Lichtung, in welcher eine riesige Eiche stand, die Herrin des Waldes, umgeben von ihrem grünen Hofgesinde. Zwischen den hohen Wurzeln des Baumes war ein Balkenstück als Holzbank eingeklemmt, auch in der Höhe sah man über den mächtigen Ästen die morschen Bohlen, einst Boden und Seitenwände eines Baumhauses, wie es hier und da als Sommerlaube in den Ritterburgen und als Jagdhütte in den Wäldern zu finden war. In der Lichtung war es still und feierlich wie in einer Kirche, nur zuweilen klang von dem hohen Gipfel der klagende Schrei eines Raubvogels. »Hier ist ein philosophischer Sitz«, rühmte der Magister, sich schnell setzend und die Mütze lüftend, da der unebene Pfad ihm warm gemacht hatte. Georg aber sah nach Dobise mit den Lauten zurück, und Anna erriet wohl seine Gedanken. Denn nachdem alle eine Weile still geruht hatten, begann sie: »Die Nachtigall höre ich nicht mehr, und auch der Kuckuck schweigt, er hat sich wohl, wie das Lied im Scherze sagt, zu Tode gefallen in einer alten Weiden«, und sie begann mit leiser Stimme die Melodie. Da faßte Georg schnell die eine Laute, reichte dem treuen Philipps die andere, und beide nahmen zur Stelle die Weise auf: »Wer soll uns nun, wer soll uns nun die liebe Zeit vertreiben.« Kräftig fuhren die Jünglinge fort: »Ei, das soll tun Frau Nachtigall.« Und Georg hörte während des Singens mit Entzücken, wie Anna mitsang und künstlich in hoher Stimme trillerte, ganz, als wollte sie die Nachtigall nachahmen. Auch der Magister summte im Baß »Kuckuck« dazu. Als das Lied zu Ende war, lachten alle gegeneinander, die Spieler begannen eine andere noch feinere Weise ohne Gesang, und darauf stimmten Wirt und Gäste in schöne Lieder ein, welche sie gemeinsam vermochten.

Anna wurde von Herzen vergnügt; Georg gefiel ihr heut ausnehmend gut, wie er in blühender Jugend mit dem Rosse sprang, daß er sich ritterlich gegen den Vater hielt, daß er so froh war, sie im Hause zu begrüßen, und so bescheiden den Wirt machte mitten in allem Überfluß des Reichtums. Wohl hatte er sie durch sein schnelles Losfahren gegen den Fremden geängstigt, und auch am Tische hatte der reiche Haushalt sie bedrückt, aber das alles war vergessen, seit sie miteinander sangen, und sie fühlte sich ihm so vertraulich, als ob sie zu ihm gehöre. Als sie während des Ausruhens fröhlich um sich sah, merkte sie, daß sie nicht allein waren, am Rande der Lichtung lagerten die Dorfkinder, die kleinen saßen auf der Erde, den Finger im Munde, alle staunten unverwandt die vornehmen Stadtleute an. Da ergriff Anna schnell einen Handkorb, der neben ihr stand, eilte zu ihnen und sprach: »In dem Korbe ist Süßes für euch, ihr Kleinen, seid fromm und sprecht ein Vaterunser.« Aber die Kinder glotzten sie an und regten sich nicht. »Die wissen nichts vom Vaterunser«, lachte der Vogt, »wo sollen sie es her haben, von den Eltern lernen sie eher Flüche und Schelmenlieder.«

»Lieber Gott«, rief Anna erschrocken, »so lebt ihr ja als kleine Heiden dahin.« Sie beugte sich nieder, legte den Kindern der Reihe nach die Hände zusammen und gebot: »Sprecht mir alle die Worte nach, welche ich euch vorsage, damit der liebe Gott doch wenigstens eure Stimmchen hört, so bekommt ihr den Kuchen«, und sie sprach ihnen die erste Bitte nachdrücklich vor. Da schrien die Kinder hoffnungsvoll den frommen Gruß nach, und die Jungfrau neigte das Haupt. Dann griff sie in den Korb und verteilte den Kuchen. Sie sah begeistert aus, wie damals in der Kirche.

Aber die Thorner sahen befremdet auf diese sorglose Verteilung, welche ihnen ungehörig und als eine Kränkung des Gutsherrn erscheinen mußte. Denn das Gebäck war aus Gastfreundschaft den Geladenen gewidmet, und es war ihnen feierlich als angenehme Erinnerung beigepackt worden. Am tiefsten gekränkt war die Ratsbotin, da es ihr Handkorb war, aus dem die Jungfer ihre Verschwendung betrieb. Sie faßte den Korb und sagte mit scharfer Stimme: »Hierzulande ist es nicht Brauch, Jungfer Anna, Ehrengeschenke der Hauswirte vor ihren Augen zu vergeuden, am wenig- sten aus fremdem Korbe.«

»Nehmt dafür den meinen«, antwortete Anna, sich erhebend. Obgleich sie gutherzig lächelte, so dachten doch die Thorner, daß die Ratsbotin nicht ohne Grund ärgerlich war. Und Georg freute sich zwar, daß sie von den Kindern mit so sicherem Vertrauen zu ihm aufsah, als ob sie selbst die Gutswirtin wäre, aber er sagte doch leise zu seinem Gesellen Eske: »Ach, sie ist schön und hat als Nachtigall holdselig getrillert, aber ich fürchte, ihrem Gemüt ist alle irdische Freude gleichgültig.«

»Sie ist zu einer Nonne geboren«, versetzte Lips unwillig, und Georg dachte: ich will und muß erfahren, ob sie mich so geringachtet wie unsern Kuchen.

778

Anna hatte sich wieder zu den Kindern gebeugt, die ihr jetzt williger Bescheid gaben. Da rief eine schrille Stimme von der Seite: »Lehrt nur die deutschen Krähen singen, Junker Georg, hier vor Eurem Baume; der Tag wird kommen, wo die fremden Vögel wieder wegfliegen, große und kleine.« Eine alte Frau, verwittert und runzlig, wankte unter der Last eines schweren Korbes heran, stellte sich vor Georg hin, und die grauen Augen in dem wankenden Kopf sahen scharf nach dem Herrensohn.

»Wollt Ihr schweigen, Alte«, rief Dobise, herzueilend, und versuchte die Frau wegzuführen, sie aber hielt sich mit ihrer Hacke an eine Baumwurzel.

»Laß deine Mutter, Dobise«, gebot Georg, »ich weiß, sie wünscht mir nichts Böses.«

»Denkst du daran, Junkerlein, daß ich dich einst auf den Armen hielt? Lange hast du der Alten nichts Gutes in das Haus gesandt, und doch gehe ich hier Jahr für Jahr um den Baum und sehe zu, wie die Krähen kommen und fliegen; ich höre, wie das Holz im Sturme kracht, und ich fege den Schnee von den Wurzeln, damit die Seelen der Verstorbenen gute Bahn finden, wenn sie aus den Ästen zur Erde fahren.«

»Demens est«, rief der Magister.

Aber die Alte versetzte mit scharfem Ton, als wenn sie die Rede verstanden hätte: »Ich bin nicht schwachsinnig, deutscher Mann, und wenn die deutsche Glocke bimmelt, opfere ich den Heiligen mein Wachslicht so gut wie andere. Das Herrenkind versteht mich wohl, denn es ist von alten Leuten gesagt, als der Stamm in festem Holze stand, kamen seine Vorfahren in das Land, sie fällten ringsumher den Wald, sie zimmerten ihr grünes Lager unter dem Wipfel, und ihre Weiber und Kinder saßen in den Ästen. Von hier flogen sie über das Preußenland, ihrer wurden viele und unserer wenige. Solange der Baum grünt, soll das fremde Geschlecht in dem Lande herrschen. Grüßt Euren Vater, Georg, und sagt ihm, es rauscht in der Luft, und die Unsichtbaren brauen einen Sturm, der Moder frißt in der Eiche, er soll seinen Sohn hüten«, und mit veränderter Stimme wiederholte sie: »Warum hast du der alten Mutter so lange nichts Gutes hinausgeschickt, ich singe deinetwegen und gehe für dich um den Baum, aber ich kann das Volk der Würmer nicht mehr aus dem Holze bannen.«

»Gut, Mutter, daß Ihr erinnert; geht heut abend auf den Hof, der Vogt wird Euch geben, was Euch erfreut«, und während Dobise die Alte abführte, gebot er dem unwilligen Vogt: »Der Vater will, daß ihr von Euch kein

Leid geschieht, wenn sie auch wilde Reden verführt; sie ist harmlos und war eine Zeitlang meine Wärterin.« Und zum Magister fuhr er fort: »Diese und ihr Sohn sind eigene Leute des Gutes und stammen von den alten Preußen. Die Leute sagen, daß einst meine Vorfahren, als sie unter dem Kreuz in das Land kamen, bei dem Baume gerastet haben, und darum prophezeien sie allerlei. Sonst war das Sommerhaus dort oben in besserem Stande, ich selbst habe oben mit dem Flitzbogen geschossen, jetzt hat niemand daran gedacht, neues Gebälk einzuziehen.«

Anna hatte mit Anteil die Erklärung gehört. Als sie nun zur Heimat aufbrachen, machte sich's, daß Georg neben ihr ging, er half ihr das grüne Regentuch umlegen, denn die Sonne stieg niederwärts, und es wurde kühl. Da begann sie: »Die Alte war doch eine schreckhafte Frau, und zu ihrem Sohne, Eurem Diener, könnte ich auch kein Zutrauen haben.«

»Er ist anstellig, und der Vater ist gewöhnt, ihm zu vertrauen.«

»Ich denke, Euer Vater kommt selten auf das Gut.«

»Er sorgt doch in der Stille um alles, was hier vorgeht, aber er lebt schweigsam vor sich hin. Es werden bei uns im Hause nicht mehr Worte gemacht, als gerade nötig sind. Immer freue ich mich, wie der Herr Magister mit Euch verkehrt; Ihr seid freilich an Hausfrauen Statt und seine Stütze.«

»Ihr könnt gar nicht denken, wie gut der Herr Vater gegen mich und alle Welt ist«, versetzte Anna eifrig.

»Gern wüßten wir, ob der Herr Magister auch mit uns zufrieden ist«, fragte der schlaue Georg.

»Er mag wohl manche Ursache haben, zu tadeln«, sagte Anna lächelnd.

Das gab Georg bescheiden zu, und sich ein Herz fassend, fuhr er fort: »Ach, liebe Jungfer Anna, mehr noch als die Gesinnung Eures Herrn Vaters kümmert mich die Eure, denn ich besorge, daß Ihr mir in Eurem Herzen abgeneigt seid.«

Anna zog an ihrem Tuche. »Warum denkt Ihr so?«

»Ich merke zuweilen, daß Ihr gegen meine Gesellen freundlicher redet beim Gruß und Abschied; denn den anderen, vorab dem Matz Hutfeld, sagt Ihr ganz fröhlich Dank und auf seine Frage auch einmal freundlichen Bescheid. Wenn ich aber die Treppe heraufkomme, so tretet Ihr in die Küche zurück, und wenn Ihr mir antworten müßt, so sind es nur kurze Worte. Ich weiß es wohl«, fuhr Georg in aufrichtiger Reue fort, »daß ich Euch schwer gekränkt habe, bevor ich Euch kannte, und ich fürchte, daß Ihr das nicht vergessen könnt.«

Da sah sie ihn schweigend an mit so warmem Blick, und ein liebreiches Lachen flog über ihr Antlitz, daß ihm sein Herz vor Wonne hüpfte. Sie waren von den andern durch ein Gebüsch getrennt, das oben in rotem Abendlicht glänzte und unten in bläulicher Dämmerung stand, er fühlte einen warmen Lufthauch an seiner Wange, und ein Vogel rief von dem Aste: Flink, flink! Da vergaß er sich ganz und gar, er vergaß, daß er als Wirt neben seinem Gaste ging, er schlang den Arm wieder um sie und neigte sich, um sie zu küssen.

Aber die Hülle sank zwischen ihr und ihm zur Erde, sie entwand sich ihm heftig, er sah zum zweitenmal ein verstörtes Gesicht und den starren Schrecken in ihren Augen, im nächsten Augenblick rannen Tränen auf ihre Wangen. Sie wandte sich ab und ging, ohne ihn noch eines Blickes oder Wortes zu würdigen, eilig den andern nach. Er stand am Wege, hob betäubt den Mantel auf und fühlte sich elend und verworfen. Er hatte schnell erfahren, was er durchaus wissen wollte, daß sie ihn anders achtete als sein Gastgeschenk, denn sie hatte seinetwegen geweint. Sie aber erkannte, daß er in dem Übermut eines vornehmen Knaben Dreistes gegen sie wagte, und ihr Herz empörte sich gegen ihn.

Obgleich sie kein Wort geredet hatte, behauptete Georg doch vor sich selber: ›Sie ist hart und scharf wie Riedgras. Ich möchte Matz Hutfeld Püffe geben, er ist geradeso kalt wie sie. Beide passen gut zueinander, ich merke auch, daß er sogleich gegen sie hübsch tut.‹ So schritt er finster und grollend hinterdrein und fühlte sich unglücklich wie noch niemals in seinem Leben. Erst im Hofe, als der Magister stehenblieb und ihn wegen der Heimfahrt anredete, gedachte er seiner Pflicht; er lüftete die Mütze und lud, wie alle erwarten mußten, zu einer Abendkollation ein. Wieder betraten sie die Herrenstube, aufs neue war der Tisch gedeckt und reichlich besetzt mit allerlei auserwählter Kost, worunter ein riesiger Schinken war, daneben Pfefferkuchen und sogar die neueste Erfindung, welche die Kaufherren aus Italien eingeführt hatten, heilkräftiger Marzipan, und zwischen den Krügen mit Bier und Met standen jetzt Flaschen mit süßem Sekt. Der Magister konnte einen Ausruf angenehmer Überraschung nicht unterdrücken, als er eine solche Besetzung der Herrentafel sah, und er merkte nicht, daß, was ihn mit stolzer Befriedigung erfüllte, sein liebes Kind noch mehr demütigte und ihr aufs neue Tränen in die Augen lockte. Alles war sehr festlich, und die meisten freuten sich der Ehre, nur zwei saßen bleich und verstört, und das Hündlein lief vergeblich zwischen ihnen. Da war es ein Glück, daß der Magister die Gesellschaft unterhielt von den Pfauenzungen seiner Römer und daß einer von diesen die Fische mit Sklaven gefüttert habe. Nur Frau Lischke antwortete: »Pfui, der Türke.« Als Dobise draußen knallte, stand der Magister auf, gerötet vom Sekt, und hielt die Dankrede an den Hausherrn und den gegenwärtigen Sohn Regulus, wobei er auch den Vogt und die Vogtin ehrenvoll erwähnte; und als sie zu dem Wagen traten, sprach er, an das Schüttern gedenkend, 781 großartig wie ein römischer Feldherr: »Hinter uns liegt die Freude, jetzt kommt die Ehre«, worauf die Gäste zur Vorder- und Hintertür hineinstiegen. Es war eine schweigsame Fahrt, Dobise fuhr maßlos, denn es war spät geworden, und er dachte an die Heckenreiter. Georg trabte finster an der Seite, wo die Ratsbotin saß, und in ihm klang es zum Abendgeläut der Dorfglocke: Es ist vorbei und kann sich nimmer wenden. Als endlich der Wagen an dem Birkengehölz hielt und Frau Lischke der Gesellschaft Trennung gebot, sah er noch einmal in das verblichene Antlitz Annas und auf die niedergeschlagenen Augen, mit denen sie sich gegen den Abschiedsgruß der Schüler neigte, und ritt stumm neben seinen Gesellen, dem Reiter und Fußgänger, einem andern Tore zu.

Am Abend ging der Magister begeistert in seinem Museum auf und ab, während Anna schweigend nach den Trümmern des Schlosses starrte, von denen sich jetzt niemals mehr eine Abendmusik hören ließ. »Es war alles rühmlich und freudenreich«, triumphierte der Magister, »und der ansehnliche Herr Marcus König hat sich königlich gegen uns verhalten.«

»Er selbst war aber nicht da«, warf Anna ein.

»Dafür hat er seinen Sohn gesandt, der uns im Grunde vertraulicher ist«, verbesserte sie der Vater; »und ich habe beschlossen, den günstigen Gönnern meine Dankbarkeit zu erweisen durch Dedizierung und Überreichung eines elegischen Gedichtes zu Weihnachten; habe auch schon dem Hannus Buchführer davon Andeutungen gemacht, welcher sich bereit erklärt, die Kosten für einen Bogen Papier und Druck zu tragen, mir mehrere Exemplare gratis zu verabreichen, den Rest womöglich um drei Kreuzer zu verkaufen. Der Bogen muß in Danzig gedruckt werden, weil man hier in dieser Kunst nichts vermag.«

Als der verstörte Georg mit seinen Gesellen den Marktplatz betrat, standen die Leute in eifrigem Gespräch. Vor dem Rathause hielten polnische Reiter, im Artushofe saßen die Brüder dicht gedrängt, auch er vergaß auf Augenblicke sein Leid, als ihm seine Genossen zuriefen: »Es ist Botschaft gekommen vom polnischen König, der große Reichstag wird zum

Winter nach unserer Stadt geladen, es geht gegen den deutschen Hochmeister.«

Und als der Winter kam, als Hannus einen Danziger Ballen auspackte
und der Magister seine Bogen, welche er lange mit stillem Behagen betrachtet hatte, den Gönnern der Schule austrug, schritt er durch den Tumult fremder Haufen, er fand in den Häusern seiner Patrone sorgenvolle
Gesichter, und ihrem Dank, den sie nicht vorenthielten, fehlte die Herzlichkeit.

Der Hochmeister

Die vier Bürgermeister hielten im Artushofe mit den Ältesten der Bruderschaft vertraulichen Rat, wie die polnischen Herren bei den ansehnlichen
Bürgern eingelegt werden sollten. Jeder der Anwesenden begehrte solche
Gäste, die ihm bekannt waren, oder von denen er Vorteil hoffte. Marcus
König war der einzige, welcher geduldig hinter seinem Becher saß, und
wenn er einmal das Wort ergriff, nur für Abwesende sprach, damit diese
nicht übermäßig beschwert würden. Es geschah wie durch Einverständnis,
daß niemand das Haus des Marcus in Vorschlag brachte, entweder aus
Achtung vor dem stillen Manne oder weil es unheimlich geworden war,
denn gerade in den letzten Tagen hatten die Nachbarn wieder über
nächtlichen Spuk geklagt. Doch nur hinter dem Rücken des frommen
Hausherrn wurde dergleichen gemurmelt, denn man wußte, daß er Fragen
darnach mit einem finstern Zornesblick beantwortete oder mit kalter
Abweisung, welche noch mehr gefürchtet war. Endlich begann der alte
Burggraf: »Die Kumpane haben jeder gewählt, nur Ihr, Bruder Marcus,
seid noch zurück. Da Ihr nicht frei bleiben werdet, so ersuche ich Euch,
das Recht unserer Bruderschaft zu gebrauchen.«

»Ich bin bereit, den Fremden zu nehmen, welchen Euer Wille mir zu-
teilt«, versetzte Marcus.

Der Bürgermeister nickte und sah in die Liste. »Was würdet Ihr zu
dem hochwürdigen Bischof von Plozk sagen?«

»Da er von Euch kommt, will ich ihn und seine Begleiter, soweit das
Gelaß reicht, gern beherbergen; doch zürnt nicht, wenn ich Euch sage,
nur ungern öffne ich mein Haus den liederlichen Weibern, welche von
den geistlichen Herren mitgebracht werden.«

»Der Mißbrauch verleidet vielen die Bischöfe«, gab der Burggraf zu.

»Vielleicht beschwert Euch das weniger als andere«, warf ein Bruder ein, »da in Eurem Hause die wilden Weiber keiner Hausfrau die Ehre kränken.«

»Martha Hutfeld hat in meinem Hause gewohnt«, entgegnete Marcus, »und ich will nicht, daß ihr Sohn ein täglicher Genosse der Unordnung werde.«

»Der Bischof bringt wohl seine Trauten in der Nähe unter«, entschied Hutfeld, »ich finde Gelegenheit, mit seinem Kaplan darüber zu reden.«

Die Stadt füllte sich mit Fremden, durch die Straßen schritten vornehme Prälaten mit ihrem geistlichen Gefolge und polnische Edle, begleitet von einem langen Troß Bewaffneter; vor den Schenken zankten, fluchten und umarmten sich Schlachtschützen mit großen Bärten und wilden Gesichtern. Die friedliche Stadt war in ein Feldlager verwandelt, auf den Straßen und in den Häusern klang lauter die polnische Rede als die deutsche. – Der Wintersturm fegte und heulte in den Schornsteinen, und Eisschollen trieben auf dem kalten Wasser, als Bürgermeister und Rat über die deutsche Brücke der Weichsel zogen, um an der Stadtgrenze den einziehenden König von Polen zu begrüßen. Unter einem seidenen Baldachin, den zwei Bürgermeister und zwei Herren von der Landschaft trugen, ritt der König in die Stadt, huldvoll nach allen Seiten lächelnd, ihm folgte polnisches Kriegsvolk, das den Thornern unendlich schien, stundenlang dauerte der Einzug. Den Bürgern war es nichts Neues, den König und den polnischen Reichstag in ihren Mauern aufzunehmen, sie hatten auch gelernt, die Augen zu schließen gegen fremden Brauch und zuchtloses Benehmen der Gäste, solange diese sorglos ihre Geldtasche öffneten, doch so große kriegerische Pracht und Menge hatte das lebende Geschlecht nimmer gesehen. Die Leute staunten über samtene Pelzröcke, silberne Rüstungen und edle Rosse, deren Reitzeug mit bunten Steinen bedeckt war, und sie schrien einander die Namen der vornehmsten Herren zu. Aber viele empfanden Schadenfreude, als ein kalter Sprühregen auf die Einziehenden niedersank und den Fremden die kostbaren Kleider verdarb, obgleich sie selbst nicht weniger naß wurden. Verständige Männer blickten mit geheimem Schrecken auf den Strom wilden Kriegsvolks, der durch die Tore eindrang, und fühlten sich erst erleichtert, als die Mehrzahl nach kurzer Rast auf der entgegengesetzten Seite der Stadt wieder hinauszog, um sich in den Dörfern der Umgegend zu lagern. Bis zum späten Abend wogte das Gewühl in den Straßen, und die Ratsbeamten verhandelten mit heißen

783

Gesichtern und heiseren Stimmen gegen Haufen unzufriedener Gäste, welche viel mehr von der Stadt begehrten, als diese zu leisten vermochte.

Auch vor dem Hause des Marcus hielt ein stattlicher Zug; der hochwürdige Bischof von Plozk mit seinen Geistlichen und Edelleuten stieg ab und wurde an der Tür von dem Hauswirt empfangen, der sein Knie bis auf den Boden neigte, den Segen des Bischofs erbat und ihm demütig in der Gaststube den Willkommen bot. Unterdes geleitete der Ratsdiener einige vornehm geschminkte Frauen, welche auf Wagen und Rossen vor der Einfahrt hielten, um die Ecke in ein Nebenhaus der Hintergasse, obgleich die Weiber mit hellen Worten gegen die niedrige Herberge fochten. Aber auch die geistlichen Herren im Markthause erfuhren bald, daß ihre Wohnung Gäste ungern ertrug und daß sie widerwärtigen Heimsuchungen nicht entgingen, wenn schon ihr Hauswirt ein frommer und eifriger Christ war.

Am Abend schlich Dobise mit einer Laterne über den Bodenraum des alten Hauses, er sah scheu um sich, bevor er einen Bretterverschlag öffnete, der mit alten Kisten und Fässern gefüllt war. Dort wand er sich zwischen dem Gerät, hob an der Rückwand ein Brett und schlüpfte durch die schmale Öffnung in einen engen lichtlosen Raum, den er sich allmählich hergerichtet hatte und den nur er kannte. Es war darin gerade für einen Schemel Gelaß und für einige Kisten. Dobise hing die Laterne an einen Pflock, richtete sich so hoch auf, als er vermochte, und sah sich stolz in dem Verschlage um. ›Jetzt ist Dobise wieder ein Edelmann und Kaufherr von Thorn.‹ Er warf seine Jacke ab, hob aus der Kiste einen stattlichen Pelzrock und eine Mütze von Marderfell, tat beides an und setzte sich auf den Schemel, dann holte er aus einem anderen Behältnis einige Stücke schweren Seidenstoffes, die mit Gold durchwirkt waren, breitete sie um sich her und sah entzückt, wie die bunten Muster im Licht der Laterne glänzten. ›Dies ist der fürstliche Mantel für mich, und hier ist auch ein Prachtkleid für die Alte im Dorfe, das ich ihr aufhebe.‹ Er griff wieder in eine Ecke, holte einen Krug hervor, schwenkte ihn und murmelte: ›Dies trinke ich zu meinem eigenen Wohl, es ist das Beste aus dem Keller des Alten.‹ So saß er da, ähnlich einem Hauskobold, die kleinen Augen zwinkerten unter den schwarzen Brauen, und die schmalen Lippen in dem gelben Gesicht zogen sich in behaglichem Lachen zu beiden Ohren. ›Niemand weiß es, daß ich hier sitze als der echte Herr der Stadt und des Landes, auch der Alte bildet sich ein, daß ich an unseren Kisten zimmere; drüben in der Kaufkammer rechnen sie, und der fremde Gast, der unter mir wohnt und aus seinem schwarzen Buch beten sollte, zankt sich mit seinen Dirnen; ich aber trete mit meinem Fuß auf ihre Köpfe und freue mich.‹ Wieder trank er und murmelte: ›Deutsche und Polen sind jetzt darüber her, einander umzubringen. Wenn sie abgewürgt sind, bleiben wir übrig und werden wieder Gebieter des Landes, wie wir einst waren. Vivat Rex, Dobise‹, rief er, den Becher hebend, ›möge allen Fremden scharfes Eisen durch die Hälse fahren.‹ Er trank und setzte ab. ›Meinen Alten nehme ich aus, dem gebe ich ein bis zwei Goldstücke zur Heimfahrt über das gelbe Weichselwasser, den Georg nehme ich aus, und vielleicht noch wenige Städter, darunter Barthel Schneider.‹ Er lachte über das ganze Gesicht. ›Den Schneider soll alle Tage der Teufel zwicken, wenn ich erst Herr von Thorn bin. Dann werfe ich auch dieses goldne Kleid der Jungfer Anna zu und mache sie zur Königin.‹ Er hielt an und lauschte. Der Bischof zankt noch immer mit seinen Weibern; es ist ein filziger Pfaffe, den sie in unser Haus gelegt haben, und meinem Alten liegt wenig an ihm, denn der Alte und ich, wir sahen einander an, und mein Alter fragte: ›Ob der Pole hier Ruhe findet? Mancher wird furchtsam, wenn die Katzen auf dem Boden springen.‹ Nach diesen Worten fuhr Dobise in die Höhe und sprang mit beiden Beinen kräftig gegen den Fußboden, saß nieder und fuhr verächtlich fort: ›Es ist ein schmutziger Pfaffe, der zu der schwarzen Maruschka von Czenstochau betet, obgleich dies Weib aussieht wie des Teufels Großmutter. Wie will das polnische Weibsstück wagen, sich gegen unsere Maria von Thorn zu brüsten, welche weiß und rot in der Kirche steht mit goldner Krone und blauem Mantel? Ich denke, es wird dem Alten ein Gefallen sein, wenn ich den Bischof aus dem Hause schicke.‹ Er kniete an der Seite nieder, wo er die Flasche unter dem Fußboden heraufgeholt hatte: ›Gepriesen sei mein Kellerloch. Mühsam habe ich den Schutt ausgewühlt bis zu den Deckbrettern über der Gaststube, dafür höre ich die Reden dort unten.‹ Er neigte das Ohr: ›Der Pfaffe zankt noch immer auf polnisch.‹ Dobise steckte den Kopf in das Loch, stieß ein wildes Gebrüll aus und schrie in polnischer Sprache: »Hoho, der Teufel ist über euch, ihr Satansbrut«, worauf er schnell das seidene Gewebe und den Krug versteckte und aus der Kammer sprang. Er stolperte noch zwischen den Kisten, löschte das Licht aus und fuhr unter dem Dach nach dem Hinterhause.

Am nächsten Morgen waren die geistlichen Herren in geheimnisvoller Unruhe, sie murmelten untereinander und schritten wieder mit Lichtern und Sprengwedel durch den Oberstock, doch wollte der Grund ihrer Bekümmernis nicht laut werden. Bis endlich der hochwürdige Bischof zu den Bürgermeistern sandte und sich eine andere Herberge forderte. So wurde Marcus schnell der Gäste enthoben; nur in seinem Hinterhause blieben einige Geistliche aus dem Hofhalt des Bischofs, welche in der gefährlichen Wohnung bei Tag und Nacht länger beteten, als sonst ihre Gewohnheit war.

Der Reichstag wurde eröffnet. Die Abgeordneten der deutschen Städte waren ebenso eifrig als die Polen, Krieg gegen den widersetzlichen Hochmeister zu fordern, und der König gab ihrem Drängen nach. Zum letztenmal wurde Herr Albrecht gefordert, den Lehnseid zu leisten, und als er nicht erschien, trugen die Fehdeboten des polnischen Adels zahlreiche Absagebriefe über die Grenze.

Der Krieg begann, ein seltsamer Krieg, denn weder der König noch der Hochmeister geboten über ein Heer, um ihren Willen durchzusetzen. Die Thorner hatten vor wenig Wochen eine große polnische Heeresmacht angestaunt; es waren fast nur Banden polnischer Edlen gewesen, und diese hatten zwar feurig nach dem Kriege geschrien, aber sie hatten wenig Lust, selbst Haut und Gut im Kampfe zu wagen; das polnische Heer ritt auseinander und verzog sich nach der Heimat. Der Hochmeister hatte seit Jahren um den bevorstehenden Kampf gesorgt, aber alles Mühen und Verhandeln war fruchtlos gewesen, sein Land war klein, arm, widerwillig, nur wenige der Ordensherren waren feldtüchtige Reiter, die Bürger weigerten sich, im Harnisch zu ziehen, das gedrückte Landvolk saß waffenlos, und es fehlte ohnedies an Händen, das Land zu bebauen; die Fürsten im Reiche hatten zwar Gutes versprochen, aber wenig gehalten. Zuletzt waren beide Herren in der Lage, nach geworbenen Söldnern auszuschauen, und keiner von beiden hatte das Geld, starke Fäuste zu bezahlen. Der Hochmeister fand einigen guten Willen bei der fränkischen Ritterschaft und ließ durch diese im Reiche Landsknechthaufen werben, der König von Polen wandte sich an die Böhmen und sogar an die Tataren, und diese Heiden, welche am schnellsten zur Stelle waren, fielen in das Ordensland ein, brannten, erschlugen und hausten so greulich, daß ein Schrei des Unwillens bis in das Reich drang und daß auch die Bürger von Thorn die Köpfe schüttelten und in den Schenken zur Beunruhigung des Rates gegen die polnische Zügellosigkeit ein Gemurr erhoben. Sie freilich saßen vorderhand in Sicherheit. Immer noch war der König in der Nähe, viele vornehme Herren ritten aus und ein, und gutes Geld wurde lustig ausgegeben und leicht verdient. Doch außerhalb der Mauern merkte man die

Verstörung, oft sahen die Bürger den Himmel gerötet, Räuber und loses Gesindel wurden eingebracht, und Hans Buck hatte mehr Arbeit als sonst. Noch in anderer Weise empfand die Stadt den Krieg, die Bürger selbst lebten unruhig und wild, vom Morgen bis Abend waren die Schenken gefüllt, feste Arbeit wollte nicht gedeihen, wer unzufrieden war mit dem Rat, ballte nicht mehr die Faust in der Tasche, sondern schrie laut hinter seinem Kruge; wer zornig wurde, schlug schneller los als sonst, und das Schlichten und Rechtsprechen nahm kein Ende.

Zwischen Anna und Georg war seit jener Fahrt nach dem Gute kein Vertrauen mehr, der Herbstwind stürmte gegen die junge Neigung, alle Blüten welkten im Frost, und Schneegestöber wirbelte darüber. Georg litt zuweilen an unchristlichen Gedanken. »Die teuren Heiligen und wer sonst im Himmel Würde hat, werden jetzt zu oft durch Bitten beschwert. Viele, die am eifrigsten zu ihnen schreien, taugen wenig, und andere, die sich übrigens redlich halten, verlieren dadurch ihren Frohsinn. Ich lobe mir eine Magd, die vor einem frischen Knaben lieber daran denkt, ihre Arme um seinen Hals zu werfen, als die Hände zu falten. Als ich im letzten Winter mit Eva Eske aus einem Becher trank und sie küßte, lachte sie nur, und auch Dörte Mochinger, das Doktorkind, verzog nur ein wenig die Nase, obwohl sie ebenfalls eine Fremde ist. Und mich dünkt, sie ist auch hübscher.« Das konnte er freilich im Ernste nicht für wahr halten, und wenn er Anna vor der Schulstube sah – selten mehr als eine Wange und ein Ohr –, so fühlte er die bittere Reue in seinem Herzen. Anna aber dachte: seine Augenbrauen sind schräge, gerade wie sie auf der Teufelslarve waren. Nein, nicht ganz so, aber sie sind listig geschwungen, und man kann seinem Übermut niemals trauen. Ach, was ist es ein Unglück, wenn Leute so reich sind, die ganze Stube voll Zinn und alle Truhen voll feiner Wäsche, und sie sitzen triumphierend am reichbestellten Tisch und meinen mit uns Armen spielen zu können wie mit einem Hündlein. Bei solcher Mißachtung, welche in beiden arbeitete, war es ihnen lästig, daß sie doch nicht vermeiden konnten, eines um das andere zu sorgen. So war Ajax durch seine Zuneigung zu Georg verleitet worden, hinter diesem aus dem Hause zu laufen, und Georg, welcher gerade in trauriger Stimmung war, hatte nicht darauf geachtet, bis er ein klägliches Gewinsel hörte und den Kleinen zwischen den Pferdebeinen polnischer Leibwächter sah, welche die Straße hinabsprengten. Er warf sich zwischen die Reiter, die Pferde bäumten, die Polen fluchten, aber er riß, obgleich sein Arm durch einen Hufschlag getroffen war, das Tierchen aus der Gefahr und trug es in die

Schule zurück. Schon im Hause hörte er Annas Stimme, welche ängstlich nach dem Kleinen rief, er sprang die Treppe hinauf, ließ ihn vor Annas Füßen nieder, sagte mit gleichgültiger Miene: »Ich fand ihn auf der Straße«, zog die Mütze und ging stolz hinab, bevor Anna mit ihrem Danke zurechtkam. Aber Lischke hatte etwas von der Rettung gesehen, und als Georg am andern Morgen den Arm in der Binde trug und der Magister bei Tische bedauernd erzählte: »Den Regulus hat ein Polenpferd geschlagen«, da sprach Anna zwar nichts, aber Ajax hatte es am Nachmittage gut, denn sie hielt ihn auf ihrem Schoße fest, damit er nicht in ein neues Unglück liefe.

Kurz darauf kam in die Stadt eine Schreckensbotschaft, daß fremdes Raubgesindel sich auf Stadtgrund eingenistet hatte und in den Dörfern plünderte und brannte. Da trat Georg mit anderen Knaben des Hofes, welche für Reiterdienst eingeschrieben waren, vor den Rat und erbot sich, freiwillig in Waffen auszuziehen. Das gefiel dem Rate, weil die geworbenen Freireiter in dieser Zeit nirgend ausreichen wollten. Die Knaben sollten unter Anführung eines Alten über das Land und durch die Wälder reiten, um die Wegelagerer einzufangen. Darunter litt natürlich die lateinische Schule. Als Georg von dem Magister kam, bei dem er sich und die Genossen auf einige Tage beurlaubt hatte, stand Anna an der Treppe, und da er vorübergehen wollte, redete sie ihn an: »Wer seinen Arm noch verbunden trägt, der sollte sich nicht wieder in Gefahr werfen.« Georg aber hob lachend den Arm aus der Binde und antwortete kurz: »Der Schlag war nicht der Rede wert, und es war der linke.« Rauh war die Anrede und rauh war die Antwort. Und als die Reiter zur Nacht nicht heimkehrten und Lischke allen, die ihn hören wollten, erzählte, daß man in der Ferne Schüsse aus Feuerröhren gehört habe, da ging in manchem Hause zu Thorn die Nachtruhe verloren, und es gab solche, welche bei brennender Lampe vergeblich auf den Hufschlag Heimkehrender lauschten.

Erst gegen Abend des nächsten Tages rief die Hauswirtin die Treppe hinauf: »Es schießt wieder, der Türmer schreit herunter, daß die Unsern sich mit fremden Reitern auf dem hohen Land herumtreiben«, und einige Zeit darauf rief sie wieder: »Sie kommen zum Jakobstor herein, schnell, Jungfer Anna, es sind nur wenige Schritte«, da ging Anna mit, nicht freiwillig, sondern von der Frau fortgezogen. Sie stand unter dem Volk unweit des Tores, und Georg ritt vor seinem Haufen bei ihr vorüber mit tiefliegenden Augen und einem wilden Ausdruck in seinem Gesicht, und neben seinem Rosse führte er an einer Halfter gebunden einen greulichen, barhaupten und blutigen Gesellen. Da riefen ihm die Bürger fröhliche Grüße zu, auch Frau Lischke rief, aber Anna vermochte keinen Laut hervorzubringen und sah ihn nur stumm an, und er sie ebenfalls, ohne daß er die Mütze schwenkte, was er sonst so bereitwillig tat. Und als der Ratsbote nach Hause kam und von den Abenteuern der jungen Reiter vieles berichtete, auch den Georg hoch rühmte, weil er nach hartem Strauß den Anführer der Bande bewältigt hatte, da blieb Anna still und finster, denn er war ihr furchtbar erschienen.

Bei solchem Zustande konnte der Frühling nicht gedeihen. Er kam zwar nach alter Gewohnheit, aber widerwillig, und er war auch danach. Unfriede und zerstörte Hoffnung in den Lüften wie auf der Erde. Wenn die Singvögel ihre Nester im Baumeswipfel fertig hatten, erhob sich ein Sturm und brach die Äste; als die Baumblüten gerade aufbrechen wollten, schütteten die Wolken eine Schneelast darüber; wenn die Leute einmal zum Reigen antraten, stießen sie einander mit den Ellbogen, und der Tanz endete in Schlägen. Die Sommerlust verlief nach derselben Weise. Alle kleinen Äpfel fielen grün von den Zweigen; sooft die Nachtigallen sich zu einem Wechselgesange zurechtsetzten, rauschte ein Wetter und Hagel hernieder und zerstäubte ihnen die Federn, und wenn Lips Eske einem guten Gesellen zuliebe des Abends mit dem Bassettel eine Musika anstellte, sprangen aus allen Schenken trunkene Schlachtschützen und begannen im Mondenschein mit wildem Geschrei einen ungefügen Krakowiak. Es war für jedermann ein schlechtes Jahr.

Als der Sommer kam, hatten Bürgermeister und Rat über neue Einquartierung zu beraten. Denn fürstliche Vermittler hatten dem Hochmeister Albrecht freies Geleit ausgewirkt, und dieser wollte selbst nach Thorn reiten, um wegen Krieg oder Frieden mit dem Könige, seinem Oheim, zu verhandeln. Diesmal berieten die Herren von Thorn weniger fröhlich. Die Stadt war des Kriegslärms müde, der Hader mit den einquartierten Polen nahm kein Ende, jedermann sträubte sich gegen neue Belästigung, zumal gegen Aufnahme der Feinde. Zuletzt erschien es der Mehrzahl als eine gute Auskunft, daß ein Ratmann begann: »Das Haus des Marcus König ist zu Unbill für andere wenig belastet, und Bruder Marcus hat erst gestern im Artushofe gesagt, ihn wundere selbst, warum man ihn vor andern verschone.« Da stimmten alle bei, den reichen Kaufherrn zu laden; nur Konrad Hutfeld schwieg, wie die andern meinten, deshalb, weil es ihm als dem Schwager des Marcus sowohl unziemlich war, beizustimmen als zu widersprechen.

789

Als Marcus vor den Rat trat, wurde er nicht wie früher um seinen guten Willen befragt, sondern der Burggraf eröffnete ihm als Gebot: »Da die ganze Stadt schwere Bürde trägt, Ihr aber weniger, so ist Beschluß des Rates, daß Ihr jetzt den deutschen Hochmeister und einen Teil der neuen Gäste empfangt.«

Auch Marcus war nicht mehr so willig wie ehedem. Er schwieg lange, und seine Augenbrauen zogen sich zusammen, er sah, daß sein Schwager Hutfeld ihn forschend anblickte, endlich begann er: »Ich bin dem Rat Gehorsam schuldig, und ich kenne die Not der Stadt, doch bitte ich die ehrbaren Herren, in Zukunft daran zu denken, daß nicht ich die Fremden erbeten habe, sondern daß sie mir ohne meinen Willen in das Haus gelegt werden. Ich führe fürwahr ein friedliches Leben, dennoch höre ich, daß man mich hier und da für einen Gegner der Landesfreiheit hält. Die Nachrede wird sich mehren, wenn weiße Mäntel durch meine Tür aus und ein gehen. Dies mag mir selbst einmal bei dem Rate nachteilig werden, denn ich habe bereits zu meinem Schaden erfahren, damals, als die Scheuern meines Gutes angesteckt wurden, daß die hochmögenden Herren nicht bereitwillig waren, mein Eigentum zu schirmen. Darum erscheint mir das Gebot bedrohlich.«

»Ihr sprecht vorsichtig«, versetzte der Bürgermeister, »der Rat wird sich erinnern, daß Ihr heut bereitwillig ward; und da Ihr an die Sorge um das Geschütz rührt, so darf ich Euch sagen, daß auch die Stadt Euch gute Meinung beweisen wird, und ich hoffe, Herr Kumpan, daß Ihr die Feldschlangen aus dem Zeughaus erhaltet.«

Marcus vernahm die Kunde ohne ein sichtbares Zeichen der Freude und sagte nur: »Die gebietenden Herren mögen tun, was ihnen gerecht und billig dünkt.«

Er wandte sich auf der Treppe, da ihm jemand folgte. Es war Konrad Hutfeld. »Mich führt mein Amt nach dem Zeughaus, ist's Euch recht, Schwager Marcus, so begleite ich Euch.«

Marcus lüftete seinen Hut. Die Schwäger betraten nebeneinander den Markt. »Gern hätte ich Euch«, fuhr Hutfeld fort, »das lästige Einlager des Hochmeisters abgewehrt.«

»Ich weiß, Herr Bürgermeister«, antwortete Marcus, »daß Ihr den Fremden, den Ihr selbst nicht mögt, auch in meinem Hause nicht gern seht. Verzeiht einem Hauswirt die Frage: Erwartet Ihr, daß der Hochmeister lange hier verweilen wird?«

»Ihr fragt, welches Vertrauen ich zu der Friedenshandlung habe. Ich will offenherzig zu Euch reden, ich habe, wie alle Welt, geringe Zuversicht. Der König hielt es für klug, den deutschen Fürsten, welche für den Hochmeister verhandeln, nicht entgegen zu sein, aber der Krieg ist entbrannt, keiner von beiden hat dem andern obgesiegt, und wenn der Hochmeister auch erkannt haben mag, daß er der Schwächere ist, er hat zu stolz gehofft, des Lehnseides quitt zu werden, als daß er nachgeben sollte, solange ihm die Deutschen im Reiche noch ihre Hilfe nicht ganz versagen.« Und nachdrücklich fügte er hinzu: »Ich sorge, er hat Ratgeber, die ihn durch eitle Hoffnungen täuschen.«

»Ist seine Art so, daß er sich täuschen läßt?«

»Er ist einer von den deutschen Fürsten«, versetzte Hutfeld kalt, »und er hält sich für einen Meister der deutschen Adligen. Ihr wißt selbst, daß diese schlechte Ratgeber sind, außer da, wo es gilt, zu rauben oder zu trinken.«

»Vielleicht hofft der Hochmeister darauf, seinen Orden zu reformieren. Vieles, was zur Väter Zeit schlecht geworden ist, muß von den Enkeln gebessert werden.«

Hutfeld sah mißtrauisch auf seinen Begleiter: »Meint Ihr, daß der junge Albrecht ein Schwarzkünstler ist, welcher die abgestandenen Fische seines Sumpfes wieder lebendig machen wird? Doch, wenn es ihm auch gelänge, wozu keine Aussicht ist, des Lehnseides für seine kleine Herrschaft quitt zu werden, was kümmert uns Thorner und das ganze Weichselland solcher Gewinn?«

»Nichts, denke ich«, antwortete Marcus, »unsere Bürgermeister werden doch dem Könige von Polen den Baldachin tragen.«

»Nicht also, Marcus, sprecht lieber so: Wir Thorner werden doch die Freiheit, welche die Vorfahren mit Blut erkauft haben, gegen die Tyrannei der Ordensherren behaupten. Ich denke nicht, daß in der Stadt noch einzelne Träumer sich mit der Hoffnung getrösten, das Weichselland unter die Knechtschaft dieses Knaben Albrecht zurückzubringen.«

»Sind es einzelne und sind es Träumer, so hat der Rat sie nicht zu fürchten«, entgegnete Marcus kalt.

»Damit er sie nicht fürchten müsse, ist er genötigt, mit scharfem Auge auf ihren Weg zu sehen.«

»Wir Thorner vertrauen ruhig der Vorsicht des Rates«, antwortete Marcus.

Sein Schwager sah ihn besorgt an und ergriff die Hand des Widerstrebenden. »Ich bin Euch dankbar für große Treue, und ich dachte an die Zukunft des alten Hauses, vor dem wir stehen, als ich so offen zu Euch sprach; denkt auch Ihr daran, Schwager.«

»Ich denke daran, daß Ihr ein kluger Herr seid, namhafter Herr Bürgermeister, und daß Ihr entschlossen tun werdet, was Ihr tun müßt«, schloß Marcus, seine Hand zurückziehend, und verneigte sich höflich.

Es war mitten im Sommer an einem heißen Tage, als der Hochmeister, Herr Albrecht, in die feindliche Stadt einzog. An dem Tore begrüßte ihn der Kastellan von Dibow und ein Ratmann. Während der Herr unter ihrer Führung langsam aus der Mauerenge zwischen die Häuser ritt, hinter ihm die kleine Schar der Weißmäntel und die Frachtwagen, welche den Fremden ihren Reisebedarf in feindlichem Lande nachfuhren, standen die Leute wieder dicht gedrängt an den Türen und auf den Kellerhälsen, und ein aufgeregtes Summen ging durch die Menge. Aller Augen suchten das verhaßte schwarze Kreuz, aber sie fanden es nicht, und sie sahen, daß die Hüllen der Reiter weiße Tatarenmäntel waren, welche der Orden den Söldnern des polnischen Königs im Kampfe abgenommen hatte. Da fiel manchem aufs Herz, daß die Herren des Ordens doch als Christen gegen unmenschliche Heiden gestritten hatten, deren Bundesgenossenschaft die Thorner für eine Schande halten mußten, und ihr Unwille gegen die Einziehenden wurde ein wenig gedämpft. Einzelne Stadtleute, zumal Bürger aus der Neustadt, zogen sogar ihre Mützen, da der Hochmeister auf seinem schwarzen Streithengst bei ihnen vorüberkam, ein schlanker Herr, noch in jungen Jahren, mit einem Antlitz, das bleich aussah, vielleicht wegen Kränklichkeit, vielleicht wegen der Sorgen. Er dankte vornehm auf gebotenen Gruß, aber mit gespannter Aufmerksamkeit sahen seine hellen Augen auf das Volk zu beiden Seiten. Wie der Zug am Markte aufgeritten war, entdeckte Georg verwundert, daß unter den letzten im Gefolge auch sein Feind, der lange Henner, in dem fremden Mantel unter der Blechkappe hielt. ›Ich hoffe, er ist nicht so unverschämt, in unser Haus zu dringen.‹ Aber bevor Henner mit anderen seitab ritt, trieb er sein Pferd mit geschickter Wendung in die Nähe der Türtreppe und raunte, an die Wand geklemmt, in Georgs Ohr: »Wenn ich als Gast in Euer Haus komme, will ich Malvasier trinken, auch könnt Ihr mir einen neuen Marderpelz zurechtlegen, ich denke ihn anzunehmen.«

»Die Knechte führen lange Stöcke, mit denen sie die Motten ausklopfen, hütet Euch, daß Ihr ihnen nicht in die Hände fallt«, antwortete Georg.

Der Ratmann geleitete den Hochmeister zu dem Kaufherrn. Als Marcus den vornehmen Gast begrüßte, kam dem Sohne vor, als ob der Vater ebenso verblichen aussehe wie der Hochmeister. Aber beide hielten sich höflich zueinander, wie die strenge Sitte vorschrieb. Marcus geleitete die Gäste in den Oberstock, wo eine Reihe Zimmer für sie bereitet war, und während Rosse und Wagen in den Hof einfuhren und der vertraute Rat des Hochmeisters, Herr Dietrich von Schönberg, verbindliche Worte zu Georg sprach, tauschte Herr Albrecht selbst mit dem Hausherrn die ge- bührlichen Reden. »Wir vernahmen viel von dem Hasse, mit welchem die Bürger uns Brüder vom schwarzen Kreuz ansehen, wir freuen uns, daß wir das Gerücht als unwahr befinden und daß die Thorner ihren deutschen Nachbar gutwillig leiden wollen.«

»Die Welschen sagen uns Deutschen nach«, versetzte Marcus, »daß wir in Zorn und in Reue maßlos sind. Vielleicht aber vermögen die Deutschen deshalb auch in Reue wieder gutzumachen, was sie im Zorn verdorben haben.«

Der Hochmeister sah befremdet auf seinen Wirt, doch fragte er gleichgültig weiter: »Ihr ward selbst in welschen Landen, Herr?« und als er nach Fürstenweise auch den andern Ehre erwiesen hatte, verabschiedete er die Herren von Thorn, weil er dem Könige aufwarten müsse, und Dietrich von Schönberg versicherte dem Hauswirt mit einem Händedruck, daß seine fürstlichen Gnaden einer ernsten Zusammenkunft entgegengehe und wohl lieber noch unter den Hausgenossen weilen würde.

Förmlich, wie der Empfang, verliefen auch die folgenden Tage. Die Bürger mußten bekennen, daß die Fremden sich schweigsam und in guter Zucht hielten. Auch im Hause des Marcus gingen zwar Weißmäntel und fürstlicher Besuch häufig aus und ein, doch an Gelage und Gasterei war nicht zu denken, der Hochmeister blieb des Abends am liebsten allein oder zusammen mit wenigen Vertrauten. Marcus wartete jeden Morgen als Wirt seinem Gaste auf, fragte nach den Wünschen der Herren und erhielt jedesmal ein Lächeln und dankbare Reden.

Aber er beobachtete mit leidenschaftlicher Teilnahme jede Regung der Fremden und vermochte die geheime Freude kaum zu bergen, als ihre Mienen nach wenigen Tagen sorgenvoller wurden. Einst fand er den Hochmeister früher als sonst vom Rathause zurückgekehrt, der Herr saß in trübem Sinnen und antwortete dem Gruß des Wirtes: »Ohne Nutzen für das Land haben wir Euch bemüht, wir ziehen in Unfrieden ab, mein Oheim will, daß ich das blutige Schachspiel gegen ihn fortsetze.« Marcus schwieg, und der Hochmeister fuhr in seinen Gedanken fort: »Zehn Jahre trage ich dies Kreuz, und die Last war zuweilen schwer.«

Da vernahm er die Gegenrede: »Sechzig Jahre trage ich die Hoffnung auf Rettung und Rache still in mir herum, und mein heißestes Gebet war, daß ich nicht von dieser Erde scheiden möge, bevor die Ordensfahne wieder über der Burg von Thorn weht.«

Der Hochmeister sprang auf: »Der Ruf kam von Herzen. Wer seid Ihr, Herr, daß Ihr in Thorn solche Rede wagt?«

»Ein Mann aus dem Geschlecht des Ludolf König, der einst auf dem Hochmeisterstuhl zu schnell an seinem Glück verzweifelte.«

»Ich aber sehe heut in das Angesicht eines vertrauten Mannes«, rief der Fürst. »Nicht zum erstenmal vernehme ich den geheimen Gruß. Seit Jahren erhalte ich über Lübeck Briefe, deren Schreiber sich nicht nannte. Oft war ich ihm dankbar für klugen Rat und habe über seine gute Kenntnis des Weltlaufs gestaunt, seine Worte haben mich getröstet, wenn mir Ermutigung am meisten nottat. Jetzt frage ich nicht mehr, wer der unbekannte Freund war.«

Marcus verneigte sich ehrerbietig. »Seit Jahren erkenne ich, daß Eure fürstliche Gnade mit dauerhaftem Mut gegen Wind und Wogen zu steuern weiß, und oft habe ich im geheimen Euch gerühmt, weil Ihr unermüdlich ward und Euren Feinden widerstandet, obgleich das Unglück wie Wellen des Meeres über Euch hereinbrach.«

Der Hochmeister lächelte traurig: »Auch der Gleichmut in Welthändeln wird erlernt. Doch teuren Preis habe ich dafür bezahlt. Denn ich darf Euch, der gleich einem alten Freunde vor mir steht, auch bekennen, daß mir das Leben so sauer gemacht wird wie keinem andern deutschen Fürsten. Da ich mit dem Mantel bekleidet wurde, fast noch ein Knabe, schwoll mir das Herz bei dem Gedanken, daß ich als Landesherr mit einem ritterlichen Kreuzheer das Ordensland freimachen und die Fremden zurückwerfen könne. Es war ein törichter Wahn, mein Vater, und bitter war die Enttäuschung. Denn wie ich nach Preußen kam und die Helden betrachtete, welche die Ordensburgen und Pflegeschaften innehatten und durch ihr Amt und ihr Gelübde zum Kampf verbunden waren, fand ich sie bis auf wenige unkriegerisch, und als ich prüfend nach ihrem Willen forschte, empfing ich drei Grüße: Lachen, Stöhnen und Achselzucken. Der eine hatte die Gicht, dem andern hatte die Traute, die er sich in seinem Hause hielt, gänzlich verboten, auf das Pferd zu steigen, einige saßen schon vormittags in Trunkenheit, und manche, die noch auf Waffen und Gäule hielten, fanden es töricht, für den Hochmeister und den Orden ins Feld zu ziehen und zogen es vor, in der Dämmerung mit Heckenreitern gemeinsame Sache zu machen und Reisende auf der Heide ihres Geldes zu entledigen. Auch die Besseren waren müde und mutlos und lebten armselig im verarmten Lande. Dennoch, Herr, erkannte ich unter ihnen einige Männer von wackerm Mut und adligem Sinn. Und ich sage ehrlich, wie ich's gefunden, der deutsche Adel war immer noch meine beste Hilfe.«

»Weil der Adel am meisten verlieren wird, wenn der deutsche Orden vergeht«, warf Marcus ein. »Soll der Orden gedeihen, so muß der Bürger Anteil an seinem Regiment gewinnen.«

»Es mag so sein, wie Ihr sagt«, fuhr Herr Albrecht fort. »Denn die Bürger meiner Städte waren nicht willig gegen mich, jeden Groschen, den sie mir zahlten, rückten sie mir wieder vor, die kleinste Geldsumme sollte ich bezahlen durch ein Pergament, welches ihnen neue Rechte einräumte; jeder, der mir zu leisten hatte, wollte dafür haben. War doch alle Macht des Hochmeisters ohnedies zerstückelt in den Händen der Städte und Landschaft. Ich hoffte auf die deutschen Fürsten, auf meine Verwandten, auf den alten Kaiser Max, auf den jungen Kaiser Karl, auf den Heiligen Vater selbst. Ich bekam guten Rat so viel, daß ich damit eine Burg von Papier hätte aufbauen können, unsichere Versprechungen und nirgends Hilfe, und zu den kleinen Summen, die mir meine Verwandten etwa vorschossen, alsbald herrische Ermahnungen und Forderungen auf Ersatz. Niemand hatte, was mir allein helfen konnte: die Lust, meinetwegen in das Feld zu ziehen. Der Kaiser, ja der Heilige Vater selbst sandten mir zuweilen gute Vertröstungen, um den überlästigen Bettler loszuwerden, und in der nächsten Stunde dachten sie daran, daß der große König von Polen ihnen mehr nützen könne als der deutsche Ordensritter am fernen Meeresstrand.«

»Kämpfen zwei Adler miteinander in freier Luft«, antwortete Marcus, »so wird der den Gegner niederstoßen, welcher am höchsten fliegt. Der Hochmeister zu Königsberg, getrennt durch das polnische Weichselland vom Deutschen Reiche, hat nur geringen Wert für Kaiser und Reich, ein geehrter Landherr wird er erst, wenn ihm die Städte des Weichselstroms gehorchen; und niemals wird Eure fürstliche Gnade von der Schmach der polnischen Dienstbarkeit befreit werden, wenn Ihr nicht mehr begehrt als den Rest des alten Ordenslandes.«

»Ich vernehme die alte Mahnung Eurer Briefe«, rief der Hochmeister, »sie klang laut wider in meinem Herzen. Gegen die Polen, bei Kaiser und

Papst habe ich das ganze Ordensland gefordert. Ich habe gefordert, doch ich vermochte nicht zu erringen. Und ich sorge, mehr noch als die polnische Macht hindert mich der Haß der Weichselstädte.«

»Ihr habt bei uns mehr Freunde, als Ihr wißt. Zwar die Geschlechter, welche in der Stadt regieren, sind Euch feindselig, aber sie werden von den Bürgern beargwöhnt, vorab in der Neustadt hausen viele Unzufriedene. Die große Masse endlich folgt dem, welcher die größere Stärke erweist. Wollt Ihr die Polen bewältigen, so müßt Ihr Thorn mit Kriegsmacht einnehmen, denn es ist die Pforte des Weichselstroms, und Euch mit den Danzigern freundlich vertragen, was sie auch für sich fordern mögen, dann fällt Euch das übrige Weichselland von selbst zu.«

»Könnt Ihr helfen, daß ich diese Stadt in meine Gewalt bekomme?« fragte Herr Albrecht schnell.

»Vielleicht ist die Stunde nicht fern, wo die Bürger freiwillig Euch die Tore öffnen. Vertraue Eure fürstliche Gnade, daß hier ein treuer Mann lebt, der jeden Tag darüber sinnt, Euch zum Herrn der Stadt zu machen.«

»Gut, Herr«, rief freudig der Hochmeister. Aber sogleich fuhr er finster fort: »Wir gebärden uns als Eroberer, und doch habe ich zur Zeit große Not, nur zu behaupten, was ich besitze. In Wahrheit hängt mein ganzes Glück an einem Sieg im Felde. Ihr aber versteht, wie ein Sieg erkauft wird, er ist teure Ware, und der Hochmeister ist der ärmste aller Landesherren; ich werbe Söldner, und es fehlt mir nicht an kriegsfesten Hauptleuten, doch an Geld, sie zu unterhalten. Kein Bettler und kein Heckenreiter, der gewöhnt ist, auf fremdes Gut zu lauern, hat so große Sorge um das Volk gemünzter Pfennige als ich; denn, mein günstiger Freund, zum Losschlagen sind die Deutschen wohl bereit, aber nicht, den Beutel zu öffnen. Und obwohl der König von Polen sein Geld lieber in der Truhe behält, als im Kriege verschwendet, so wird er doch länger Goldgulden besitzen, die er in das Spiel setzt, als ich. Und es ist ein alter Spruch, daß das letzte Geldstück das Spiel gewinnt.«

»Nicht so, edler Herr, der wird gewinnen, welcher den besseren Mut einsetzt. Denn wem das Herz fest bleibt in aller Not, der wird zuletzt nicht nur den lauen Freunden, auch seinen Feinden ehrwürdig.«

»Ihr sprecht mit gutem Vertrauen, Vater, aber auch Ihr wißt nicht, wie kränkend für fürstlichen Stolz dies Beharren ist; denn ich darf sagen, in Sorgen schwebe ich, vom Borgen lebe ich. Und wenn ich alles bedacht habe und Plan auf Plan geschmiedet, am Tage der Ausführung wird alles vereitelt, weil der Schatzmeister mir vorrechnet, daß ich nichts vermag.

Es ist ruhmlose Arbeit, welche ich aufwende, um solcher Not zu widerstehen, die preist kein Sänger und rühmt kein Orator, und mächtigere Fürsten zucken die Achseln darüber. So sind jetzt stattliche Haufen von Reisigen und Landsknechten bereit, mir zu dienen, wenn ich ihnen Sold zahle, und ich ziehe von hier mit der bittern Sorge, daß ich sie nicht festzuhalten vermag.«

»Und wenn Ihr sie nicht festzuhalten vermögt, gnädiger Herr, was werdet Ihr dann tun?« fragte Marcus.

»Ich weiß es heut noch nicht zu sagen; aber eines darf ich kühnlich vor Gott behaupten: verzweifeln werde ich nicht. Ich habe in den zehn Jahren manchen bittern Trank der Demütigung getrunken; darum habe ich mich jetzt entschlossen, das Äußerste zu wagen; und ich denke lieber unterzugehen im Kampfe, als den Eid zu leisten, der den Meister des Ordens zum Diener eines fremden Königs macht. Ich will der letzte Hochmeister sein, wenn ich nicht dem Orden aufs neue eine geehrte Herrschaft erwerben kann.«

Da rief Marcus mit starker Stimme: »Seid gesegnet, Herr, um dieser Worte willen. Bewahrt Ihr in der Not den Sinn eines festen Mannes, so bewahre ich eine Waffe, die Euch aus der Not erlöst. Folgt mir, gnädiger Herr.«

Er öffnete mit einem Schlüssel die Tür, welche das Gemach des Hoch-meisters von dem Gewölbe trennte, und führte den erstaunten Herrn 796 zwischen die Schränke vor einen großen eisernen Kasten, dort hob er den schweren Deckel. Der Kasten war mit gemünztem Golde gefüllt, und Marcus sprach, darauf weisend: »Des Kaufmanns Truhe ist nicht groß genug, um alles Geld zu fassen, welches einem Kriegsherrn nötig ist, damit er den Krieg ernähre bis zum Siege. Aber ich denke, der Schatz, an welchem ich mein Lebelang gesammelt habe, ist keine verächtliche Ausstattung für einen jungen Helden; denn hat er sich seinen Feinden furchtbar erwiesen, so öffnen sich ihm auch wohl die Beutel zweifelhafter Freunde, und er selbst holt sich neue Kriegszehrung von den Feinden. Dies ist gesammelt, um Eurer fürstlichen Gnade zu dienen, wenn Ihr mir gelobt, zu beharren bei Eurem hohen Vorsatz und eher zu sterben, als ein Vasall der Polen zu werden. Dies gehört Euch und im Notfall noch mehr, soweit mein Vermögen reicht. Der Kaufmann verpfändet Euch seine Habe, Ihr setzt dagegen Ehre und Leben. Verleihen die Heiligen Euch Sieg, so werdet Ihr mein Landesherr und für diese Summe Schuldner eines getreuen

Dieners, und endet Euer fürstliches Leben anders, so ist diese wie jede andere Erdenschuld getilgt.«

Der Hochmeister stand sprachlos. »In der Stunde, wo ich mich von allen verlassen wähnte«, murmelte er. »Mein Vater und mein bester Freund.«

»Ich bin nur ein Bürger von Thorn, den es schmachvoll dünkt, daß seine Vaterstadt einem fremden Volke dienstbar ist. Seht, Herr, das Eisen dieses Deckels ist scharf und vermöchte wohl meine Hand abzuschlagen, die ich hier zwischen Kasten und Deckel lege. Freudig will ich sie in den Kasten fallen sehen, wenn ich dadurch meine Vaterstadt von der Unehre des alten Treubruchs lösen könnte.«

Da legte Herr Albrecht, hingerissen durch die finstere Begeisterung, seine Hand zu der des Marcus auf den Eisenrand und rief:

»Auch der Hochmeister des deutschen Ordens will eher seiner Schwurhand quitt werden, als dem Polen dienen, das gelobe ich Euch.«

Marcus hielt die Hand des Herrn über dem Golde und sprach: »Der Schatz fand seinen Herrn, ich aber danke den Heiligen, daß ich diesen Tag erlebte.«

Stiller Vertrag

Der Hochmeister hatte die Stadt verlassen, der Krieg war aufs neue entbrannt und die gebietenden Herren zu Thorn erwarteten ungeduldig die Nachricht von der völligen Besiegung ihres Feindes. Aber es kam weit anders. Wie durch einen Zauber herangelockt, drang ein deutscher Heerhaufe nach dem andern an die Weichsel, der junge Hans Sickingen führte eine Schar Reiter herzu, darunter wohlbekannte Herren des fränkischen Adels, viele Fähnlein Landsknechte wälzten sich mit ihrem Troß über das polnische Preußen, und der Hochmeister stand auf einmal an der Spitze eines Heeres, dem die Polen nicht gleiche Kraft entgegenzusetzen hatten; er eroberte Städte zurück, welche die Kastellane des Königs vorher eingenommen hatten, säuberte den größten Teil des Ordenslandes von den Fremden, und tüchtige Hauptleute seines Heeres schlugen und fingen einen polnischen Trupp nach dem andern. Aufs neue wurde das Land durch Brand und Raub verwüstet. Traf der Verlust auch beide Teile, im ganzen war durch mehrere Monate Herr Albrecht der stärkere; die deutsche Partei erhob mit frischem Vertrauen das Haupt, und die Mienen der Polenfreunde wurden sorgenvoll.

Das Herz des Marcus pochte in stolzer Freude. Zwar in der Trinkstube des Artushofes hütete er sorgfältig Miene und Rede, er wußte wohl, daß er unablässig beobachtet wurde. Auch dem Sohne verhüllte er sein Gemüt, denn er wollte den einzigen Erben von den Gefahren entfernt halten, unter denen er selbst einherging; nur gegen den vertrauten Gehilfen Bernd, der heimlich zum Orden hielt, offenbarte er etwas von der stürmischen Bewegung, die er empfand. Der Rat hatte ihm als Entgelt wegen Verpflegung des Hochmeisters zwei Feldschlangen für sein festes Haus bewilligt. Damit erhielt er das Vorrecht, zum Schutz und zur Bedienung des kostbaren Stadtgutes einen Büchsenmeister und einige Söldner zu unterhalten. Georg bat den Vater ehrerbietig, die Sorge um die Kriegsleute ihm anzuvertrauen, und er war gekränkt, als der Vater ihm das kurz abschlug, zumal er bei einem Ritt auf das Gut wahrnahm, daß Haus und Hof für eine große Besatzung vorbereitet wurden. Zwar kamen die Nachrichten vom Heere des Hochmeisters nur undeutlich in die Stadt, was für den Feind ungünstig war, wurde laut berichtet und seine Siege gern vom Rat verschwiegen, aber Bernd war mit dem Volke der Schiffer vertraut und hatte Kundschaft mit kleinen Bürgern in der Neustadt, und was er dort erfuhr, lautete oft weit anders, als was in der Halle des Artushofes verkündet wurde.

Als Georg einst am Abend durch das Hinterhaus heimkehrte, vernahm er in der Kammer, in welcher sonst Dobise schnürte und hämmerte, den Gesang einer fremden Stimme, welche zu bekannter Weise ein neues Landsknechtslied sang, und er verstand Worte, in denen die Danziger und Elbinger übel gescholten und die Taten des Hochmeisters und seiner Scharen mit stolzer Freude gerühmt wurden. Er blickte erstaunt durch das Fenster, in der Mitte des Raumes stand sein Vater, und diesem leuchtete das Antlitz vor freudiger Aufregung, und ein Lächeln schwebte um seinen Mund. Gegenüber dem Vater saß ein fremder Gesell mit narbigem Gesicht in der Tracht eines Landfahrers, der das lange Lied fröhlich absang und nach dem Ende mancher Verse die Trinkkanne hob. Als der Sohn leise eintrat, zog sich die Miene des Vaters finster zusammen; er winkte ihm mit der Hand, sich still zu halten, und erst als das Lied beendet war, sagte er gemessen: »Es ist nützlich, neue Zeitungen auch so zu vernehmen, wie die Gegner sie berichten.« Er reichte dem Fremden etwas in der Hand und gebot dem Dobise, ihn in eine sichere Herberge zu

798

führen. Und Georg erkannte aus der gezwungenen Haltung des Vaters, daß dieser ihm seine Gesinnung verbarg. – Aber nicht Marcus allein lauschte auf Kunde, welche dem Hochmeister günstig war, in der Neustadt saßen viele, welche den Polen nichts Gutes gönnten, entweder weil sie dem Regiment des Rates zürnten, oder weil sie daran dachten, daß ihre Vorfahren lieber zum Orden gehalten hatten als die Altstädter; und in den Trinkstuben der Neustadt bargen die Mißvergnügten ihre Freude nicht, wenn sie erfuhren, daß der polnischen Partei etwas mißlungen war. Dasselbe Lied, welchem Marcus zugehört hatte, war in der Schenke ›Zur blauen Marie‹ hergesungen und das Gemurr der Wohlgesinnten durch lauten Ruf der andern übertönt worden. Und als der Rat auf Anzeige nach dem Sänger suchte, war dieser verschwunden, obgleich keiner von allen Torwärtern einen Fremden seines Aussehens am Tore beachtet hatte. Solche Anzeigen machten dem Rat stille Sorge.

Aber als der Herbst kam und die gefüllten Erntewagen durch die Stadttore fuhren, und als die Schwalben ihre junge Brut über den geräumten Feldern den Kreistanz lehrten, da kam zu der alten Unruhe ganz allmählich noch eine neue in die Seelen der Thorner. Wenn angesehene Bürger auf der Straße einander begegneten, verweilten sie länger als sonst und sprachen leise miteinander, wenn an den Tischen der Stammgäste das Gespräch über die letzten kriegerischen Nachrichten aus dem Felde aufgehört hatte, vernahm man starke Worte gegen vornehme Geistliche, ja, was sonst jeder als Geheimnis bewahrt hatte, Gedanken über Kirchenlehre und Glauben, das lief ihm jetzt über die Zunge. Neben den alten Sprichwörtern, durch welche der Bürger seine Rede bestätigte, gebrauchten jetzt zuweilen auch Laien Sprüche aus der Heiligen Schrift, und Barthel Schneider geriet mit seinem Nachbar, dem Lohgerber, in heftigen Zwist, als er sich auf eine Aussage des Daniel berief, welche dem Lohgerber ungehörig erschien, weil der Jude Daniel Danziger ihn bei einer silbernen Kette betrogen hatte, Barthel aber nicht deutlich zu sagen vermochte, wer Daniel eigentlich gewesen sei. Wenn die Predigermönche zu zweien durch die Stadt gingen, lachten viele hinter ihnen her oder zuckten die Achseln und wandten sich ab wie von nichtsnutzigen Leuten. Und die Menschen wagten nicht nur, von anderem zu reden als seither, sie dachten sogar darauf, Neues zu fordern. Über das Regiment der Stadt wurde laut gehandelt, oft erfuhr der Rat, daß Unfreundliches über ihn in den Schenken verlautete. Sonst hatte der Bürger, auch der Neustädter, mit kaltem Hochmut auf den Bauer herabgesehen und ihn als das Lasttier der Erde betrachtet, jetzt sprach der Bürger mit freundlicher Herablassung zu dem Bäuerlein, welches in den Laden kam, eine Sense oder eine Pelzmütze zu kaufen, und wenn der Landmann zutraulich über unerträgliche Lasten klagte, so nickte der Bürger im Einverständnis. Sogar im Artushofe, wo die Herren der Stadt in drei Bänke geteilt saßen, war zwischen der vornehmen Georgenbank und den Bänken der Kaufleute und Schiffer eine stille Fehde erkennbar, und ungern vernahmen es die Alten auf der Georgenbank, daß Hendrick, der Schiffer, seinen Krug erhob und laut rief: »Dies bringe ich einem guten Steuermann, der uns alle durch die Brandung fährt«, und auf diese Anspielung klang in der alten Halle hier und da Beifallsruf.

In diesen Wochen wurde Hannus ein vielgesuchter Mann. Es war ihm nach langer Unterbrechung seines Geschäftes gelungen, einen großen Bücherballen von Danzig heraufzuschaffen, er war jeden Tag beschäftigt, seine Ware vertraulich vorzulegen und kleine Silberstücke in seinem Beutel zu bergen. Und er mußte die Mehrzahl seiner Kunden auf eine neue Sendung vertrösten, nach der er geschrieben. Was die neue Aufregung in den Seelen bewirkte, waren wieder unscheinbare Büchlein, die er aus dem Reiche eingeführt hatte, jetzt in der Mehrzahl nicht lateinisch für die Gelehrten; in deutscher Sprache berichteten sie jedem, der zu lesen vermochte, von einem Kampfe zwischen tausendjähriger Herrenmacht und dem kühnen Mute weniger, welche ihre Überzeugung gegen die Gewaltigsten der ganzen Welt zu verfechten wußten. Noch nie war die deutsche Sprache durch den Druck so stark in die Seelen gedrungen, der Zorn und die Klage, welche hier verkündet wurden, lagen in jedermanns Herzen, die Besserung des christlichen Standes, welche sie forderten, war aller Vernünftigen Wunsch, und die Erlösung der Christenheit aus der babylonischen Gefangenschaft, in welcher fremde Priester zu Rom die Gewissen hielten, längst die geheime Sehnsucht der Besten. Um so unwiderstehlicher war die Wirkung der kühnen Worte, weil die Leser wußten, daß den Männern, welche vor allem Volk zu lehren wagten, was Jahrhunderte nur unterdrücktes Murmeln gewesen war, wegen ihres Mutes der Tod drohte in seiner furchtbarsten Gestalt, daß ihre Seelen verflucht werden sollten und die Asche ihres verbrannten Leibes in alle Winde gestreut.

Aber auch für den Bürger von Thorn wurde es gefährlich, sich um die neue Lehre zu kümmern, und über den Büchlein des Hannus zog sich ein Wetter zusammen. Denn der polnische König, welcher nahe der Stadt auf seinem Schlosse Dibow weilte, kam oft über die Brücke und erhielt Kunde von allem, was die Deutschen aufregte. Als König Sigismund einst nach dem Rathause geritten war, und der Bürgermeister Hutfeld vor sein Angesicht trat, sah der König den Bürgermeister bei gnädigem Gruß mit seinen klugen Augen prüfend an und wandte sich wieder dem Markte zu, wo ein Haufe polnischer Reiter auf dem Durchzug rastete. Die müden Pferde ließen die Köpfe hängen, und die Polen schrien einander über den Futtersäcken zu oder lagen erschöpft auf ausgebreitetem Stroh. Da begann der König: »Aus dem Lande sind üble Nachrichten gekommen, wie Ihr wohl gehört habt, Bürgermeister; mein Vetter Albrecht spielt den Kriegsmann und ist ein Führer fremder Landsknechte geworden. Die deutschen Bremsen stechen übel im Lande. Briefe verkünden mir, daß im Reich unter dem Adel ein starkes Werben für den Hochmeister ist. Das Land aber liegt verwüstet, und die Polen sind ebenso säumig, ihre Haufen heranzuführen, als ihr Städter säumig seid, euer Geld in das Schatzhaus zu senden. Mein Neffe erweist größere Hartnäckigkeit, als ich ihm zugetraut, und ich sehe kein Ende des Raubes und Brandes. Auch unsere Freunde im Reich mahnen zur Nachgiebigkeit.« Da Hutfeld auf diese Rede nicht antwortete, fragte der König mit abgewandten Blicken: »Was ist Eure Meinung, Bürgermeister?«

Das behagliche Gesicht des Herrn Konrad rötete sich, als er antwortete: »Wie wir in Thorn wissen, sind es jetzt sechzig Jahre, da tat ein König von Polen einem Bürgermeister von Thorn dieselbe Frage, und der Enkel weiß Eurer königlichen Würde nur dieselbe Antwort zu geben. Wenn die Krone Polen dem Ordensmeister gestattet, eine freie Herrschaft zu behaupten, so opfert sie früher oder später das Weichselland, welches sich unter polnischen Schutz gestellt hat. Solcher Entschluß geht uns allen an die Hälse. Unsere Väter haben, um Städte und Land zu retten, der polnischen Treue vertraut. Schwere Verantwortung haben sie auf sich genommen und ein heißer Haß ist entbrannt, er glimmt noch heut unter der Asche. Wenn die Polen treulos gegen uns handeln, so bleibt uns nur übrig, um unser Leben zu kämpfen. Darum, entsagen die Polen dem Preußenlande, so werden wir sie als Meineidige vor aller Welt anklagen und überlegen, wie wir uns selbst bewahren vor der Rache unserer Feinde.«

Jetzt ruhte der Blick des Königs auf dem erregten Sprecher, er trat auf ihn zu, und ein Lächeln glitt über sein ernstes Gesicht. »Das war eine Sprache, die ich hören wollte; ich habe Euch nur durch Worte geprüft, zürnt mir darum nicht. Wisset, Herr, manche in meiner Nähe hegen

Argwohn gegen euch Deutsche, weil ihr in vielem hartnäckig den Polen widerstrebt. Ich aber denke nicht daran, dem jungen Albrecht in seinem fadenscheinigen Ordensgewand zu schenken, was ich in meiner Hand halte, und Ihr mögt mir glauben, Herr Bürgermeister, daß ich lieber neuen Krieg wage, als das Anrecht opfere, welches die Krone Polen an dem Preußenlande erstritten hat.« Und da Hutfeld betroffen schwieg, fügte er hinzu: »Seid nicht gekränkt über meine Rede, wir wissen jetzt beide, daß wir gute Freunde sind, und Eurer Stadt soll nicht zum Schaden gereichen, daß ich Euch vertraue. Doch nicht alle in Thorn denken wie Ihr. Wer ist das Haupt der Unzufriedenen?«

Hutfeld antwortete zögernd: »Es sind außer den Schreiern in den Schenken nur einzelne der ansehnlichen Bürgerschaft, niemand vom Rate, und diese Unzufriedenen bewahren vorsichtig ihre Gedanken.« Und da der König ihn, Weiteres erwartend, anblickte, fügte er hinzu: »Ich denke, daß ich Eurer königlichen Würde bürgen kann für die Treue der Stadt.«

»Wollt Ihr die Bürgschaft auf Euer Gut und Leben nehmen, so frage ich nicht weiter.«

»Ich will die Bürgschaft übernehmen«, versetzte Hutfeld, »wenn Ihr, gnädigster Herr, meiner Treue fest vertrauen wollt.«

Der König nickte und fuhr nach einer Weile fort: »Ihr seid zu nachsichtig gegen die deutschen Ketzereien, welche sich aus dem Reiche einschleichen, sie mehren den Zwist mit meinen polnischen Herren.«

»Sie trennen uns auch für immer von der Möncherei des deutschen Ordens; darum sieht der Rat aller Weichselstädte in der Stille nicht ungern, wenn die Bürger etwas von der neuen Lehre in ihre Herzen aufnehmen. Zudem wird die Tyrannei und Habsucht der Pfaffen oft unleidlich. Auch für Eure königliche Würde mag der neue Glaube, wie ihn die Leute nennen, eine gute Hilfe werden gegen den Hochmeister und seine Ordensleute.«

»So denkst du als Bürger von Thorn«, antwortete der König vertraulich in lateinischer Sprache, »der König aber hat andere Rücksichten zu nehmen auf den Eifer der Magnaten und Bischöfe und vor allem auf den Kaiser und den Heiligen Vater selbst, und es ist mir gerade jetzt notwendig, mich als treuen Sohn der Kirche zu erweisen. Dem Rat wird ein scharfes Mandat zugehen gegen die Verbreitung der Irrlehren durch Predigt und Bücher, und ich fordere von den Städten, daß sie mir darin nicht widerstreben.«

»Der Rat wird das Mandat des Königs gehorsam ausrufen und anschlagen«, versetzte Hutfeld ehrerbietig. »Doch möge Eure königliche Würde auch gnädig bedenken, daß die Thorner sich nicht gern die freie Rede verbieten lassen.«

»Wir verstehen uns«, schloß der König huldreich, »sorge nur, du Treuer, daß kein Lärmgeschrei der Pfaffen zu mir dringt.«

Wenige Tage darauf schlug Lischke ein großes Mandat an das Rathaus, er läutete mit der Glocke durch die Straßen, und der Ausrufer schrie die Worte des Befehls in die Lüfte. Am Abend war in allen Schenken große Aufregung und manches heftige Wort gegen den Rat wurde laut, auch wurden einige junge Gesellen deshalb vorgefordert und streng vermahnt. Hannus raffte in dem ersten Schrecken alle verdächtigen Büchlein zusammen und versteckte sie unter seinem Bette, an den nächsten Markttagen fand man bei ihm außer den Kalendern und Wetterbüchern nur etwas von den Gegnern der neuen Lehre, von Dr. Eck und Cochläus, und wenn die Leute seinen Kram umstanden und neugierig fragten, so zuckte er abweisend mit den Achseln und wies nach dem Rathause. Als aber endlich die Bürger über seine Verzagtheit spotteten und er merkte, daß Lischke gar nicht nach seinem Tische hinsah, wurde er wieder mutiger und griff zuweilen, wenn ein sicherer Kunde kam, in die Tiefe seines Kastens, oder lud ein, ihn daheim zu besuchen, ob er vielleicht etwas Erwünschtes finden werde.

Niemand in Thorn war glücklicher über die neue Aufregung als der Magister. Zuerst hatte er vornehm auf den Streit der Mönche herabgesehen, dann hatte er dem Kampf eine wohlwollende Teilnahme gegönnt, jetzt aber umfing auch ihn die Macht des gewaltigen Geistes, welcher unablässig als Lehrer der Deutschen verkündete und mahnte. Er war der erste, welchem ein Einblick in die Sendungen des Buchführers vergönnt wurde, und seit die Traktätlein in deutscher Sprache durch die Länder flogen, wie die Bienen eines umgeworfenen Stockes durch den Garten, verlor er seinen lateinischen Stolz und trug ungelehrte deutsche Druckschriften in den Taschen umher. In der Schule zwar nahm er einige Rücksicht auf die Gewaltigen der Stadt. Anna aber war als sein einziges Kind auch die Vertraute seiner Gedanken, und es war für sie eine Herzensfreude, dem Herrn Vater zuzuhören, wenn er ihr des Abends vorlas; dann wurde er bei dem Streit der Theologen kriegerisch, er schlug auf den Tisch, sprang bei den Stellen, die ihm besonders gefielen, auf und pries mit gehobenen Händen den Schreiber und sein eigenes Glück, daß er solche Tapferkeit erlebe. Die Argumente der Gegner aber begleitete er mit verächtlichen Bemerkungen, warf ein Büchlein, das ihm mißfiel, in die Stubenecke und kämpfte gegen das liegende mit starken Gründen und seinem Stocke, bis er es endlich wieder aufhob, um weiterzulesen. Da war natürlich, daß Anna ebenso eifrig für die neue Lehre wurde. Und als ein redliches Weib mußte sie wünschen, daß auch andere von der verkündeten Wahrheit erfüllt wurden, mochten sie nun Schüler sein oder nicht. Bei den andern dachte sie zunächst an einen, für den sie in der Stille immer sorgte. Sie fürchtete, daß er sehr wenig um sein Seelenheil bekümmert sei und daß er sich aus den Streitbüchern der Gottesgelehrten und aus den Greueln des Papsttums gar nichts mache. Ihr schlug das Herz höher in dem Gedanken, daß sie ihm aufhelfen müsse. Aber wie durfte sie in sein Gemüt eindringen?

803

Wenn sie einmal zufällig ihre Meinung offenbarte und Georg etwas davon vernahm, dann trug der gute Samen bei ihm üble Frucht. So war Matz Hutfeld spät zu dem Entschluß gekommen, auch seinerseits einmal dem Magister und seinen Schulgenossen eine Kollation auf dem nahen Zinsgut zu geben, welches sein Vater von der Stadt innehatte. Und zwar sollte alles großartiger sein als im letzten Jahre bei den Königen. Nachdem Matz den Vater um einen Wildbraten aus dem Stadtwald gebeten hatte und um ein Fäßlein rheinischen Weins, geleitete er dieselbe Gesellschaft, die früher zusammen gewesen war, durch die Felder nach dem Herrenhof. Diesmal fuhren sie nicht zu Wagen, sondern kleine Polenpferde warteten vor der Stadt auf die Frauen und den Magister, und einige Freireiter geleiteten den Zug; denn Matz hatte vorsichtig die unsichere Zeit und die fahrenden Strolche bedacht. Es war vieles prächtiger; aber das vornehme Wesen und die schwere Zeit bedrückten die Herzen, und als die Gäste gar in den Gutshof traten und dort hinter der Mauer zwei Feldschlangen aufgepflanzt sahen und einige Kriegsknechte zur Bewachung, da verstummte die Unterhaltung, obgleich Matz mit Stolz zu den Geschützen führte und den Ruhm erklärte, welchen sie dem Hausherrn gewährten. Als der Wildbraten bei der Kollation aufgestellt wurde, schlug nur Frau Lischke die Hände zusammen; Matz aber hielt zum Ruhme des Magisters eine lateinische Oration, die er sich ausgearbeitet hatte, ganz ohne Fehler, und wie er den Becher hob und die Gesundheit ausbrachte, lösten die Kriegsknechte im Hofe ein Geschütz zur Begrüßung der Gäste, was sonst nur bei großen Gastmahlen für Bürgermeister und Rat gebräuchlich war. Obgleich Matz am Pulver gespart hatte, damit in der Stadt kein Gerede entstehe, sprangen die Frauen doch erschrocken von ihren Sitzen, und Georg vernahm mit grimmigem Zorn, wie der öde Bürgermeistersohn

Anna in unverschämter Vertraulichkeit tröstete: »Das geschah vor allen anderen Euch zu Ehren, liebe Jungfer.«

Nach der Kollation führte Matz die Gäste ebenfalls ins Freie, um ihnen das Gut zu weisen, und da es ein Sonnabend war, fanden sie die Arbeiter über der letzten Ernte beschäftigt. Die Gäste sahen zu, wie die Bauern im Frondienst mähten und wie der Vogt sie scheltend trieb. Der Magister sagte bedauernd: »Der arme Karsthans arbeitet in saurem Dienst, damit wir unser Brot haben.« Doch Matz Hutfeld antwortete kalt: »Es sind Deutsche, ein störriges und widerwilliges Volk, weil sie sich rühmen, von den Vätern her freie Leute zu sein.«

Ein alter Mann konnte wegen Gebrechlichkeit nicht die Reihe halten, so daß der Vogt auf ihn eindrang und seine Gerte über ihm schwang. Da vergaß sich die Anna ganz und gar und rief mit geröteten Wangen und blitzenden Augen: »Wie darf der Vogt einen freien Mann schlagen, zumal dieser alt und gebrechlich ist?« Aber Matz lächelte, und der Magister kehrte dem Vogt den Rücken, um den Anblick zu meiden. Der Alte mochte etwas von dem Bedauern vernommen haben, denn er legte die Sense hin und wankte zur Seite in den Schatten des Gebüsches, bei welchem die Gäste eben gestanden hatten; da schrie der zornige Vogt: »Tut's die Gerte nicht, so soll dich die Peitsche lehren.« Er lief eine Wegstrecke zurück, wo sein Pferd angebunden war, um dort die Lederpeitsche zu holen. Der Magister, gekränkt durch die wilde Drohung, führte seine Begleiter mit starken Schritten von der Stelle weg. Anna aber wandte sich nach einer Weile um, denn Georg fehlte in der Gesellschaft. Sie sah den Weißkittel wieder tief gebückt mähen und wie der Vogt mit geschwungener Peitsche auf ihn losfuhr, aber im nächsten Augenblick stand der Mäher hoch aufgerichtet, sprang gegen den Vogt, riß ihm die Peitsche aus der Faust und hieb ihn mit seiner eigenen Waffe jämmerlich durch. Es war Georg in Mütze und Kittel des Bauern. »Du sollst fühlen, du wüster Tropf, daß Hiebe weh tun«, rief er, »nimm dies, weil du einen Freien geschlagen hast, und dies, weil du einen Alten geschlagen hast, und dies, weil du ein hartherziger Tyrann bist.« Der Vogt brüllte unter den Streichen, die Arbeiter standen still und sahen einander frohlockend an. Matz Hutfeld vergaß seine Ruhe und lief herzu. »Das sollst du büßen«, rief er seinen Mitschüler an.

»Halte dich zur Seite, junger Bürgermeister«, gebot Georg mit geröteter Wange, »verklage mich bei deinem Vater. Dir aber, Meister Vogt, rate ich, deine Rache an mir zu nehmen und nicht an dem Alten, denn wenn du ihm nur ein Haar auf seinem Haupte versehrst, so komme ich zum zweitenmal über dich und zahle dir, daß du das Aufstehen für immer vergißt.« Er warf dem alten Manne, der hinter einem Busche auf den Knien lag, Kittel und Mütze zu und schritt ohne Gruß nach dem Hofe. Gleich darauf sahen die Gäste ihn heimwärts reiten. – Das war ein klägliches Ende der Kollation. Matz enthielt sich nicht, mit bleichem Gesicht gegen den entfernten Georg loszuziehen, aber Lips Eske fand diesmal früher Worte als der Magister und sagte: »Hättest du dem Vogt seine Bosheit gewehrt, wie du wohl konntest, so wäre Jörge nicht in seinen Zorn verfallen.«

Verstört kehrte die Gesellschaft zurück und brach nach einigen höflichen Reden, welche die Bewegung verbergen sollten, zur Stadt auf. Georg aber dachte, als er heimritt: ihr schafft es kein Glück, mit mir über Land zu reisen. Sie sah erstaunt aus ihren großen Augen auf mich, ich habe sie gewiß wieder durch mein jähes Wesen erschreckt. Und doch kam mir ein, daß ihr ganz recht sein würde, wenn ich den Vogt abstrafte. Es ist möglich, daß ich wegen des Handels wieder vor den Rat komme, ungern bemühe ich die alten Herren. Ob Matz jetzt noch einmal aus der Feldschlange schießen läßt? Aber: daß ich den Vogt gestrichen hab', das freuet mich von Herzen. Dieser Satz gefiel ihm sehr, und er sang ihn zuerst nach der Weise: Tannhäuser war ein Ritter gut, und darauf wie das Lied: Frisch auf, du schöne Sommerszeit, und endlich nach dem ›Schloß in Österreich‹.

Er kam zufriedener nach Hause, als er ausgeritten war, und beschloß, während er das Pferd in den Stall führte, seinem Vater keine Mitteilung zu machen. »Nur nicht voreilig«, sagte er mit klugem Bedacht.

Als der Magister das Museum betrat und das zurückgelassene Wachtel seine Brillengläser anbellte, brach er ein langes Schweigen mit den Worten: »Nicht du solltest Ajax heißen, sondern ein anderer. Ich bin in großer Sorge um den zornigen Georg«, und er vernahm mit Erstaunen, daß Anna heftig antwortete: »Auch ich hätte den Vogt gestraft, wenn ich ein Mann wäre.« Sie war den Abend schweigsam, beeilte den Gutenachtgruß und ging in ihre Kammer. Dort warf sie ihr Regentuch zur Seite, und die helle Freude flog über ihr Gesicht. »Wilder Georg«, sprach sie leise vor sich hin und wiederholte oft die Worte, sie öffnete das Fenster und sah hinaus nach der wüsten Stätte der Ordensburg. Da fiel ihr alles ein, die Lieder und die große Musika, welche dort in den ersten Wochen erklungen waren, die Geduld, mit welcher er seit der Zeit um ihre gute Meinung geworben hatte, und seine Freude, als er im vorigen Jahr mit ihr zusammen sang. Auch der dreiste Arm, den er damals um ihre Hüfte gelegt und den sie durch so lange Strenge gestraft hatte, tat ihr heut gar nicht weh; ja ihr war, als fühle sie seinen Arm wieder, und sie wandte sich mit freundlichem Blick zu der Seite, wo sie ihn dachte, sie lächelte nur und sagte vor sich hin: »Er ist ein wilder Knabe. Heut tat er es um meinetwillen, weil ich mich über den harten Treiber erzürnt hatte, denn er sah vorher auf mich, ach so warm und treu.« In dieser Art trieb sie es lange, auch als sie die Flechten gelöst und ihren Gürtel auf den Schemel gelegt hatte, wollte sie das Fenster noch nicht schließen. Sie hielt zuweilen inne und lauschte, um ein Lied aus der Ferne zu vernehmen. Es war draußen alles still, aber in ihr klang eine holde Weise nach der andern. Und als sie im Bette lag und die Decke um sich zog, flüsterte sie noch lächelnd: »Gute Nacht, wilder Junker, schlafet in Frieden.« – Gute Nacht auch der Jungfer Anna. Sie war ein feines und sittsames Kind, aus Kursachsen oder Meißen, und hatte einen Widerwillen gegen rohe Taten der Männer, und doch war es ihr Schicksal, daß die Liebe in ihr aufblühte, weil ihr behender Knabe einen andern mit der Faust bewältigt hatte.

In den Ratsherren von Thorn wollte eine ähnliche Wohlmeinung nicht erblühen. Matz berichtete dem Vater gehässig gegen Georg. Am andern Tag kam jammernd der zerbleute Vogt, und die Geschichte wurde ruchbar. Da der Täter und der Herr des Gutes dem Artushofe angehörten, so ging der Handel vor das Gericht der Brüder, auf deren Bank Marcus König neben Hutfeld saß. Diesmal trat Georg keck unter die Augen seiner Richter, erzählte den Fall in seiner Weise, beschuldigte den Vogt und schloß: »Hochmögende Herren, Väter und Brüder, wenn ich wieder solches Unrecht sehe, werde ich wieder zuschlagen, was mir auch darum geschehe.«

Da furchte sich die Stirn Hutfelds, und der Burggraf Friedewald mußte dem Dreisten seine Rede verweisen. »Wenn der Vogt im Dienst seines Herrn allzu eifrig war, so stand nicht Euch die Strafe zu, mein Sohn, sondern dem Gutsherrn selbst.«

»Das bekenne ich, hochgebietender Herr«, versetzte Georg achtungsvoll, »vielleicht fühlte ich das Unrecht doppelt, da ich auf dem Gute meines Oheims und Paten war, und ich meinte nichts Übles zu tun, wenn ich als ein Mann aus der Freundschaft des Gutsherrn zur Stelle bewies, daß der Bürgermeister von Thorn seine Diener nicht gegen Recht und Gesetz an dem Leibe freier Arbeiter freveln läßt. Habe ich darin zuviel getan, so bitte ich um gnädige Strafe.«

Nach den kühnen Worten schwiegen alle, Hutfelds Gesicht rötete sich im Zorn, und er sah finster auf seinen Paten.

Darauf wurden die Zeugen gefordert. Von dem Magister sah man ab, da er kein Bankgenosse war, Lips Eske aber sagte genau aus wie Georg, und der Vogt konnte seine Hitze nicht leugnen, obgleich er viel über Widersetzlichkeit der Arbeiter zu klagen hatte, so daß die Herren mit düsteren Mienen zuhörten.

Als die Parteien abgetreten waren, bat zuerst Hutfeld um milde Strafe für seiner Schwester Sohn, was manchen wunderte, denn man wußte, daß er ungern verzieh. Doch der Burggraf fiel ihm bei. »Es würde dem Hofe in dieser Zeit verdacht werden, wenn er über solche Dreistigkeit strenger urteilte als die Bürger; die Leute sind jetzt durch neue Gedanken beunruhigt, und es wird uns wohl anstehen, zu zeigen, daß auch wir einer Bedrückung des gemeinen Mannes nicht gleichgültig zusehen.«

Darauf erhielt der Vogt einen scharfen Verweis und Georg als milde Strafe einige Tage Gefängnis in einer Kammer des Artushofes. Dort weilte er ohne Ungemach, denn Eske und andere gute Gesellen wußten zu ihm zu gelangen, er genoß fröhlich in ihrer Mitte allerlei Gutes, das sie ihm zutrugen, und der Hauswächter brachte ihm sogar einen Topf mit kunstvoll gebrautem Würzbiere, den die Stammgäste der blauen Marie in der Neustadt ihm wegen seiner Unerschrockenheit gestiftet hatten. Da merkte Georg, daß die Bürger ihn wert hielten, sein Mut stieg hoch, und er wurde ganz sorglos. Nur als er aus der Klausur nach Hause kam und seinem Vater gegenüberstand, fühlte er sich bedrückt. Denn der Vater warnte ihn in seiner ruhigen Weise: »Du trägst deinen Krug allzuoft zum Wasser, er wird zerbrechen. Diesmal hast du alle Brüder gekränkt, welche als Herren auf Stadtgütern sitzen, und du hast dir auch in unserer Freundschaft Gegner gemacht, denn Bürgermeister Hutfeld und sein Sohn werden dir die Kränkung im geheimen nachtragen.«

»Verzeiht nur Ihr, Herr Vater, es soll sicher das letztemal sein, daß ich als unbändig gescholten werde.«

Denselben Tag stand Anna allein im Hausgarten. Durch das Laub des Fliederstrauchs warfen einzelne Sonnenstrahlen goldenen Schein auf ihre langen braunen Zöpfe und auf das feine Rot ihrer Wangen und malten ihr bunte Muster über das dunkle Hauskleid. Hoch aufgerichtet hielt sie die gebogenen Zweige mit der Hand und sah nach einem Vogelnest: »Die

807

Kleinen sind ausgeflogen, und ich werde ihr Gezirp nicht mehr hören; hütet euch, ihr Flatterer, daß euch die Menschen nicht einfangen und in ihre Bauer stecken. – Wie ist es doch traurig, im Gefängnis zu sitzen, wenn die warme Sonne scheint und der würzige Geruch von Blumen und Kräutern in der Luft schwebt.«

Da lief das Hündlein und bellte, kam zu ihr und zog sie am Gewande. Sie wandte sich um, an der Außenseite des Zaunes lehnte Georg und sah bewundernd nach ihr hin. Beiden röteten sich die Wangen höher, als sie einander gegenüberstanden; weil aber Georg, hingerissen von dem Anblick der Geliebten, stumm blieb, begann sie endlich verlegen: »Der Vater wird gern vernehmen, daß Ihr aus dem Gefängnis befreit seid.«

Ihr Gruß löste ihm die Zunge. »Es war keine schwere Haft, doch war sie nicht so lustig als der Zaun, von dem Ihr umschlossen seid. Dort kam ich heraus, hier möchte ich hinein, wenn Ihr es vergönnt.«

»Bleibt doch draußen«, versetzte sie ängstlich, »gute Nachbarn tauschen ihren Gruß auch über den Zaun.«

»Ach, liebe Jungfer Anna, meine Freude wäre groß, wenn Ihr mich für einen guten Nachbarn hieltet; dem Nachbar reicht man auch wohl etwas Gutes über den Zaun.« Er schwenkte seinen Hut. »Ich würde fröhlicher meine Straße ziehen, wenn ich einen kleinen Strauß aus Eurem Garten auf dem Hut tragen dürfte zum Andenken an dieses Wiedersehen.«

»Tragt Ihr einen Strauß am Hute, so wissen alle Leute, daß eine Magd ihn Euch gebunden hat, und sie raten, was jedes Kraut und jede Blume für Euch bedeuten.«

808 »Vermag doch niemand zu erraten, wer mir den Strauß angebunden hat, und jede Blume, die Ihr mir schenkt, bedeutet für mich Gutes.«

»Mich aber ängstigt, ob ich die rechten wähle«, antwortete sie befangen. »Dies hier wage ich Euch zu geben, nehmt das Eisenkraut, da Ihr doch ein stürmischer Junker seid«, und sie bot ihm den blühenden Stengel über den Zaun.

»Wie einen wilden Kriegsmann behandelt Ihr mich«, sprach Georg, den Stiel haltend. »Ich bitte herzlich, tut noch etwas Wohlriechendes hinzu, Salbei und Muskatkraut, damit ich Eure gute Meinung erkenne.«

Sie bückte sich zu den Beeten. »Nehmt auch noch die Sternblume, sie deutet auf die Sterne und daß die Geberin Gutes für Euch erfleht«, und sie wand ihm das Büschel mit einem Halm zusammen.

Er hob fröhlich den Hut. »Gesegnet sei der Garten, und gesegnet sei die Jungfrau darin, und mir sei es gute Vorbedeutung, daß ich Euch zuerst hier wiedersehe, allein, in freier Luft, wo die Vögel fliegen und die Sonne lacht.«

»Mit Recht lobt Ihr den Garten«, sagte Anna, um seine verklärten Augen von sich abzulenken, »denn ist der Raum auch nur klein, er birgt doch ein Wunder des Sommers, seht dorthin. Die Rosenzeit ist längst vorüber, und wenn ein König seine Boten aussenden wollte nach einem Rosenkranze, er würde weit umher suchen müssen, hier aber trägt ein Stock zum zweitenmal seine Blüte.« Sie wies nach der Seite.

»Ihr sagt es, daß die Rose blüht«, versetzte Georg bekümmert, »aber für einen, der draußen steht, ist sie vom Baumlaube verdeckt.«

Da rührte Annas Hand leise an der Gittertür, Georg sprang herein; sie trat zurück und wies nach der Blume. So standen sie im Garten, beiden bebte das Herz in Ahnung und freudigem Bangen, und beiden war der Blick wie mit einem Flor verhüllt und die Wange in freudigem Schreck verblichen. Sie traten zu der Rose, die am Gipfel des Strauches im Halbschatten leuchtete, und Georg begann leise: »Wo eine Rose einsam steht, da ist hier Brauch, daß man ihr Vertrauliches offenbart. Und wenn eines dem andern etwas zu sagen hat und die Scheu beim Anblick des andern die Lippen schließt, dann wenden sich beide voneinander ab und sprechen zu der Blume. So tue ich hier.«

Anna wandte sich ab und faltete die zitternden Hände.

»O liebe Rose Jungfer Anna, seit Jahr und Tag bin ich Euch gut und trage meine Sehnsucht still im Herzen. Einst war ich ein frecher Knabe gegen Euch, aber die Liebe hat meinen Sinn gewandelt; auch wenn Ihr streng gegen mich wart, seid Ihr mir immer lieber geworden, das Höchste seid Ihr mir, was ich auf der Erde habe, ich scheue Euch und ehre Euch und frage unablässig, was Ihr von mir denkt. Laßt's Euch gefallen, daß ich Euch im Herzen trage, seht mich freundlich an mit Euren treuen Augen und sprecht auch milde Worte zu mir, denn ich lebe in Unglück und Verstörung, wenn ich denke, daß Ihr mir zürnt.« In tiefen Atemzügen bebte seine Stimme, und bei dem zitternden Klange pochte das Herz des Weibes; sie stand unbeweglich und als er schwieg, antwortete sie fast unhörbar mit bebenden Lippen: »Ich sah, wie die Knospe aufschoß, und ich sah, wie die roten Blätter aus der Hülle brachen, und jetzt, da die Rose blüht, muß ich sorgen, fallen die Blätter in der Nacht, oder wird sie morgen noch blühen?«

809

Da wandte sich Georg zu ihr und rief: »Die Rose kommt und welkt in wenigen Tagen, mir aber wurde die Jungfrau lieb für mein Leben, und wenn ich sie missen muß, will ich nimmer leben.«

Auch sie sah zu ihm auf, ihre Augen strahlten von Liebe und Zärtlichkeit, aber sie hob die Hand abwehrend gegen ihn und sprach tonlos: »Liebt Ihr mich und ehrt Ihr mich, so flehe ich, daß Ihr geht.«

Und der wilde Knabe ging.

Aber der liebste Gang war ihm fortan in die Nähe der alten Burg. Dort saß der Magister zuweilen nach der Lektion im Schulgarten, und da er bei Georg eine besondere Ehrfurcht vor diesem Aufenthalt erkannte, so lud er ihn eines Tages ein, im Garten gewissermaßen zwanglos lateinische Reden zu üben, und er freute sich, daß die Übungen ganz nach dem Herzen seines Schülers waren, denn Georg kam seitdem regelmäßig. Zuerst verlief die Stunde lateinisch, dann brachte Anna dem Vater sein Vesperbrot herab, und der Magister forderte seinen Schüler auf, mitzuessen. Glückselig saßen die drei zusammen; es war ein stiller, abgeschlossener Raum, der nicht durch die Augen der Nachbarn zerstochen wurde, und nur zuweilen verriet sich die Gesellschaft dem Volke der Gassen, wenn Georg nicht vermeiden konnte, zur Laute zu singen. Doch tat er das selten, denn Frau Lischke, die jetzt ganz auf seiner Seite war, warnte ihn verständig, damit dem Hause keine üble Nachrede entstehe.

Bald wurde er der Vertraute bei einem geheimen Vorsatz des Magisters. Denn an einem friedlichen Nachmittage begann dieser: »Da wir hier zu dreien versammelt sind, so will ich ein Kollegium eröffnen, du, Regulus, und du, Kind Anna, ihr sollt meine Berater sein. Nämlich der neuliche Ehrentag hat mich, obwohl er jämmerlich auslief, doch wieder an meine Pflicht erinnert wegen eines kleinen Gedichtes zur Weihnacht. Hannus ist willfährig, einen Bogen drucken zu lassen. Aber nur unter einer Bedingung, sagte er: Die ganze Welt ist jetzt nach deutschen Büchlein begierig, das Lateinische vermögen nur wenige zu lesen. Wenn ich einen Bogen Deutsches erhielte, so könnte ich mich für die Kosten daran erholen, und etwas Deutsches würde auch Euch, Herr Magister, den Thornern wert machen, vornehmlich, wenn es einfältiger wäre und für die kleinen Leute. Er wies mir einen Holzstock, der ihm einmal zugekommen ist, darauf das Kind in der Krippe, Maria und Joseph, dabei Öchslein und Esel, Mond und Stern. Und er rühmte sich und mich, indem er sagte: Schreibt Ihr dazu etwas, so kann keiner widerstehen. Heut nun erinnerte ich mich an unsere Fahrt im vorigen Jahre zu dir, Regulus, welche vergnüglicher war, als die letzte, und ich bedachte, wie jämmerlich unkundig in der heiligen Geschichte das Volk hier dahinlebt. Darum will ich diesmal den Bürgern ganz schlicht aus Matthäus und Lukas die Kapitel von der Geburt des Herrn zusammenfügen und in gemeines Deutsch übertragen. Es ist keine vornehme Arbeit, und mancher wird es als Pfaffenwerk geringachten, jedoch es läuft unter anderem mit. Das ist meine Absicht; nun sagt ihr Kinder auch eure Meinung.«

Da fiel Georg sogleich mit warmen Worten bei, aber Anna schüttelte den Kopf. »Vater, wer kann wagen, die heiligen Worte in Deutsch zu verkünden, wenn er nicht geistlich und nicht in der Kirche angesehen ist. Die Pfaffen werden Euch jedes Wort aufmutzen, und ich fürchte, Herr Vater, Euch selber wird jedes Wort schwer auf dem Gewissen liegen, ob Ihr den Leuten alles richtig erklärt.«

Daran hatte der Magister nicht gedacht, und der Einwurf fiel ihm auf das Herz. »Es gibt jetzt andere, die noch Größeres wagen«, antwortete er endlich; »und die kleinen Bänkelsänger singen ja auch zuweilen ein Lied darüber, im Notfall kann ich meinen Namen weglassen, und obgleich ich's nicht gern tue, kann ich die Arbeit auch vorher unserm Pfarrer von St. Johann unterbreiten.« So beschloß er die kleine Übersetzung aus dem Griechischen, und Georg war sehr bereitwillig, ihm Bücher zu werben und heranzutragen.

Als der Nachtfrost das Grün des Gartens verdarb, wurde die gelehrte Unterhaltung in die Stube des Magisters verlegt. Hier war die Freude Georgs noch größer, wenn er zusah, wie sicher Anna in der Wirtschaft waltete, wenn sie sich im Gespräch vertraulich zu ihm wandte wie zu einem alten Freunde, und wenn er einmal wagte, einen Augenblick ihre Hand zu halten. Dann trieb auch er Possen wie ein kleiner Knabe, erzählte lustige Geschichten, und ein herzerfreuendes Lachen froher Menschen klang von den Wänden zurück. Nie hatte der Jüngling bis dahin das Glück empfunden, welches die Anmut einer Frau im Haushalt verbreitete, jetzt sah er die Geliebte an seiner Seite und fühlte den seligen Frieden in seinem Herzen. Und oft verstummte er plötzlich und saß in seinem Entzücken schweigsam mit heißen Wangen. Er half auch treulich bei der Übersetzung des Weihnachtsevangeliums, wenigstens als Zuhörer. Der Magister begann siegesgewiß, aber während der Arbeit wurde er immer unsicherer, er strich und änderte, klagte über die ungefüge deutsche Sprache alter Übersetzungen, die ihm Georg aus den Büchern einiger Ratsherren verschafft hatte, und war, wie Anna vorhergesagt, in seinem Gewissen beschwert, ob er die Worte geschickt deute und auch den Geistlichen kein Ärgernis gebe. Als er endlich den Druck der wenigen Seiten austrug, fand er diesmal Widerspruch, die Bürger zwar kauften das Blatt, aber seine vornehmen Gönner sahen unzufrieden auf die geistliche Arbeit, welche nicht seines Amtes gewesen sei, und vollends die Mönche von St. Nikolaus wollten das Werk gar nicht loben und warnten ihre Getreuen davor. Da war in seinem Ärger Georg der beste Trost, denn diesem gefiel jedes Wort, weil Anna mit ihrer klaren Stimme das ganze Büchlein an dem Abende, wo es dem Magister zukam, vorgelesen hatte.

Und da Georg bedachte, daß die Verhandlung Annas mit Dorfkindern auf dem väterlichen Gute die ersten Gedanken zu der Arbeit gegeben hatte, so bat er um den Bogen, aus welchem die Jungfrau vorgelesen hatte, faltete ihn eng zusammen und barg ihn mit den trockenen Blüten ihres Straußes an seiner Brust.

So kam und schied der Winter. In der Kammer des Vaters sah Georg jetzt gefurchte Stirnen, Marcus saß oft in finsterm Nachdenken, und auch der schweigsame Gehilfe konnte stillen Kummer nicht verbergen, Handwerker aus der Neustadt erschienen im Hause, mit denen der Vater sonst nicht verkehrt hatte; sogar der Stadtschreiber Seifried, der wegen seiner bösen Zunge im Artushofe nicht gut beleumdet war, kam zu geheimer Unterredung, und Georg merkte, daß der plumpe Gesell einmal einen großen Beutel Geld unter seinem Mantel hinaustrug. Ihm galt das wenig; auch was von den Weltläuften erzählt wurde, vernahm er ohne Sorge; daß der König und der Hochmeister nicht mehr Krieg zu führen vermochten und doch Frieden nicht schließen wollten, daß ein Waffenstillstand im Werke sei und daß für die nächsten Jahre alles bleiben solle, wie es vor dem Kriege gewesen. Als diese Nachricht zuerst im Artushofe verkündet wurde, sah er, daß sein Vater finster lächelte, und wunderte sich, daß der Alte zum Aufbruch ihn an seine Seite rief und sich beim Heimgange auf seinen Arm stützte, was er vorher nie getan hatte. Einen Augenblick ängstigte ihn das, aber er schlug sich's gern aus dem Sinn, denn sein junges Leben stand zum erstenmal unter der Herrschaft einer großen Leidenschaft, und alle seine Gedanken flogen der einen zu, von der er jetzt wußte, daß sie auch ihn im Herzen trug.

Auf dem Kirchhofe von St. Johannes

In der kleinen Stube des Buchführers saßen der Magister und Anna als geladene Gäste. Hannus, der einsam in seinem Hause wohnte, machte selbst die Bedienung, putzte das Licht, füllte die Gläser, lobte Anna, daß sie ihm beistand, das Tischtuch aufzulegen und die Teller zu setzen, und erwies seinem Besuche jede gebührende Ehre. Denn der Gelehrte war ihm eine wichtige Person geworden, weil er nicht nur kaufte, sondern auch anderen mit Wärme empfahl. Unterdes sah der Magister unruhig nach einem großen eisenbeschlagenen Kasten in der Stubenecke. »Dort liegt die Arbeit der Weisen und der Esel friedlich zusammen.«

»Wenn mir Jungfer Anna den Tisch rücken hilft«, sagte Hannus lächelnd, »so will ich Euch als einem vertrauten Manne und guten Freunde meinen Schatz offenbaren.« Er hob den Deckel. »Es ist alles neue Sendung.«

Der Magister griff nach den obersten Blättern. »Wieder neue Zeitungen«, rief er bewundernd. »Es erscheinen jetzt jedes Jahr solche Bogen, und man erfährt, was an den Enden der Welt vorfällt, beim Türken und Spanier.« Die nächsten Hefte schob er unzufrieden beiseite. »Die leidigen Prophezeiungen.«

»Auch diese helfen einem redlichen Händler«, tröstete Hannus, »sie sind den Leuten um so lieber, je mehr Unheil sie verkünden. Wie ich hier sitze, habe ich zweimal den Untergang der Welt erlebt. Aber den harten Köpfen der Leute ist die Furcht heilsam, sie denken an ihre letzte Rechnung und werden barmherziger.«

»Sie essen auch ihre Würste vor Weihnachten auf und müssen, wenn die Welt nicht untergeht, im neuen Jahre fasten«, versetzte der Magister aufsehend. »Was gibt es hier Gutes?« fuhr er fort und las den einen Titel: »In diesem Büchlein wird bewiesen, daß der Apostel Petrus niemals in Rom gewesen ist.« Er lachte vergnügt: »Ob der Rat dies für gefährlich hält?«

»Dem Rat fehlt es nicht ganz an Einsicht«, beruhigte Hannus, »Lischke war mehr als einmal hier, er kam immer des Abends, klopfte an den Fensterladen und wartete draußen, bis ich ihm einen Trunk zurechtgestellt hatte. So machte sich's, daß ich vor der Obrigkeit bestand.«

Auf der Straße dröhnten schwere Tritte, es pochte am Fenster, und eine Stimme befahl: »Hannus, öffnet, ich komme auf Befehl des Rats.« Der

Buchführer sprang erschrocken auf und fuhr mit beiden Händen in den Kasten, hob einige kleine Ballen heraus, lief in die Kammer und versteckte sie unter die Kissen des Bettes, indem er rief: »Ich komme, Lischke.« Zögernd öffnete er die Haustür, aber er fuhr entsetzt zurück, als er bei der Laterne des Ratsboten blinkende Hellebarden und die grimmigen Gesichter fremder Trabanten erkannte. Klirrend trat der Pole Pietrowski ein, hinter ihm zwei Mönche, und einer davon war Pater Gregorius. Dieser begann feindselig: »Der hochwürdige Legat des Heiligen Vaters gebietet Euch, Euren ganzen Kram aufzulegen, damit wir untersuchen, ob Ihr die Verbote der heiligen Kirche und das Edikt des Königs beachtet habt.« Der Pole aber befahl, an seinen Säbel fassend: »Wer nicht in dieses Haus gehört, der weiche von hinnen«, und er blickte heut fremd auf Jungfer Anna und ihren Vater.

»Macht fort«, raunte Lischke ängstlich dem Magister zu, »denn es wird diesmal ein großes Unglück.« Da trat der Magister traurig zu dem Buchführer, welcher gebeugt mitten unter den Feinden stand, drückte ihm teilnehmend die Hand, wechselte noch einen feindseligen Blick mit dem Frauenbruder und verließ, die Hand seiner Tochter fassend, das Haus des Heimgesuchten.

Am nächsten Morgen sprach Frau Lischke die Treppe hinauf zu Anna: »Ich weiß alles, nur daß ich nicht reden darf, weil es Geheimnis des Rates ist. Hannus ist sonst ein redlicher Nachbar, aber seine Verwegenheit hat ihn ins Unglück gestürzt. Ob es ihm an den Leib gehen wird, wußte Lischke noch nicht, aber sein ganzer Kram ist verloren. Warum hat er die verbotene Ware in seiner eigenen Stube verhalten, wie eine Braut ihre Ausstattung? Und er hat doch einen Gänsestall; unter den Gänsen hätte kein Pole nach Büchern gesucht.«

»Wißt Ihr, wohin sie die Bücher geschafft haben?« fragte Anna.

Frau Lischke kam die Treppe herauf: »Verratet's nicht, denn das Größte steht noch bevor; die Kiste ist zu den Predigermönchen geführt, obgleich der Handel vor den Rat gehört hätte. Die Bischöfe selbst nehmen sich der Sache sehr an; wenn Ihr heut abend hellen Schein vom Kirchhofe seht, wo der Hannus sonst seinen Stand hatte, so macht ein Kreuz und denkt, daß die Mönche Ketzerei brennen.«

Anna trat erschrocken zurück und rang die Hände, die Hausfrau fuhr fort: »So war auch mir, als ich's erfuhr, und ich sagte zu Lischke, wenn die geistlichen Väter brennen und nicht der Rat, so geht dich die Sache völlig nichts an, und du bleibst zu Hause. Er aber behauptete: Ich muß hin. Ihr mögt denken, daß ich deshalb in Ängsten schwebe, denn auch er kann sich an solchem Holzstoß das Wams versengen.«

Anna ging traurig in die Küche zurück, sie empfand tief die Kränkung, welche der neuen Lehre bereitet wurde, und dazwischen kam ihr heiße Angst, daß dem Vater eine Gefahr drohe; sie dachte auch, daß es ihm leidvoll sein werde, wenn einer von den Schülern, vielleicht ein kleiner, vielleicht ein großer, sich vermessen an das nächtliche Werk der Dunkelmänner wage. Die Hände flogen ihr zwischen den Töpfen, und das Essen war längst fertig, als das Mittagsgeläut die Schulstube leerte. Der Magister 814 saß heute trübe über seinem Teller, während Anna begann: »Sagt mir, Herr Vater, haben die alten Römer auch Bücher verbrannt, die ihnen nicht gefielen?«

»Selten«, versetzte der Magister. »Die weise Sibylle verbrannte Bücher, aber das waren ihre eigenen, und es hatte niemand dareinzureden. Doch warum fragst du so? Es ist ein trauriger Streit, den heutzutage der Holzstoß gegen das Feuer des Geistes führt, und lange haben die Päpstlichen an guten Büchern greulichen Mord geübt, bis die Wittenberger ihnen die richtige Antwort gaben, indem sie die Bannbulle verbrannten. Mit den Büchern eröffnen die Mönche den Brand, aber mir ahnt, bald werden die Leiber redlicher Bekenner auf dem Scheiterhaufen brennen.«

»Wenn die Mönche am Abend den Kram des Hannus anzünden, so können sich Eure Schüler unnütz machen, und Euch wäre leid, wenn deshalb einer vor den Pfaffen in Not käme.«

Der Magister legte seinen Löffel weg und sah starr auf die Tochter, bis ihm diese die ganze Neuigkeit erzählte. »Ich fürchte, Herr Vater«, schloß sie bekümmert, »obgleich Ihr die Knaben in strenger Zucht haltet, so sind doch einige darunter vorwitzig, am meisten die großen.«

Diese bescheidene Warnung hatte zur Folge, daß der Magister am Ende der Nachmittagslektion seinen Schützen einschärfte, sich von allen Aufläufen fernzuhalten, und er drohte, jeden von der Schule auszuschließen, der heut auf der Straße umherschweifen werde. Er hätte ebensogut den Sperlingen auf dem Fliederstrauch verbieten können, um die Marktwagen zu hüpfen. Als darauf die großen Schüler kamen, wurde er deutlicher und stellte die Frage zur Disputation, wie sich ein Humanist verhalten solle, wenn Obskuranten an den Schriften eines verehrten Mannes durch Brand und Feuer frevelten. Aber er erhielt von keinem die Antwort, welche er begehrte. Matz Hutfeld empfahl Klage beim Rat, Lips riet zu einem Gegenfeuer mit den Werken der Dunkelmänner, und Georg wollte gar durch

Hebebäume und starke Fäuste die Brenner verscheuchen. Der Magister hatte schweren Stand, als er bewies, daß einem Deutschen, der durch die lateinische Schule aus der heimischen Roheit herausgehoben sei, nichts so sehr gezieme als ruhige Verachtung der Auguren; und er selbst konnte nicht vermeiden, daß seine Augen zornig funkelten und seine Hand schwer auf den Tisch schlug, während er die Schüler beschwor, sich zu Hause zu halten, wenn ja in ihrer Nähe ein solches Feuer aufbrennen sollte.

So war wirklich das mögliche geschehen, um die Schule vor dem Lärm der Straße zu bewahren. Dennoch wollte das Schicksal, daß gerade diese Vorsorge Lehrer und Schüler dem lodernden Feuer nahebringen sollte. Von den Schützen dachte keiner an das Pensum für morgen, sie schwärmten wie die Hummeln um das Kloster der Predigermönche und an den Pforten zwischen Altstadt und Neustadt, und sogar Georg, der mit seinem Gesellen Lips eine Unterhaltung beim Bassettel verabredet hatte, schlug vor, heut auf die Musik zu verzichten.

»Wir wissen, daß es nicht gut ist, den geistlichen Herren in den Weg zu laufen«, mahnte Lips, ihn bedeutsam anblickend.

Georg nickte: »Auch ich will unsern Magister nicht kränken und nur aus der Ferne zusehen.«

Es war ein milder Frühlingstag gewesen, das Abendlicht vergoldete die Türme von St. Johannes, unter dem hellen Himmel lag der Kirchhof in rötlicher Dämmerung, aus welcher einzelne Kreuze und Steintafeln hervorragten. Die Bürger trieben in froher Bewegung umher. Denn die Mehrzahl der polnischen Herren, welche so lange unter ihnen gelegen hatten, war am Morgen mit dem Könige abgeritten, und sie freuten sich, wieder Herren in ihren Häusern zu sein. Zuerst hatten sie den guten Verdienst gelobt, welchen sie von den Fremden zogen, dann war die Last und Unordnung größer geworden als die Freude, und zuletzt erschien das Einlager den meisten ganz unerträglich. Heut verglichen sie Gewinn und Nachteil, säuberten ihre Häuser und eilten zum Tisch ihrer Schenke. Das junge Volk aber trieb auf dem Markte und den Gassen dahin wie an einem Festtage, viele im Sonntagsschmuck. Über den Kirchhof erklang frohes Geschrei der spielenden Kinder, um die Mauer saßen die Erwachsenen, hier sang ein munterer Bürgersohn zur Laute, und die Frauen seiner Bekanntschaft sangen den Kehrreim mit, in der andern Ecke schnarrte ein Dudelsack, und leichtes Volk sprang zwischen den Gräbern zusammen und ordnete sich zum Reigen. Es wußten nicht viele Leute von dem, was bevorstand, aber durch die einzelnen Haufen ging ein Summen, die Zahl der Anwesenden war viel größer als sonst wohl, und die Schützen der lateinischen Schule steckten ihre Köpfe hinter den Kirchenpfeilern hervor, bald auf das Abenteuer des Abends lauernd, bald ängstlich nach dem Herrn Magister spähend.

Auch für die Herren des Rats war es ein festlicher Tag, gegen Gewohnheit saßen sie noch spät versammelt. Die Bürgermeister hatten den König bis an die Grenze begleitet und freuten sich jetzt, seine letzten huldreichen Worte vor dem Rat zu wiederholen und, was allen wichtiger war, die Urkunden, welche der König beim Abschied der Stadt verliehen, feierlich in die eiserne Truhe einzuschließen. Denn da der König oft auf Kosten der Stadt gelebt hatte und ein sehr teurer Gast gewesen war, so hatte er als Gegengabe der Stadt auch Großes gewähren müssen, indem er Neues schenkte und alte Vorrechte bestätigte, und beide Teile hatten darauf geachtet, daß die Gaben der Stadt und die Bezahlung nicht ungleich waren; der König nahm's nicht von seinem eigenen, und die Mitglieder des Rats erhielten durch seine Begabung größeren Vorteil als andere Bürger. Als nun der Burggraf die Anwesenden auf die Stühle lud, um die Sitzung aufzuheben, da fing einer der jüngsten Ratmänner von dem Buchführer Hannus an und von Wegnahme der Bücher, und Lischke, der bei der Tür stand, merkte als vorsichtiger Beobachter großer Herren, daß diese Erwähnung den anderen ungehörig erschien. Denn zögernd sprach Herr Friedewald: »Der hochwürdige Legat hat gestern den Ratsboten gefordert, um in geistlichen Dingen bei einem Bürger zu untersuchen. Was er etwa gefunden, ist nicht vor uns gebracht worden; vielleicht ist es dem Rate genehm, daß er nicht genötigt wird, zu prüfen, ob ein Bürger gegen des Königs Mandat gefrevelt habe. Wir vermögen den Hannus nicht zu bestrafen, wenn die verbotene Ware nicht vor unsere Augen kommt, weil sie anderswo liegt, oder weil sie gar verbrannt wird.«

Aber der heftige Ratmann gab sich nicht, sondern fuhr fort: »Soll der Rat von Thorn dulden, daß Habe und Gut eines Bürgers ohne Urteil und Recht von den Pfaffen geraubt wird?«

Darauf antwortete wieder Herr Friedewald bedächtig: »Ob der Rat das dulden muß oder nicht, darüber, Herr Kumpan, werden wir erst befinden, wenn Meister Hannus vor uns eine Klage gegen die ehrwürdigen Väter oder gegen wen sonst erhebt. Zur Zeit wissen wir nichts.« Nach diesen Worten mahnten die Herren den Unruhigen durch Blicke, daß er schweige, aber dieser brach zum drittenmal los: »Und heut abend soll ein

Feuer brennen, welches in der Stadt unerhört ist; es kann ein Unglück geben, denn in den Köpfen arbeitet Widersetzlichkeit.«

Darauf gab der Burggraf gar keine Antwort mehr, und Hutfeld fragte: »Widersetzlichkeit? Nicht gegen uns. Ihr selbst habt die Feuerwache, Herr Kumpan, vielleicht seht Ihr heut nach den Tonnen«, worauf die Sitzung eiligst aufgehoben wurde. Daraus entnahm Lischke, daß der Rat sich nicht einmischen wollte, und als Bürgermeister Hutfeld bei ihm vorüberschritt, wagte er die leise Frage: »Wenn ich heut abend nach St. Johannes gehe, soll ich von den Söldnern der Stadt mitnehmen?« Aber er vernahm die strenge Gegenfrage: »Hat jemand Bewaffnete gefordert oder erbeten?« Deshalb beschloß er, seinen eigenen Mut ebenfalls zu bändigen.

Vor dem Kloster der Predigermönche harrte erwartungsvoll die Menge. Die Klosterpforte war heut weit geöffnet und hell erleuchtet, Mönche liefen geschäftig aus und ein, und es war ein Verkehr in dem frommen Hause wie in einer Herberge. Aus der Altstadt kam in feierlichem Zuge Bischof Zacharias, Legat des Heiligen Vaters, er saß prächtig auf einem grauen Maultier, das mit seidener Decke und mit vielen bunten Quasten geschmückt war, er selbst ein hagerer Mann mit einer dünnen Nase und schielenden Augen, der hochmütig und quer über die gefurchten Gesichter der Bürger wegsah; vor ihm schritten vier Trabanten in roten Wämsern, welche das säumige Volk durch die Schäfte ihrer Hellebarden unsanft aus dem Wege trieben, zur Seite liefen zwei Knaben in buntem Festkleide, und hinter ihm zog eine lange Reihe von dienenden Geistlichen und Beamten. Die Leute lachten, wenn einmal das Maultier stärker ausschritt, und die frommen Väter mit gesenktem Haupt und gefalteten Händen hinterhertrotteten. Aber das Gelächter verstummte, sooft der Pole Pietrowski mit seinen bewaffneten Begleitern den Zug entlang sprengte, denn die Polen ritten schonungslos gegen den Haufen als verwegene Gesellen, welche die adlige Feder auf ihren Pelzmützen nicht zum Scherz trugen. An der Klosterpforte wurde der Legat von dem Prior und den knienden Brüdern empfangen, er bewegte nachlässig die Hand zuerst über sie und streute dann den Segen über die Haufen der Zuschauer, von denen viele die Häupter nicht entblößten. Gleich nach ihm kam in ähnlichem Aufzuge, nur ohne Trabanten, der Bischof von Kaminiez, den die Thorner Stampe nannten, weil er kurz und dick war wie ein solches Trinkglas, die kleinen Augen in seinem roten Angesicht waren durch die schweren Lider fast ganz zugesperrt, denn das Fackellicht tat ihnen seit dem letzten starken Trunke weh. Schwerfällig plumpte er von seinem Gaule und wankte in das Kloster. Hinter den großen Herren drängte das Volk bis an die Pforte, staunte über die roten Trabanten und verlachte die gekrausten Lappen an ihren Gewändern. Als aber der gefürchtete Vater Gregorius am Eingange sichtbar wurde, schwieg alles erwartungsvoll; ein Mönch eilte geschäftig um die Ecke und brachte einen greulichen Zug heran, den Henker Hans Buck mit seinem Knechte, und der Knecht führte eine elende Mähre herbei mit einer Schleife, auf welcher eine Kuhhaut lag. Da Hans Buck vor die Augen des Paters trat, rückte er unbehilflich an seiner Mütze und vernahm die Anrede: »Du bist geladen zur Hilfe bei frommem Beginnen, und dein Dienst soll dir in diesem und jenem Leben helfen. Bist du bereit, den Holzstoß zu schichten und Werke des Teufels darauf zu brennen?«

»Es wäre nicht der erste Holzstoß, an den ich die Fackel halte«, versetzte Hans Buck mit Selbstgefühl. Er stand vierschrötig da und sah aus seinen scharfen grauen Augen dem Pater unerschrocken ins Gesicht. »Von welcher Art ist der Teufelskram, den Ihr abtun wollt?«

»Es sind ketzerische Bücher, von der heiligen Kirche für todwürdig erklärt, du sollst ihnen zu feurigem Ende verhelfen.«

»Papier brennt leicht, nur daß die Asche weit fliegt«, versetzte Hans vorsichtig. »Ich denke, daß dies freiwilliger Dienst ist, der nicht für meine Schuldigkeit gilt.«

»Nicht umsonst fordern die Heiligen deine Hilfe; entblöße dein Haupt, Mann, und empfange hier für dich und deinen Knecht, was dich von dem Höllenfeuer lösen mag.«

Hans lüftete wieder die Mütze und nahm zwei Ablaßzettel, die ihm der Pater wie einem Aussätzigen mit spitzen Fingern darbot. Hans hielt das Papier gegen das Licht der Fackeln. »Es sieht aus wie mein Name; kommt's dem Feuer zu nahe, so verfliegt auch dies zu schwarzer Asche«, sagte er schlau. »Doch man kann nicht wissen, wozu es gut ist«, und er steckte das Papier in sein Wams. »Zeigt mir meine Ladung.«

Der Pater winkte, die Mönche rollten einen großen Ballen herzu, der mit roten und schwarzen Stricken verschnürt war. Es war im Volk lautlose Stille, als die Mönche den Ballen auf die Kuhhaut wälzten. Aber gleich darauf erhob sich ein tiefes Summen, Gelächter und lautes Geschrei. Denn ein junger Mönch trug einen Stock mit eisernem Stachel herzu, an welchem eine lebensgroße Puppe mit Teufelshörnern befestigt war; auf die Brust der Mißgestalt war der Name eines Mannes geschrieben, und in dem ausgestreckten Arme hielt sie einen Holzschnitt, welcher das Gesicht desselben Mannes darstellte. Es war das Bild, welches jeder Thorner

818

während der letzten Monate an dem Brettergestell des Buchführers Hannus gesehen hatte und das in manchen Häusern heimlich bewahrt und guten Freunden gezeigt wurde. Der Mönch stieß die Stange in den Ballen, so daß die teuflische Gestalt von jedermann gesehen wurde. Als die Nahestehenden allmählich beim roten Fackellicht den Namen und das Bild erkannten, wichen sie zurück, und dem Gelächter folgte ein dumpfes Gemurr, aber auch dies verstummte, als Pater Gregorius einen Schritt auf die Menge zutrat und mit gehobenen Augenbrauen hineinblickte. »Vorwärts nach dem Kirchhof«, gebot er dem Henker.

Doch Hans Buck stemmte die gespreizten Beine auf den Grund und sah sich den Teufel an. »Der Dienst ist freiwillig«, antwortete er endlich; »von dem schwarzen Butzemann war vorhin nicht die Rede.«

»Willst du mit den Heiligen um deinen Lohn feilschen?« fragte der Pater zornig.

»Ich bin Scharfrichter von beiden Städten, welche Thorn heißen, und ich bin Diener des Rates; ein Menschenbild, ob es lebendig oder von Papier ist, brenne ich nur, wenn der Rat befiehlt, sonst niemandem zu Liebe oder Haß. Klas«, gebot er seinem Knecht, »spanne die Mähre ab und führe sie nach Hause. Die Kuhhaut lasse ich Euch wegen der Zettel, denn eine Gabe ist der andern wert.« Er sah noch einmal nach dem Bilde, dann wandte er sich entschlossen und trat in den Haufen zurück, während der Knecht den müden Gaul von dannen trieb. Niemals war Hans Buck in ähnlicher Weise durch die versammelten Bürger von Thorn gewandelt; er war gewöhnt, daß ihm alle auswichen und seinen Blick vermieden, heut sah er viele freundliche Augen auf sich gerichtet und vernahm, wie er weiterschritt, von beiden Seiten grüßende Zurufe: »Wackerer Hans, treuer Mann. Gottes Segen über dich!« Da wurde ihm wohler als je in seinem Leben, und er schritt stolz bis an die Kirchhofsmauer. Auch dorthin folgten ihm Leute, und Barthel Schneider lief sogar in das Schenkhaus gegenüber und brachte ein großes Glas Danziger getragen, das er neben dem Mann auf die Mauer stellte. »Nehmt, Hans, und möge es Euch gedeihen.« Hans hob das Glas und rief: »Dies bringe ich allen freien Kindern von Thorn«, trank und schob das geleerte Glas unter den Arm, wie sein Recht war bei jedem gespendeten Trunk, da nach ihm niemand das Gefäß gebrauchen konnte.

»Die freien Kinder von Thorn danken dir, Hans, daß du ihnen einmal gutes Glück zutrinkst, ohne daß du deine Waffe an ihren Hälsen gefärbt hast«, sprach neben ihm eine lustige Stimme.

»Mancher, der heut den Kopf hoch trägt, denkt nicht daran, daß er morgen unter meiner Waffe liegen kann«, versetzte Hans ernsthaft.

»Darum sorgen wir nicht mehr«, lachte Georg, »denn wir hoffen, Hans, du wirst morgen den Kindern von Thorn dieselbe Schonung erweisen wie heut der Puppe.«

Hans Buck grinste und wandte sich zu Lischke, mit dem er so vertraut war, wie der Unterschied ihrer Ehre gestattete: »Ich würde mir lieber einen Finger abhacken, als den Pfaffen zuliebe jenes Mannsbild brennen.«

»Kümmert auch dich der Streit der Pfaffen?« fragte Lischke verwundert.

»Um das Gezänk dieser Mönche kümmere ich mich nicht, und ich mache mir auch wenig aus ihrem Glauben. Wenn ich einmal im Jahre zur Beichte gelassen werde, schieben sie einen kleinen Altar in die Armesünderecke und fassen die Kutte mit beiden Händen, damit ich sie nicht berühre. Jener Mann aber, von dem sie das Konterfei verbrennen wollen, hat ihnen die Wahrheit gesagt, darum hassen sie ihn.«

»Was weißt du von seiner Lehre?«

»Einer von seinen Jüngern, die man Prädikanten nennt, hat sich nicht gegraut, an meinem Tisch niederzusitzen, dieser verkündete mir und meinem Knecht soviel, als wir brauchen. Wißt, Lischke, er hat zwei Lehren, gleich den zwei Beinen eines Menschen, sich darauf zu stützen. Das erste Bein ist: Alle Menschen sind arme Sünder, und vor andern die vornehmen und reichen Hansen, die mit ihren guten Werken prangen; das andere Bein aber, welches dem ersten Widerpart hält, ist dieses: Kein Sünder ist so verworfen, daß er nicht durch seine Reue die Gnade unseres Vaters im Himmel erwerben kann. Daß dieses alles die Wahrheit ist, weiß der Henker am besten. Denn manchmal, wenn ich einen gerichtet habe, hätte ich mit besserem Recht den Stolzen abgefertigt, der den armen Sünder richten ließ; und wieder, mancher armen Seele habe ich zugesehen, die so friedlich den letzten Weg ging wie ein Kind, das zu seiner Mutter ins Bette kriecht.« Er nickte und verschwand in einer Seitengasse.

Aber der Widerstand des Hans Buck hemmte nur kurze Zeit die düstere Feierlichkeit, welche die geistlichen Herren zur Warnung der Bürger beschlossen hatten. Aus einem nahen Stall wurde ein anderes Roß herzugeführt, und der Zug setzte sich in Bewegung. Einen Bußpsalm singend, schritten die Mönche mit Kreuz und Fahne voran, die großen geistlichen Herren folgten; hinter ihnen kam die Schleife und ein Karren mit Brennholz, gedeckt von den Trabanten und Laienbrüdern des Klosters, längs dem Zuge sprengten gleich Marschällen der Pole und seine Begleiter.

So bewegte sich die unheimliche Prozession vom Kloster der Predigermönche durch das Kerkertor nach der Altstadt und nach dem Kirchhofe von St. Johannes. Die traurigen wilden Klänge des lateinischen Gesanges beengten den Bürgern das Herz; das Licht der Pechfackeln beleuchtete mit grellem Rot die Gestalten der reitenden Bischöfe, welche über dem dunklen Haufen dahinfuhren wie der Erde enthoben; die kahlen Scheitel der singenden Mönche glänzten bald in rotem Schimmer, bald wurden sie von einer rußigen Wolke verhüllt. Am Eingange des Friedhofs empfing den Legaten demütig der Pfarrer von St. Johannes, der im Grunde den Mönchen zuwider war, sich aber heut vor der höheren Macht beugte. Der Zug stellte sich auf, ein neuer Psalm Davids, worin der Sänger seinen Feinden viel Böses wünscht, wurde angestimmt, junge Mönche luden die Holzbündel ab, schichteten den Stoß und wälzten den Ballen hinauf.

Der Magister konnte heut über seinen Büchern nicht ausdauern, er ging mit großen Schritten in der leeren Schulstube auf und ab, ergriff seinen Stock und tat gefährliche Stöße nach der dunklen Ecke, welche unter den Schützen gefürchtet war, weil dort die argen Frevler abbüßten. Als es finster wurde und das Gesumm von dem nahen Kirchhofe in sein Ohr drang, ergriff er den Hut. »Ich fürchte, meine Schüler vermögen heut nicht zu gehorchen, ich will selbst hin, sie wegzutreiben.«

Anna faßte flehend seinen Arm. »Bleibt nur heute, Herr Vater, mich quält den ganzen Tag die Ahnung, daß ein Unglück bevorsteht; warum wollt Ihr ansehen, was Ihr nicht hindern könnt?«

Aber der Magister wies sie kurz zurück und schritt eilig die Treppe hinab. Als Anna allein war, wurde ihre Angst unerträglich, sie sah die Hausgiebel vom Feuerschein gerötet und hörte aus der Ferne Bußgesänge. Da schlug sie ihren Mantel um und eilte zur Hauswirtin hinab. Sie fand diese in derselben Tracht zum Ausgange gerüstet. »Eilt, Jungfer Anna, wir dürfen die Männer heut nicht aus den Augen lassen.«

Auf dem Kirchhofe wanden sie sich durch dichtgedrängte Haufen, ängstlich nach denen suchend, die ihnen am Herzen lagen. Sie kamen, als gerade ein Mönch die Fackel zutrug und in den Holzstoß steckte. Als die Flamme aus der schwarzen Rauchwolke züngelte, wurde es so still im Volke, daß man den Schrei eines Kauzes auf dem Turmdach hörte.

Pater Gregorius trat an den Stoß, las laut die Titel der Bücher, welche in dem Ballen gebrannt werden sollten, und warf die letzten, welche er noch in der Hand hielt, eines nach dem andern in die Flammen. Er nannte wohlbekannte Schriften, welche vielen in Thorn für tröstend und heilbringend galten; darunter auch den Titel des fliegenden Blattes, welches der Magister zur Weihnacht hatte drucken lassen, und obgleich er den Namen des Autors nicht kündete, weil dieser in dem Blatt nicht zu finden war, so wußten die Thorner doch, wer es geschrieben hatte. Es erhob sich ein Gemurr, und einzelne Steine flogen von hinten her gegen den Holzstoß. Zuletzt rief der Mönch: »Wie diese in das irdische Feuer geworfen werden, ebenso mögen die Übeltäter, welche Ketzerei in der Welt verbreitet haben, dem Höllenfeuer verfallen.«

Der Magister stand, von den Flammen beleuchtet, zornrot in der ersten Reihe, seine Hände ballten sich, aber er vermochte nichts herauszubringen als ein lautes Pfui. Sein Schrei verhallte in neuem Gesang, den junge Klosterbrüder anstimmten, sie trugen die Teufelspuppe auf der Stange rings um den Scheiterhaufen unter dem Spottliede: »Ach du armer Judas, was hast du getan.« Das Lied wurde durch Gejohl und Schreien des Volkes begleitet. Die Mönche aber befestigten die Stange an dem brennenden Holzstoß, und jetzt trat der Legat selbst hervor und sprach in feierlichem Latein einen Fluch über den Mann, dessen Name auf dem teuflischen Bilde geschrieben stand. Da flog ein großer Mauerstein gegen die Puppe, daß sie aus dem Feuer fiel, aber der hochwürdige Bischof von Kaminiez bückte sich trotz seiner Schwere nach der Gestalt und warf sie von neuem in die Flamme. In diesem Augenblick rief eine helle Stimme – ach, es war die des Magisters –: »Ich protestiere gegen die Kränkung, welche hier einem würdigen Lehrer des deutschen Volkes zugefügt wird.«

Dieser Ruf war wie ein Windstoß, welcher ein Hagelwetter entladet, von allen Seiten flogen Erdballen und Steine gegen den Scheiterhaufen und gegen den geistlichen Herren. Der Rat selbst hatte dafür gesorgt, daß es an Wurfgeschossen nicht fehlte, denn er ließ noch immer über der lateinischen Schule bauen, und dicht am Kirchhofe war die Baustätte. Eilig entwichen die Geistlichen in das Dunkel, doch Pan Pietrowski fuhr mit seinem Gefolge auf den Magister los und gebot: »Dieser ist der Schreier, faßt ihn.« Der Magister stand ihm gegenüber, bereit, zu kämpfen und zu sterben, der Hut war ihm vom Haupte gefallen, einen Arm hielt Anna, den andern die Ratsbotin, um den Widerstrebenden zurückzuziehen. Aber gerade, als der Pole die Hand gegen ihn ausstreckte, trat Georg zwischen beide und warf den Pietrowski zurück, daß er taumelte. Der Pole stieß ein Schmähwort aus und sprang mit gehobenem Säbel wieder vor. Da traf ihn eine Rüststange am Haupt, daß er lautlos zu Boden sank, und die Stange schwingend, rief Georg: »Heran, ihr Schüler von Thorn, verlaßt euren Herrn Vater nicht in der Gefahr.« Auf diese Worte erhob sich ein so fröhliches Jauchzen und Geschrei, wie es zu diesem Abend gar nicht paßte, die Schützen, kleine und größere, tauchten aus allen Ecken hervor und sprangen über die Mauer. Viele sammelten sich um den Magister, andere holten ihre Waffen von dem Holzwerk des Gerüstes. Ihrem Beispiel folgte die Menge, auch bedächtige Bürger wurden fortgerissen und griffen nach Steinen und Stangen. Die frommen Väter mit ihrer Begleitung entwichen laufend dem Kirchhofe, der betäubte Magister aber sah sich der Gefahr enthoben und von seiner ganzen Schule umschwärmt. Lustig sprangen die Leute gegen das Feuer, stießen mit dem Rüstholz hinein, zerrissen den Scheiterhaufen und warfen die Brände auseinander.

Marcus saß an seinem Schreibtisch in finsteren Gedanken: »Ich höre die Bußgesänge der Mönche und sehe das rote Fackellicht heut, wie in jener Nacht, wo mein Vater endete. Damals ritt der Ahn des Pietrowski als Treiber des traurigen Zuges, gerade wie heut sein Enkel, und der Fremde fluchte und schmähte meinen Vater, als sie mich auf das Gerüst hoben. Die Kränkung blieb ungerochen; als Knabe vernahm ich sie, warum brennt sie heut auf der Seele des Alten?« – Da wurde die Tür hastig geöffnet, er wandte sich befremdet um, erkannte im trüben Schein der Kerze das verstörte Gesicht seines Sohnes und vernahm die Worte: »Verzeiht mir, Herr Vater, ich komme in einem bösen Handel. Die Bischöfe und Mönche haben zu St. Johann Büchlein der Wittenberger verbrannt, dabei wollten die Polnischen gewalttätige Hand an den Herrn Magister legen, ich aber habe den Pietrowski mit einem Rüstbaum niedergeschlagen, er liegt mit blutendem Kopfe, und die Polen brüllen Gewalt in den Straßen.«

Der Vater faßte mit der Hand das Pult, als er sich langsam erhob, er stand mit gesenktem Haupt und murmelte: »Unheilig war der Wunsch und die Hölle hat ihn erfüllt.« Er trat auf seinen Sohn zu und fragte bleich wie dieser: »Ist der Pole tot?«

823   »Ich weiß es nicht, Herr Vater.«

»Die wilde Tat geht noch einem andern an Hand und Hals. Warum warst du so hastig, zu begehren, daß dein Vater dich überleben soll? Gegen die Ketzerrichter hast du dich aufgelehnt, Unseliger! Die Heiligen des Himmels hast du erzürnt, und Gnade hast du nicht im Himmel und auf Erden zu hoffen!«

»Der Pole schmähte, Herr Vater, dem Schimpfwort folgte der Schlag.«

»Ich weiß«, sagte Marcus leise. »Vermagst du noch durch das alte Tor aus der Stadt zu entrinnen?«

»Ich hoffe, Herr Vater; der Pförtner ist uns zugetan.«

»So entweiche in die wilde Nacht, flieh nach unserm festen Hause und laß Wache halten, morgen früh sende ich dir durch Bernd Nachricht. Du gehst als Schiffer nach Danzig, von da nach Lübeck, dort weilst du, bis dein Schicksal hier entschieden ist. Als Flüchtling mußt du von dem Hause deiner Väter scheiden; wann wirst du es wiedersehen? Hinweg, jeder Augenblick vermehrt die Gefahr.«

»Laßt mich nicht ohne Segen von Euch, Vater«, rief Georg und warf sich vor ihm auf die Knie. Marcus legte ihm die zitternde Hand auf das Haupt und murmelte Unverständliches, und als Georg aufsprang und ihn umfaßte, hielt er den Sohn einen Augenblick an seinem Herzen, gleich darauf stieß er ihn heftig zurück: »Hinweg!« Georg sprang aus der Tür und aus dem Vaterhause. Marcus aber schlug die Hände zusammen und warf sich vor dem Marienbilde auf den Boden.

Georg eilte, in einen polnischen Mantel gehüllt, durch die Hintergassen dem Tore zu, scheu blickte er zur Seite nach den Verfolgern. Doch die Angst, ein neues Gefühl in seinem jungen Herzen, vermochte ihn nicht lange zu demütigen, er richtete sein Haupt auf, fühlte nach dem Messer an seiner Seite und dachte: »Leichten Kaufes sollen sie mich nicht fangen.«

»Euch wäre auch besser, Junker, wenn Ihr jetzt in einer Nebelkappe lieft«, raunte neben ihm eine warnende Stimme. Es war Barthel Schneider. »Wo wollt Ihr hin?«

»Habt Ihr gehört, was aus dem Herrn Magister geworden ist?« fragte Georg schnell.

»Ich sah ihn mit der Tochter zu seiner Schule wanken. Lischke sagt, es wäre sein Letztes, die Pfaffen würden ihn wegen Ketzerei richten.«

Georg drehte sich kurz auf das Haus des Magisters zu, aber Barthel faßte ihn am Arme. »Seid Ihr unsinnig? Sorgt um Euren eigenen Kragen. Kommt, Junker, hier ist dunkler Schatten, drückt die Mütze besser auf den Kopf, daß man Euer krauses Haar nicht erkennt.« Sie kamen an das Tor, Barthel klopfte an den Fensterladen des Wächters. »Gevatter, bemüht Euch um meinetwillen, mein Gesell hat eilige Botschaft aufs Land zu tragen.«

824

Aber aus dem halbgeöffneten Laden kam die leise Warnung zurück: »Laßt Euch Gutes raten und sucht für Euren Gesellen eine andere Öffnung.« In demselben Augenblick sprang die Tür auf, ein Haufe Bewaffneter brach aus dem Hause. Barthel umklammerte ängstlich den Arm Georgs und wehrte ihm, das Messer zu ziehen. Der Jüngling wurde bewältigt und vor den Säbeln der fluchenden Polen nur dadurch bewahrt, daß sich der Pförtner und Barthel fest an ihn hingen. Als Gefangener wurde er dem Rathause zugeführt.

In der kleinen Ratsstube saßen am nächsten Morgen die vier Bürgermeister zusammen; der Burggraf, Herr Friedewald, hatte das Antlitz über den Tisch gebeugt, daß ihm das lange weiße Haar über die Augen herabfiel, und zögerte, die Beratung zu beginnen. Achtungsvoll harrten die andern, und die beiden jüngsten, Herr Eske und Herr Seuse, richteten zuweilen neugierige Blicke auf ihren Kumpan Hutfeld, welcher aufrecht dasaß mit gefurchter Stirn, als ein Mann, der gewöhnt war, seine Ruhe im Kampfe zu behaupten. Endlich hob der alte Burggraf das Haupt und nach seinem ruhigen Nachbar sehend, fuhr er statt der gebührenden Einleitung in seinen Gedanken fort: »Ich gehöre nicht zu der Freundschaft seines Geschlechtes, aber ich habe den Knaben stets gern betrachtet. Die Bürger hatten auch nicht unrecht, wenn sie seinem Übermut etwas nachgaben, denn viele dachten wie ich, daß er eine Hoffnung der Stadt war. Mancher ist vielleicht umsichtiger und ebenso redlich im Gemüt, er aber hatte die Faust eines tapferen Mannes und sprang vor den anderen in die Gefahr. Er sollte eine Ehre werden für die Stadt und ein deutscher Hauptmann für die Landschaft.«

»Die schnelle Faust ist es, welche ihn von der Bruderschaft, von der Stadt und von dem Sonnenlicht scheidet«, antwortete Hutfeld ernsthaft.

»Ihr seid sein Freund und Pate und sprecht, wie Eure Pflicht ist«, fuhr der Burggraf fort. »Wundere sich niemand, daß ich als der Alte bei seinem Verderben auch den Schaden fühle, welcher unsere Stadt bedroht. Ich weiß nicht, ob wir bessere Zucht und mildere Sitten haben als unsere Väter, aber da ich jung war, zogen die Bürger selbst aus den Toren und schlugen auf ihre Feinde, wir greifen in den Beutel und bezahlen fremde Söldner. Die Alten unterfingen sich, weil sie der eigenen Kraft stolz vertrauten, ihr Recht gegen die Ordensleute und gegen die Polen zu vertreten. Wenn unsere Söhne zu klug und zu fein werden, um selbst den Spieß zu tragen, so, fürchte ich, könnten fremde Fäuste ihnen bald einmal das Geld aus den Truhen holen.« Die andern schwiegen. »Und darum«, schloß der Burggraf, »bedaure ich, daß wir guten Stahl zerbrechen müssen, weil er zu scharf geschnitten hat.«

»Das Edikt bedroht den Übertreter nur mit Verbannung«, warf Herr Eske ein. »Ich meine, dem Zorn des Königs geschieht Genüge, wenn wir den Jüngling aus der Stadt senden, weil er der Zerstörung von Ketzerbüchern widerstrebt hat.«

»Ob die Mönche Ketzerbücher verbrannt haben, wissen wir nicht«, antwortete der Burggraf, »aber er wird verklagt und durch Zeugen überwiesen, daß er zum Widerstand gegen den Legaten des Heiligen Vaters gerufen und selbst mit hölzerner Waffe den Schädel eines adligen Polen zerbrochen hat, welcher jetzt todwund bei St. Nikolaus liegt.«

»Es wird auch bezeugt werden«, versetzte Herr Eske, »daß der Pole als erster das Schwert gezogen hat, zum zweitenmal in unserer Stadt; der Pole selbst ist dem scharfen Gericht der Stadt verfallen.«

»Er war hier als des Königs Diener, und die Bestrafung der königlichen Diener steht beim Könige selbst, uns bleibt nur die Klage. Die Bestrafung eines Knaben aus dem Artushofe heischt der König von der Stadt, und er hat genügenden Grund dafür, denn noch stand die Stadt in seinem Frieden, und allen ist bewußt, Herr Kumpan, daß während dieser Zeit scharfes Recht gilt und jeder handhafte Widerstand gegen des Königs Boten am Leben gestraft wird.«

Und wieder neigte der alte Mann das Haupt und sah traurig vor sich nieder.

»Ist es an dem, daß Hans Buck Arbeit haben soll, so ist ein Opfer genug für den Zorn des Königs«, erinnerte Herr Seuse. »Die Schüler der Johannesschule haben die Steine geworfen, und ihr Magister hat sie angeführt. Muß ein Opfer fallen, so ist der Magister ein Fremder und gehört nicht zur Bruderschaft des Hofes.«

»Er hat nur mit Worten gehadert«, entgegnete der Burggraf. »Doch vergaß er die Bescheidenheit und gab seinen Schülern ein böses Beispiel vor allem Volke. Deshalb wird der Stadt unleidlich, daß er in seinem Amte beharre. Dazu hat er die Würde unseres geistlichen Vaters gekränkt, der an Statt Seiner Heiligkeit unter uns weilte, und die Stadt wird wohltun, ihm ihren Frieden zu versagen und ihn auszuweisen in kürzester Frist.«

»Er war ein guter Lehrer unserer Kinder und hat sich sonst unsträflich gehalten«, warf Herr Eske ein.

»Er war zu hitzig für uns«, entschied der Burggraf. »Vorschnelles Wort verdirbt auch gerechte Sache. Hat er durch zwei Jahre den Bürgerkindern Gutes getan, so erweisen auch wir ihm Gutes, wenn wir ihn unversehrt an Leib und Habe von uns entsenden, bevor die von St. Nikolaus ihn wegen ketzerischen Irrtums verklagen. Denn ich vernehme, es ist auch Gedrucktes, das aus seiner Feder kommt, gebrannt worden.«

Hutfeld stimmte bei: »Der Elbinger, welcher während des Winters im Hafen lag, hat das Großsegel zum halben Mast gezogen, er ist fertig zur Abfahrt; gefällt es den hochmögenden Herren, so legen wir den Magister und seine Hausgenossen diesem als Ladung auf. Es mag anderen zugute gerechnet werden, wenn die Stadt gegen ihn einen harten Ernst beweist, und den Magister selbst enthebt es größerer Not.«

Damit waren die vier einverstanden, und der Burggraf fragte: »Wer wird Kläger wider den Gefangenen?«

»Der edle Kastellan von Dibow«, antwortete Hutfeld. »Der König besteht darauf, daß die Stadt selbst über den Täter richte, damit der Haß nicht auf ihn falle.«

»Der König war übel beraten, als er beschloß, den Haß der Bürger gegen uns zu wenden«, rief Herr Seuse.

»Wenn der König sich selbst seines Gerichtes begibt«, mahnte wieder Herr Eske, »so rate ich, daß wir ihm dennoch widerstehen und den Täter verurteilen, wie es uns frommt, und nicht, wie es ihm gefällt.«

Die andern sahen finster vor sich nieder.

»Uns frommt, dem König nicht zu widerstehen«, entgegnete der Burggraf nachdrücklich. »Der Waffenstillstand mit dem Hochmeister ist beschlossene Sache, und der König ist mächtiger im Lande als je. Einst, zur Zeit der Großväter, als der Ordensritter zwischen uns saß, verging selten ein Jahr, wo die Ordensleute sich nicht ein Menschenleben als Beute holten, entweder einen Mann oder ein junges Weib, darum verjagten wir die Frevler. Müssen wir jetzt zuweilen ertragen, daß der polnische Bär ein Leben für sich fordert, es geschieht doch nur selten und nie in mutwilligem Bruch des Stadtrechts, denn er haust nicht unter uns.«

»Aber er lauert an unseren Grenzen«, sprach Eske.

»Wo ist bessere Sicherheit auf Erden, und wo ist Friede?« fragte traurig der alte Burggraf.

Kurz darauf öffnete die weinende Barbara dem Bürgermeister Hutfeld die Wohnstube, und wieder standen die beiden Schwäger einander gegenüber. Wer die beiden nicht kannte, durfte zweifeln, welchem von ihnen das Schicksal des Gefangenen mehr am Herzen lag. Denn Marcus stand, seine Angst kräftig bezwingend, gerade aufgerichtet da, und auf des Bürgermeisters Gesicht, das im Rate so unbewegt erschien, lag jetzt die Verstörung. Der Hauswirt enthielt sich nicht förmlicher Begrüßung und bot den Stuhl, Konrad aber beachtete nicht die Höflichkeit und begann sogleich: »Ich komme vom König, es ist dort keine Hoffnung.«

»Habt Ihr für meinen Sohn gebeten, hochmögender Herr?«

»Ich tat es.«

»Hast du dem König gestanden, Konrad, daß der Knabe ein Sohn deiner Schwester ist und du ihm vom Taufstein her an Vaterstelle?«

»Wenn das der König weiß, so erfuhr er es nicht durch mich«, versetzte Hutfeld mit gefurchter Stirn.

Marcus trat zurück: »Ich denke, Ihr tatet klug, Euch dem Polen nicht zu verleiden.«

»Ich schwieg nur, weil ich unserm armen Knaben mehr zu nützen glaubte, wenn ich als Bürgermeister von Thorn bat.«

»Und was hat der Rat über Georg beschlossen?« fragte der Vater kalt.

»Du weißt selbst«, antwortete Hutfeld mit zuckenden Lippen, »wie der Verlauf sein wird; morgen früh fällt der Spruch des Gerichtes; noch lag des Königs Friede auf der Stadt, der Verwundete gibt keine Hoffnung, der König, auch wenn er schonen wollte, ist gezwungen, die Steinwürfe zu rächen, welche den Legaten und die Priester getroffen haben.«

Marcus stützte sich mit der Hand auf die Tischplatte. »Die Stadt hat von dem Polen neue Gunst erfahren und wird eifrig sein, seinen Zorn zu besänftigen.«

»Aufschub wäre Rettung«, antwortete Hutfeld bedeutsam, »der König will ihn nicht gewähren. Die Priester haben ihn erzürnt, und er tat, daß ich's hörte, den Schwur: Nicht eher kehre ich den Schweif meines Rosses gegen diese aufrührerische Stadt, die ich eben erst durch Huldbeweise geehrt, bis Ihr die Kunde bringt, daß das Urteil vollzogen ist.«

»Wenn der Vater den hochmögenden Rat um Aufschub anfleht, würden Bürgermeister und Rat noch einmal den Ritt zum Könige über die Brücke wagen?«

»Wenn der Rat selbst solche Bitte tut und der König sie gewährt, dann übernimmt der Rat auch die Bürgschaft dafür, daß nach Ablauf der Frist der Gefangene zur Stelle ist«, versetzte Hutfeld ablehnend, und nach einer Weile fuhr er fort: »Als ich heimritt, dachte ich daran, daß du stets bemüht warst, dir den guten Willen der Geschorenen zu sichern. Ich weiß, daß sie dir als einem Rechtgläubigen vertrauen. Die guten Dienste des Vaters könnten wohl die Missetat des Sohnes überwinden, wenn du den Bischöfen jetzt eine goldene Sühne bietest.«

»Habe ich als treuer Sohn der Kirche von meinem irdischen Verdienst geopfert, so habe ich es getan, um die Gunst der Heiligen für mich zu gewinnen, nicht die der Priester. Ihr wißt so gut wie ich, daß es vergeblich wäre, Gold an den hochwürdigen Legaten Zacharias zu zahlen, da dieser ein Welscher ist. Denn er würde jede Gabe willig annehmen und auch mit lauten Worten Fürbitte einlegen, zu gleicher Zeit aber durch die geistlichen Väter der Polen den König aufstacheln, damit die Kränkung seiner Würde dennoch gerächt werde. Den polnischen Herren aber vermag man ihren Zorn nie in den ersten Tagen abzukaufen, sondern erst nach einiger Zeit.«

Die beiden Welterfahrenen sahen einander an. »Dann bleibt noch ein Mittel«, begann Hutfeld feierlich, »das letzte.«

»Ihr sprecht zu einem Vater, hochmögender Herr.«

»Ich geleite dich zum Könige und schaffe, daß du vor sein Angesicht geführt wirst ohne Zeugen. Tu den Kniefall des Bittenden und gib dem König eine Verheißung. Ich weiß, er begehrt sich den Eichwald, der bei Nessau deinem Hause verblieben ist, beweise ihm darin guten Willen, und du magst von ihm gleiche Gefälligkeit erwarten. Du hast nie vor seinem Angesicht gestanden, und es ist wohl möglich, daß er den Namen deines Sohne ohne gute Meinung gehört hat; gewinnst du diese durch Demut und Gefügigkeit in seine Wünsche, so gewährt er dir, was er irgend vermag, nicht Verzeihung für Georg, aber längeren Aufschub und dadurch die Wahrscheinlichkeit, ihn zu retten, so oder so.«

Marcus sah vor sich hin, während Hutfeld warm auf ihn einredete. Als er das Haupt erhob, fand er die Augen des andern ängstlich und forschend auf sich geheftet. Er richtete sich hoch auf. »Gilt der alte Burgwald von Nessau für ein so königliches Geschenk, daß der König von Polen darum den Kopf eines Deutschen freigibt, den er werfen könnte? Ich bin nicht gewöhnt, königliche Herren durch Geschenke zu verpflichten, und ich fürchte, ich könnte straucheln, wenn ich den Wald in der Hand tragen und dabei niederknien sollte. Erlaßt mir die Kniebeugung, die ich bisher nur vor dem Himmelsherrn und seinen Heiligen geübt habe, und nehmt den Wald für das Haupt des Knaben, den Eure Schwester unter dem Herzen getragen. Nehmt den Wald, Ihr selbst, die Stadt, der König, ganz wie Eurer Weisheit am förderlichsten scheint.«

Hutfeld versetzte unwillig: »Wundert Euch nicht, wenn andere für Euren Sohn nicht tun, was Euch selbst zu tun nicht gefällt. Soll ein Angebot dem Leben des Sohnes frommen, so muß die demütige Bitte des Vaters dasselbe annehmbar machen.«

»Soll ich demütig flehen, so vertraue ich vor allen den heiligen Fürbittern.«

»Dann scheide ich von Euch mit noch größerem Leide, als ich herbrachte, denn ich sehe keine Hilfe, die Ihr und ich miteinander beraten könnten.«

»Ich danke Euch für Euren guten Willen, Herr Bürgermeister«, sprach Marcus; aber plötzlich, auf den andern zutretend, erhob er die Hand und rief drohend: »Wahrlich, Konrad, das Blut deines Schwesterkindes wird auf dein Haupt fallen, denn du bist es, der dem Dienst des Königs meinen Knaben opfert.« Seine Augen flammten, und die Faust bebte in starker Bewegung.

Hutfeld trat einen Schritt zurück, aber er wich nicht dem Zorn des Vaters, sondern entgegnete leise: »Hüte du dich selbst, Marcus, daß du nicht deinen Sohn um ein Traumbild hinopferst, das – wenn es etwas anderes wird als ein Traum, dein und deines Sohnes Haupt auf dieselbe Stätte führt, auf der dein Vater endete.«

»Damals stand Konrad Hutfeld neben mir und hielt meine Hand!«

»Damals machtest du es deinen Freunden nicht so schwer, dir zu dienen als jetzt«, antwortete Hutfeld bewegt.

»Wo liegt mein Knabe in Haft? Man hat mir den Zutritt zu ihm verweigert.«

»Nur bis der Spruch des Gerichtes gefallen ist«, versetzte der Bürgermeister. »Er ist in der Artuskammer des Kerkerturmes. Die Stadt hat bis jetzt die Pflicht, ihn zu bewahren. Da er unter alt und jung manchen verwegenen Freund zählt, werde ich den Kastellan von Dibow, der als des Königs Kläger in die Stadt geritten ist, heut, wenn die Abendglocke läutet, auffordern, den Zugang vom Turm von der Alt- und Neustadt her zu bewachen, damit die Stadt der Verantwortung enthoben werde.«

»Nehmt meinen Dank, namhafter Herr, für diese Vorsicht«, antwortete Marcus. Beide sahen einander schweigend an, endlich streckte Hutfeld die Hand aus, Marcus ergriff sie, und die beiden Schwäger tauschten einen Händedruck, doch wurde kein Wort mehr gesprochen.

Marcus blickte auf die geschlossene Tür und murmelte: »Ich kenne dich, und ich weiß, daß zwei scharfe Augen auf meine Wege spähen. Der Streit, welcher zwischen uns begonnen, wird einen von uns beiden verderben. Heut aber muß ich am Leben meines Sohnes prüfen, ob du ein redlicher Gegner sein kannst.« Er öffnete schnell die Schreibstube und rief seinen Gehilfen Bernd. Unterwürfig trat der stille Mann ein und erwartete in kummervollem Schweigen die Aufträge des Meisters. Sie verhandelten leise, dann rief Bernd den Dobise in die Stube und ließ den Herrn mit seinem Knechte allein. Endlich schlich Dobise in seine Geschirrkammer, und Bernd eilte aus dem Hause dem Strome zu. Als es dunkel wurde, verließ auch Dobise durch die Hintertür das Haus. Marcus schritt allein mit gerungenen Händen auf und ab. Die weinende Magd brachte das Licht und begehrte Trost von ihm. Er wies sie mit einer Handbewegung hinweg und hob aus dem geheimen Schranke das Buch, über dem er in stillen Stunden am liebsten saß, hastig wandte er die Blätter: »Zu dir flehe ich vor allen, Gebenedeite, holde Jungfrau Maria, du Königin von Preußenland. Oft haben meine Vorfahren und oft habe ich deine Gnade erfahren, auf deinem Mantel trugst du, wie die Sage kündet, die Seelen meiner Ahnen in die Himmelshalle, über dem Mastkorb unserer Schiffe schwebtest du und wehrtest der bösen Macht des Eises und des Sturmes, nach jeder Fahrt nahmst du huldvoll den Herrenzins von gewonnenem Gut. Du bist es, in deren Dienst ich lebe, damit dein Reich aufs neue erhoben werde vom Haff bis über den Strom, sei mir auch heut barmherzige Fürbitterin. ₈₃₀ Doch nicht dich allein bemühe ich für die Rettung meines Sohnes. Darum rechne mir meine demütigen Dienste nicht ganz auf gegen seine Rettung, damit ihm und mir noch eine Hoffnung bleibe für unsere Stadt und unser Land. Wenn ich Gnade bei dir gefunden habe, so erweise mir diese auch bei anderm Wunsch, von dem du aus ungezählten Bitten weißt.« Er schlug mehrere Blätter um. »Sei gegrüßt, St. Johannes, Prediger in der Wüste. Ich armer Sünder habe dir treu angehangen, denn immer dünkte mich meine eigene Sorge als ein Abbild der deinen. Auch ich habe gelebt in der Wüste, und ich bin in irdischem Kampf der Vorläufer eines Größern, der vollenden soll, was ich im kleinen begann. Das Haupt meines Vaters fiel unter dem Schwert, wie das deine, und ich, der Sohn, lebe, wie du gelebt hast, in der Sorge, daß mir dasselbe geschehe. Gedenke heut meines Flehens und der Werke, die ich nach Kräften deinem Heiligtum zugewandt, und schütze den Sohn in der Gefahr, die uns jetzt umgibt.« Und bei dem dritten Blatt sprach er: »Ich weiß, heiliger Nikolaus, daß manche in deinem Heiligtum meinem Knaben abgeneigt sind, laß ihn heut seine Vermessenheit nicht entgelten. Man rühmt von dir, daß du selbst fröhlicher Mummerei nicht abhold bist und dem Possenspiele der Kinder freundlich zusiehst; auch mein Sohn ist nur kindisch einhergesprungen auf den Straßen der Stadt, und als er sich gestern gegen den Zug auflehnte, der aus deinem Klosterhofe zog, tat er es nicht in hartem Unglauben, sondern als ein Schulknabe, der seinem Lehrer die Treue beweisen will. Ich habe Goldstoff auf deinen Altar gelegt und dir neue Kerzen angezündet zur Sühne für deine Priester. Darum sei auch du nicht strenge gegen ihn und widersprich nicht, wenn andere Heilige für ihn bitten.« Und er blätterte weiter. »Zu dir flehe ich heut vor andern, St. Jakob in der Neustadt, du bist als Helfer in Todesnöten weit berühmt und angerufen in der ganzen Christenheit. Sonst habe ich dich mit meinem Flehen selten beschwert, heut hebe ich als ein jammernder Vater zu dir die Hände.« Er warf sich auf den Boden. »Nimm gnädig das Gelübde an, das ich in dieser Stunde ablege. Dorthin, wo im Lande Hispanien dein großes Heiligtum errichtet ist, will ich bü- ßend ziehen in Betfahrt nach armer Pilger Weise, wenn deine Fürbitte meinen Knaben vom Tode löst. Habe Mitleid mit seinem sorglosen Gemüt, er ist ein frischer Gesell, ich habe ihn streng gehalten und fern von dem gefährlichen Werk, das ich selbst betreibe, harmlos lebt er noch dahin in seiner Jugendblüte, und ich denke, keine schwere Sünde lastet auf seiner Seele. – Jeden von euch vieren flehe ich an und alle vier zusammen, ihr seid die großen Helfer von Thorn, in eurer Obhut steht die Mauer und der Strom, alle Herrlichkeit und Macht unserer Stadt, und in eurer Hand sind die Seelen aller Großen und Kleinen, der Lebenden und der Toten.« –

Das Dunkel der Nacht lag auf den Gassen, doch in der Stadt blieb es unruhig, die Schenken waren überfüllt, und wenn sich eine Tür öffnete, drang mit dem Lichtschein lautes Geräusch der Stimmen auf die Straße, häufiger als sonst schritten Ratsherren und ansehnliche Bürger mit ihren Dienern, welche die Laterne trugen, über den Markt; am lautesten schwirrten die Stimmen in der Nähe des Kerkertores zwischen alter und neuer Stadt. Dort erhob sich über dem Tore ein festes Haus mit dicken Mauern, zur Seite mit einem runden Turm, der wie viele andere über die Fluchtlinie der Stadtmauer ragte. Georg saß in dem Herrengelaß des Turmes, welches man im Spott die Artuskammer nannte. Es war ein kahler Raum mit hoher, schmaler Lichtöffnung, er enthielt einen alten Tisch und eine Lagerbank, die Wände waren bis zur halben Höhe verklei- det, nicht mit Holz, sondern mit Eisenplatten, an welche in regelmäßigen Zwischenräumen starke eiserne Ringe geschmiedet waren, um Ketten daran zu befestigen. Als vom Turme zu St. Johannes die Abendglocke läutete, zog eine Schar bewaffneter Polen vor das Kerkerhaus, geführt von dem Kastellan des Königs, geleitet vom Bürgermeister selbst. Hutfeld betrat mit dem Kastellan das Haus, rief den Schließer und gebot: »Weist dem edlen Herrn bei Lichte den gefangenen Mann, schließt die Tür vor seinen

Augen und hängt das Schlüsselbund an den Haken. Das Gelaß gehört innen der Stadt, draußen den Wächtern des Königs.«

»Wenn ich gutstehen soll für den Gefangenen«, sagte der Kastellan, »so begehre ich auch die Treppe zu hüten, den Wächter und seine Schlüssel.«

»Es sei für diesmal«, versetzte Hutfeld, »doch daß es kein Beispiel gebe gegen die Rechte der Stadt.«

Der Kastellan ließ das Gefängnis öffnen, trat ein und sah, ohne den Gefangenen zu beachten, mit dem Grauen, welches auch ein wackerer Krieger in verschlossenen Mauern fühlt, die furchtbare eiserne Rüstung an der Wand. Er nahm das Licht und untersuchte die Wände, alles war fest gefügt. Er blickte nach der Höhe. »Durch das Luftloch könnte sich vielleicht ein schlanker Leib zwängen.«

»Es hat's nie jemand versucht«, antwortete der Schließer kopfschüttelnd. Das Gefängnis wurde verschlossen, zwei Bewaffnete auf die Stufen der Treppe gestellt, zwei andere in das Zimmer des Schließers vor das aufgehängte Schlüsselbund, und diese sahen lachend zu, wie der Schließer sich mit untergeschlagenen Armen niedersetzte und murrte: »Es geschieht zum erstenmal, daß der Schließer von Thorn durch polnische Säbel seines Amtes enthoben wird.«

In zwei Haufen lagen die Polen vor dem Gefängnis und bewachten von der Altstadt und Neustadt die geschlossenen Pforten, sie zündeten große Feuer auf der Straße an, und die rote Flamme erhellte die kleinen Fenster des Baues und die Mauer, so daß man selbst ein Wiesel erkannt hätte, welches auf der Höhe lief.

So verging Stunde auf Stunde; die Polen um das Gefängnis tranken, schrien und erhoben wilden Gesang, der die Bürger der benachbarten Häuser tief kränkte. Oben in der eisernen Kammer lag Georg auf der Bank. Von den Feuern drang ein rötlicher Schein durch die Fensterluke, zuweilen trieb der Wind eine Rauchwolke herein, dann starrte Georg in der Dämmerung auf die Wirbel des Dampfes. Er wußte wohl, daß er in üblem Handel war, aber die Größe seiner Gefahr kannte er nicht. Ihn wunderte, daß er den ganzen Tag ohne Zuspruch aus dem Vaterhause geblieben war, auch der trübe Ernst des Schließers hatte ihn für kurze Zeit nachdenklich gemacht, und als am Abend der Kastellan eindrang und das Gefängnis untersuchte, ohne ihn selbst zu grüßen oder wie einen Lebenden zu beachten, da fiel größere Sorge auf sein Herz, und das Geschrei der Wächter wie der Feuerschein wurden ihm unheimlich. Aber immer tröstete er sich damit, daß er ein junger Bruder des Artushofes sei und daß auch diesmal, wie bei allen früheren Händeln, die er mit der Stadt gehabt, das Drohen ärger sein werde als die Strafe. »Sie sagen, ich bin ein Sonntagskind«, sprach er endlich müde, »diesen kommt das Glück im Schlafe. Wenn ich nur wissen könnte, wie es ihr ergangen ist, ich wollte das harte Lager mir ganz vergnüglich gefallen lassen.« So entschlief er. Im Traume kam ihm vor, als ob er in seiner Kammer läge und Dobise mit der Leuchte hereinschliche, um ihn zu wecken, wie er jeden Morgen tat. Er weigerte sich, zu erwachen, und murmelte: »Tölpel, noch ist es nicht Zeit.« Aber die Leuchte fuhr fort zu flackern, er öffnete die Augen und sah in Wahrheit den Dobise mit einer kleinen Blendlaterne vor sich stehen. Erstaunt richtete er sich auf und rieb die Augen. »Nehmt hier dies in Eure Hand«, flüsterte Dobise mit heiserer Stimme und hielt ihm ein kleines Kruzifix hin. »Der Alte schickt es Euch, daß Ihr darauf schwört bei dem Manne am Kreuz und bei den vier großen Stadtheiligen, das Geheimnis dieser Kammer niemals zu verraten, auch nicht, um Euer Leben vom Tode zu retten. Schwört, denn morgen mittag faßt Hans Buck Euren Hals, wenn Ihr nicht vorher entrinnen könnt. Auch Euer Großvater saß hier, bevor er gerichtet wurde; ihm aber hatten die Herren vom Hofe den Ausgang gesperrt.«

Georg sprang auf: »Steht es so, dann schaffe mich fort, wenn du kannst. Wo ist dein Schwanz, du Teufel?« Hastig sprach er den Eid, Dobise steckte das Kreuz ein. »Harret noch ein wenig«, flüsterte er, »erst muß ich den wilden Polen etwas vormachen.« Er schlang einen Strick in einen der Eisenringe an der Wand und warf das andere Ende, welches durch ein Gewicht beschwert war, aus der Fensterluke, das Seil zog sich straff. »Dort hinaus kann nur ein Kater, aber nicht wir beide. Mögen sie sich darüber die Köpfe zerbrechen«, raunte er mit schlauer Miene, »Ihr aber folgt mir.« Er ergriff an der andern Seite der Wand einen Ring, drückte und zog, ein Feld des eisernen Tafelwerks sperrte sich auf, und eine dunkle Öffnung, der niedrige Zugang zu einer engen Treppe, wurde sichtbar. Dobise wies in die schwarze Tiefe und lachte: »Nur die drei Ältesten der Bruderschaft kennen das Geheimnis, und der vierte bin ich, denn die Herren müssen einen haben, der mit dem Eisenwerk umzugehen weiß und der seinen Hals für sie wagt. Nehmt die Leuchte und kriecht voran, damit ich hinter Euch zusperre. Sie sagen, dies Kunstwerk wurde von einem Schlosser aus Nürnberg erfunden. Auch wer guten Witz hat, wird von der Kammer aus die Tür nicht erraten.«

»Fort«, mahnte Georg flüsternd; er tauchte in die dunkle Wölbung hinab und hielt auf der Treppe kniend die Leuchte, während Dobise die eiserne Tür von außen zuzog, verriegelte und noch durch eine hölzerne Tür verschloß. Tief gebückt strichen die Flüchtigen in einem schmalen Mauergang, die dumpfe Luft machte das Atmen schwer, und der Weg wollte kein Ende nehmen, zuweilen stiegen sie Stufen hinab, dann ging es wieder eine Weile eben fort. Zuletzt war der Gang durch eine Wand geschlossen, Georg fühlte an den kalten Stein. »Der Weg hat ein Ende.«

»Fallt auf die Knie und kriecht durch das Loch«, riet Dobise. Eine Maueröffnung, durch Entfernung einiger Steine gebildet, gewährte gerade Raum zum Durchkriechen. Georg schob die Leuchte voran und schlüpfte hindurch. Als er sich erhob, stand er in einem Gewölbe, das zum Aufbewahren von altem Gerät diente, Dobise kauerte am Boden, schichtete die herausgezogenen Steine wieder in das Loch, strich einen dunklen Kitt in die Fugen und häufte Holzbündel davor. »Dies ist Dobises Tür, niemand versteht sie zu öffnen als ich. Ihr aber gebraucht dies Bündel, es ist ein polnischer Mantel darin, Mütze und Stiefel, denn als Pole müßt Ihr entweichen.« Ohne Freude öffnete Georg den Pack und wechselte die Kleidung. »In dem einen Stiefelschaft ist das Leder doppelt, ich habe Geld eingenäht; der Alte schickt Euch außerdem zur Reise diesen Beutel. Es ist Gold darin«, sagte er mit lüsternen Augen.

»Das Siegel des Beutels ist erbrochen«, versetzte Georg befremdet.

»Ich mußte ihn doch öffnen, um Euch den Notpfennig in die Stiefel zu nähen; und wenn ein und das andere Stück dabei verlorenging, so werdet Ihr es dem Alten nicht klagen, denn ich habe noch manches bei Euch gut und muß mich bezahlt machen deswegen und wegen meiner Lebensgefahr. Jetzt aber rate ich Euch, Euer Gebet zu sprechen, wir sind hier über dem Graben auf der Neustädter Seite; diese Tür führt bei den Predigermönchen heraus, und Ihr müßt an dem Polenvolke vorüberstreichen.«

834 »Wo führst du mich hin?«

»In die Trümmer des Ordensschlosses, den Weg, welchen Ihr von der Musik her kennt; an der gelben Weichsel liegt unser Kahn im Versteck, Ihr sollt mit dem wilden Wasser abwärts treiben. Es wird Zeit, der Morgen ist nahe.«

»Schnell hinaus«, gebot Georg und lüftete den polnischen Säbel in der Scheide. Dobise schloß die Tür auf, löschte die Leuchte, und Georg atmete die frische Nachtluft. Er warf einen Blick zur Seite, die Polen lagen und saßen in einiger Entfernung müde um die niedergebrannten Feuer, die Flüchtigen glitten längs der Mauer des Klosters dahin, hielten eine Weile im Schatten der Klosterpforte und gingen von da mit festerem Schritt unangefochten durch die leeren Straßen. Stürmisch schlug das Herz des Jünglings, als er in der Dämmerung undeutlich die Schule erkannte, und er hielt an, aber Dobise rief ängstlich: »Vorwärts! Es ist nicht das erstemal, daß Ihr den Weg über die Burgmauer findet, hinweg, wenn Euch Euer Leben lieb ist.«

Sie kletterten auf den Steinhaufen der Ordensburg. »Heut könnt Ihr nicht weilen, um eine Musika zu beginnen, Ihr müßt auf der Flußseite wieder hinaus, die Mauer hinab. Folgt vorsichtig, denn die Steine sind locker, aber der Graben unten hat eine trockene Furt.« Dobise kletterte wie ein Kater voran, mühselig folgte Georg, indem er murmelte: »Du weißt hier gut Bescheid, bin ich erst Bürgermeister, so frage ich dich, wozu du diese Kenntnis gebraucht hast.«

»Ihr seid just auf dem Wege, Bürgermeister zu werden«, spottete Dobise. »Reicht mir die Hand«, und er half ihm vom Grabenrand ins Freie. »Haltet Euch fern vom Fährtor, bei der Färberei soll der Kahn liegen.«

Georg trat an den Strom, laut rauschte das Wasser, auf der geschwollenen Flut schwammen kleine Eisschollen. Der Schiffer erhob sich aus dem Fahrzeug: »Dies wird üble Fahrt zwischen treibenden Baumstämmen und Schollen, das Wasser reißt und kocht in den Strudeln wie in einem Topfe.« Sie bestiegen den Kahn, der Schiffer löste das Seil, und Georg trieb, dem Tode entronnen, von der Heimat geschieden, auf dem wilden Strom hinein in die unsichere Dämmerung.

Als am Morgen der polnische Kastellan die Zelle des Gefangenen betrat, fand er nur das Seil, welches über die Stadtmauer hinabhing. Da erhob sich großer Lärm, die Polen schrien Verrat, ihre Boten ritten über die Brücke zum Könige, das Gefängnis wurde wiederholt untersucht, aber nichts Unrechtes gefunden, die Wächter sämtlich verhört, doch es war auf niemanden etwas zu bringen, am wenigsten auf den Schließer und die Beamten der Stadt. Der Zorn des Königs legte sich erst, als am Nachmittag der Bürgermeister Hutfeld allein vor seinem Angesicht gestanden hatte. Die Thorner und die Polen stritten darüber, ob es einem Manne möglich sei, seinen Leib durch die Lichtöffnung des Kerkers zu zwängen, die Abergläubischen neigten zu der Annahme, daß der Teufel aus dem Hause des Marcus dabei wieder im Spiele gewesen sei, und die Klugen wunderten sich, daß die Verfolgung nicht eifriger betrieben wurde,

835

denn der Wächter über dem Fährtore hatte Männer auf einem Kahne gesehen, der gegen Morgen stromab gewirbelt war.

Die Mönche aber hatten von ihrem feurigen Werk schlechten Gewinn. Viele unter ihnen waren durch Steinwürfe getroffen, dem hochwürdigen Legaten selbst war ein Stein an das Bein geflogen, und er ächzte, als er am nächsten Morgen in aller Frühe auf das Maultier gehoben wurde, damit er der zornigen Stadt entweiche. Ihre Absicht hatten die Eiferer vollends nicht erreicht. Zwar die Teufelspuppe fand man halb verbrannt im Grase, aber der Ballen des Buchführers war nur an den Rändern gesengt und verkohlt, die frommen Väter hatten vergessen, daß festgepackte Bücher der Flamme lange widerstehen. Hannus erhielt von seinem Krame kaum ein einzelnes Stück zurück, denn als das Volk den Holzstoß auseinanderwarf und den Inhalt des Ballens zerstreute, wurden die angesengten und gebräunten Büchlein wie eine wertvolle Beute aufgegriffen und in die Häuser getragen. Wer sich bis dahin um den Inhalt der neuen Lehre nicht gekümmert hatte, der las jetzt neugierig davon, es war wohl keine Familie, in welche nicht gerettete Bogen gelangten, und der Stadtschreiber Seifried hatte Grund, zu spotten, daß gerade durch den Scheiterhaufen jener Nacht die neue Lehre in Thorn eingebürgert worden sei.

Unter den Landsknechten

Während Georg im Kerkerturm lag, verließ der Magister mit seiner Tochter die Stadt.

Auf dem Deck des Elbingers war in der Eile eine Hütte errichtet, welche den Verbannten mit seinem Haushalt beherbergen sollte, bis er das Gebiet der Stadt Thorn geräumt hätte, dann mochte er auf dem Bordschiff weiterfahren oder aussteigen, wie es ihm gefiel. Die Hütte hatte Philipps Eske durch seinen Vater dem Schiffer anbefohlen, und der treue Knabe wich den Flüchtigen in den letzten Stunden ihres Aufenthalts nicht von der Seite. Doch nicht er allein war der Pflichten eingedenk, welche dem lateinischen Schüler gegen seinen Lehrer oblagen, auch ein Haufe der kleinen Schützen trug sich mit dem Reisegepäck des Vaters, und vor andern die Armen, welche an seinem Tische Kost und freundlichen Zuspruch gefunden hatten. Lips machte sich auf dem Schiffe bei dem Gepäck und den Schiffsleuten zu tun, um der Unterhaltung mit den Scheidenden auszuweichen, denn ihm war das Herz schwer, und er fürchtete wegen des Gefangenen ausgefragt zu werden. Er hatte dem Ratsdiener und dessen Frau ernsthaft geboten, die Traurigen nicht durch Reden über die Gefahr des Freundes noch tiefer zu kränken. Aber seine Vorsicht nützte wenig, denn wenn auch der Magister für seinen Schüler noch Gutes von der vornehmen Freundschaft hoffte, Anna erkannte deutlich aus den Mienen ihrer Wirte und aus den zögernden Antworten des Pylades, daß Georg in furchtbarer Bedrängnis zurückblieb. Sie saß stumm und teilnahmlos auf dem Verdeck, hielt das Hündlein in ihrem Schoß und blickte unverwandt nach den Türmen der Stadt, welche sie in Feindschaft verlassen sollte. Nur einmal, als Philipps vorüberging, fragte sie: »Wo weilt er jetzt?« Da vergaß der Gefragte selbst die Behutsamkeit und antwortete traurig: »Ihr könnt von hier den Turm nicht sehen«, sie aber senkte das Haupt und fragte nicht mehr. Als in den letzten Stunden des Nachmittags der Schiffer alle Fremden aufforderte, das Deck zu verlassen, bot Lips dem Magister und Anna die Hand und vermochte nichts vorzubringen als: »Ich danke für alles Gute Herr Vater; laßt mich in kurzem wissen, wohin ich Euch Nachricht senden soll«; dem Schiffer raunte er noch zu: »Sorgt für meinen Herrn Vater, wenn Euch an dem guten Willen der Thorner gelegen ist«, und schwang sich an Land. Die Schützen aber standen gedrängt am Rande des Ufers, und als der Magister ihnen vom Deck den Scheidegruß zurief und sie aufforderte, guter Lehre eingedenk zu sein, da schrien die größeren ihre lateinischen Abschiedsworte mit heiseren Stimmen und die Kleinen schluchzten. Der Elbinger rief seine Schiffskinder zusammen, sprach die Reisebitte zur Heiligen Jungfrau und drückte das Schiff vom Ufer in die Strömung. »Es ist gegen Schifferbrauch, bei sinkender Sonne an das Steuer zu treten«, sagte er im Vorübergehen zum Magister, »aber die Herren von Thorn haben es diesmal geboten.« Das Fahrzeug glitt schnell stromab, in grauem Nebel schwanden die Türme und Mauern der Stadt, die Gebannten saßen in trübem Schweigen vor ihrer Hütte und starrten hinab auf das Wasser und in die Ferne, welche undeutlich vor ihnen lag wie ihre eigene Zukunft.

Als Anna am nächsten Morgen aus der Hütte auf das Deck trat, lag das Fahrzeug an der deutschen Uferseite, und der Schiffer wies ihr eine Steinsäule auf der Höhe: »Dort ist die Grenze des Stadtgebietes.« Sie stand lange, die Augen zum Himmel gerichtet; ach, heut war bei ihren heißen Bitten das Antlitz verstört, die Augenlider vom Weinen gerötet, aber hätte Georg sie gesehen, sie wäre ihm noch ehrwürdiger erschienen als damals in der Kirche; sie dachte nur an ihn und bat für ihn. Bei dem stillen Flehen wurde ihr das Herz mutiger, und sie bot dem Vater, als er zutage kam, einen herzlichen Morgengruß.

»Wir treiben auf öder Flut, hier und dort unwirtliches Gestade, Szylla und Charybdis; aber ich bin besser daran als der alte Grieche Ulysses, denn ich habe mein liebes Kind bei mir, und ich denke doch, daß wir in diesem gelben Wasser nicht auf Menschenfresser stoßen werden.« Und gegen seine eigenen reuigen Gedanken ankämpfend, fuhr er fort: »Bei alledem kann ich nicht bedauern, daß ich den Obskuranten am Holzstoß meines Herzens Meinung deutlich gemacht habe.« Aber Anna, die noch in ihrer andächtigen Stimmung war, antwortete: »Ich aber, Herr Vater, habe an dem Unglückstage zu wenig daran gedacht, alles vertrauend dem lieben Gott zu überlassen, denn hätte ich mich vorher mit herzlicher Bitte an ihn gewandt, so würde ich bessere Ruhe und Bedacht genommen haben; ich hätte Euch nicht durch die Nachricht von dem Vorsatz der Feinde erschreckt, und es wäre Euch und der Schule leichter geworden, dem Feuer fernzubleiben. Jetzt sind wir beide der Gefahr entronnen, aber einer ist darin zurückgeblieben.« Da schlug der Magister die Hände zusammen und setzte sich stöhnend auf ein Faß. »Mein armer Regulus! Der römische Name, den ich ihm gegeben, ist für ihn von übler Vorbedeutung geworden. Denn wie jenen Konsul halten ihn die Feinde gefangen und wollen über ihn in scharfem Gericht erkennen. Wahrlich, auch dies war ein seltsamer Zufall: die letzte Oration, die ich ihm aufgegeben, war die hochherzige Rede, welche Regulus im römischen Senat halten mußte, da er als Gefangener der Karthager mit Urlaub nach Rom zurückkehrte; er mahnte seine Landsleute, nicht seinetwegen mit den Fremden Frieden zu machen, sondern ihn zum Tode zurückzuliefern. Georg war mit Lust bei der Arbeit, er forderte mit Begeisterung, in die Gefangenschaft zurückzukehren, und ich freute mich innig über den Vortrag.« Bei dem Gedanken verlor der Magister die Fassung und suchte in den Taschen nach seinem Tuche.

Da wagte das Hündlein zum erstenmal wieder zu bellen, und eine feierliche Stimme klang hinter den Traurigen: »Adsum, patres conscripti, adsum captivus et aegre e vinculis solutus. Ich bin da, Herr Magister, dem Gefängnis entronnen, aber ich habe gar keine Lust, dahin zurückzukehren. Guten Morgen, Herr Vater, guten Morgen, liebe Jungfer Anna.« Der Redner sprang über den Bord in das Schiff, aber er vermochte nicht weiterzusprechen, denn Anna wankte, im nächsten Augenblick hielt er sie fest in seinen Armen, er fühlte ihr Haupt auf seiner Brust und zwei Arme, die sich an ihn klammerten, und er küßte sie zum erstenmal auf den bleichen Mund. Der Magister aber saß unterdes wie betäubt auf dem Tönnlein, er hörte eine vertraute Stimme, aber er sah einen wilden Polen in das Schiff klettern, und griff krampfhaft nach seiner Brille, bis er den festen Händedruck seines Schülers fühlte und die heiteren Worte vernahm: »Jetzt ist die Schule wieder beisammen, Herr Magister, und ich denke, 838 der Rat von Thorn soll die Lektionen nicht mehr stören.« Da ging auch dem Magister alle Würde verloren, und er umschloß, wie ein Kind weinend, den Geretteten.

Drei Heimatlose saßen zusammen in kalter Morgenluft über dem ungastlichen Wasser, aber sie dachten jetzt wenig an alles, was sie verloren hatten, und die Schule stimmte vergnügt bei, als Georg vorschlug: »Ist's Euch recht, Herr Magister, so bleiben wir beieinander; mein Vater will, daß ich zuerst nach Danzig fahre, von dort schreibe ich ihm und erwarte sein Gebot; Ihr aber werdet überall Schüler finden und bessere Dankbarkeit als in unserer Stadt.« So machten sie in gutem Vertrauen Pläne für die Zukunft; nur Georg sah zuweilen mißtrauisch nach rückwärts und auf die Wege am Ufer, ob er verfolgt würde.

Es war keine mühelose Reise. Das große Fahrzeug trieb bald mit reißender Strömung, bald langsam in seichtem Wasser zwischen angeschwemmten Inseln und zwischen kahlen Dämmen und Lehmhügeln dahin; hier kreiste die Flut in gefährlichem Strudel, dort streifte ein Baumstamm, welcher dahinschwamm oder im Grunde festgerannt war, die Seiten und den Boden. Unablässig arbeiteten die Schiffer mit Stangen und Haken, sich die Fahrt freizuhalten, sie ließen sich gern gefallen, daß Georg Hand anlegte wie einer von ihnen. Sogar der Magister stemmte Hände und Schultern gegen das Ruderholz. Wenn der Abend kam, wurde die Reise unterbrochen, der Schiffer suchte eine Stelle in der Nähe des Ufers, wo er das Tageslicht abwarten konnte, auch in der Nacht mußte ein Wächter Ausguck halten gegen Schollen und treibendes Holz. Der Magister mit seiner Tochter fand zuweilen Herberge am Lande, Georg vermied auf dem Schiffe die Augen der Späher.

So waren sie einige Tage ohne Abenteuer gefahren und trieben mit der Strömung am Ufer eines Landstrichs, welcher im Kriege zwischen dem Hochmeister und den Polen streitig gewesen war. Am Abend kamen sie an einen Ladeplatz, zu welchem von hohem Deiche zwei Wege hinabführten; dort stand am Wasser eine Schenke und Hütten für die Schiffer. Der Elbinger sah unruhig auf die öde Stätte: »Dies gehört noch zum Land des Bischofs von Pomesanien«, sagte er zu Georg, »Polen und Ordensleute sind hier widerwärtig, und beide wagen zuweilen Zoll zu fordern.« Georg sprang mit dem Schiffer ans Land, sie fragten in der Schenke, suchten in den Schoppen, bestiegen die Dämme und spähten in die dunkle Landschaft, es war nirgends etwas Unrechtes zu entdecken. Da legte der Ebinger an, der Magister und sein Kind suchten Unterkunft in der Schenke, Georg blieb mit einem Schiffsknecht als Wächter auf dem Fahrzeuge; er stand in der hellen Mondnacht lange auf dem Deck, stieg wiederholt hinab an das Ufer, umschritt die Hütten und sah von der Höhe in das Land, aber alles lag friedlich in grauem Dämmer. Als der Morgen nahte, hüllte er sich in einen Schiffermantel und legte sich in die Hütte zu kurzem Schlummer. Er erwachte von heftigem Gebell des Hundes, der bei ihm zurückgeblieben war, vernahm auf dem Lande das wilde Geschrei Zankender und erkannte in der Dämmerung auf jedem der beiden Wege, welche an den Deichen hinabliefen, Bewaffnete und Gespanne. »Wir waren die ersten«, schrie eine gebietende Stimme, »und wenn ihr nicht zurückweicht, so werfen wir euch zu den Fischen ins Wasser.«

Im nächsten Augenblick hörte er einen Angstruf Annas und sah die Jungfrau aus der Herberge dem Schiff zueilen. Da warf er sich in mächtigem Satze auf das Land und sprang mit geschwungenem Säbel einigen dunklen Gestalten entgegen, welche die Flüchtige verfolgten. Er schlug kräftig auf die Verfolger ein und schleuderte den ersten, welcher den Arm nach der Geliebten ausstreckte, durch einen Streich des Säbels zur Seite. Gleich darauf war er im Kampf gegen mehrere Feinde, aber wie wild er um sich schlug, er wurde im Rücken gepackt, entwaffnet und an den Händen gebunden. So blieb er mit Anna am Ufer unter Obhut eines finsteren Gesellen, der ihn mit der Hellebarde niederzuschlagen drohte, wenn er sich noch weiter rege. Unterdes dauerte um die Hütten der Zank und das Geschrei fort. Nicht lange, so sprangen Bewaffnete auf das Schiff, die Äxte krachten an Deck und Planken, Wagen rasselten vom Deich herunter an die Ladestelle, Laufbretter und Leitern wurden an den Schiffsbord gelegt, und ein Haufe von Männern und Weibern begann die Ladung auszuräumen, welche zum größten Teil in Getreide und in einigem Kaufmannsgut bestand. Beim aufgehenden Frühlicht sah Georg, daß eine ansehnliche Zahl ausgestellter Wachen die Beraubung deckte und daß sie Tracht und Waffen deutscher Landsknechte trugen. Zuletzt vernahm er wieder die Stimme, welche herrisch in dem Tumult gerufen hatte. Ein hoher, breitschultriger Mann mit großem rundem Kopf und grauem Bart trat auf ihn zu und rief befehlend: »Potz Velten, Ihr habt's uns sauer gemacht, Mann;

schüttet aus, was Ihr in der Tasche habt, denn das ist unser Recht.« Er warf seinen Hut auf die Erde. »Ihr mögt selber Eure Tasche leeren, da Ihr Euch redlich gewehrt habt. Wollt Ihr Euch ergeben und Friede geloben, so steht es bei Euch, sonst schlagen meine Gesellen Euch nieder.«

»Ihr seid die Stärkeren«, versetzte Georg grimmig. »Löst mir die Bande, so will ich Euch für heut Frieden geloben.« Der Landsknecht winkte dem Wächter, Georg sprach das Gelöbnis und schleuderte sein Säcklein mit Geld in den Hut. Der Führer kniete nieder, zählte und teilte in mehrere Häuflein, das größte steckte er mit dem Beutel in die Tasche. »Und jetzt antwortet auf meine Frage, aber wahrhaft, wenn Ihr Leib und Seele zusammenhalten wollt: wer seid Ihr und woher kommt Ihr?«

840

Georg nannte Namen und Heimat und fragte trotzig dagegen: »Und wer seid Ihr, daß Ihr es wagt, an Reisenden Gewalttat zu üben?«

»Holla«, entgegnete der andere, »Ihr seid der Gefangene, Ihr habt zu antworten und ich zu fragen, denn das Eisen hängt über Eurem Haupte. Doch da Ihr Frieden gelobt habt, sollt Ihr wissen, wem die Herrschaft über Euren Leib zugefallen ist. Ihr seid in der Hand freier Knechte aus dem Reich, und ich bin Hans Stehfest, ihr Hauptmann. Führt die Gefangenen das Ufer hinauf«, gebot er seinen Begleitern, »und haltet sie unter Wache, doch getrennt, damit sie sich nicht miteinander bereden. Zu der Frau setzt zwei von den Weibern, die ihr das Weglaufen wehren.«

Auf der Landseite des Deiches, schritt Georg die kurze Strecke, welche ihm sein Wächter freigab, in heißem Zorne auf und ab. In der Ferne sah er Anna zwischen Weibern der Bande, und ihn tröstete ein wenig, daß diese der Gefangenen gegen den Morgenfrost ein Tuch um die Glieder schlugen. Ajax kam ängstlich von der Höhe gelaufen, der Landsknecht schlug mit dem Spieße nach ihm. »Der Hund gehört der Jungfrau dort«, herrschte Georg den Wächter so gebieterisch an, daß dieser dem Kleinen den Weg freiließ. So verging Stunde um Stunde, vom Wasser her klang unablässig Geschrei und mahnender Zuruf. Endlich kamen die Wagen mit dem Raube beladen über den Deich und fuhren in Reihe auf. Auf einem lag der verwundete Landsknecht, mit welchem Georg zusammengestoßen war. Als dieser den Gefangenen sah, hob er die geballte Faust und stieß einen schweren Fluch gegen ihn aus. Georg zuckte verächtlich die Achseln. Darauf stieg ein Trupp der Bewaffneten von der Höhe herab, der Hauptmann blies in ein kleines Horn, das er am Halse trug, struppige Pferde wurden vom Grunde herangeführt, die Knechte warfen sich unbehilflich über die Rücken der Gäule, und der Hauptmann befahl: »Auf die

Wagen mit den Weibern«, und nach Georg und einem leeren Pferde deutend: »Fort, wir haben Eile.« Der wilde Zug setzte sich, von den Landsknechten geleitet, in Bewegung; der Hauptmann ritt an den Wagen auf und nieder, unter Antreiben und Fluchen ging es vom Flusse ab in das Land hinein.

Georg, der hinter dem Hauptmann ritt, erkannte Anna auf einem Getreidewagen vor sich, und er sah, daß sie sich nach ihm umwandte. »Die Jungfrau begehrt uns«, rief er befehlend dem Hauptmann zu, und bevor dieser ihn hindern konnte, jagte er an den Wagen. Anna rang die Hände gegen ihn: »Wo ist der Vater?« Er suchte vom Pferde den Zug entlang, der Magister war nirgend zu finden. Da rief er den alten Landsknecht an:

841

»Hochgebietender Befehlshaber, ist eine Frage an Eure Ehrbarkeit erlaubt? Wir waren drei Reisende auf dem Schiff, hier sind nur zwei, was ist aus dem dritten geworden?«

»Ich denke, er reitet ebenso gemächlich nach anderer Seite im polnischen Haufen, wie Ihr mit uns deutschen Knechten, und Ihr werdet ihn schwerlich so bald wiedersehen.«

»Mein Vater«, klagte Anna, und in dem Schrecken über ihre Hilflosigkeit sank ihr das Haupt auf die Brust.

»Also Ihr seid die Tochter jenes Mannes«, fragte der Landsknecht, »und gehört zu der Freundschaft meines Gefangenen?«

Anna antwortete nicht, doch Georg versetzte ungeduldig: »Die Jungfrau und ihr Vater sind mir wohlbekannt, und ich sage Euch, an ihrem Wohl ist mir mehr gelegen als an uns allen.«

»Dies also ist eine Jungfer, welche von ihrem Vater abgekommen ist«, wiederholte der Kriegsmann bedächtig und betrachtete die gebrochene Gestalt von der Seite. »Ihr könnt gemerkt haben«, fuhr er gegen Georg mitteilsamer fort, »daß wir es nicht allein waren, welche die Beute erwarteten, denn ein polnischer Haufe, bei welchem mein alter Gesell Heinzelmann mit seinen Knechten dient, lauerte gleich uns auf das Schiff, und wir stießen am Ufer mit ihnen zusammen. Doch wurde der Streit gütlich vertragen, sie haben einen Teil der Ladung genommen und auch einen Gefangenen gefordert. Den Polen gefiel der Mann, weil er sie lateinisch anrief, sie halten jeden für vornehm, der dieser Sprache mächtig ist, und sie werden ihn nicht schlechter behandeln, als sie müssen, denn sie hoffen von ihm gutes Lösegeld.«

Anna verbarg ihr Antlitz in den Händen. »Denkt daran, liebe Jungfer«, bat Georg, hingerissen von ihrem Weh, »daß Euch ein treues Herz geblieben ist. Solange ich den Arm rühren kann, sollen sie Euch kein Leid tun.«

»Versprecht nicht mehr, als Ihr halten könnt«, warnte der Hauptmann. »Heda, wer trabt dort über das Feld?« Er wies auf einen entfernten Reiter und gebot den Bewaffneten: »Treibt den Fremden mit Euren Spießen ab. Doch halt«, verbesserte er sich unwillig, »den langen Gesellen kenne ich. Ich dachte es wohl, das Junkervolk spürt auf Meilen, wo eine Beute zu nehmen ist. Dies ist einer von den Reitern unseres Ordenspflegers. Der Pfleger gedenkt nach seiner Art sich einen Anteil von der Mahlzeit zu holen, die er nicht kochen half.«

Der Reiter kam näher, der Tatarenmantel und die weiße Feder auf der Mütze gehörten einem Adligen im Dienste des Ordens. »Gutes Glück, Hauptmann«, rief er mit rauher Stimme. »Ihr versteht, das Wild schnell auszuweiden.« Sein Blick flog begehrlich über die lange Reihe der Wagen. »Hui, auch Gefangene.« Aber im nächsten Augenblick begann er hellauf zu lachen, sein Pferd sprang mit allen vieren in die Höhe und schlug darauf mit den Hinterbeinen aus, gleich einem ungezogenen Knaben, der sich über fremden Schaden freut. »Ihr seid es, Jörge, in den Fäusten der Landsknechte? Wo habt Ihr Euren vergoldeten Wagen, und wo sind Eure stolzen Artusbrüder? Doch ich sehe, wenigstens die Jungfer führt Ihr mit Euch über die Heide.«

Georg sah wild auf seinen alten Feind Henner, er vergaß, daß er ohne Waffen war, und trieb sein Pferd heftig auf ihn zu, aber der Landsknecht fiel ihm in die Zügel. »Hängt euch an ihn und haltet ihn zurück, denn er hat den Teufel im Leibe«, gebot er seinen Leuten. Er ritt dem Ankömmling entgegen und ließ das Pferd Georgs zwischen den Fäusten zweier Knechte. Während der Zug sich vorwärts bewegte, verhandelte er mit dem Adligen, und als Georg sich umwandte, merkte dieser, daß der Landsknecht auf ihn selbst zeigte und sich von dem zurückbleibenden Henner berichten ließ. Was er erfuhr, mußte ihm willkommen sein, denn er ritt wiederholt bei Georg vorüber, betrachtete ihn scharf und lachte still in sich hinein.

Sie zogen längere Zeit dahin, so schnell die Gespanne laufen konnten, bis sich vor ihnen die Mauern und Türme einer kleinen Stadt erhoben. Auch dieser Ort war einst von deutschen Kolonisten an dem Wall eines Ordenshauses gezimmert und umschanzt worden. Jetzt hatte das Kriegsfeuer die Scheuern und Außengebäude getilgt, und um die Mauern lag verkohltes Holz auf schwarzen Brandstätten. Das Innere bot ebenfalls ein

Bild des Verfalls und der Zerstörung, den Kies der Gassen deckte eine Wust von Stroh und Dünger, die Mehrzahl der Häuser war beschädigt; hatten die Fenster einst Scheiben gehabt, jetzt waren sie zerschlagen, die Fensterläden hingen locker in den Angeln, sogar Haustüren waren zertrümmert und als Brennholz verbraucht. Viele Bürger hatten die Stadt verlassen, nur hier und da schlich ein altes Mütterlein oder ein Handwerksmann die Häuser entlang und sah furchtsam auf unwillkommene Gäste, welche herrisch in fremdem Eigentum geboten. Denn ein Fähnlein der Landsknechte hatte sich innerhalb der Mauern festgesetzt und führte seinen wilden Haushalt in den Bürgerhäusern. Wo einst fleißige Hände den Hammer geschwungen und den Hobel gezogen hatten, schlugen jetzt die harten Fäuste trunkener Kriegsknechte auf die Tische, und der wilde Troß des Fähnleins, Dirnen und Kinder, schrie aus den Fenstern und balgte sich vor den Türen. Mit hellem Freudenlärm empfing die Bande den heimkehrenden Haufen, Knaben und Mädchen, manche trotz der Kälte halb nackt, andere eingewurstelt in die Kleidung Erwachsener, kletterten an den Wagen hinauf, halbwüchsige Troßbuben griffen begehrlich über den Leiterbaum in die Ladungen, die Dirnen der Bande, bunt aufgeputzt, riefen die Einziehenden an und wechselten mit ihnen dreiste Scherzreden, und bewaffnete Landsknechte liefen aus den Häusern, boten den Genossen die Trinkkrüge und folgten lachend dem Zuge. Über den Markt drängte der lärmende Schwarm nach dem Schlosse, in welchem das Hauptquartier der Knechte war. Am Schloßtor machte der Hauptmann mit seinen Begleitern gegen den Haufen kehrt, gebot dem Troß mit Donnerstimme, zurückzubleiben, und schlug mit einem Stock unbarmherzig auf die Köpfe der Überdreisten, welche sich hinter den Wagen in den Schloßhof einschmuggeln wollten. Als das Fuhrwerk geborgen war, besetzte er das Tor mit Wächtern und ritt mit seinem Gefangenen in den Hof. Eine feste Mauer mit Scharten und einer Galerie, zur Verteidigung wohl geeignet, umfaßte den Hofraum, gegenüber dem Tor stand ein hohes Steinhaus und daneben ein dicker viereckiger Turm aus geschwärzten Ziegeln, zur Seite lagen Ställe und Scheuern und ein langes niedriges Gebäude mit Kammern und Gewölben zum Aufbewahren der Vorräte. Hans stieg schwerfällig ab und reichte seine große Hand grüßend einem Weibe, das ihm von der Schwelle des Hauses entgegentrat. Es war eine hagere ältliche Frau mit harten Zügen, die in einem verschossenen Gewand von schwerem Seidenstoff daherging, über welches sie vorsorglich eine Schürze gebunden hatte, sie trug am Gürtel neben ungeheurem Schlüsselbund ein langes

Messer und schwenkte in der Hand einen großen Schöpflöffel. »Wir bringen«, grüßte der Landsknecht in guter Laune. »Gib auch du, Alte, was der Kessel faßt, denn wir sind hungrig.«

»Wer hat's dem Peter Meffert versetzt«, fragte die Frau, nach dem Wagen sehend, von welchem der verwundete Landsknecht durch schreiende Weiber herabgehoben wurde.

»Dieser«, antwortete der Hauptmann, auf Georg zeigend, und vertraulich setzte er hinzu: »Der Vogel hat goldene Federn, er soll dafür Gutes aus deinem Kessel erhalten.«

»Die Jutta wird wohl dafür sorgen, daß er's nicht lange genießt«, sagte die Alte und wies auf eine große, üppige Dirne, welche über den Leib des Verwundeten heftige Schmähreden gegen Georg ausstieß. »Aber Blitz und Hagel, was führst du hier für ein Milchgesicht heran?«

Anna wankte, von Georg geführt, zu der Alten, sie sank, die Hand der Widerstrebenden fassend, lautlos an ihr nieder und sah so flehend und beweglich zu ihr auf, daß die Frau eine mütterliche Empfindung nicht abzuwehren vermochte. Unterdes drückte Georg heftig die andere Hand und bat: »Würdige Frau Hauptmännin, erbarmt Euch der armen Jungfer mit gutem Herzen.«

Die Alte sah von einem zum andern und antwortete ohne Härte:

»Wer im Kriege gefangen wird, muß sein Schicksal tragen, wenn es ihm auch grausam erscheint. Steht auf, Jungfer, der beste Dienst, den ich Euch hier erweisen kann, ist der, daß ich Euch einsperre.« Sie hob Anna in die Höhe, führte sie in eine Kammer des Vorratshauses und schloß sorgfältig hinter ihr ab. Als Georg folgen wollte, legte sich ihm die Hand des Hauptmanns schwer auf die Schulter: »Euer Schlupfloch ist anderswo.« Er nötigte den Widerwilligen eine kleine Treppe zum Turme hinauf und barg ihn dort in dem untern Gemach. Bevor er die Tür schloß rief er noch tröstend hinein: »Verhungern und verdürsten sollt Ihr nicht.«

Nach einer Weile kam die Alte aus dem Gefängnis der Jungfrau, stieß den Hauptmann vertraulich in die Seite und sprach leise in ihn hinein; er zuckte mit den Achseln, maß mit seinen großen Augen die Höhe und Breite des Hauses und lachte schlau.

»Sie lag wieder vor mir auf dem Boden«, sagte die Frau, »es war ein trauriger Anblick, und sie sagte, daß sie zu mir Zutrauen hätte, da ich dein eheliches Weib sei und eine ehrsame Frau.«

»Na«, sagte der Hauptmann.

844

»Wie darfst du grienen, du Bösewicht«, fuhr ihn das Weib an, »als wenn ich nicht mit dir vor der Kirchentür gestanden hätte, da der Pfaff unsere Hände zusammenlegte.«

»Ich weiß zwei, die damals widerwillig waren, nicht nur der Pfaffe, auch noch ein anderer.« Und besänftigend fügte er hinzu: »Gib dich zur Ruhe, Alte, es ist einmal geschehen und geschieht nimmermehr.«

»Pfui, Hans, ich habe Besseres um dich verdient. Und was soll aus dem armen Kinde werden, denn sie ist ja noch ein Kind.«

Wieder verzog er das Gesicht. »Kann sie Lösegeld schaffen in nicht zu langer Frist, so bewahren wir sie nach unserem besten Vermögen, denn wir sind Christen und keine Mohren. Kann sie nicht zahlen, so muß aus ihr werden, was aus andern geworden ist. Sie wird einem freien Landsknecht die Grütze kochen.«

»Sie wird ins Wasser springen.«

»Das hat manche gewollt, die dort den Kochlöffel rührt«, entgegnete Hans gemächlich. »Sie mag sich einen aussuchen, der sie behaupten kann, an Begehrlichen wird es ihr nicht fehlen.«

»Sie hat gute Verwandte in Meißen.«

»Was können wir dafür; soll sie deshalb als alte Jungfer sterben?«

»Ich aber sage dir, sie ist nicht von dem Schlage wie diese dort.«

»Diese sind von gutem Schlage, wie er uns Knechten wohltut. Wenn das Schuhwerk fehlt, laufen sie barfuß, und wenn ihr Herr hungert, mausen sie für ihn. Du weißt ja selbst, daß die Fremde so bei uns nicht bleiben kann, und wenn's die Knechte ertragen wollten, die Dirnen würden's nimmer leiden.«

Was der Hauptmann mit seiner Ehefrau besprach, blieb kein Geheimnis; die Weiber, welche im Schloßhofe wirtschafteten, verließen die Feuerstätten, fuhren aufgeregt durcheinander und verhandelten eifrig; auch die Männer traten zusammen, zuchtlose Scherzworte flogen durch den Haufen, und mancher kecke Gesell reckte sich hoch auf und schritt dem Hause näher, um durch das Fenster einen Blick auf die Fremde zu gewinnen. Der Hauptmann stand noch immer vor dem Hause, lachte zuweilen und überlegte, endlich wandte er sich kurz um, schritt hinein und schloß hinter sich die Tür. Als er wieder herauskam, war er ernst und nachdenkend und winkte einige alte Würdenträger des Haufens zu sich heran. »Eine arme weiße Maus«, sagte er.

»Kann sie zahlen, was dem Haufen lohnt?« fragte Wuz, der Locumtenens.

Hans schüttelte den Kopf. »Wenigstens ist es ganz unsicher, sie hat ihre Verwandten weit von hier in Sachsen. Sie will von den Männern nichts wissen und betet zu ihrem Gott um ein barmherziges Ende.«

»Dergleichen kommt vor«, erklärte Benz Streitenberg, ein alter Doppelsöldner. »Ich gedenke wohl, bei einem Haufen in Friesland war in meinen jungen Jahren auch eine Magd, welche sich jedem versagte, und die Sache war nicht ohne«, fügte er geheimnisvoll hinzu, »das Fähnlein hatte Glück, bis es die Magd verlor.«

»Ohne Zweifel war die Friesländerin häßlich, diese aber ist es weniger. Wer soll unseren Eisenbüchsern wehren?«

»Kommt Zeit, kommt Rat«, beruhigte der Alte. »Unterdes übergebt sie Eurer Frau, bis Ihr wegen des Lösegeldes sichere Kundschaft gewonnen habt.«

»Soll ich wegen der Jungfrau gegen unsere frechen Knaben auf der Lauer liegen und mich außerdem mit der Alten zanken?« wandte Hans ein, offenbar am meisten beunruhigt durch die letzte Möglichkeit. »Wollt Ihr die Sorge für sie übernehmen?« fragte er seinen alten Genossen. »Lieber wollte ich einen Ameisenhaufen hüten«, versetzte Benz unwillig.

»Dann weiß ich keinen Rat«, entschied der Hauptmann, »und das Rad mag laufen, wohin es will. Aber noch ein anderes Urteil haben die Brüder zu fällen, über den Gesellen, den wir verstrickt halten. Der verwundete Peter hat ein Recht an ihm gewonnen, und er wird fordern, ihn niederzuhauen. Der Gefangene ist aber der Sohn eines reichen Kaufmanns aus Thorn und vermöchte sich hoch zu lösen.«

»Es gilt ein Sprichwort«, sagte der Alte: »Geld ist gut und Rache besser, doch die Rache dient nur einem, das Geld aber uns allen. Das erwägt.«

»Mir hat der Knabe unmäßig gut gefallen«, fuhr der Hauptmann fort,
»er schlug um sich wie ein Satan, und drei von uns hatten Mühe ihn zu
bändigen. Und als ich ihn an seinen Banden betrachtete, gefiel er mir
noch besser, denn hochmütig trug er seinen Kopf, ein langer Gesell mit 846
starken Gliedern, der scharf aus seinen Augen sieht, mit roten Backen
und langem Haar und säuberlich in seinem ganzen Wesen, dazu von
Geburt ein Junker, und ich dachte, das wäre der Fähnrich, den wir entbehren.«

»Ein reicher Junker gibt einen schlechten Landsknecht; er schämt sich, die Brüder an seinen Herrentisch zu setzen«, wandte Benz Streitenberg ein.

»Vielleicht mag ihn die Not, in der er unter uns liegt, dazu bringen«, meinte der Hauptmann.

»Wie dürfen wir die Fahne einem überlassen, der sie aus Furcht trägt?« fragte ein anderer bedenklich.

»Der Gesell tut nichts halb«, lobte Hans, »nimmt er die Fahne, so trägt er sie uns zur Ehre. Darum, bevor ich die Brüder in den Ring lade, bitte ich euch, sie geneigt zu machen, daß sie sich nicht auf die Seite des geschädigten Peters stellen; denn dieser ist uns nicht selten zuwider gewesen, und auf seinem Kerbholz ist mancher blutige Strich, den ein redlicher Knecht ohne Freude betrachtet.«

Darauf füllte Hans eine Holzkanne mit Bier, rief einen Buben, daß er sie hinter ihm hertrage, und schritt nachdenklich zu dem Turme, in welchem er seinen Gefangenen untergebracht hatte. Er öffnete mit der Erwartung, den Jüngling in einer Lage zu finden, welche er bei ähnlichen Fällen oft beobachtet hatte, auf dem Holzklotz sitzend mit gefalteten Händen; aber er vernahm schon an der Tür Gesang vieler Stimmen und dazwischen belehrenden Zuruf. Georg hatte sich auf eine Fensternische geschwungen und verkehrte durch das Eisengitter mit Kindern des Trosses, welche draußen an der Böschung des Walles saßen und mit heller Stimme das Lied vom gefangenen Knaben absangen, wobei Georg ihnen einhalf. Auf das Geräusch wandte sich der Jüngling um und sprang dem Landsknecht entgegen. »Würdiger Hauptmann Isegrim, wie geht es der Jungfrau? Ich rate Euch, sie säuberlich zu behandeln, wenn Euch Eure Ohren lieb sind.«

»Oho«, rief Hans, verwundert über den groben Empfang, »ich rate Euch, an Eure eigenen Ohren zu denken, die wahrlich in Gefahr sind.«

»An meinem und an Eurem Kopf ist jetzt wenig gelegen, und ich gebe Euch Eure Rede und den Trunk in der Kanne, die Ihr mit Euch tragt, keinen Bescheid, bevor ich nicht weiß, ob Ihr an dem Kinde als redliche Leute oder als Schelme handeln wollt.«

»Ihr waret wohl noch nie Gefangener?« fragte Hans, »daß Ihr Euch unterfangt, so gegen mich aufzupochen.«

Georg zuckte die Achseln über solche Unwissenheit. »Wenigstens noch nicht in den Fäusten Euresgleichen. Doch ich merke, ich muß Euch traben lassen, wie Ihr es gewohnt seid«, er machte eine Bewegung nach dem Holzklotz, »setzt Euch, beginnt Eure Rede und trinkt Euer Bier, aber schnell, denn ich habe nicht übermäßig Geduld.«

Der Hauptmann setzte sich gemächlich, stellte die Kanne auf den Boden und betrachtete in unverhohlenem Behagen den Jüngling, welcher mit gekreuzten Armen nachlässig an der Wand lehnte. »Ihr habt einen unserer Bruderschaft gefährlich verwundet, und er wird Euer Blut fordern.«

»Bringt Ihr die Kanne, um es mir abzuholen, Meister Fleischhauer?« fragte Georg zornig.

»Ich kam zu Euch in guter Meinung, und es wäre klug von Euch, wenn Ihr die scharfen Reden unterließet.«

»Ich bin Eurer Hauptmannschaft für die gute Meinung verbunden«, versetzte Georg, »und bin bereit, Euch zu hören, schon deshalb, weil ich verhindert bin, Euch hinauszuschicken. Gefällt es Euch, beantwortet mir nur eine Frage: Seid ihr Landsknechte die der Hochmeister geworben hat, oder seid ihr Räuber?«

»Darauf will ich Euch Bescheid geben aus guten Gründen, obwohl Ihr unhöflich fragt. Wir sind freie Knechte aus dem Reich und kamen hierher, vom Hochmeister geladen; wir dienten ihm, er aber zahlte uns nur kurze Zeit. Jetzt hausen wir hier und behelfen uns, so gut und übel wir können. Wir stehen unter dem Ordenspfleger der nächsten Burg und tun, wie er gebietet, wenn nämlich sein Gebot unserer Bruderschaft gefällt.«

»Ihr nehmt euch also, wo ihr etwas erhalten könnt, von beiden Teilen?«

Hans zuckte die Achseln. »Auch wir freien Knechte müssen leben und zu unseren Tagen kommen. Heut wollen die Fürsten und Herren sich schlagen und morgen vertragen; wenn sie schlagen wollen, dann locken sie uns mit schönen Worten und hohen Versprechungen, die sie selten halten, und wenn sie sich vertragen wollen, so wünschen sie uns zu allen Teufeln. Wir aber sind's, die den Krieg führen, und hätten sie uns nicht, um ihre Händel auszufechten, so bliebe ihnen nichts übrig, als zu fauchen wie alte Kater, und einander durch heimlichen Mord aus dem Wege zu räumen.«

»Wie mögt ihr, da ihr so gering an Zahl seid, hier an der Grenze euch behaupten gegen die Polen des Königs und die Deutschen der Städte?«

»Gegen das fremde Kriegsvolk hat uns bisher Eisen und Blei gute Dienste getan, und mit den deutschen Knechten, welche sonst im Lande sind, halten wir Kundschaft, wie sich gebührt, denn wir denken: Heut Feind, morgen Freund.«

»Ihr sagt, daß ein Ordensherr euch an Stelle des Hochmeisters gebietet. Wie kann dieser mit solchem Vertrage zufrieden sein?«

»Vielleicht ist dieser Vertrag ihm selbst nützlich. Kommt der Tag, wo der Kriegsherr uns gegen alte Genossen aufruft, so fragen wir zuerst, ob er sich ehrlich gegen uns gehalten hat mit Sold und Zufuhr und ob auch

848

wir ehrlich gegen ihn sein müssen. Und wenn wir befinden, daß er ein Recht an unsere Hälse behaupten kann, so wagen wir uns für seine Sache, und die andern, gegen die wir losschlagen, handeln ebenso. Dann müssen sich alte Kameraden im Herrendienst einmal die Wämser zerstoßen und auf brauner Heide ihr Leben geben und nehmen. Das aber geschieht nach redlichem Handwerksgruß, und keiner darf dem andern wegen Leibesschaden und Tod einen Groll in jenem Leben nachtragen. Dort drüben der polnische Starost unterhält auch deutsche Landsknechte, die in ihrer Not zu den Polen übergetreten sind und die Ihr heut früh gesehen habt. Auf der Heide ist eine Stätte erkoren, welche Frieden hat, an dieser begrüßen wir uns zuweilen, und der eine erfährt im voraus, was ihm von der andern Seite gebraut wird.«

»Wo die Füchse einander gute Nacht sagen, finden die Hasen übles Lager. Verdammt, daß ich jetzt euer Hase bin. Auch der Gesang eurer Kinder hat aufgehört; zürnt nicht, wenn ich Euch bekenne, daß ich ihn lieber höre als Eure Erzählung.« Er schwang sich wieder auf das Fenster und rief hinaus: »Seid ihr da?«

»Ja«, schrien viele Kinderstimmen.

»So singt mir noch eins zum Angehör. Kennt ihr das: Ducke dich, Hansel, ducke dich, das Wetter wird vorübergehn.«

Kräftig schrie der Chor draußen die Weise.

»Und was denkt Ihr jetzt mit mir zu beginnen?« fragte Georg, zu dem Landsknecht zurückkehrend.

»Die Bruderschaft hat ein Recht auf Euch gewonnen, und sie wird sich's einfordern, so oder so.«

»Und was will sie mir antun?«

»Entweder wird sie Euch hinstellen vor den Verwundeten und seine Freunde, damit ihre Waffen Euch den Arm abhaue, den Ihr einem Knechte geschädigt habt.«

»Teufel, Hauptmann, Ihr übt groben Brauch, daran ist mir nichts gelegen. Und welches andere Recht könnten sie noch gegen mich behaupten?«

»Daß Ihr selbst in die Bruderschaft tretet.«

Georg lachte: »Und daß ich ein Mausekopf werde wie ihr andern. Auch dies steht mir nicht an, findet bessere Hilfe. Was sagt Ihr zu einigen Batzen Lösegeld? Laßt uns versuchen, ob gute Leute in meiner Vaterstadt das für mich aufbringen.«

Hans schüttelte den Kopf. »Ich sorge, daß die Knechte sich damit nicht zufriedengeben, zumal sie nicht alles erhalten würden; denn wenn Geld gezahlt wird, so nimmt sich einen Teil der deutsche Ordensherr.«

Georg stellte sich vor den Landsknecht und begann in verändertem Ton: »Ihr seid zu mir gekommen, wie Ihr sagt, in guter Gesinnung, und wahrlich, an Eurem breiten Gesicht erkenne ich, daß Ihr es nicht übel mit mir meint. Sprecht, ob Ihr mir und der Jungfrau von hier forthelfen könnt; denn obwohl ich jetzt so arm bin wie eine Kirchenmaus, glaube ich doch, daß ich Euch einen Zehrpfennig für Eure alten Tage schaffen kann, der Euch aller späteren Sorge entheben wird, wenn heute oder morgen diese wilde Wirtschaft aufhört.«

Hans hob die Kanne. »Das war ein verständiges Wort, und ich will Euch meine Meinung sagen, wenn Ihr mir erst willig Bescheid getan habt.«

Georg nickte. »Trinkt mir zu auf gutes Geschäft, ich folge Euch.« Sie tranken und schüttelten einander die Hände; darauf sagte Hans: »Ich kann Euch nicht von hier lösen, wie Ihr meint, und ich würde es auch nicht tun, selbst wenn ich's vermöchte. Denn ich will gegen meine Gesellen nicht unehrlich sein, und ich würde schwerlich lange am Leben bleiben, um das Geld zu genießen. Darum wiederhole ich mein Angebot. Ich will nicht, daß Ihr ein gemeiner Landsknecht werdet, sondern daß Ihr den Brüdern die Fahne tragt. Uns ist der Fähnrich gestorben, und Wuz, der jetzt an seiner Stelle das Tuch schwenken muß, taugt ganz und gar nicht dazu und begehrt sich selbst die Ehre nicht. Und um Euch alles zu sagen, Ihr habt mir gefallen, und ich möchte Euch darum retten und für den Haufen bewahren.«

Wieder lachte Georg. »Ich bin dankbar für die zugedachte Ehre. Doch ist mir noch undeutlich, für wen ich nach Eurem Willen die Fahne schwenken soll. Ist's der Hochmeister oder der Ordenspfleger oder Herr Omnes, der Hauf Eurer Knechte?«

»Das Fahnentuch weist die schwarzen und weißen Rauten und an der Ecke das Ordenskreuz«, antwortete der Hauptmann.

»Und wenn es den Knechten gefällt, ihren Herrn zu wechseln?«

»Der Fähnrich gelobt sich der Fahne; nur solange Ihr des Hochmeisters Farben tragt, seid Ihr gebunden.«

»Der Krieg ist beendet, ein Stillstand geschlossen. Wie lange denkt Ihr hier noch zu dienen?« fragte Georg.

»Bis der Hochmeister uns ablohnt«, versetzte Hans. »Zahlt er dem Fähnlein morgen aus, so seid Ihr morgen frei. Doch«, fügte er schlau hinzu, »es kann auch länger dauern.«

»Jedenfalls lange genug«, sagte Georg ernsthaft, »um Eurem Fähnrich Ehre und Gewissen in Bedrängnis zu bringen. Denn, Hauptmann, nach allem, was Ihr erzählt und was ich gesehen, haust ihr in einer Weise, die mir nicht gefällt.«

»Auch dabei hat der Fähnrich mitzureden«, antwortete Hans; »Euch steht es zu, die Ehre der Fahne gegen die Knechte zu vertreten, und dem ganzen Haufen liegt daran, daß Ihr selbst an unehrlichem Werke keinen Anteil habt. Wenn Ihr Euch weigert, die Fahne fliegen zu lassen, weil Unehre geübt ist durch einen oder viele, so muß der Haufe den Schaden bessern oder in Schimpf dahinleben. Ist vielleicht in dieser Zeit, wo uns ein sicherer Fähnrich fehlte, allerlei geschehen, was besser unterblieben wäre, so könnt Ihr helfen, daß es künftig vermieden wird. Laßt Euch sagen, daß Ihr mir gerade darum wohl ansteht, weil ich Euch als einen stolzen Gesellen erkenne. – Ich weiß jetzt auch durch die Gefangene, wer Ihr seid, und daß Ihr von Eurer Vaterstadt nur wenig zu hoffen habt, denn Ihr seid dort strengem Recht verfallen, und das Polenreich ist Euch zuge sperrt.«

Zum erstenmal merkte Georg, daß er im Elend war, und sah schweigend vor sich hin, während der Hauptmann schloß: »Darum denke ich, daß Euch mein Angebot genehm sein könnte. Wollt Ihr nicht, auch gut. Dann bleibt mir nichts, als über Euch, wenn Ihr auf dem Boden liegt, das Kreuz zu machen.«

»Droht mir nicht, wenn Ihr mich haben wollt«, rief der Jüngling unwillig, »denn durch Schrecken gewinnt mich niemand.«

»Dann rate ich, daß Ihr an andere denkt, die Euch vielleicht am Herzen liegen. Denn diesen vermögt Ihr jetzt nur beizustehen, wenn Ihr meinen Vorschlag willig annehmt.«

Georg überlegte. »Ich habe Euch gehört, jetzt merkt auch auf mich. Ihr seid dem Ordenspfleger dieses Amtes unterstellt, laßt mich vorerst mit ihm verhandeln; es soll Euer Schade nicht sein.«

Hans vernahm mit Mißvergnügen diesen Vorschlag. »Ihr setzt Euch aus dem Regen in die Traufe. Dennoch mögt Ihr erkennen, daß ich Euch gern gefällig bin. Wir haben nicht nötig, deshalb Reisestiefel anzuziehen, denn er kommt sicher noch heut, um die Beute zu besehen.«

Vom Tore her tönte dumpfer Trommelschlag. Hans erhob sich ärgerlich. »Ich wußte, daß er gute Nachbarschaft halten würde; folgt mir und harret, bis ich Euch zur Unterredung führe.« Der Hauptmann trat mit seinem Gefangenen in den Hof, die Knechte in der Nähe des Tores liefen mit ihren Spießen und Rohren herzu und stellten sich auf. Durch die Stadt sprengte ein Trupp Reiter nach der Höhe, an ihrer Spitze der Pfleger der nächsten Ordensburg. Er trug wie mehrere seiner Begleiter, welche die Gelübde abgelegt hatten, auf dem weißen Mantel das schwarze Kreuz; neben ihm ritt seine Traute, ein prächtiges Weib im roten Samtpelze, mit wallenden Straußfedern auf dem Hute. Sie bändigte ihr mutiges Roß wie ein Mann und sah, an Bewunderung gewöhnt, herausfordernd in die Reihe der Knechte. Als die Schar im Hofe anhielt, rief der Pfleger mit nachlässiger Vertraulichkeit dem Hauptmann zu, indem er auf die Wagen wies: »Meine Bären kommen voll vom Honigbaum, und der Seim trieft ihnen vom Fell.«

»Herr Reinecke trabt auch herzu«, brummte der Landsknecht und zog 851 den Hut ab. »Was wir gebeutet haben, ist fast nur Brotkorn; den Mäulern meiner Kinder tat es not, Euch wird es wenig frommen.«

»Mir ist von Kaufmannsgut berichtet«, versetzte der Ordensmann eifrig, »weist meinem Schreiber die Ware.« Als er vom Pferde stieg, fiel sein Blick auf Georg, und, unwillig über den fremden Zeugen, rief er: »Welchen unberufenen Gast habt Ihr hier? Seit wann ladet Ihr Gefangene zu den Geschäften mit meinem Amt?«

»Der Junker begehrte dringend, Euch selbst zu sprechen, und ich wollte nicht verhindern, was Euch lieb sein konnte.«

»Ihr also seid der Bürgersohn aus Thorn?« fragte der Pfleger mit finsterer Miene.

Georg las in dem harten Gesicht, aus welchem zwei scharfe Augen auf ihn stachen, nicht viel Gutes für sich, und sein Stolz bäumte sich auf: »Ich bin Georg König, einer von den Brüdern des Hofes zu Thorn; bei friedlicher Fahrt auf dem Strome wurde ich durch diese Knechte gefangen herbeigeführt, obgleich ein Stillstand geschlossen und die Stromfahrt freigegeben ist.«

»Uns ist darüber keine Nachricht zugegangen«, erwiderte der Ordensherr abweisend, »und Ihr seid nach Kriegsbrauch gefangen.«

»Ob ich mit Recht oder Unrecht angehalten wurde, das mag verhandelt werden zwischen dem Hochmeister, Eurem Gebieter, und meinem Geschlecht. Unterdes bitte ich Euch geziemend, daß Ihr es übernehmt, Seiner fürstlichen Gnaden, welcher ich von Angesicht wohlbekannt bin, ein Schreiben von mir zugehen zu lassen und bis zu der Antwort Eures Gebieters die Entscheidung über mein Lösegeld und über das meiner Mitgefangenen hinauszuschieben.«

»Ich bin kein Bote für Eure Briefe«, beschied der Pfleger geringschätzig. »Hat Euch der Hochmeister in Wahrheit je gesehen, so hat er Euch längst vergessen.«

»Herr Albrecht hat, da er als Gast in meines Vaters Hause weilte, mir wiederholt in Hulden sein Schloß zu Königsberg als meine Gastwohnung angeboten, wenn ich einmal das Ordensland beträte. Darum, meine ich, hat er ein Recht, zu erfahren, daß ich hier mit Gewalt zurückgehalten werde.«

Ein Weißmantel aus dem Gefolge ritt zum Pfleger und sprach ihm in das Ohr, das Gesicht des Ritters erhielt einen entschlossenen und bösartigen Ausdruck. »Es ist weit von hier bis nach Königsberg«, antwortete er endlich; »und ich versage Eurer Rede den Glauben.«

Da rief Georg zornig: »Ihr seid Pfleger dieses Amtes, damit Ihr im Namen Seiner fürstlichen Gnaden Recht und Gesetz handhabt; verweigert Ihr mir in meiner Bedrängnis, was mein Recht und Eure Pflicht ist, so mögt Ihr die Folgen auf Euer Gut und Leben nehmen; denn ich sage Euch, Herr, Ihr werdet es entgelten, entweder mir oder anderen, welche das Unrecht an Euch rächen.«

»Ihr kräht zu laut, junger Hahn aus dem Bürgerhofe«, entgegnete der Ordensherr mit unheilverkündendem Blick und wandte sich kurz ab. Aber Georg, dem das Blut wallte, fuhr heftig fort: »Außer mir ist eine ehrbare Jungfrau hergeführt worden; haben die Herren vom schwarzen Kreuz vergessen, daß Frauen frei ausgehen beim Streite der Männer? Wir in Thorn vernahmen, daß es einst Ritterpflicht war, Frauen und Jungfrauen zu beschützen.« – Er hörte hinter sich die leise Warnung: »Schweig, du Tor«, und erkannte die Stimme seines Feindes Henner, aber unbekümmert um die Folgen fuhr er fort: »Ist ein Adliger von Ehre in der Nähe, so fordere ich ihn auf, daß er an seine Ehre und an seinen Eid gedenke.«

Der Pfleger lächelte. »Ist sie vom Adel?« fragte er, sich zum Hauptmann wendend.

»Es ist die Tochter eines lateinischen Lehrers«, erklärte dieser.

»Wenn sie jung und hübsch ist, so wollen wir dem frechen Gesellen den Gefallen tun und selbst den Schutz übernehmen. Führt sie herbei.«

Hans eilte nach der Kammer und brachte die erschrockene Anna in den Kreis. Der Ordensherr sah sie sorgfältig an und nickte seinen Begleitern zu. »Seid guten Muts, Jungfer, Ihr sollt nicht lange in der Hut dieser bärbeißigen Knechte verweilen.« Er winkte dem Hauptmann, daß er die Gefangene zurückführe, und stieg, ohne Georg noch einmal anzusehen, auf sein Pferd. Die Frau im roten Samtpelz aber rief: »Wir danken für die Gesellschaft der bleichwangigen Dirne; wollt Ihr jemand von hier in das Schloß laden, so fordere ich diesen mit dem krausen Haare zu meinem Dienst«, und sie trieb ihr Pferd mit einer Wendung an Georg vorüber und schlug ihn mit ihrem Handschuh an die heiße Wange. Das Gefolge des Pflegers lachte, er aber warf ihr einen finstern Blick zu und ritt schweigend nach dem Tore. Dort sprach er längere Zeit mit dem Hauptmann, dann winkte er mit der Hand, und der Reiterzug sprengte abwärts durch die Gassen der Stadt.

Georg stand allein im Sturm seiner Gedanken, da trat der Hauptmann zu ihm und begann in guter Laune: »Ihr habt den Ordensleuten den Trunk vergällt. Sonst mußten wir ihnen jedesmal auftragen, wenn sie uns die Ehre ihres Besuches erwiesen. Wenn diese Weißmäntel untereinander sitzen, so reden sie verächtlich von uns Knechten, als von treulosen Buben und Strauchdieben; wie sie selbst aber sind, habt Ihr wohl gemerkt. Und ich sage Euch, der ganze Haufen meiner Knechte ist ausbündig erfreut, daß Ihr dem Pfleger aufgetrumpft habt.«

»Was hat er mit der Jungfrau vor?« fragte Georg wild.

Hans zuckte die Achseln und erklärte, das nicht zu wissen.

»Gestattet, daß ich mit Ihr rede«, bat Georg.

Der Hauptmann, welcher mißtrauisch die Folgen dieses Gesprächs erwog, schüttelte den Kopf. »Bedenkt, was ich einem Gefangenen gestatte, könnte ich den freien Knechten nicht verweigern. Die Magd bleibt heut im Verschluß meiner Alten. Wir aber kommen auf den Handel zurück. Auch die Knechte meinen jetzt, daß Ihr unser Fähnrich werden müßt. Ihr versteht die Worte zu setzen wie ein Schreiber, und das Feuer sprüht Euch aus den Augen. Ihr ward behende dabei, Euch den Pfleger zum Feind zu machen, und im Vertrauen, er riet uns, dem verwundeten Peter sein Recht an Eurem Leibe zu gewähren.«

»Um den Verwundeten sorge ich nicht schwer«, sagte der Jüngling, mit seinen Gedanken ringend, »gegen ein gutes Stück Geld verträgt er sich mit mir.«

»Vielleicht tut er das«, antwortete Hans, »vielleicht auch nicht; ich widerrate, daß Ihr Euer Schicksal in die Faust des wüsten Gesellen legt.«

»Hauptmann«, rief Georg, die Hand des Landsknechts ergreifend, »mein Roß stutzt und bäumt vor dem Graben, laßt mich kurze Zeit unter freiem Himmel allein, dann will ich Euch Bescheid sagen.« Der Landsknecht nickte und trat zurück, Georg schritt im Hofe auf und ab, endlich setzte er sich auf einen Stein unweit der Kammer, in welcher Anna verschlossen war. Es war still um ihn, am Abendhimmel trieben dunkle Wolken schnell dahin, darüber hellere in rötlichem Glanz; die Knechte standen mit untergeschlagenen Armen vor dem Tore, nur die Kinder des Haufens hockten nahebei auf den Balken, sie beobachteten den Gefangenen in Erinnerung an die gemeinsame Kunstleistung wie ein Flug Saatkrähen den Ackersmann. Jetzt benutzten sie die Stille, um zu seiner Unterhaltung das Lied: ›O Schiffsmann‹ anzuheben, und sie sangen von der Jungfrau, welche aus dem Schiff in die Tiefe versenkt werden soll und der Reihe nach ihre Lieben zu Hilfe ruft; der Bruder kommt nicht, der Vater kommt nicht, aber der Geliebte hört und löst sie aus der Todesnot. Und als die Kinder schrien: »O Liebste mein, Leib und Seel' verkaufe ich, dein junges Leben rette ich, ich will dich nicht verlassen«, da sprang Georg auf, und den Arm hebend, rief er: »Ich höre die Mahnung meiner Kantorei, und sie hat das Richtige getroffen.« Und während die Bande noch über dem Liede sang, trat er zu dem Hauptmann und begann fröhlich: »Ich will Euer Fähnrich werden, und ich will mich Eurer Bruderschaft geloben für Leben und Tod, wenn Ihr mir die Rechte abtretet, die Euer Haufe an die Jungfrau als Eure Gefangene beansprucht. Ihr mögt sie schätzen und das Lösegeld von mir nehmen, aber sie wird, soweit Ihr ein Recht an sie habt, mein eigen von der Stunde, wo ich mich Euch angelobe.«

»Sie soll Euer werden«, antwortete der Landsknecht, die Worte erwägend, »soweit der Haufe ein Recht an sie hat.« Und Georgs Hand schüttelnd, rief er: »Nichts Besseres konnte dem Fähnlein geschehen. Laß den Trommler anschlagen, Wuz, und die Alten zum Rate laden, denn ein wackerer Fähnrich ist gefunden.«

Unterdes saß Anna zwischen den Heubündeln ihrer Kammer; nach schlafloser Nacht und einem Tage unsäglicher Angst waren ihre Kräfte erschöpft, ihr Haupt auf ein Bund herabgeglitten und das Bewußtsein ihres Elends auf kurze Zeit geschwunden. Im Schlummer kam ihr vor, als ob Georg mit der Laute vor ihr stehe, und sie lachte ihn freundlich an. Da unterbrach Trommelschlag den friedlichen Traum, die Tür öffnete sich und die Frau des Hauptmanns trat ein, Anna fuhr in die Höhe. »Ihr habt nicht nötig, zu erschrecken, Jungfer«, begann die Alte freundlicher als bisher, »Euer Schicksal wendet sich zum Bessern; das Fähnlein ist dabei, sich einen neuen Fähnrich zu wählen; hat er sich erst der Fahne gelobt, so will er die Sorge für Euch übernehmen, und von morgen gehört Ihr ihm an. Entsetzt Euch nicht, Jungfer, der neue Herr ist Euer guter Freund, der Junker, welcher mit Euch gefangen wurde.«

Da stieß Anna einen gellenden Schrei aus, warf sich auf die Knie und verhüllte das Haupt, und die Alte, welche sich über sie beugte, vermochte ihr keine Rede abzugewinnen.

Am nächsten Tage wurde das ganze Fähnlein aus der Stadt und den nächsten Dörfern zusammengeboten und lange mit den einzelnen Haufen verhandelt. Endlich am Nachmittag war durch den Einfluß der Führer und Doppelsöldner die Einigkeit gewonnen, Georg trat in den Ring und legte das Gelöbnis ab, die Fahne wurde ihm angebunden, wie Brauch war, daß er sie in der Rechten trage und nach Verlust der Rechten in der Linken, daß er sie im Lager bewahre bei Tag und Nacht gleich einer Braut und beim Kampf sein Leben für sie lasse. Und als Georg die Fahne in der Luft schwenkte, so sicher wie ein alter Kriegsmann, freuten sich die Knechte. Er hatte bisher nicht gedacht, daß das Spiel des Artushofes bitterer Ernst seines Lebens werden sollte. War seine Wange auch fahler als sonst, er trug sein Haupt aufrecht und das Herz wurde ihm nicht schwer. Als alles nach Gebühr vollendet war und er die Knechte mit einer Ansprache begrüßt hatte, die dem Haufen wohlgefiel, löste der Hauptmann den Kreis und Georg begann: »Ich habe unsern Vertrag erfüllt, jetzt tut Ihr mir desgleichen und führt mich zu der Jungfrau.« Der Hauptmann nickte. Aber in demselben Augenblick rief die Wache vom Tor, daß ein Reiter herantrabe, und das Gesicht des tapfern Hans verzog sich in Unruhe und Verlegenheit. »Der Pfleger hat's eilig«, brummte er. »Gedenkt, Fähnrich, was ich Euch verheißen habe; das Anrecht, welches das Fähnlein an der Gefangenen behaupten kann, will ich Euch übergeben, mehr nicht; vielleicht ist es noch ein anderer, der ein Recht auf die Jungfrau für sich fordert.« Da faßte die Hand des Jünglings wie eine Eisenklammer in seinen Arm, daß er zuckte, und dem herantretenden Henner rief Georg entgegen: »Kommt Ihr, die Jungfrau nach dem Ordenshause zu holen, so steigt vorher ab und zieht Eure Waffe, denn ich weigere Euch das Weib.«

Aber Henner blieb sitzen und sah verwundert auf seinen Gegner, der die Fahne im Arm hielt und nicht als Gefangener, sondern in Waffen vor ihm stand. »Die Pest auf alle Weibernarren«, fluchte er; »meinetwegen behaltet Euer Liebchen, bis Ihr und sie mit Urenkeln gesegnet seid. Ihr habt heut nicht nötig, mich anzuschnarren, auch ich will Euch nicht auslachen, wie ich wohl könnte, daß Ihr ein Fähnrich dieser Klotzköpfe geworden seid; denn ich habe in meinen Tagen selber erfahren, wozu Not und Elend verleiten. Ich kam nur im Vorüberreiten herauf, um Euch zu winken, daß Ihr Euch mit der Jungfer fortmacht, was es den reichen Vater auch koste. Denn Ihr seid hier nicht gut daran, aber in dem Hause, aus dem ich komme, wäret Ihr oder eine andere, an der Euch liegt, völlig verloren. Doch ich sehe, Ihr habt Euch festgehakt und dem Teufel ein Recht über Euch gegeben«, und sich vom Rosse niederbeugend, sagte er leiser: »Die Jungfer wird dem Fähnlein abgefordert werden, und die Knechte werden sie Euch zuliebe schwerlich verweigern.«

»Ich aber«, rief Georg.

»Bah, wie vermögt Ihr das, sie ist ja nicht Euer Eheweib. Und ich sage Euch, die Ordensdiener wären bereits hier, wenn der Pfleger nicht in ein Hindernis gefallen wäre. Er geriet gestern beim Trunke mit einem Adligen in Streit, vielleicht war es Euretwegen und wegen des blassen Magisterkindes. Das Eisen fuhr zu schnell aus der Scheide und er liegt jetzt mit einem Ritz im Leibe, der andere aber hat sein Pferd gesattelt und ist dem Hause entwichen, sich irgendwoanders Unterschlupf zu suchen. Benutzt die Frist, die Euch durch den Schnitt geworden ist, denn ich denke, allzuviel Zeit wird Euch nicht bleiben.«

»Der andere wart Ihr, Henner«, sagte Georg und streckte die Hand nach ihm aus. Henner ergriff sie: »Der Krug ist bezahlt, die zerschlagene Armbrust habe ich bei Euch gut.« Er wandte sein Pferd, um wegzureiten. »Verweilt noch, Henner«, rief ihm Georg zu. »Ich gedenke Euch als meinen Zeugen zu laden, wenn ich mir ein Eheweib gewinne.«

»Ich bin ein schlechter Hochzeitsgast«, versetzte Henner, »und ich will heut nicht mit den Knechten beim Trinkkrug niedersitzen, nachdem ich mich gestern mit den Herren gerauft habe. Fahrt wohl, Ihr stolze Distel von Thorn«, rief er lachend, »niemand weiß, was auf Erden noch aus ihm werden kann.« Er grüßte mit der Hand und sprengte aus dem Tor.

Georg trat zu dem Hauptmann. »Wird der Haufe das Eheweib seines Fähnrichs gegen die Begier eines Fremden schützen?«

»Wenn Ihr ein Eheweib gewinnt in Eurem Amte, so gehört das Weib zur Bruderschaft und die Knechte müssen es schützen. Wollt Ihr mit der Jungfrau in den Ring treten, so steht das bei Euch, wir werden uns nicht versagen. Und darf ich Euch raten, so tut zur Stelle, was Euch am Herzen liegt.«

»Öffnet mir die Kammer der Jungfrau«, forderte Georg.

Er trat schnell ein, in dem dämmerigen Raum sah er eine helle Gestalt, welche scheu zurückwich und den Arm ihm abwehrend entgegenhielt, er sah das verstörte Gesicht der Geliebten und zwei Augen, welche ihn angstvoll anstarrten. Da hemmte sich sein Schritt, und er begann traurig: »Liebe Jungfer Anna, laßt Euch gefallen, was geschehen ist, bei schlechtem Wetter ist jedes Obdach eine Hilfe.«

»Armer Georg«, klagte sie, »Seele und Seligkeit habt Ihr in Gefahr gesetzt.«

»Nicht also, liebe Jungfer, Seele und Leben hoffe ich zu bewahren, wenn Ihr mich nicht verlaßt, und ich komme, Euch anzuflehen, daß Ihr bei mir aushaltet.« Er faßte ihre Hand, sie zuckte bei der Berührung, aber im nächsten Augenblick warf sie sich an seine Brust und weinte. Als sie sich aufrichtete, sah sie ihn zärtlich an, wie eine Mutter ihr Kind, und strich ihm mit der Hand über Haar und Stirn: »Armer wilder Knabe, was habt Ihr gewagt, warum habt Ihr Euch dazu gedrängt, das Opfer zu sein?«

»Nicht ich, Anna, das Größte müßt Ihr selbst wagen, denn Ihr könnt Euch nur retten, wenn Ihr Euch mir vermählt.«

Sie löste sich von ihm, und wieder sah er den scheuen Blick. »Der Ordenspfleger wird Boten senden, um Euch auf sein Schloß zu holen.«

»Habt Ihr kein Messer, das Ihr mir geben könnt?« rief sie mit rauher Stimme.

»Ich selbst und die draußen vermögen Euch zu schützen, wenn Ihr nach dem Brauch des Fähnleins mit mir in den Ring tretet und Euch mir zur Ehe angelobt.«

Sie sah ihn lange unsicher an, wie jemand, der den andern nicht versteht, bis sie heftig ausrief: »Wo ist der Brautkranz? Kommt!« Aber sie wankte, und er hielt sie in seinen Armen fest.

Im Hofe klang wieder die Trommel, und die Knechte traten zusammen, der Ring öffnete sich, als Georg das zitternde Weib in seinen Armen herausführte. Georg legte die Jungfrau seinem Gesellen Wuz an die Schulter, ergriff die Fahne und trat mit seinem Zeugen gegenüber; der Hauptmann stand in der Mitte, tat die Fragen und fügte die Hände zusammen. Wieder schlug die Trommel mit dumpfem Ton, Georg reichte die Fahne dem Hauptmann, und dieser schwenkte das Fahnentuch über

857

den Vermählten, damit die Ehe ehrlich werde und in den Schutz der Bruderschaft aufgenommen.

Georg rief: »Seid bedankt, Hauptmann und gute Gesellen.« Er raunte der Bewußtlosen zu: »Mein Weib«, hob sie mit starkem Arme und trug sie in den Turm. Hier setzte er sich mit seiner süßen Last auf die Bank, bedeckte ihr bleiches Angesicht mit heißen Küssen und vermochte nichts anderes zu sprechen als: »Mein liebes Weib.« Sie hing hilflos in seinen Armen und widerstrebte nicht, wenn er sie küßte. Aber als er sie mit heißen Augen zu sich emporhob, glitt sie an seiner Seite nieder auf den Boden und lag, die gerungenen Hände flehend ausgestreckt: »Um meinetwillen seid Ihr aus der Heimat geworfen, um meinetwillen in Not und Elend geraten, um mich zu retten, habt Ihr Euer Leben den furchtbaren Leuten angelobt; hier liege ich vor Euch, Leib und Seele sind Euch verfallen, Ihr mögt mit mir machen, was Euch gefällt.«

Er fuhr erschrocken zurück vor dem jammervollen Blick und hob ihr leise das Haupt: »Anna, ich hoffte, daß Ihr mich liebhättet.« Sie seufzte fast unhörbar: »Wollt Ihr mich nicht ganz zerbrechen, so schont mich.«

Da wandte er sein Antlitz ab, um den Schmerz darüber zu verbergen, daß sein Weib sich ihm versagte, aber er vermochte nicht die Herrschaft über sich zu behaupten, der Sturm in seinem Innern hob ihm die Brust und er stöhnte laut. Sie lag regungslos vor ihm auf der Erde und heiße Tropfen fielen aus seinen Augen auf sie. So blieben sie lange.

Georg ermannte sich zuerst. Er berührte ihr leise den Arm: »Erhebt Euch, liebe Jungfer Anna, ich kann solchen Schmerz nicht ansehen. Dort über uns im Oberstock ist Euer Gemach, ward es auch nur notdürftig hergerichtet, es ist sicher. Zieht Ihr die Leiter hinauf, so vermag niemand zu Euch zu dringen. Gestattet mir, daß ich mit der Fahne hier unten hause, ich will Euch ein treuer Wächter sein.«

Sie erhob sich ohne seine Hilfe und wankte nach der Leiter, dort hielt sie sich fest, er aber stand abgewandt und starrte durch das Gitterfenster auf den grauen Wolkenhimmel; als er sich umwandte, war sie verschwunden. Da ergriff er seinen Hut und stürzte aus dem Turme.

Draußen empfing ihn der lärmende Zuruf seiner neuen Genossen, er sagte ihnen, daß sein Weib erkrankt sei, vernahm mit halbem Ohr ihre rauhen Scherze und ließ sich durch sie fortziehen zu dem Gelage, das der Hauptmann dem neuen Fähnrich zu Ehren für die Würdenträger des Haufens veranstaltet hatte. Erst in später Nacht kehrte er zum Turm zurück, er wankte in das Gemach, stieß hart gegen die Wand und sank mit einem unterdrückten Fluch auf sein Lager. Dort verlor er in bleiernem Schlaf die Empfindung seines Unglücks.

Es war still im Turme und man vernahm nur die schweren Atemzüge des Schlafenden; da fiel ein Lichtstrahl aus der Luke hernieder. Mit der Leuchte stieg ein angstvolles Weib herab, sie setzte sich an das Lager, rückte dem Schlafenden sorglich das Haupt zurecht und breitete eine warme Decke über ihn; lange saß sie auf dem Boden, lautlos mit gesenktem Haupte.

Das war für die armen Kinder der Tag ihrer Vermählung.

Die Ehe in der Wildnis

Georg erwachte spät am Morgen, fühlte nach seinem heißen Haupt und sah sich verwundert in dem kahlen Raume um. Neben seinem Lager saß Ajax und wedelte. ›Mir ist so, als wäre ich verheiratet und seit gestern ein Ehemann‹, sagte er zu sich selbst. Vor ihm stand Wasserkrug und Becken und dabei lag sorgfältig ausgebreitet ein Anzug aus seinem Reisebündel, den er bereits als verloren bedauert hatte. Er sprang auf und benutzte die Gelegenheit, sich in besseren Stand zu setzen. Als er umschaute, stand die Leiter zum Oberstock angelehnt; oben war alles still, er wagte nicht hinaufzusteigen, aber er rief: »Jungfer Anna«, doch kam keine Antwort.

Da klopfte es an der Außentür, und auf sein Herein trat Anna in den Turm, einen rauchenden Topf und ein Schälchen in der Hand. »Guten Morgen, Junker«, grüßte sie mit niedergeschlagenen Augen, »ich bringe die Morgensuppe.« – »Ei!« rief der erstaunte Georg. Sie rückte einen wankenden Tisch heran, setzte den Schemel, goß aus dem Topf in die Schale und kühlte den Trank mit dem Löffel.

Georg saß vor dem Frühstück. »Vor allem sagt mir, wer bin ich und wer seid Ihr?« Da ließ sie den Löffel fallen, ein trauriges Lächeln glitt über ihr Gesicht. »Ihr seid mein Herr«, sprach sie leise. Aber als er ihre Hand ergriff, indem er die Frage wiederholte: »Wer seid Ihr?«, da entzog sie ihm die Hand und antwortete, niederblickend: »Ich bin Eure Jungfer Anna.«

»Hm«, summte er und trank aus der Schale.

Anna ergriff das Wams, welches Georg abgelegt hatte, setzte sich ihm gegenüber auf die Bank und holte Nadel und Zwirn aus der Tasche. »Dies Loch hat die Hellebarde des Hauptmanns gerissen; auf dem Wege hierher grauste mir, wenn ich es ansah und dachte, wie wenig gefehlt hat, daß er Euch am Leben traf.« Sie legte das Gewand in den Schoß und sah vor sich hin, aber sie faßte es sogleich wieder und nähte eifrig über dem Ritz. Georg sah ihr schweigend zu.

»Wißt, lieber Junker«, begann sie, »das Nötigste ist ein eigener Herd, auf dem ich für uns koche. Am Turme läuft ein Schlot hinauf, es wäre geringe Mühe, hier oder oben einen Herd oder gar einen Ofen zu setzen; vielleicht ist ein Töpfer in der Stadt zu finden. Ich habe ein wenig Geld gerettet, das in mein Kleid genäht war, ist's Euch recht, so sehen wir flugs, daß wir zu dem Herde kommen. Die Hauptmännin sagt, was wir an Essen gebrauchen, muß Euch das Fähnlein liefern. Du lieber Himmel, es wird wohl dürftig sein, aber ich will's Euch schon zurichten.«

»Um das Geld sorgen wir nicht«, antwortete Georg, »auch mich haben sie nicht ganz ausgeplündert, und wenn ich in die Stadt hinuntergehe, suche ich die Arbeiter.«

»Wenn Ihr geht und es Euch nicht uneben ist«, bat Anna, »so nehmt mich mit, damit das Gesindlein sieht, daß ich zu Euch gehöre; sie werden dann eher Scheu haben, wenn ich einmal allein unter sie treten muß.«

»Es ist also Euer Wille, zu mir zu gehören?« fragte Georg. »Und wofür sollen die Leute Euch halten?«

»Nun, da Ihr hier Fähnrich geworden seid, bin ich doch die Frau Fähnrichin«, antwortete Anna und stach heftig in das Wams.

»Das ist richtig«, sagte er.

»Ist der Herd das erste«, fuhr Anna fort, um ihn von seinen Gedanken abzuziehen, »so ist eine Mausefalle das nächste. Die Hauptmännin sagt, daß die Buben vom Troß darin großes Geschick haben. Die Falle aber ist dringend, denn das Mäusevolk rennt hier unverschämt, wahrscheinlich, weil es nichts zu knuspern findet, wobei es stillsitzen könnte. Heut nacht habe ich mich entsetzt, als ich sah, daß eine ganz frech über Euch weglief.«

Georg sprang auf: »Jungfer Anna, ich weiß jemand, der zur Nacht an meinem Lager war und der mir auch die warme Decke übergelegt hat.«

Anna ließ erschrocken das Wams auf die Erde fallen. Aber im nächsten Augenblick lag sie an seinem Halse und klagte mit bebender Stimme: »Armer wilder Georg.«

»Anna, mein geliebtes Weib«, rief er, sie umschlingend. Sie weinte still an seinem Herzen, er hielt sie fest und wollte sie küssen, doch wie gestern glitt sie an ihm nieder und sah mit gefalteten Händen zu ihm auf. »Ihr seid mein, und ich bin Euer«, sprach sie leise, »aber übt Nachsicht gegen mich; mir graut vor der Zuchtlosigkeit, die mich in Eure Arme geworfen hat; wenn ich sehe, wie die es hier treiben, die zusammengehören, so erscheint mir alles wie Sünde und Frevel; und wenn Ihr mich mit feurigen Augen küßt, so fühle ich bittere Angst über unser Elend. Duldet mich, Herzensjunge, wie ich bin, ich will Euch dienen und für Euch sorgen bei Tag und Nacht.«

Georg hob die Kniende zu sich herauf. »Und was soll zuletzt aus uns beiden werden, Anna?«

860

»Ich weiß es nicht«, antwortete sie tonlos, und in ihrem Blick fand er wieder die Angst, die ihn gestern erschreckt hatte. Er ließ sie los und setzte sich auf den Schemel. »Das wird eine Ehe wie im Himmel«, sagte er gutherzig und trommelte auf dem Tische.

Anna stand abgewandt und zog an den Falten ihres Kleides. Nach einer Weile kauerte sie hinter ihm an dem Schemel nieder, und er vernahm ihr Flüstern an seinem Ohr. »Gedenkt an den Garten. Dort stand ich und sah täglich, wie die Rose wuchs. Mit der Zeit wurde sie größer, und als die roten Blätter aus der Hülle brachen, da kamt Ihr zu mir. Und jetzt –« Sie schob ihm mit der Hand die Locke vom Ohr, doch sie schämte sich, zu sprechen, was sie meinte, und barg ihr Antlitz am Schemel. Er aber gewann neues Leben aus ihren Worten und fuhr fröhlich fort: »Und jetzt, Jungfer Anna, da Ihr meint, daß die Rose wieder aufblühen wird, will ich Euch als ein wackerer Knabe auch sagen, was ich denke«, und er sang: »Da das Röslein blühte zum ersten Male, kam ich zu ihr; wenn es wieder blüht zum andern Male, kommt sie zu mir.« Anna saß noch hinter dem Schemel und barg ihre Wange an der Lehne, er aber hielt ihr seine Rechte hin: »Traut mir, liebe Jungfer Anna, hier gelobe ich, ich will Euren Sinn ehren.« Da ergriff sie die Hand ihres Herrn und küßte sie. Darauf setzte sie sich still auf die Bank und faßte die Nähterei aufs neue an. »Darf ich noch ein Drittes sagen, Herr?« fragte sie nach einer Weile.

·»Ja«, rief Georg. »Jetzt höre ich Euch vergnügt zu, denn jetzt weiß man doch, wie man daran ist. Also was hat die Frau Fähnrichin zu wünschen?«

»Du liebes Leben, zu wünschen wäre viel. Aber das dritte, was gleich nach dem Herde kommen sollte, ist dieses: Ihr müßt unsere Brautzeugen zu einer kleinen Gasterei oder Kollation auffordern. Vor allen andern jedoch die Frau Hauptmännin. Das muß sein, damit die Ehe bestätigt und ihnen lieb werde.«

»Ihr habt recht«, sagte Georg, »aber worauf einladen? Küche und Keller sind nicht vorhanden, und wären sie zur Hand, so würden sie leer sein.«

»Sagt ihnen nur in Eurer lustigen Weise, daß Ihr sie einladen wollt und daß Ihr auch etwas daranzuwenden habt, so werden sie Euch schon allerlei Gutes nachweisen; denn bei solcher Gelegenheit werden die Leute erfinderisch.«

Als Georg dem Hauptmann den Morgengruß bot, rief ihm dieser entgegen: »Der Forderung des Ordenspflegers bin ich zuvorgekommen, ich habe in der Frühe zwei von den Alten als Botschaft zu ihm gesandt, damit er wisse, daß unser Fähnlein Euch aufgenommen hat und daß die Jungfrau unter der Fahne Euer Eheweib geworden sei.«

»Wie wird der Arge das ertragen?« fragte der Fähnrich finster.

»Er wird gute Miene machen und seinen Grimm still bewahren«, antwortete der Hauptmann; »denn Eure Rede über den Hochmeister hat das Junkervolk in Verwirrung gebracht, und ich denke, sie brauchen uns nötiger, als wir sie.«

In dieser Weise wurden die jungen Gatten wenigstens für die nächste Zeit einer Gefahr enthoben.

Auch der kluge Rat, welchen Anna erteilt hatte, erwies sich als heilsam. Der Hauptmann und seine Frau ließen sich nicht nehmen, die neuen Würdenträger bei ihrem ersten Besuche in der Stadt zu geleiten, und diese Einführung war nicht unnütz, denn die Neulinge wurden mit großen Augen betrachtet; und wenn Anna auch bemerkte, daß Georg den Männern und Weibern ganz wohl gefiel und in seiner sorglosen Keckheit überall gut Bescheid zu geben wußte, so war das doch bei ihr selbst weniger der Fall; ihr zog sich das Herz zusammen vor der Roheit und Unsitte, welche sich so dreist auf den Straßen darbot, und sie vernahm zuweilen hinter sich freche Nachrede von wüsten Gesellen und Dirnen. Zu besonderem Kummer gereichte ihr, als sie ein Kleid aus ihrem eigenen Reisebündel auf fremdem Leibe über die Gasse laufen sah, und sie fühlte sich bitterlich gedemütigt, wenn die Hauptmännin aufforderte, vor der Dirne eines einflußreichen Doppelsöldners stehenzubleiben und mit dieser freundlichen Gruß zu tauschen. »Die armen Dinger sind nicht wie wir«, erklärte die gebietende Frau, »aber sie haben ein mühsames Leben, und manche von ihnen hätte ein besseres Schicksal verdient.« Dennoch schaffte der Gang den ersehnten Herd; denn in einem Winkel der Stadt fand sich im leeren Hause zwischen einem großen Hauf Scherben ein alter Töpfer, dessen Lebensmut zerbrochen war wie seine Ware. Als dieser später mit Anna im Turm eine vertrauliche Unterredung gehabt hatte, erklärte er sich zu jeder Leistung bereit, und es machte sich, daß er an einem dunklen Abend sogar das nötigste Kochgeschirr aus der Tiefe seines Scherbenhaufens auf den neuen Herd lieferte. Auch der Kriegszug gegen die Mäuse wurde durch einige braune, fingergewandte Buben auf der Stelle mit gutem Erfolge eröffnet. Vollends die Einladung zu einer Kollation fand bei allen Würdenträgern des Fähnleins günstige Aufnahme. Wuz, der Lokumtenens, schenkte als Angebinde in die junge Wirtschaft Tische und Stühle, die er, wie sich später ergab, einer Kammer des Rathauses entführte, und der Hauptmann erbot sich, ein Fäßlein guten Weines gegen gutes Geld zu beschaffen. Anna hegte den Verdacht, daß er es einem Winkel des Schloßkellers enthob, in welchem der Schatz vor den Luchsaugen der Knechte verborgen lag. Auch die Hauptmännin versprach der Jungen Frau jede Hilfe in der Küche; und als Anna sich eines Nachmittags aus der Schloßpforte ins Freie wagte, sah sie Buben der Bande mit einem Korb Hühner vom Lande her dem Schlosse zuziehen, und als sie die 862 Knaben ausfragte, ergab sich, daß diese auf Befehl einen Beutezug in den Dörfern der Umgegend unternommen hatten. Da geriet für einige Stunden das ganze Fest in Gefahr, zu scheitern, denn Anna kränkte sich so tief über den unredlichen Erwerb der Mahlzeit, daß Georg ins Mittel treten und die wohlgemeinte Gabe ablehnen mußte, weil jedes Hochzeitsmahl Unglück verheiße, wenn es nicht um Geld erworben sei. Trotz dieser Störung verlief die Kollation besser, als Anna gehofft hatte, die Hauptmännin erschien in einem prächtigen Gewande mit Federn auf dem Hute, und die Landsknechte saßen, ihrer Würde froh, mit steifer Förmlichkeit am Tische, bis der Wein ihnen die Zunge löste. Aber obwohl sie weniger laut wurden als sonst und Flüche und rohe Reden nach Möglichkeit vermieden, weil sie sich durch die vornehme Haltung der beiden Wirte beengt fühlten, so waren sie doch eben darum sehr erbaut von den neuen Bekannten, und Wuz, ein alter Knabe, der in Stürmen und Streiten fast ein halbes Jahrhundert ausgehalten hatte, wollte beim Abschiede Annas Hand gar nicht loslassen und versicherte ein Mal über das andere, daß sie niemandem ähnlicher sehe als seiner Mutter. Der Hauptmann aber, stolz auf seine neuen Zugehörigen, erbot sich gegen Anna, Erkundigungen nach ihrem Vater einzuziehen, weil er am nächsten Tage das Lager des polnischen Haufens besuchen mußte, um mit Hauptmann Heinzelmann Streitigkeiten auszugleichen wegen der Grenzen, in denen das Fähnlein beuten durfte. Und als Anna ihn bat, ein Brieflein an ihren Vater mitzunehmen und sich wegen des Lösegeldes zu erkundigen, versprach er auch dies.

Am andern Tage legte Georg, der das Heiligtum des Haufens, die Fahne, nicht auf längere Zeit verlassen durfte, dem Hauptmann zwei Briefe an das Herz. Der eine war an Herzog Albrecht, worin er den Herrn um Schutz bat, auch einige vorsichtige Andeutungen über die abenteuerliche Lage des Fähnleins beifügte; der zweite aber war an seinen Vater. In diesem berichtete er sein Schicksal und wie er dazu gekommen sei, Anna zu seiner Frau zu machen, er entschuldigte den schnellen Entschluß, flehte um den Segen für die Ehe und daß der Vater von ihm in seiner bedrängten Lage nicht die Hand abziehen möge. Er bat den Landsknecht beim Abschiede dringend, die Briefe in der Stadt, welche die Polen besetzt hielten, an einen Kaufmann abzugeben, den er von der Handlung her als zuverlässigen Mann kannte. Der Hauptmann betrachtete die Briefe mit schlauer Miene, indem er das Beste versprach, und Georg sah dem Abreitenden vom Tore noch lange traurig nach. Denn erst jetzt, wo er seine Lage dem Vater berichten mußte, fiel ihm die Not in der Fremde schwer auf das Herz, und er wurde sehr unsicher, wie sein Vater die unwillkommene Kunde aufnehmen werde. Diese Sorge hätte er sich ersparen können; denn als Hans eine Wegstrecke geritten war, nahm er die drei Briefe der Fähnrichfamilie hervor und besah sie, da er des Lesens unkundig war, argwöhnisch aufs neue von der Außenseite. Endlich beschloß er, so redlich zu sein als irgend möglich, und wenigstens der Frau seinen ritterlichen Dienst nicht zu versagen. Die Briefe des Fähnrichs aber behielt er in der Hand, bis er in einem alten, einsamen Birnbaum hoch über dem Boden ein Loch entdeckte. Dort verbarg er sie, weil ihm unschicklich schien, die mühsame Arbeit eines guten Gesellen zu vernichten und weil er doch von Besorgung der Briefe Unheil für sich und das Fähnlein erwartete. Denn seine Hauptmannschaft und der gegenwärtige Zustand waren ihm gerade recht, und er fürchtete, durch das Papier die Fahne und den Fähnrich, auf den er bereits große Stücke hielt, in irgendeiner Weise zu verlieren.

In dem wilden Baume verfielen die Briefe, welche das Schicksal Georgs und Annas zum Bessern wenden sollten, dem kleinen Troß der braunen Heide; die Spinnen und Käfer krochen neugierig hinein, die Fledermaus nagte daran, und zuletzt kam das Eichhorn und benutzte sie bei seinem Wochenbett.

Als Hans zurückkehrte, begrüßte er im Turme die Frau Fähnrich, welche am Herde kochte; er setzte sich nieder und sah sie mit seinem schlausten Blick an, während sie mit gefalteten Händen und unsäglicher Angst vor ihm stand. »Könnt Ihr mir etwas Gutes erweisen, so tut es«, begann er, auf den Topf zeigend, »denn auch ich bringe gute Nachricht: Ein kleiner alter Herr mit scharfen Augen und heller Stimme, ist er das?«

»Mein Vater«, rief Anna.

»Seinem Zeichen nach ein Koch mit einer langen Fleischerschürze, welcher Arme Ritter buk«, fuhr Hans prüfend fort.

»Das ist der Vater nicht«, seufzte Anna.

»Mit seinem Namen heißt er Magister Fabricius«, schloß Hans siegreich.

Die Tochter umklammerte mit beiden Händen die große Faust des Landsknechts. »Aber der Vater in der Küche«, klagte sie.

»Er ist Koch, weil er zu den Waffen nicht tauglich ist, was konnte ihm Besseres begegnen? Ein kleiner behender Kerl, er ist ganz munter in seiner Art, und sie behandeln ihn gut. Ihr sagt ganz richtig, daß er schwach in der Küche ist, aber dafür versteht er zu lesen, besser als ein Ratsschreiber. Er ist bei ihnen Koch, Schreiber und Leser.« Hans schüttelte den Kopf und lachte. »Ich habe dort neuen Brauch erlebt, der seither unter den freien Knechten unerhört war: die Alten sitzen abends bei Lichte im Haufen, er in der Mitte, und er liest vor ihnen, so daß sie alle zuhören und zuweilen sogar ihr Karnöffelspiel vergessen. Auch mich haben sie aufgefordert, anzuhören, und um Euretwillen fügte ich mich in die Sitte und vernahm, wie Euer Vater von einem Bettelmönche las, welcher für sein Kloster sammeln wollte und zu einem Bauer kam. Der Bauer nahm ihn auch auf, gab ihm aber keine Eier und keinen Käse, sondern setzte ihm scharf zu mit subtilen Worten, indem er ihm die Nichtswürdigkeit seines Lebens und der ganzen Pfaffenwirtschaft vorhielt, so daß der Kopf des Mönches dick und rot wurde. Was der Bauer nach den Reden Eures Vaters über die Pfaffen zu klagen wußte, ist gar nicht wiederzusagen. Aber es ist alles wahr, und die Gesellen dort drüben hatten dieselbe Meinung.« Und leiser fügte er hinzu: »Zuletzt fing Euer Vater auch noch an, aus eigenem Kopfe zu reden, und ermahnte meine Kameraden mit hohen Worten, daß sie sich allerlei Unzucht abgewöhnen möchten. Manche lachten, andere hörten ihm zu, weil man merkte, daß er's ehrlich meinte. Ich denke, es wird nicht viel nützen, denn es sind Teufelskrabben unter ihnen, welche die andern anstiften. Doch muß ich sagen, Euer Alter gefiel mir nicht übel, und ich fragte die Knechte, welches Lösegeld sie von ihm hofften. Aber sie waren ganz eingebildet auf seine Leserei und wollten ihn ungern missen. Nur ein Schreiben habe ich mitgebracht, das er mir heimlich bei meinem Abgang zusteckte.« Er zog ein zusammengelegtes Papier heraus und legte seine Hände darauf. Anna faßte wieder flehend die Hand. »Haltet an, Weiblein«, sagte der Landsknecht, »so schnell geht das nicht, es könnte etwas darin stehen, was unserer Bruderschaft schädlich wäre. Denn wenn die drüben auch im ganzen sich gewissenhaft halten, es sind doch Feinde, und ich weiß nicht, wie ich Euch Macht über den Brief geben soll. Kommt herbei, Jörge, ich will Eurem Schwur trauen, wenn Ihr mit hineinseht und mich versichert, daß sie jedes Wort so vorträgt, wie es geschrieben steht.«

»Wenn Anna das will«, versetzte Georg.

»Tretet heran«, rief Anna hastig und öffnete den Brief. ›Liebe Tochter, meinen besten Gruß zuvor. In der Hoffnung, daß Herr Hans Landsknecht dies Brieflein an dich abgeben wird, schreibe ich Dir mit der nötigen Vorsicht aus meinem Gefängnis in der Höhle der Zyklopen.‹

»Er meint die schwarze Küche«, erklärte Hans.

›Liebes Kind, was Du mir über Dich und meinen lieben Sohn Regulus schreibst, das erlöst mich von der unablässigen Angst, welche ich bei Tag und Nacht Deinetwegen in mir herumgetragen habe. Freilich bereitet es auch Kummer von anderer Art, doch dieser ist erträglicher und geht zum größten Teil die Zukunft an. Geliebte Kinder, ich sende Euch beiden meinen väterlichen Segen aus gerührtem Herzen, und ich hoffe, was etwa noch an der Form und Ordnung fehlt, wird sich später nachholen lassen, zumal wenn auch mein Sohn Georg bei seiner Freundschaft das Nötige tut. Diesem vertraue ich gänzlich wegen Deines künftigen Glückes. Liebes Kind, um mich sollst Du Dir keinerlei Kummer machen, denn Pan Stibor, der hiesige Kastellan, ist nicht ganz ohne lateinische Zucht, und ich darf auf seinen Schutz hoffen, sowohl wegen seiner Wissenschaft als auch, weil er mich beim Lesen und Konzipieren der lateinischen Briefe verwendet. Und obgleich die Polnischen mir nicht zugeben wollen, daß ich widerrechtlich in Haft gehalten werde, weil sie nämlich auf die deutschen Städte und vorab auf die Thorner sehr zornig sind, so merke ich doch, daß sie sich heimlich meinetwegen in ihrem Gewissen bedrückt fühlen, und ich hoffe, sie werden mich zuletzt noch freigeben oder doch wenigstens gegen Gelöbnis der Wiederkehr entlassen, damit ich mich in Danzig nach einem mäßigen Lösegeld umtue. Auch tröstet mich, daß die Leute hier von den Auguren keinerlei gute Meinung hegen. Liebe Tochter, lieber Sohn, ich bitte täglich den allmächtigen Gott, Euch in seinem gnädigen Schutz zu bewahren und bin mit Anwünschung eines besseren Schicksals für uns alle meiner lieben Kinder getreuer Vater M. Fabricius.‹

Anna hielt den Brief lange in der Hand. So harmlos und warmherzig fand sich der Vater in die wilde Vermählung, er ahnte nicht, was ihr die Seele bedrückte! Und sie sagte zärtlich: »Ach, der liebe Vater, er behält auch im Unglück sein gutes Vertrauen zu aller Welt.« Georg aber rief fröhlich: »Gepriesen sei der Herr Vater, und bedankt für jedes Wort, das er im guten von mir schrieb.« Er wandte sich zum Hauptmann, der unterdes am Herde bei seiner Schüssel beschäftigt war. »Hat Euch nicht mißfallen, Hauptmann, daß der Herr Magister dem fremden Haufen vorlas, so vermag die Fähnrichin ebensogut vor Euch zu lesen. Denn ich bewahre ein Büchlein, welches noch besser ist als jenes dort drüben.« Er holte aus seinem Gewande den gefalteten Bogen, welcher dem Magister so leidvoll geworden war. Hans erkannte Sonne und Mond, Ochs und Esel und sagte erfreut: »Es ist richtig, das ist ganz dieselbe Art; aber wie getraut sich die junge Frau damit fertig zu werden?«

»Sie ist gelehrt wie ihr Vater«, erklärte Georg mit unverhohlener Bewunderung, »und sie vermag alles noch viel schöner zu verkünden als er.«

»Steht das so mit ihr«, rief Hans erstaunt, »dann lade auch ich die Ansehnlichen des Haufens, welche um das Schloß hausen, zu einem Faß Bier, und Eure Frau soll vor diesen ihre Kunst erweisen, wenn es ihr selbst genehm ist.«

So machte sich's, daß an einem der nächsten Tage Anna mit dem Büchlein in der Halle des Hauses saß: aus dem hohen Fenster fiel der Lichtstrahl auf ihr Haupt und die bedruckten Blätter. Hinter ihr stand Georg mit der Fahne, um sie herum saßen und kauerten Weiber des Haufens, weiter ab die wilden Gestalten der Männer, viele ihre Trinkgläser neben sich. Vorn auf einem Sessel, der sonst dem Bürgermeister gedient hatte, dehnte sich Hans, sein großes Schlachtschwert zwischen den Beinen. 866

Bevor Anna begann, sprach sie zu Georg: »Sagt ihnen, Herr, was es ist, das sie hören wollen.« Und Georg mußte erklären: »Was die Jungfrau aus dem Buche lesen wird, ist die Botschaft von der Geburt des Herrn, wie sie wahrhaft von seinen Schülern verzeichnet worden ist. Sie ist jetzt ganz neu in unserer Sprache ans Licht gebracht und soll eine Grundlage unseres Glaubens sein, darum ist es gut, daß wir alles vernehmen und wissen.«

Und Anna begann mit ihrer wohltönenden Stimme, langsam und laut, sie selbst in ehrlicher Andacht, so daß mancher narbige Sünder, welcher sie ansah, sich der Frau unter der Fahne freute.

Sie las von der Geburt des Kindes, von den Weisen aus dem Morgenlande und von dem argen König Herodes. Neugierig und mit vorgebeugten

Hälsen hörten die verlorenen Kinder zum erstenmal in verständlichen Worten, die ihnen wie ein Lied klangen, den Bericht, von dem sie in der Kinderzeit eine undeutliche Kunde vernommen hatten. Als Anna nachdrücklich aussprach, wie der Herr heißen sollte, nahm Hans feierlich seinen Hut ab, und seine Getreuen folgten dem Beispiel, und als sie nach dem Besuch der Weisen einen Augenblick innehielt, erhob sich zu aller Erstaunen Wuz, der sonst schweigsam das Seine tat, und rief tief begeistert: »Ja, alles war so, wie es hier gelesen wird, denn, liebe Gesellen, ich selbst war auch dabei als einer von den drei Königen. Ich war noch halbwüchsig, und wir trugen an einer Stange den Stern, der sich drehte, wenn man einen Faden zog; einer aber von den dreien muß schwarz gewesen sein, denn ich war der Schwarze. Und auch das übrige, Ochs und Eselein, ist wahrhaft, denn es war viel davon die Rede, wie wir von Haus zu Haus zogen und Eier einsammelten.«

»Die wirklichen Könige aber haben nicht genommen, sondern gebracht«, erklärte Hans, um den Aufgeregten zu beschwichtigen, »und sie haben als Könige auch nicht Eier geboten, sondern, wie sich gebührt, Gold und kostbares Gewürz, womit man den Wein bessert.«

Doch Wuz ließ sich nicht abweisen. »Alles andere aber ist so, wie es im Buche steht, und wie diese drei heiligen Könige aus der Gesellschaft gingen, so grüßten sie höflich und sagten: ›Wir wünschen dem Herrn einen goldenen Tisch, an jeder Ecke einen gebratenen Fisch.‹ Das war damals, als meine Mutter noch lebte«, und er setzte sich schnell wieder hin. Als aber weiterhin König Herodes seine Rache übte und die unschuldigen Kindlein umbringen ließ, ergriff die Unruhe auch die Weiber, sie seufzten, einige hoben die Hände, und man vernahm den Ruf: »Was haben die armen Kinder verschuldet? Der Bösewicht!« Und Hans spuckte verächtlich aus und rief mit mächtiger Stimme: »Dieser König Herodes war zu seiner Zeit ein Mistfink. Ich denke, bei solchem Morde hat sich kein redlicher Landsknecht gebrauchen lassen.«

Zuletzt erhob sich Anna und sprach ein kurzes Gebet. Da standen auch die Zuhörer auf, die Männer entblößten die Häupter wie in der Kirche, und alle gingen vergnügt auseinander.

Dem Hauptmann aber war bestimmt, daß er noch weiter für die Erbauung des Fähnleins sorgen sollte, auch wo er selbst ganz andere Unterhaltung beabsichtigte. Wenige Tage nach der Vorlesung zog er mit einem Teil der Bande zu Pferde aus dem Schlosse, ohne seinem Fähnrich vorher eine Mitteilung über den Zweck der Reise zu machen. Denn er dachte wohl an das Versprechen, das er gegeben, die Fahne von Geschäften zweifelhafter Art fernzuhalten. Zu diesen Unternehmungen gehörte der Ausguck an der Weichsel auf vorüberfahrende Kähne und der unregelmäßige Zoll, welcher von diesen erhoben wurde. War auch seit dem Frieden größere Mäßigung nötig geworden und ein Ausrauben der Ladungen nicht mehr ratsam, so hielt doch Hans ebensogut wie die Polen darauf, einen kleinen Anteil als Steuer zu erheben, und er gedachte damit fortzufahren, bis die Klagen der Geschädigten übermächtig würden. Diesmal fand er an dem Ladeplatz nur geringe Beute: ein Fahrzeug, welches mit Ballast stromauf fuhr, und in dem Kahn einen einzelnen Reisenden, den das Unglück in der letzten Zeit hart verfolgt hatte. Es war der kleine Buchführer von Thorn.

Hannus, der sich auf dem Deck sorglos über seine Kiste gebeugt hatte, hob erschrocken das Haupt, ihn umgaben wilde Gestalten mit gezückten Waffen und rote Gesichter mit wütenden Augen beugten sich über seinen Kram. »Wer bist du und was führst du«, rief der Hauptmann, ihn an der Brust packend.

»Ich bin Hannus, der Buchführer von Thorn.«

»Was birgt er in der Tasche?« fragte Hans Stehfest einen Genossen.

»Leer wie eine Kirche«, versetzte Wuz.

»Hebt den Kasten auf und schüttet aus.« Der Deckel krachte, die Bücher kollerten auf die Planken, der Landsknecht störte mit seiner Hellebarde in dem Haufen, daß eine Anzahl Bücher in das Wasser fiel. Hannus sah die Holzbände aus der Flut auftauchen und vermochte einen Schrei nicht zu unterdrücken: »Die Adagia des Herrn Erasmus.«

Dem Landsknecht tat der Schmerzensruf leid, darum entschuldigte er sich, indem er den kleinen Mann anherrschte: »Untersteh dich nicht, zu winseln. Danke den Heiligen – wenn es welche gibt, die um deinesgleichen sorgen –, daß wir dich nicht in das kalte Bad tauchen, wohin deine Ware schwimmt, denn du hast uns betrogen.«

Hannus erhob flehend die Hände.

»Wir haben Besseres von deinem Kasten erwartet, und du hast uns in unnütze Mühe gebracht. Doch halt. Antworte mir, wenn du deine heile Haut liebst, wahrhaft auf eine Frage.« Er stampfte mit der Hellebarde vor ihm auf die Planke. »Führst du unter deinen Büchern auch solche, in denen von allerlei die Rede ist, was sie die neue Lehre der Wittenberger nennen, von Mönchen mit Eiern und von dem König Herodes und dergleichen?«

868

Hannus sah furchtsam auf den wilden Mann, er wußte nicht, ob die Wahrheit ihm zum Heil oder Verderben sein würde. »Wir führen Altes und Neues«, sagte er endlich demütig.

»So zeige mir das Neue.« Der Buchführer kauerte nieder und bot einige Büchlein dar.

»Narr«, schalt der Landsknecht, »würde ich dich fragen, wenn ich's selbst lesen wollte? Was ist dieses? Hier erkenne ich einen Mönch mit einem Katzenkopf und einen Bauer.« Er wies es seinen Gefährten. »So ungefähr sah das aus, was die drüben in der Küche bewahrten. Und liest denen dort der Magister Fabricius, so soll uns dieses seine Tochter lesen.«

Hannus horchte hoch auf, aber er fürchtete sich zu fragen, und in der Zerstreuung nahm er ein größeres und hielt es dem Hauptmann hin.

»Dies ist dicker und größer als das, welches die drüben haben«, entschied der Landsknecht zufrieden. »Um dieses Buch pfände ich dich, deine andere Ware magst du behalten.« Er wandte sich zum Abgange.

Hannus faßte ein Herz und rief dem Landsknecht nach: »Nehmt eine Frage nicht für ungut: Ihr spracht von einer Tochter des Magisters, welche bei Euch weilt; heißt sie mit Namen Anna, welche ehedem in Thorn war?«

»Wohl möglich, daß es dieselbe ist«, versetzte der Hauptmann.

»Das arme Kind«, seufzte Hannus.

»Ihr braucht nicht groß um sie zu klagen«, sagte der Landsknecht zornig, »sie hat es so gut wie das beste unserer Weiber. Der Fähnrich Görge selber sorgt für sie.«

»Barmherziger Gott«, klagte Hannus wieder. »Wollt Ihr mir noch sagen, wo der Vater ist?«

»Den halten die Polen dort hinten gefangen, bis er Lösegeld zahlt.« Hans Stehfest hielt bei der Leiter an: »Sieh zu, Wuz, ob die Luft rein ist.«

»Nichts zu sehen und zu hören«, antwortete der Genosse.

»Man hat Beispiele«, fuhr der Hauptmann fort, »daß es Unglück bringt, fromme Bücher ohne Entgelt zu gewinnen. Matz Rotkopf, der einem Pfaffen sein Brevier abgenommen hatte, plumpte in der nächsten Nacht vom Fußwege in den Sumpf, und als ich acht Tage darauf des Weges kam, sah ich verwundert ein Büschel rotes Gras im Moder, bis ich erkannte, daß es sein Haarschopf war, die arme Seele aber war irgendwohin gefahren.« Er griff in seine Tasche und brachte mit Mühe kleine Silbermünzen ans Tageslicht.

869

»Merkt auf, Männlein, wir wollen als redliche Knechte Euch Gelegenheit geben, Geld zu verdienen.« Er warf das Buch auf die umgestürzte Kiste.

»Kommt heran, Ihr setzt das Buch, ich setze dagegen mein Silber, und wir würfeln darum.«

Hannus vernahm erschrocken die neue Zumutung. »Und sie würfelten um seine Kleider«, murmelte er, »behaltet das Buch lieber so.«

»Ich will aber nicht«, rief der Landsknecht und stampfte mit der Hellebarde auf. »Hat einer von euch Würfel? Nicht deine Schelmbeine, Wenzel, er soll ehrliches Spiel haben.« Er legte die Würfel, welche ihm Wuz reichte, auf die Kiste. »Frisch, Kleiner, und sperrt Euch nicht, wir haben keine Zeit.«

Hannus warf mit zitternder Hand.

»Daus und vier ist wenig«, sprach der Hauptmann, die Würfel in seiner großen Hand schüttelnd. Er schwenkte sie auf das Holz. »Fünf und sechs, Ihr habt verloren, Geld und Buch sind mein. Alles ist mit rechten Dingen zugegangen, und ich hoffe, Ihr seid jetzt zufrieden. Denn selbst der Kaiser darf sich nicht beklagen, wenn die Würfel gegen ihn fallen.« Und auf die schwimmenden Blätter weisend, schloß er gnädig: »Fische auf, Wuz, was du erreichen kannst, damit das Männlein durch uns in nichts zu Schaden kommt.«

Hannus empfing dankend einige triefende Bücher. »Er ist ganz vergnügt«, sagte der Landsknecht zu seinen Begleitern. »Fahrt wohl, Thorner, und sagt Euren Stadtleuten, wir hoffen bald einmal an sie zu kommen, und sie sollen ungünstige Gäste in uns finden, wenn sie in ihren Kisten nichts Besseres bewahren, als Ihr mit Euch führt.«

Als die Rücken der Knechte hinter dem hohen Uferrand verschwunden waren und die Schiffer schreiend und fluchend den Kahn wieder in Bewegung setzten, verließ Hannus seinen Kram, schlüpfte unter das Bretterdeck und fühlte in der Dämmerung nach dem Ritz, in welchem er einen schmalen Geldbeutel verborgen hatte.

Aber auch, da er beruhigt wieder auf das Deck kam, den Mönch mit dem Katzenkopf in die Kiste packte und die durchnäßten Bücher zum Trocknen ausbreitete, war er nicht mit ganzer Seele bei dem Werk, er seufzte, schüttelte den Kopf und suchte einen Ausblick auf das Land zu gewinnen, als vermöchte er den Magister und sein Kind an dem schwarzen Waldsaum zu entdecken, welcher auf beiden Seiten des Stromes die Ebene begrenzte.

Als der Hauptmann heimgekehrt war, fand er Anna auf der Außenseite des Schlosses hinter einem Strauch wilder Rosen, der wegen seiner krummen Stacheln dem Schicksal entgangen war, an den Kochtöpfen der

Landsknechte verbrannt zu werden. Sie war von den Kindern des Trosses umringt, der Garde, welche sie sich zum Schutz in dem wilden Lager abgerichtet hatte. Wie Kletten hingen ihr die Kleinen den ganzen Tag an; auch jetzt lagerte der Haufe, blauäugig, rotbäckig, mit brauner Haut und hellen Haaren, um sie herum, die jüngsten spielten vor ihren Füßen im Sande und verfertigten unermüdlich kleine Backöfen, während ihre Väter die großen einschlugen; einige ältere Mädchen saßen dicht bei ihr, eifrig mit der Nadel beschäftigt. Denn diese Kunst wurde nächst der des Kochlöffels von Männern und Frauen des Haufens am meisten geehrt, weil in dem scharfen und stachlichen Treiben Wämser und Röcklein unablässig zerrissen. Sie aber schalt gerade den Purzel, einen kleinen Bösewicht, welcher einen andern noch kleineren Strolch von hinten beim Hemd gepackt und zerhämmert hatte. Hans winkte ihr, sitzenzubleiben, und legte feierlich das erbeutete Buch in ihren Schoß. »Ihr mögt es ruhig behalten«, sagte er, über das ganze Gesicht lachend, »es ist um seiner Heiligkeit willen ganz redlich gewonnen.«

Anna sah auf den Titel: »Eine schöne, nützliche Erklärung der zehn Gebote.« Da erhob sie sich schnell: »Und Ihr seid es, Herr, der dies Buch in meine Hände legt? Ach, Ihr wißt nicht, Hauptmann, wie groß die Freude ist, dir Ihr mir bereitet. Dies ist ein sehr heilsames Buch, und es ist von dem großen Doktor in Wittenberg selbst geschrieben.«

»Wenn diese neue Geschichte von dem starken Mann zu Wittenberg ist, so mag sie dem Haufen wohl frommen«, nickte Hans, erfreut durch ihre Dankbarkeit. »Und ich denke, Ihr sollt es vorlesen. Denn aus dieser Stadt ist der Pfaffe entwichen und die Knechte leben gottlos dahin. Ihr könnt statt des Pfaffen meine Knaben ein wenig an die Hölle mahnen, vielleicht gehorchen sie dann um so williger.«

In dieser Weise geschah es, daß Anna denen, welche zuhören wollten, aufs neue an einem Sonntagmorgen in dem Saale vorlas. Sie selbst kannte das Buch aus dem lateinischen Text, den der Vater ihr gelesen hatte, sie wählte mit Klugheit aus, was ihren Zuhörern verständlich und am nötigsten war, und wagte auch, fromme Bitten hinzuzufügen. Es wurde ein seltsamer Gottesdienst, denn die Bierkrüglein fehlten nicht, und die Andacht der Gemeinde ließ zu wünschen übrig. Aber der ernste Inhalt, welchem auch die Rohen eine widerwillige Achtung nicht versagten, gewann ihr doch die Aufmerksamkeit, und mehr noch als der Inhalt ihr eigenes Wesen; denn gehoben und glücklich über ihr frommes Amt, saß die Jungfrau dem Haufen gegenüber, und die klangvolle Stimme, welche aus bewegter

Brust in die Seelen drang, übte auf solche, welche hoher Lehre ungewohnt waren, einen Zauber, dem sie sich im Augenblicke nicht entziehen konnten.

Aber leider! Auf die Länge vermochte Annas Begeisterung ihre Hörer nicht bei der neuen Lehre festzuhalten. Vom Anfang war ein Teil der Knechte aufsässig gegen das Pfaffenwerk gewesen; Peter Meffert fluchte auf seinem Lager über den Unsinn, welcher den Brüdern das Mark aus ihren Knochen ziehe, und seine Lagergenossin Jutta höhnte Anna hinter ihrem Rücken als alberne Pfarrköchin, auch Bruder Veit erwies geringe Andacht, er blieb in kurzem aus der Versammlung weg, setzte sich am Sonntagmorgen mit seinem Trinkkrug und gespreizten Beinen in die Schloßtür und verlockte junge Gesellen, mit ihm ein Schelmlied zu singen, welches die Aufmerksamkeit der Hörer in dem Saale bedenklich störte. Sogar Hans wurde zweifelhaft und mit ihm die alten Doppelsöldner, denn die Lehren des Buches gefährdeten die Einigkeit in der Bruderschaft. Einige nahmen sich zu Herzen, daß ihnen geboten wurde, sie sollten nicht fremdes Gut begehren; der stille Wuz geriet in einen schweren Handel, weil er einem Bruder sein gotteslästerliches Fluchen verwies, und es ereignete sich, daß eine Rotte, welche auf Beute in das Land geschickt war, beim Wegtreiben des Viehes uneinig wurde, weil die Mehrzahl den flehenden Dorfweibern eine Milchkuh zurückließ, so daß Veit in hellem Zorne die Kuh vor ihren Augen erstach. Deshalb erhob eines Abends im Rat der Vornehmen Benz Streitenberg, den alle mit Achtung hörten, ein schweres Bedenken. »Es ist ein neues Abenteuer unter uns gekommen, welches man das Lesen der Büchlein nennt, und es hat sich in der Bruderschaft deshalb allerlei Zwist erhoben. Es gibt mehr Rauferei als sonst, und wir haben Mühe, die Zornigen zu vertragen. Nicht wenige fangen an, um jenes Leben zu sorgen, und verlieren die Freudigkeit für diesen Stand. Ich sage nichts gegen das Weib, welches als Lesemeisterin bestellt ist, obgleich man von dieser Ordnung unter uns niemalen und nirgend gehört hat, und ich sage auch nichts gegen die neue Verkündigung, welche für solche, die an ihrem Samtwams einen runden Geldbeutel tragen, ganz heilsam sein mag. Aber ich halte für schädlich, wenn die Knechte mehr um die Gnade sorgen, als wie sie sich und dem Troß den leeren Magen füllen.«

Sogleich fielen ihm mehrere mit lautem Rufe bei, und ein andrer Landfahrer sprach: »Auch ich meine, daß Unfug aus dem Neuen kommt, denn seither, wenn jemand zuviel auf sein Gewissen geladen hatte, wandte er einiges Geld an die Pfaffen oder kaufte einen Zettel und ging rein gewaschen von dannen; jetzt soll er jammern und die Hände aufheben, welches einem Kriegsmann übel ansteht, und er soll auch vieles meiden, was er gern tut. Es wird uns gelesen von zehn Geboten, die wir halten sollen, wir aber vermögen kaum eins zu beachten, und darum meine ich, daß der neue Glaube für uns ganz verwerflich ist.«

Hans saß verlegen bei solchem Angriff, dessen Wahrheit ihm selber einleuchtete, und er versuchte die neue Einrichtung zu entschuldigen.

»Bedenkt auch dies, liebe Brüder und Gesellen, es ist keinem von uns zu verargen, wenn er zuweilen daran denkt, wohin seine Seele dereinst fahren wird. Darum meine ich, daß wir dem Gewissen eines jeden freistellen müssen, wie er sich seine Zukunft herrichten will.«

Und Wuz fiel ihm eifrig bei: »Man sagt freilich, daß einmal ein dummer Dorfteufel vor dreien aus unserer Bruderschaft erschrocken ist, als er unter der Ofenhölle auf sie lauerte, sie aber hatten einen schwarzen Hahn gebeutet und hinter den Ofen gehängt, und als sie untereinander sprachen, wir wollen den Schwarzen hinter dem Ofen schlachten, meinte der Teufel, daß ihn die Rede anginge, stieß eine Ofenkachel ein, entwich und warnte seine Kumpane, keinen von uns aufzunehmen. Aber obgleich es seitdem eine Rede ist, daß kein Landsknecht in die Hölle kommt, weil die Teufel mit uns durchaus nicht auszukommen wissen, so ist solche Verkündigung doch unsicher und nicht für jeden tröstlich, zumal uns auch berichtet ist, daß St. Peter die Landsknechte gleichfalls nicht leiden mag und ebenso vom Himmelstore zurückweist. Wohin soll einer fahren, wenn ihm alle Unterkunft versagt wird? Und ich fürchte, wir haben keine Bürgschaft dafür, daß uns das Höllenfeuer erspart bleibt. Darum bitte ich euch herzlich, verachtet nicht die Worte des Mannes, welcher in die Welt gesetzt ist, um uns das Himmelstor aufzuschließen, verlaßt euch auch nicht auf die Pfaffen und Bettelmönche der alten Lehre. Von diesen kann uns niemals Hilfe kommen, nur von uns selber, wenn wir, wie in dem Buche verkündet wird, uns redlich um die Gnade bemühen.«

»Was der Bruder sagt«, begann der alte Benz wieder, »hat guten Grund, und ich werde niemals raten, daß wir Mönche und Pfaffen unter uns leiden, darum aber brauchen wir auch das Lesen der Büchlein nicht zu vertragen; und ich mahne unsern Hauptmann, daß er die neue Sitte abstelle.«

Dieser Rat gefiel der Mehrzahl, und mit Betrübnis vernahm Anna die Entscheidung.

Aber dieser Kummer ging unter in einem größeren. Wochen verliefen, und um das verwünschte Schloß, in welchem die Liebenden zwischen den Stangen ungefüger Riesen hausen mußten, tobte der Kampf des Winters und des Frühlings. Unterdes war das öde Turmgelaß durch Annas Kunst in eine leidliche Wohnung gewandelt; wenn der Nordwind an die Mauern schlug und ein kalter Regen herniederrauschte, verbreitete das Herdfeuer behagliche Wärme und malte die Wände mit rötlichem Licht. Auch Georg hatte gefunden, was er lange gesucht, einer von den Knechten hatte ihm eine alte Laute überlassen; sooft er neben Anna am Herde seine Lieder sang, glänzte sein Auge wieder fröhlich wie ehedem, und der rosige Schein des Glückes färbte seine Wangen. Deshalb ermunterte sie ihn fleißig, seine Kunst zu üben, aber ihr selbst wurde schwer, in den Gesang einzustimmen, und nur wenn er sehr bat, entschloß sie sich dazu. Dann brachte nach einer Weile auch sie das neue Buch hervor und begann zu lesen. Georg legte still die Laute weg und hörte zu, er sah mit Bewunderung und heimlicher Sehnsucht in die edlen Züge ihres Angesichts und wohl auch auf den runden Arm, welchen sie beim Umwenden der Blätter regte. Wenn sie aber aufsah und ausrief: »Das sind große Worte und eine edle Verkündigung«, dann nickte er zwar seine Zustimmung, aber er bat, versunken in ihren Anblick: »Liebe Jungfer, legt Euer schönes Haar vorn über die Schultern, daß es Euch an den Wangen herunterläuft, denn so steht es der Frau Fähnrich am besten.« Dabei sah er sie wieder mit den heißen Augen an, die sie fürchtete. Sie konnte ja nicht böse darüber sein, daß sie ihm gefiel, aber sie merkte, daß er lieber an die Kreatur dachte als an den Schöpfer, und das wurde ihr ängstlich. Auch sagte er ihr das einmal geradezu, als sie mit ihm aus der Schloßpforte ins Freie trat, um den jungen Frühling zu begrüßen. Nach einem warmen Regen bereitete sich über der Heide eine grüne Samtdecke, kleine Schmetterlinge waren aus den Gehäusen geschlüpft, die Frösche begannen ihre Chorgesänge, und die Krähen flogen aus der Stadt zum Kiefernwalde. In einer Senkung des Bodens lag ein Weiher, welcher von Buschwerk und lichtem Gehölz eingefaßt war; dort hüpften und sangen die Vögel hinter dem dünnen Flor der jungen Blätter. »Sie sind da«, sagte Georg herzlich, »seid tausendmal gegrüßt.« Der Kuckuck rief. »Es ist der erste Ruf«, er fühlte in die Tasche. »Im Beutel ist etwas Geld, wenn auch wenig. Kuckuck von Heven, wie lange soll Jungfer Anna leben?« Da antwortete der stolze Vogel nur einmal und nicht wieder, und Georg sah erschrocken auf die Geliebte; als aber Anna für Georg dieselbe Frage tat, da geriet der Kuckuck in Eifer und wollte mit seinem Ruf kein Ende finden, und Anna lachte ihren Hausherrn an. Georg aber sagte ärgerlich: »Der Gauch ist ein unholder Vogel, und ich habe ihn nie gemocht, denn er sitzt unter den andern wie ein Pfaffe und weiß nichts zu schreien als: Tu Buß; viel lieber höre ich auf die Nachtigall, denn sie singt unablässig: Lustig, ihr lieben Leut', ach, wie ist es schön in dieser Welt.« Da merkte Anna, wie Georg im stillen dachte, und senkte das Haupt.

Ihr war es nicht zu verdenken, wenn sie sich in der unsicheren Wildnis, unter den rohen Leuten, fest an die Lehren des Buches hielt, welches jetzt ihr einziger Halt und Trost war. Täglich las sie in der Einsamkeit und grübelte darüber; dabei fiel ihr vieles ein, was sie in alter Zeit versehen hatte, sie wurde strenger in ihrem Urteil gegen sich selbst, und betrübte sich immer mehr über die Sünde, die sie an andern sah. Oft erwog sie kummervoll ihr Bündnis, dem noch der Segen des Priesters fehlte. Auch mit Georg war sie zuweilen unzufrieden. Sie fand ganz recht, daß er sich seines neuen Amtes kräftig annahm. Aber wie einem Fähnrich gebührte, lebte er auch sorglos mit seinen Genossen, und ihr tat weh, wenn sie aus dem Turmzimmer sein lautes Lachen im Hofe hörte und daß er mit den Ungeschlachten in derben Scherzworten verkehrte. Vollends am Abend, wo die Anführer im Trinkgelage zusammensaßen, fehlte Georg ungern. Er wußte wohl, weshalb er nicht mit Anna allein zu Hause blieb. Sie aber hörte von ihrem einsamen Sitz den Lärm der Zecher, sie unterschied zuweilen in dem Gesang der vollen Brüder die Stimme ihres Herrn, und lauschte ängstlich auf seinen schweren Tritt, wenn er spät nach Hause kam. Als er einst am Morgen mit schmerzendem Haupte am Herde saß und sie ihm zu sagen wagte: »Schont Euch, lieber Junker, mir tut es bitterlich leid, wenn Ihr Euch mit den andern gemein macht«, da vernahm sie die Gegenrede: »Ihr selbst wollt es nicht anders, Jungfer Anna«, daß ihr die Tränen aus den Augen brachen und sie still hinausging.

So legte sich ganz allmählich graue Asche über die Glut einer Leidenschaft, welcher die helle Flamme versagt war. Georg betrat seinem Versprechen getreu niemals den Oberstock des Turmes, und die Leiter wurde am Abend immer zeitiger heraufgezogen. Auch bei Tage, wenn beide einmal draußen vom Schloßwall auf die grünende Landschaft schauten, saßen sie voneinander getrennt, sie hier, er dort; so daß sogar Wuz, welcher vorbeiging, erkannte, daß etwas nicht richtig war und zu Georg sagte: »Warum sitzt die Fähnrichin allein? Wenn zwei zusammengehören, so gehören sie zusammen.« Diesem Rat, welcher viel mehr Weisheit enthielt, als Wuz ahnte, stimmte Georg trübe zu. Doch er blieb sitzen, und Anna kam nicht zu ihm.

Beide wußten nicht, wie sie miteinander daran waren. Georg fühlte ein unablässiges Weh, weil er sah, daß Annas Augen die Spuren geheimer Tränen zeigten, und er dachte: sie wird täglich unglücklicher in dem wilden Leben, und das Opfer, welches ihr zugemutet wird, hier mit mir auszuhalten, ist für ihr feines und sauberes Wesen zu groß. Aber er kannte nicht ihr ganzes Leiden. Ach, Georg wurde ihr immer lieber. Er kam ihr schöner vor als je, und immer wieder flogen ihre Gedanken den Augenblicken zu, wo er sie an seinem Herzen gehalten und wo sie seine Küsse gefühlt. Wenn sie des Abends allein saß, dann löste sie, was sie in seiner Gegenwart zu tun verweigerte, ihre braunen Flechten und legte sie an die Wange, weil ihm das so gefiel. Oft dachte sie, daß er einst in der Schule ganz außer sich gewesen war, als die Ratsbotin ihr im Scherz einen Blumenkranz in das Haar gesetzt hatte, und gar zu gern hätte sie wieder seine Worte gehört: »Wie steht Euch das gut, liebe Jungfer Anna.« Da sie allein nach dem Teiche ging, pflückte sie den Schoß voll Blumen und wand hastig für sich einen Kranz; aber als er fertig war, fehlte ihr der Mut, ihn aufzusetzen. Sie trug ihn zu der Stelle, an der Georg gestanden hatte, als der Kuckuck zum erstenmal rief, und legte ihn dort auf den Grund, wie vor seine Füße.

An einem Morgen trat sie in die Turmtür und sah dem Hauptmann zu, welcher unter die Knechte Brotkorn verteilte; da verkündete der Ruf vom Tore die Ankunft fremder Ritter. Als weiße Ordensmäntel in den Schloßhof sprengten, flüchtete sie erschrocken in ihr Gemach und spähte durch die Fensteröffnung nach den widerwärtigen Gästen. Sie erkannte den Pfleger und neben diesem einen kleinen Mann in bürgerlicher Tracht, und sah erstaunt, daß Georg dem Kleinen vom Pferde half und um den Hals fiel. Der Pfleger, welcher seit jenem Angsttage das Lager des Fähnleins gemieden hatte, wandte sich sogleich zu Georg und begann mit umwölkter Miene, der man den Zwang wohl ansah: »Habe ich Euch bei der ersten Begegnung rauhen Willkommen geboten, Fähnrich, so bringe ich Euch dafür heut einen Gruß Seiner fürstlichen Gnaden und diesen Boten aus Eurer Heimat.« Und Bernd Gusek, der Gehilfe des Vaters, schüttelte Georgs Hand und schalt ernsthaft: »Ihr habt uns mehr Kummer gemacht, als Ihr verantworten könnt.« Georg führte den treuen Mann zur Seite: »Was hat der Vater auf meinen Brief gesagt?«

»Einen Brief hat er niemals erhalten. Zuerst kam Botschaft von dem Elbinger Schiffer, daß sein Schiff geplündert sei und Ihr mit andern Reisenden weggeführt, und Euer Vater ängstigte sich, weil er Euch von den Helfern des Pietrowski aufgefangen glaubte. Dieser liegt noch mit einem Loch im Kopfe bei den Mönchen. Dann brachte der Buchführer Hannus ein Gerücht nach der Stadt, und so trostlos war die Kunde, daß Euer Vater in Zorn und Kummer mich aussandte, Euch aufzusuchen. Bevor ich zu Euch drang, mußte ich nach Königsberg zum Hochmeister, denn in Eurer Nähe fand ich üblen Willen, und ich wollte aus gutem Grunde nicht ohne Geleit unter dies ungeschickte Volk kommen.«

»Erzählt mir vom Vater«, bat Georg.

»Er ist finsterer und stiller, als er war, aber er trägt sich mit großen Gedanken. Euer Lachen täte dem Hause gut. Ich denke, wir müssen Euch nach Thorn zurückbringen, im guten oder bösen.« Er lächelte geheimnisvoll.

»Ich weiß, der Vater ist verwandelt, seit der Hochmeister bei uns in Herberge lag.«

Bernd sah ihn schlau an. »Wißt Ihr das nicht durch Euren Vater, so kann auch ich nichts darüber sagen. Ich bin nur hier, um Euch seinen Befehl auszurichten, daß Ihr Euch schleunig von dieser Bande lösen sollt«, und leiser setzte er hinzu: »Ich trage bei mir, was Ihr dazu braucht.«

»Sagt dem Vater, Bernd, ich bin als Fähnrich durch schweren Treueid an die Fahne gebunden; und wie die Männer auch sein mögen, denen ich die Fahne trage, daß ich eidbrüchig werde, wird mein Vater nicht verlangen.«

»Darum eben sollt Ihr ihnen Geld geben, damit sie Euch freiwillig vom Eide lösen.«

»Ihr kennt die Ordnung der Bruderschaft nicht. Noch sind es fast vierhundert Mann, welche an meinem Leib und Leben ein Recht haben; nur wenn das Fähnlein vom Hochmeister abgelohnt wird, bin ich wieder frei, und dazu vermag ich nicht zu helfen.«

»Wie behauptet Ihr Euch in dem Haufen«, fragte Bernd nachdenklich, »folgen sie Eurem Rat?«

»Der Hauptmann und die Führer haben Zutrauen zu mir.«

»Ihr habt mich noch nicht nach Thorn gefragt«, fuhr der andere fort. »Wisset, daß bei uns der Unfriede groß geworden ist. Vielleicht denkt mancher: Schade, daß Junker Georg mit seinen Knechten so weit von der Stadtgrenze steht.« Beide sahen einander bedeutsam an. »Doch nicht dahin geht mein Auftrag, sondern Euch zu mahnen und Euch Euer Lösegeld im geheimen zu übergeben.«

»Ich aber habe eine andere Bitte an Euch, mein alter Geselle. Helft mir den Magister mit dem Gelde lösen.«

»Verlangt das nicht von mir«, antwortete Bernd ernsthaft. »Euch soll ich das Geld übergeben und niemand anderem; wie Ihr es verwendet, ob nach des Vaters Willen oder wider seine Meinung, das ist Eure Sache. Zwischen Vater und Sohn setze ich mich nicht.«

»Dann also folgt mir in den Turm, damit ich Euch zur Fähnrichin führe; erzählt ihr Freundliches von unserer Stadt.«

»Ungern folge ich Euch«, sagte Bernd zögernd, »denn es wird niemandem etwas nützen. Doch da Ihr mich so traurig anblickt, merke ich, daß ich's Euch nicht weigern darf.«

Die Männer traten in den Turm, Georg schloß die Tür, und der Bote entledigte sich seines Geldes, welches Georg sorglich verbarg. Dann rief er Anna herab. Befangen trat sie dem Thorner gegenüber und holte, um den Gast zu ehren, nach der ersten Begrüßung herzu, was der Haushalt darbot. Bernd sah sich bekümmert in dem Turme um, und da er ein gutherziger Mann war, hütete er sich, beiden das Herz schwerer zu machen. Aber bald erhob er sich, weil der Geleitsmann wartete, um ihn nach dem Ordenshause zurückzubringen. Als er von Anna freundlichen Abschied genommen hatte und mit Georg im Hause stand, fragte er prüfend: »Wollt Ihr sie in diesem Turme bewahren, bis Ihr selbst frei werdet?«   877

Da antwortete Georg mit tiefem Ernst, »Ich danke Euch, Bernd, und ich danke meinem lieben Vater, daß mir seit heut möglich wird, besser für das Wohl meines Weibes zu sorgen.«

»Ich komme wohl wieder«, sagte der Gehilfe, ihm vom Pferde die Hand schüttelnd, »und ich wiederhole Euch meine Mahnung, die Handlung fordert sich ihren Erben.«

Als der Bürger die Stadt verlassen hatte, suchte Georg den Hauptmann auf und hatte mit diesem eine lange Unterredung, dann kehrte er zu seinem Weibe zurück.

Anna saß sinnend am Herde, das Feuer flackerte, das Holz knisterte, an den Wänden fuhren unruhig rote Lichter und Schatten dahin, und kleine Funkengarben sprühten aus der Flamme. Der Besuch eines Bürgers mit städtischer Sitte erinnerte Anna schmerzlich an das frühere Leben, von dem sie wie durch einen Abgrund geschieden war, sie bedachte alle Worte und Mienen des freundlichen Mannes, und ihr fiel schwer auf das

Herz, daß er den stolzen Vater ihres Gatten gar nicht erwähnt hatte. Da trat Georg schnell ein, holte von seinem Lager den Schatz, welchen ihm Bernd zurückgelassen, und den Beutel vor Anna auf den Herd setzend, sagte er: »Er brachte das Lösegeld.«

»Ihr werdet frei?« schrie Anna aufspringend.

»Nicht ich«, antwortete Georg, »aber Euer Vater und Ihr. Morgen reitet Hans unter die Polen, den Herrn Magister zu lösen.«

Anna umfaßte mit ihren Händen den Arm des Gatten, aber indem sie ihn ansah, erkannte sie den tiefen Ernst in seinem entschlossenen Angesicht und sank, den Blick unverwandt auf ihn geheftet, in den Stuhl zurück. »Morgen kommt der Vater«, fuhr Georg fort, »ich hoffe, es bleibt genug von dem Gelde übrig, daß er mit Euch längere Zeit in größerer Sicherheit leben kann unter seßhaften Leuten. Die Stadt Elbing liegt in mäßiger Entfernung, und er sagte mir einst, daß er dort gute Kundschaft habe.«

»Ihr wollt mich von Euch fortschicken?« rief Anna.

»Ich will nicht, liebe Jungfer Anna«, antwortete Georg, vergebens bemüht, seine Bewegung zu beherrschen; »aber ich erkenne mit jedem Tage deutlicher, daß ich es muß, damit mir das Liebste, was ich auf Erden habe, nicht im Elend vergehe. Denn wenn Ihr mir Eure Tränen auch verbergt, ich fühle sie doch heiß auf meiner Seele, und ich weiß, wie unglücklich Ihr in dieser Wildnis geworden seid.« Anna saß unbeweglich, das Antlitz gerötet, und er fuhr nach langem Schweigen mit gebrochener Stimme fort: »Mich hält hier der Schwur, den ich abgelegt habe. Aber ich hoffe, das Fähnlein wird in kurzem ausgezahlt, unterdes behelfe ich mich; und an dem Tage, welcher mich frei macht, komme ich zu Euch. Bis dahin will ich sorgen, daß wir häufig voneinander erfahren.« Er wandte sich ab, setzte sich auf die Bank bei seinem Lager und kehrte das Gesicht dem Gitterfenster zu. Anna erhob sich, in fliegender Eile rückte sie an den Töpfen, setzte ihm das Schüßlein mit seinem Abendessen an die Ecke des Herdes und entfloh aus dem Gemach die Leiter hinauf. Als Georg sich nach ihr umwandte, sah er nur noch den Saum ihres Gewandes. Er saß allein, das Feuer seines Herdes stieg und sank, es flackerte noch einmal, dann verging es in bläulichem Scheine. So heiß war die Flamme gewesen und so kurz das Licht und die Wärme, welche sie gab. Schweigend, ohne Klage und ohne ein Wort des Trostes, löste sich sein Weib von ihm. In rötlicher Dämmerung lag das Gemach, bald kam die schwarze, kalte Finsternis; er schlug die Hände vor sein Angesicht und warf sich auf das Lager. Draußen war es still, von der Stadt her vernahm man verlorene

Klänge eines Liedes, das ein Landsknecht sang, und vom Wasser her tönten die Rufe der Nachtvögel.

Da stieg etwas die Leiter herab, es glitt am Herde vorbei und neigte sich über das Lager. Den Liegenden umschlangen zwei weiche Arme, er fühlte den warmen Hauch an seiner Wange und vernahm die flehenden Worte: »Ich komme zu dir. Du über alles Geliebter, behalte mich bei dir.«

Stille draußen und im Turme. Aber vom Weiher klang jetzt schmetternd wie Siegesruf Gesang der Nachtigallen.

Das Jahr der jungen Frau

Als die Vermählten am nächsten Morgen ins Freie traten, war die ganze Welt um sie gewandelt. Vom Himmel strahlte die Sonne, und warme Luft wehte sie grüßend an. Die langen Stacheln der wilden Rose am Wall, bisher das Kriegskleid der kahlen Zweige, waren durch unzählige Sträuße heller Blätter verdeckt, und draußen grünte und blühte Wiese und Wald. Anna hielt die Hand des Gatten fest und wollte sie nicht mehr loslassen, und da Wuz herzutrat, lachte sie den Zeugen ihres Gelübdes an und hielt sich noch fester an ihren Herrn, daß der Landsknecht etwas von der Seligkeit merkte und ihr zunickte: »Das ist recht.« Sobald sie auf das Feld kamen, stiegen die Lerchen von allen Seiten in die Luft, und wohin Anna den Schritt wandte, jubelten sie über ihrem Haupt. Wollte ja ein scheuer Vogel aus ihrem Wege fliegen, so sang diesem sein Gefährte zu: Die Federlosen fürchten wir nicht, sie bauen am Neste wie wir. Auch die brüllenden Landsknechte des Weihers, die Frösche, sahen schlau zu der jungen Frau empor, und ein alter Hauptmann dieses Volkes rief mit seiner quarrenden Stimme so deutlich: »Querkopf«, daß sie die Meinung verstand. An der Stelle, wo beide neulich die ersten Boten des Frühlings gehört hatten, breitete Georg seinen Mantel aus, sie lagerten unter dem jungen Laubdach, und die trunkenen Augen flogen über das glitzernde Wasser und den blühenden Grund. Das Weib lag an seiner Achsel, und er lachte und sang laut sein altes Lied: »Der Kuckuck hat sich zu Tod gefallen in einer alten Weiden«, und als er nach dem neuen Zeitvertreibe fragte, hielt ihm Anna den Mund zu und sang weiter, und sie zog und trillerte übermütig wie ein Vogel, schob sich an ihm empor, faßte mit beiden Händen in seine Locken und küßte ihn, bis er rief: »Töricht war Lips Eske, als er behauptete, Jungfer Anna sei zu einer Nonne geboren.«

Da entsprang sie, pflückte Blumen und grüne Zweige und wand zwei Kränze. »Für dich und mich«, sagte sie ernsthaft, »es sind unsere Brautkränze, und heut abend im Turm trägst du deinen und ich meinen. Ach, Ihr habt lange Geduld mit mir gehabt, lieber Junker.«

»Kommt heut abend der Vater«, sagte Georg, »so wird ihm der Festschmuck recht sein, denn er denkt daran, daß auch seine Römer Kränze aufsetzten, wenn sie froh waren.«

»Der liebe Vater bleibt von jetzt als Gast bei uns«, entschied Anna, »ich schaffe ihm neben uns im Schloß eine Kammer. Der Hauptmann wird sie mir nicht wehren.«

Aber am Abend kehrte der Landsknecht ohne den Vater zurück und brachte auch das Geld wieder. Der Magister war von den Polen gegen Gelöbnis nach Danzig gesandt, um dort dem Kastellan in einem Geschäft mit dem Rate zu dienen. »Die Kammer richte ich dennoch morgen für ihn ein«, sagte die Tochter, »damit er bei uns jederzeit gutes Gemach findet.«

»Ich aber lasse morgen eine Treppe nach dem Oberstock zimmern und verbrenne die feindselige Leiter«, rief Georg entschlossen.

»Das wird dem Hündlein Amor lieb sein«, antwortete Anna, »er hat mir seither Not genug gemacht, denn er wollte jeden Abend zu Euch herunter, und ich mußte ein Tuch über ihn decken, damit sein Winseln den Herrn nicht störe«; und ihre Wange an die seine legend, gestand sie schüchtern: »Ich habe zuweilen das Tuch über uns beide gedeckt, um uns festzuhalten.«

Von dem Jahre, welches der weissagende Vogel den Liebenden vergönnt hatte, vollendete sich ein Mond nach dem andern; gleich einer Mauer umschloß sie der dunkle Ring der Kiefernwälder am Horizont, und nur selten und undeutlich drang Kunde von der Außenwelt zu ihnen. Aber in der Bruderschaft verlorener Leute, welcher sie angehörten, bewährten sich beide als gute Helfer. Georg besserte, wie der Hauptmann ihm zugetraut hatte, an der Zucht des Fähnleins, einigemal durch hohen Ernst, den er gegen Missetäter bewies, immer durch sein frisches Wesen und geschickte Worte. Er bestand darauf, daß das rohe Beuten abgeschafft wurde und regelmäßige Lieferung durch die geplagten Landleute eingeführt, und er gewöhnte den Hauptmann daran, auch den Einwohnern, wenn sie einmal gröblich verletzt wurden, einiges Recht zu bewilligen. Sogar die Kanzlei des Hochmeisters half zu größerer Ordnung; von vielem rückständigen Solde wurde etwas auf Abschlag gezahlt, und Georg meinte, daß sein Vater dabei die Hand im Spiele habe. Wer aber ist das schöne Weib, welches so stolz und sicher wie eine Herrin zwischen den ruchlosen Söhnen der Fremde einhergeht? Ist es die scheue Anna, das Kind des Schulmeisters? Höher scheint ihr Wuchs und gebietender ihr Auge, ihre Wangen färbt wieder ein mildes Rot, und wer in den festen Zügen zu lesen versteht, der kann die frohe Sicherheit, welche ein großes Glück verleiht, darin erkennen.

Mit der Hauptmännin ging sie durch die Gassen der Stadt und antwortete gehalten auf Anreden der Großen und Kleinen; gerade vor ihr hatte sich wildes Getümmel erhoben, trunkene Knechte zankten und schrien nach Hilfe und Waffen. Die Hauptmännin hielt Anna zurück: »Peter Meffert tobt in dem Haufen. Ich rate Euch nicht, weiterzugehen.« – »Können wir auf anderem Wege zu der Dirne gelangen?« fragte Anna.

»Wir müssen hier vorüber.« – »Dann gehen wir.« Und sie sprach laut: »Gebt Raum für die Frauen, ihr freien Knechte.« Da traten die ersten zurück bis zu dem zornigen Peter, der mit seinem langen Degen um sich fuchtelte. Anna stand ihm gegenüber: »Laßt uns vorbei, Herr, wir gehen zu Eurer Jutta.«

»Geht zum Teufel, aber nicht über meine Schwelle«, rief der Landsknecht.

»Wir würden Euch mit dem unwillkommenen Besuch verschonen«, sagte Anna, »wenn Ihr selbst am Lager Eures kranken Mädchens säßet, statt hier auf der Gasse zu streiten: denn die Arme gebraucht Hilfe, damit Ihr sie nicht verliert, und sie hätte es wohl um Euch verdient, daß Ihr jetzt ein wenig um sie sorgt.« Er sah die Frau des Fähnrichs gehässig an, und die Waffe zuckte in seiner Hand, aber er hob sie nicht, und Anna schritt vorüber. In der Wohnung des Landsknechts warf sich die Kranke in Fieberhitze auf ihrem Lager. »Weicht von mir«, rief sie Anna zu, »denn Ihr seid uns feindlich, und Ihr bringt mir Unglück ins Haus.«

»Sind die Männer Gegner, warum sollen wir Frauen es sein? Läge ich einsam auf dem Krankenlager, würde ich Euch bitten, mir zu helfen.«

»So geht, Ihr Stolze, und holt meinem Herrn Bier in seinen Krug, denn wenn er nach Hause kommt und den Krug leer findet, schlägt er mich.« Während die Frau des Hauptmanns die Aufgeregte beschwichtigte und eine Arznei einflößte, füllte Anna den Krug am Brunnen mit Wasser und setzte ihn auf den Tisch, dann holte sie den kleinen Purzel aus der Ecke, welcher dort jämmerlich im Sude lag, setzte sich so, daß die Mutter ihre

Arbeit nicht sah, wusch und strählte ihn und zog ihm ein reines Hemd und Röcklein an, die sie mitgebracht hatte. Die Türe ging auf, und Peter drang herein; er sah finster und verächtlich nach den Frauen, warf sich auf den Schemel und hob die Kanne. »Mord und Tod«, fluchte er, »wer hat den Gänsetrunk eingegossen?«

»Ich«, antwortete Anna ruhig, an dem Knaben beschäftigt. Er schüttete das Wasser auf den Boden. »Wie könnt Ihr wagen, an dem Kinde zu hantieren, es geht Euch nichts an«, rief er streitlustig.

»Die Mutter kann ihn nicht wahrnehmen, und Ihr wollt es nicht. In ihren gesunden Tagen hielt die Jutta darauf, daß der Knabe säuberlich einherging. Die Leute sollen nicht über Euren Sohn die Achsel zucken.«

»Ich aber leide nicht, daß das Kind trägt, was aus Euren Händen kommt; und soll ich Euch Gutes raten, so nehmt Eure Lappen mit Euch und weicht aus meinem Hause.«

»Es kann doch nicht nackend gehen«, wandte Anna ein, knüpfte dem schweigenden Purzel das Jäckchen zu und küßte ihn auf die Stirn. »Ist's Euch widerwärtig, daß der Kleine die Kleider behält, so laßt sie ihn wenigstens tragen, bis seine Mutter wieder bei Kräften ist, dann mögt Ihr den Kram wegtun. Und ich sage Euch, Herr, die Hauptmännin und ich lassen uns nicht durch Euren Trotz abweisen, wir kommen jeden Tag, um nach Eurer Kranken zu sehen; gefällt's Euch nicht, mit uns zusammen zu sein, so erlaubt uns die Stube, wenn Ihr nicht daheim seid. Und ich bitte Euch, werbt eine Wärterin aus dem Troß, oder laßt uns das tun, denn ihr Männer bleibt ungeduldige Pfleger.« Als sie sich erhob und mit der Alten das Zimmer verließ, saß Peter auf seinem Schemel und antwortete dem Gruße nicht. Draußen sagte die Frau des Hauptmanns: »Niemals hätte ich gedacht, daß die schüchterne Taube zu einer so dreisten Krähe werden könnte. Ihr seid gemacht, den Befehl über ein Fähnlein zu führen.« Anna aber sah sie verwundert an.

Als Jutta genesen war, lag des Morgens früh ein Bündel auf der Turmschwelle. Anna löste die Schnur und fand das Wams des kleinen Landsknechts darin und dabei einen Rock, der ihr selbst bei der Plünderung geraubt war.

Der Hochsommer kam; über dem dunklen Kranz der Wälder wölbte sich der blaue, lichtvolle Himmel wie eine Halbkugel von blauem Glase; unten in der Mitte des großen Glasberges stand der Turm, in welchen die jungen Gatten gezaubert waren, und oben stieg die liebe Sonne täglich auf und ab und warf ihre heißen Strahlen auf den Boden des umschlossenen Raumes. Dort blühte das Heidekraut und deckte die wilde Landschaft mit rötlichen Farben, und über dem Blütenmeer wallte und zitterte die heiße Luft. An einer Stelle, wo Wald und Heide zusammenstießen, hob sich ein kleiner runder Hügel, der einst als Grabmal eines alten Preußen oder Goten geschichtet war; auf ihm standen Eibenbäume, zwischen denen die Zeidler, die den wilden Honig sammelten, eine kunstlose Hütte errichtet hatten, an der Sonnenseite offen und gerade groß genug, um wenigen Wanderern kurzes Obdach zu geben. Dort pflegte Georg zu rasten, wenn er einmal die Fahne dem getreuen Wuz anvertraute und mit der Armbrust dem Wilde nachging, um seiner Hausfrau die Küche zu bessern. Heute hatte ihn Anna begleitet; die Jagdbeute lag bei den Waffen, und beide harrten, im Heidekraut gelagert, auf den Niedergang der Sonne und die kühle Abendluft. Es war ein wonniges Lager, über den roten Büscheln flatterten die Schmetterlinge, die Bienen trugen den Seim zu ihrem Baume; die Wachtel schlug, Feldhühner schwirrten in langen Ketten, und hoch oben am blauen Gewölbe zog der Adler seine Kreise. Da kam eine große Hummel an die sitzende Frau, umkreiste sie unablässig und brummte mit schwerem Fluge an ihrem Haupt. Georg wollte die Lästige fortscheuchen, aber Anna hielt ihm den Arm: »Sieh, wie schön sie ist, sie trägt stahlblaue Panzerringe um ihren Leib, und schwer wird ihr der Flug, denn sie birgt unter ihrer Rüstung den süßen Honig. Ich verstehe wohl, Gevatterin, was du mir summend verkündest. Willst du es wissen, Georg? Oh, komm näher zu mir, wenn ich an deinem Herzen liege, getraue ich mich dir's zu sagen.« Und sie sprach leise zu ihm nur wenige Worte, aber sein Gesicht erglühte in freudigem Schrecken, und wie sie dasaß mit stolzem Lächeln, kniete er vor ihr nieder, bedeckte ihre Hände mit Küssen und küßte das Gewand ihres Leibes. Dann hielt er sie in seinen Armen, und sie saßen aneinandergelehnt, während sich der Abendhimmel rötete und von wolkenloser Höhe ein ferner Donner klang.

Wieder vergingen Wochen, die dürftige Halmfrucht in der Nähe der Stadt war eingebracht mit Hilfe der Knechte, welche den besten Teil selbst zu genießen dachten. Über die Stoppeln zogen die kleinen Spinnen ihr silbergraues Gespinst, und die Tautropfen glänzten als flüssige Edelsteine darauf. Die Blätter der Birke und Eberesche färbten sich mit Gelb und Purpur, dem letzten Festschmuck zur Ehre des scheidenden Sommers. Anna stand mit dem Gemahl an der Stelle des Weihers, welche beide wohl kannten, und begann mit trübem Lächeln: »Deine Nachtigallen sind fortgeflogen«, und als er antwortete: »Nein, eine, die ich liebe, bleibt treu bei mir«, wandte sie sich ab und fragte: »Wie lange noch? Ein Jahr gestattet der Kuckuck für mein Glück, und die Hälfte ist vorüber.« Georg erschrak, daß sie noch an die vorlaute Frage aus dem Frühjahr dachte. Sie bog ihr Haupt dem seinen zu; da sah er, wie die Tränen aus ihren Augen rannen. »Selig war die Zeit, und wie ein Engel sorgte mein Junker für mich; o Georg, wie ist das Leben schön, und wie traurig ist es, von dem Liebsten zu scheiden.« Er hielt die Schwermütige still an seinem Herzen. Auch er dachte daran, wie hart der Winter für sein liebes Weib werden müsse und wie gefährdet die Zukunft sei. Noch anderes bedrängte ihn. Sein Vater selbst hatte ihm niemals geschrieben, nur durch Bernds Hand war ein Befehl an ihn gekommen, daß er bei der Fahne bleiben möge; von Anna aber stand nichts in dem Briefe.

Kürzer wurden die Tage und rauher das nächtliche Dunkel; der Herbststurm fuhr wild um die Mauern des Turmes, er drehte die Wetterfahne am Schlosse, daß sie ächzte, und polterte wie ein unseliger Geist an den Türen und Fensterläden. Da sorgten die Menschen um die nahe Winterzeit, auch Georg sammelte als Hauswirt Vorräte und half selbst die Holzscheite um den Turm zu einem Wall häufen, damit in dem Ofen, den die Kunst des Töpfers für sein Weib hergestellt hatte, die Wärme nicht fehle. Doch die Knechte dachten am liebsten darauf, den Gewinn des Sommers lustig zu verwenden, viele Tönnlein Bier wurden gewälzt, um die Feuerstätten dufteten die Braten, und in lärmender Gesellschaft verzehrten sie sorglos, was kluger Bedacht des Erwerbenden auf den ganzen Winter verteilt. Auch im Schloßhofe war jetzt täglich reges Leben und Geschrei. Und oft schritt Anna durch gedrängte Haufen. Aber Männer und Weiber gaben ihr ehrerbietig Raum, wo sie ging, die Augen der Frauen ruhten mit Teilnahme auf ihr, sogar die derbe Jutta unterbrach das Gezänk mit einer andern Dirne und schwieg, bis Anna vorüber war; die Kinder des Trosses standen verschüchtert zur Seite und wagten nicht mehr, sich an ihre Arme zu hängen wie ehedem, auch die Männer, welche sonst das schöne Weib mit dreistem Blick betrachtet hatten, wandten jetzt unwillkürlich die Augen ab, als ob ihnen nicht gezieme, eine Geweihte anzustarren. Und kam sie langsam mit schwerem Tritt die Stufen hinauf in das Turmgemach, dann rückte Georg ihr den Stuhl zurecht und legte das Federkissen herein, welches die Hauptmännin in mütterlichem Wohlwollen herzugetragen hatte. So saß sie eines Tages und hörte zu, wie Georg ihr lachend sagte: »Henner, die rastlose Dohle, welche nur auf

Augenblicke herzufliegt, ritt heut ein und fragte ernsthaft, wie es dir gehe.«
Und sie antwortete: »Sage ihm nur, ich bin bei dir.«

Da öffnete sich schnell die Turmtür, und der Magister trat herein. Mit einem Freudenschrei erhob sich Anna und ging dem Vater entgegen. Diesen aber übermannte die Bewegung, als er die Tochter sah, denn sie war anders, als er sie immer in seinen Gedanken geschaut hatte. Er setzte sich sogleich auf einen Schemel an der Tür und bedeckte die Augen mit der Hand. Doch nicht lange, so fuhr er empor, faßte Georg um den Leib und rief: »Ich habe unrecht, mein Sohn, sie gehört jetzt dir«, und darauf erst begrüßte er gerührt sein liebes Kind. Anna saß zwischen dem Vater und dem Gemahl, jeder hielt eine Hand, beide sprangen auf, sooft sie meinten, daß ihr etwas zu bringen sei, und der Magister lief ungeschickt um den Herd herum und trug das Kissen des Hündleins statt der Fußbank. Als Anna inmitten der beiden ausruhte, welche ihr die Liebsten auf der Erde waren, und wieder das Lachen und die lateinischen Reden des Vaters hörte, sagte sie in inniger Freude: »Heut bin ich glücklich.«

»Ach, du armes Kind«, antwortete der Magister und suchte vergebens nach seinem Sacktuch, »euer Schicksal ist ganz ohne Beispiel, und ich weiß niemanden, mit dem ich dich vergleichen könnte, es müßte denn die deutsche Fürstin Thusnelda sein.«

»Diese aber, Herr Vater, wurde von ihrem Hausherrn getrennt.«

»Richtig«, versetzte der Magister, »dies stimmt nicht, aber anderes stimmt.« Und er sprang wieder auf und trug ihr das flackernde Licht aus den Augen. Bald jedoch war er fröhlich dabei, von den eigenen Abenteuern zu erzählen, und lobte den Pan Stibor sehr: »Zuletzt hat er mich ohne Lösegeld entlassen, nachdem ich ihm beim Danziger Rate die Auszahlung eines Erbteils durchgesetzt, und ich bin völlig frei. Freier als ihr, arme Kinder. Doch dies ist ein Jahr der Gefangenschaft; nicht nur uns erging es so, auch ein Größerer, der unser aller Hoffnung war, sitzt, der Menschheit entzogen, in Haft. Die Danziger glaubten ihn in dem Kerker seiner Feinde, aber jüngst ist Botschaft gekommen, daß er irgendwo verborgen lebt. Und da es ihm besser ergangen ist, als wir wähnten, so hoffe ich jetzt auch für euch Günstiges.«

»Und Ihr bleibt bei uns, Herr Vater«, bat Anna, »seit dem Frühling steht Euer Gemach bereit.«

»Natürlich bleibe ich«, rief der Magister, »ich darf doch meinem lieben Kinde die Ruhe nicht mitnehmen. Aber nur bis morgen, denn hier herrscht, wie ich merke, das Geräusch des Lagers und die Musen haben nicht viel Förderung zu erwarten. Es ist alles bedacht, ich finde Unterkunft in der ansehnlichen Stadt Elbing, und wenn ihr mich einmal begehrt, so kann ich jetzt, wo der Verkehr wieder eröffnet ist, leicht zu euch dringen.«

Trotz aller Bitten blieb der Magister fest, und er sagte beim Abschiede in seiner ehrlichen Weise den wahren Grund nicht der Tochter, aber seinem Schüler Regulus: »Auch die Kinder müssen zuweilen Nachsicht mit den Eltern üben. Du hast dir den Ring, den ich an meinem Finger trug, redlich verdient, ich lobe dich und ich segne dich; aber den Alten vexiert's, daß sein Kind nicht mehr ihm gehört, und er braucht Zeit, um das zu überwinden.«

885 Der harte Winter war gekommen. Das Himmelsdach umschloß schwarzgrau, wie ein ungeheures Kerkergewölbe, die Heide, den Turm und die beiden Gatten, nur am Morgen und Abend vermochte man an einem feurigen Scheine den Ort zu erkennen, in welchem die Wintersonne auf- und niederstieg. Über der weiten Ebene lastete tiefer Schnee, er glich nicht dem weißen Tuch, welches zum Schutz des schlummernden Lebens gebreitet ist; wie ein brandendes Meer war er von dem Sturmwind aus den Steppen des Ostens herangetrieben; langgestreckte Schneewellen hoben sich, so weit das Auge reichte, eine hinter der andern, und wie Wasserschaum der Wellen stoben weiße Wolken über dem Kamm der Schneehügel in die Luft, sanken in die Schneetäler, die der Wind eben erst gefegt, und erhoben neue Berge über den Grund. Hinter dem weißen Schneemeer aber ragte der schwarze Ring des Kiefernwaldes, auf welchen die Wolkendecke gemauert schien. Bei Tage kein Ton in der Luft als das Heulen des Windes, der Schrei eines Raubvogels und das Gekrächz eines Krähenschwarmes, welcher frohlockend der Stelle zuflog, wo ein Wild in den Schneehügeln verendet war. Auf wenige Stunden des dämmrigen Tageslichts folgte eine lange, bange Nacht, schwarz und sternlos, dann verstummten auch Adler und Krähen, nur die Wölfe heulten, und in dem fahlen Licht, welches die untergehende Sonne über den Schnee sandte, sah man die Herde der Hungrigen um die Mauern trotten, hinter denen die Menschen sich bargen. Dann läutete noch einmal die kleine Glocke der Stadt, zitternd und wehklagend war der Laut, ein Hilferuf gegen die Gewalten der Nacht, bis er unkräftig in wirbelndem Schnee und sausendem Wind verhallte; das Dach des Himmels wurde kohlschwarz, und die Erde begann gespenstisch zu leuchten, ein matter bläulicher Schein glomm von dem Schnee herauf gegen die Finsternis der Luft, und eisige Kälte, der Todfeind des Lebens, fraß sich in das Holz der Bäume, bis der Kern zersprang, sie

drang durch die Mauern und machte die Menschen beben, auch wenn sie sich mit dichtem Pelz geschützt hatten.

Einsam und preisgegeben dem Zorn des Winters stand das Lager der Landsknechte zwischen den Schneebergen, selbst der Mauergraben war zugeweht, und durch die flache Rinne zogen sich lange weiße Bänder der Windwehen bis zu den Zinnen herauf. Innerhalb der Mauern drängten sich die Menschen zusammen, wo eine Feuerstätte war oder ein Ofen, und die Knechte haderten und schlugen sich um den wärmsten Platz; jeden Tag liefen Weiber und Kinder mit den Äxten, sie scheuten die Mühe und fürchteten die Gefahr, Brennholz durch den tiefen Schnee aus dem Walde zu schleifen. Die Balken der geworfenen Scheuern waren längst verbrannt, jetzt zerhieben rotgeschwollene Hände den Dachstuhl, die Türen und Fenster der leeren Stadthäuser, ja sogar das Gebälk der Wohnungen, in denen die Knechte selbst herbergten, so daß der Schnee in das Innere wehte und durch die erwärmten Decken tropfte. Mehr als einmal krachte ein Haus zusammen, und mit Mühe entrannen die Bewohner dem Verderben, dennoch wurden die Sorglosen nicht vorsichtiger, scharrten nach kurzem Geschrei ihre Habseligkeiten aus den Trümmern und drängten sich in eine andere Wohnung; bis der Hauptmann einen Rat der alten Knechte berief und durch diesen ein Verbot ergehen ließ. Hans selbst mußte, obgleich ihm der kalte Winter den Fuß gelähmt hatte, schwerfällig mit seinem Stock durch die Straßen schreiten und das Gesindlein züchtigen, das er über verbotenem Holzschlage traf.

Draußen aber in der Wildnis glitt ein Schlitten die Schneehügel abwärts und wieder hinauf. Um den einsamen Führer Finsternis und Öde, hinter ihm das Geheul des Sturmes und das Bellen der jagenden Wölfe; ungeduldig peitschte er die müden Pferde und richtete sich auf, um in der Ferne den Lichtfunken zu erkennen, der aus dem Turmzimmer blinkte und zu dem ihn Sehnsucht und heiße Angst zogen. Es war Georg, der im Auftrage des Hauptmanns zu den Knechten auf das Dorf geschickt war, um ernste Händel mit den Polen zu vergleichen. Ungern war er ausgefahren, denn sein liebes Weib war erkrankt. Doch sie selbst hatte ihn lächelnd fortgetrieben mit gutem Trost. Den ganzen Tag hindurch verweilte er bei den Zänkern, jetzt schnürte dem Heimkehrenden die Angst das Herz zusammen, wie er sein Weib wiederfinden werde. Er sah das Licht, er unterschied die Umrisse des schwarzen Turmes und jagte in den Schloßhof mit heißen Wangen.

886

Als er in den Turm trat, vernahm er den Schrei einer Stimme, die bis dahin noch niemals in den Wänden des Turmes erklungen war; er sprang die Treppe hinauf, sein Weib ruhte auf dem Lager, und die Hauptmännin hielt ihm einen nackten Knaben entgegen. Es war sein neugeborener Sohn. Da schlug er die Hände zusammen und rief außer sich: »Herr, mein Gott!« Scheu und ehrfürchtig empfing er das Kind in seine Arme und sank an dem Lager seines Weibes nieder. »Halte die Hand über ihn und mich und flehe zu unserm Vater im Himmel, daß ich würdig werde, sein Wunder zu bewahren.«

Auf der Heide

Georg saß am Herde, hielt sein Kind in den Händen und sah unverwandt auf das kleine Gesicht. »Das erste Lachen soll die Mutter sehen«, rief er freudig und legte den Knaben schnell in Annas Arme.

»Wie soll es mit der Taufe werden, lieber Herr?«

887 »Sobald die Frau Fähnrich Gäste vertragen kann.«

»Ich denke, wir laden die Gevattern«, riet Anna. »Zuerst den Vater, dann die Hauptmännin –«

»Der dritte muß Henner sein«, fiel Georg ein, »denn als er neulich heranritt, dich zu grüßen, forderte er dies Amt als sein Recht, weil wir doch von den Vätern her Landsleute wären und er, wenn es mit rechten Dingen zuginge, der Oberherr unseres Knaben; dabei kam er wieder mit seinem alten Unsinn.«

Anna nickte. »Die größte Sorge ist in dieser Wildnis der geistliche Herr. Doch die Taufe wird heilkräftig durch jeden Geweihten.«

»Dann also fahre ich mit dem Schlitten aus und suche einen Priester«, beschloß Georg.

Durch Henner selbst wurden die Gatten dieser Verlegenheit enthoben. An einem der nächsten Tage schalt die Stimme Henners im Hofe. Er hielt zu Pferde neben einem Bauernschlitten, auf welchem unter Stroh und Decken ein hilfloser Kranker lag. »Dies Ungeheuer fand ich beim nächsten Dorfe geduckt in einer alten Weide und auf dem Wege, zu erfrieren. Da gerade die Kirchglocke läutete und heut Sonntag ist, tat ich ein übriges und warf es einem vorüberfahrenden Bauern auf den Schlitten. Wollt ihr es wieder lebendig machen, so steht das bei euch. Jedenfalls schneide ich ihm ein Ohr ab, das habe ich allen Brüdern seiner Art zugeschworen, denn es ist ein Mönch.«

Georg beugte sich über den Korb und erkannte erstaunt die entstellten Züge des Bruder Pankratius aus Thorn. Der Arme wurde in die Turmstube getragen und dort mit Mühe wieder zu Sinnen gebracht, so daß er seine Glieder regen und den Trank, welchen Anna ihm bot, einnehmen konnte. Unterdes saß Henner dem Kranken, welcher die frühere Wohlhäbigkeit gänzlich verloren hatte, feindselig gegenüber und enthielt sich nicht, ihn zu höhnen: »Ich kenne diesen Gesellen, er trug seine Kutte so stolz wie ein Freiherr und am Handgelenk einen Rosenkranz von roten Korallen, den ihm sicher ein frommes Beichtkind geschenkt hatte, und er spielte mit dem Kreuze, das daran hing. Er hatte auch einen Bisamapfel von Silber in der Tasche, aus dem ein Wohlgeruch kam, und wenn der Apfel duftete und der Mönch die Augen verdrehte, dann fielen die Weiblein nur so vor seine Füße. Wo blieb der Wohlgeruch, Bösewicht? Du riechst mir jetzt sehr nach armen Leuten; und wo blieb der silberne Ohrlöffel, den du vordem in der Hand schwenktest?«

»Ich war in den Händen Eurer Gesellen«, seufzte der Mönch.

»Haben diese dir den Sack ausgefegt, so haben sie ein gutes Werk getan, hoffe deshalb bei mir nicht auf Erbarmen.«

»Schweigt mit den wilden Worten, Junker, und schont den Unglücklichen«, mahnte Anna unwillig.

»Ihr mögt gut reden. Ich aber habe eine alte Rechnung mit seinesglei-chen. Denn sie sind schuld, daß ich als armer Reiter im Stegreif traben muß, was mir bei meiner Wiege nicht gesungen wurde. Wißt, junge Frau, ich wuchs auf als Erbe eines alten Oheims, der guten Anteil an Burgen und Mühlen hatte. Da dieser kränklich wurde, riet ihm der Böse, nach Thorn zu ziehen. Dort schlichen die Brüder dieses Gesellen an sein Lager und erboten sich zu allem Guten unter dem Vorwande, daß ihre Regel ihnen die Pflicht auflege, Bedrängte aufzusuchen. So nisteten sie sich in seinem Hause ein. Dazwischen klagten sie viel über das Elend der Welt, über die große Not ihrer Brüder, und sie beschrieben ihre Armut, die sie täglich ertrugen, und ihre strenge Regel mit vielem Fasten und langem Chorsingen. Dann lobten sie ihm die Privilegien und hohen Freiheiten ihres Ordens, die zahllosen Messen, welche jedem im Himmel gutgeschrie-ben werden, welcher dem Orden Gutes tut, auch zählten sie die frommen Bruderschaften auf, an denen sie nach dem Gebot des Papstes Anteil ha-ben, und sie rühmten sich vieler frommer Kinder und Brüder, die so

888

streng gegen sich selbst leben, daß sie gar wenig essen und trinken, und daß ihre Frömmigkeit im Himmel jedem andern zugute kommt, der in die Bruderschaft tritt. So verlockten sie den kranken Mann, daß er ihrem Orden sein Hab und Gut übermachte, und ich ging nach seinem Tode leer aus. Ich hatte eine Jungfer von Herzen lieb; dem Erben hätte der stolze Vater sie bewilligt, den armen Kalmäuser wies er zum Tor hinaus. Dadurch bin ich geworden, was ich jetzt bin, ein Heimatloser, der von heut auf morgen lebt.« Er stützte sich finster auf den Tisch.

»Ihr aber, Bruder«, fragte Georg, »was scheuchte Euch in dieser Jahreszeit aus dem Kloster?«

»Seit dem Scheiterhaufen, der Euch schädlich wurde, ist von St. Nikolaus der Friede gewichen«, klagte der Mönch. »Die Bürger mögen uns nicht mehr leiden, und kaum trauen wir uns auf die Straße; einige von uns sind ganz ausgelaufen, und wir übrigen leben in Furcht. Mich sandte der Prior nach Elbing; auf dem Wege wurden wir von Reitern überfallen, aus dem Schlitten geworfen und geplündert, die Räuber ließen mich nach harten Stößen frei, doch in dem Schnee schwand mir die Kraft, und ich war meiner letzten Stunde gewärtig.« Henner lachte verächtlich.

Zu diesem trat Anna, das schlummernde Kind in den Armen haltend, verneigte sich und begann herzlich: »Gestrenger Junker, für meinen Hausherrn und für mich erbitte ich als werte Gunst, daß Ihr es nicht verschmäht, das Amt eines Gevatters bei unserm Knaben zu übernehmen. Denn ich hoffe, der Priester ist gefunden.« Das umwölkte Gesicht Henners wurde freundlicher, er erhob sich und nahm die Stelle mit geziemenden Worten an.

Anna aber blieb stehen und sah flehend zu ihm auf. »Da wir wünschen, daß Bruder Pankratius den Kleinen zum Christen weiht, so bitte ich, daß Ihr der Gevatterschaft zu Ehren den Bruder mit Eurer Rache verschont.«

»Ihr wollt mich fangen, junge Frau«, versetzte Henner zwischen Unwillen und Lachen. »Ich sehe wohl, ich bin Euch einen Gevatterdienst schuldig; aber wenigstens ein Ohrläppchen muß er hergeben.«

Doch auch dies wurde dem rauhen Gesellen in den nächsten Tagen abgehandelt. Auf die Einladung seiner Kinder kam der Magister unter sicherem Geleit, er segnete gerührt den Enkel und nannte ihn einen Romulus, der, obgleich von Geburt ein Königssohn, unter die Wölfe ausgesetzt sei. Und der Bruder, welcher sich in guter Pflege wieder erholt hatte, vollzog die Taufe. Als dieser am nächsten Tage mit neuem Lebensmut unter dem Schutze eines sicheren Knechtes wegziehen sollte, nahm er von

Anna wehmütigen Abschied. »Ich habe dem Bruder Gregorius vor dem Scheiterhaufen die Büchlein zugereicht, und jetzt danke ich Euch Leben und Gesundheit! Vielleicht schaffen die Heiligen, daß ich Euch wieder einen Dienst erweise.« Draußen aber winkte er Georg zur Seite und begann mit hohem Ernst: »Nehmt als Dank für Eure Gutherzigkeit eine Warnung: Euer Feind, der bisher krank im Kloster lag, ist endlich genesen und ist nach dieser Gegend zu dem polnischen Kastellan Pan Stibor aufgebrochen, um an Euch seine Rache zu nehmen, denn damit hat er Euch oft bedroht. Wisset, es ist ein Anschlag gemacht, entweder gegen Euch allein oder auch gegen Eure ganze Gesellschaft. Denn da ich um die Pflege des Kranken zu sorgen hatte, hörte ich etwas weniges von den Reden des Polen mit Herrn Hutfeld Bürgermeister, welcher jetzt Burggraf werden soll, weil den alten Herrn Friedewald der Schlag getroffen hat. Die beiden waren in Unruhe wegen Eures Fähnleins und überlegten, ob es von den Unzufriedenen einmal in unsere Landschaft geladen werden könnte. Darum traut dem Stillstande nicht und wahret Euch selbst, Euer liebes Weib und Kind vor Eurem Todfeinde.«

Aufgeschreckt durch die Nachricht, wollte Georg mehr erfahren, aber der Mönch verweigerte weitere Rede. »Das andere ist Geheimnis des Ordens, die Heiligen mögen mir verzeihen, wenn ich Euch schon zuviel gesagt habe.«

Diese Warnung des Mönches erhielt noch an demselben Tag von anderer Seite Bestätigung.

Der Wächter verkündete Gäste aus der Umgegend des Polenlagers. In den Schloßhof traten drei ausgewetterte Gesellen, über den geschlitzten Landsknechtshosen, deren bunte Farbe durch Wetter und Lager unscheinbar geworden war, trugen sie kurze Pelze, an den Beinen hohe Stiefel, und jeder von ihnen führte eine der Landsknechtwaffen: Spieß, Hellebarde oder Feuerrohr, woraus Hans schon von weitem erkannte, daß sie sich nicht zufällig zusammengefunden hatten, sondern als Erwählte ihres Haufens gekommen waren. Er richtete sich deshalb hoch auf und begrüßte sie am Tore mit größerer Förmlichkeit, als sonst Brauch war. »Seid willkommen, Hauptmann und gute Gesellen. Ob ihr einen Auftrag auszurichten habt oder nur als gute Nachbarn kommt, des letzten Zwistes soll nicht gedacht werden.«

Da Hauptmann Heinzelmann, ein hagerer Alter mit schlauem Gesicht, vorsichtig erklärte, daß sie im Auftrage kämen, so ließ Hans den Trommler anschlagen und die Führer und Doppelsöldner zum Rate laden.

890

Als der Kreis geschlossen war, begann der fremde Führer: »Nehmt unsere Botschaft, ihr Landsleute, im guten auf, wie wir sie bringen. Wir haben lange einander gegenübergelegen ohne scharfen Gruß und haben uns als Nachbarn vertragen. Beide sitzen wir geldlos mit Vertröstung und dürfen fragen, wieweit wir den Herren, die uns geworben haben und nicht bezahlen, zu Dienste sein wollen, und wir haben gefunden, daß wir ihnen geringen Dienst schuldig sind, um geringen Lohn.« Er hielt an, die Knechte nickten ihre Beistimmung, und Hans bestätigte: »Es ist so, wie Ihr sagt. Ich hoffe, ihr habt uns treu gefunden, und auch wir wollen heut nicht Ursache suchen, über euch zu klagen.«

Der fremde Redner billigte die Worte mit höflichem Lächeln und fuhr fort: »Dieselbe Treue denken wir euch jetzt zu erweisen, wo der Mond wechselt und das Wetter sich ändern will. Nämlich, uns ist die Kunde zugegangen, daß Pan Stibor und seine Edelleute einen Wagen mit Geld heranfahren, und um gutes Geld eine Verschärfung unseres Gelübdes und unserer Arbeit fordern werden. Ihr Plan geht, wie wir meinen, gegen euch und den Garten, den ihr besetzt haltet. Da wir uns nun lieber mit euch vertragen, als gegen euch schlagen, so fragen wir euch im guten und in treuer Gesinnung, ob ihr von dieser Burg weichen wollt und uns das Land räumen, damit wir es ohne Blutvergießen behaupten. Ihr wißt, wir sind im Vorteil, dennoch bieten wir euch mit eurer Habe, mit Weib und Kind, mit Karren und Pferden freien Abzug.«

Ein Gesumm und Gemurr erhob sich im Kreise, und Hans antwortete: »Wir haben vernommen, was Ihr gesprochen; Ihr wißt, daß Brauch der Knechte ist, allein untereinander zu beraten, wenn nicht einmal, dann zweimal. Ich ersuche Euch also, daß ihr so lange aus der Runde weicht.« Er winkte einem der Rottenführer, welcher die Fremden zur Seite wies. Nach kurzer Beratung wurden sie wieder in den Ring geleitet und Hans sprach: »Günstige Gesellen, wir bedanken uns für eure Erinnerung und bitten, daß ihr euch nicht beschwert haltet, wenn wir euren Vorschlag nicht annehmen. Wir haben an unsern Brotherrn eine Forderung von Sold und Reisekosten, welche groß ist, wir können unser sauer verdientes Geld nicht im Stiche lassen; und ihr würdet ebenso handeln.«

Hauptmann Heinzelmann, der auf diese Antwort vorbereitet war, versetzte: »Wir verstehen wohl, daß ihr eures Beutels gedenkt, obwohl euer Brotherr schwerlich imstande sein wird, jemals nur einen Teil eures Soldes zu zahlen. Dennoch wollen wir euch noch weitere Kameradschaft erweisen und wollen den Pan Stibor drängen, daß er euch ein Drittel eurer Forderung zahlt und freie Zehrung auswirkt bis an die Grenze der polnischen Herrschaft, wenn ihr auf dem kürzesten Wege ohne Rasttage hindurchziehen wollt. Ihr aber bedenkt, daß der Sperling in der Hand auch etwas wert ist, zumal wenn man ihn ohne eigene Gefahr erfassen kann.« Er trat zum zweiten Male aus dem Kreise. Diesmal dauerte die Beratung länger, und mehrere Stimmen mahnten ernsthaft, daß man das Drittel nehme.

Georg stand im Ringe, die fliegende Fahne in der Rechten. Als die Knechte über den Abzug verhandelten, schlug er schweigend das Fahnentuch zusammen und steckte die Fahne verkehrt in den Boden. Da erhob sich lautes Geschrei, und Hans begann erschrocken: »Was tut Ihr, Fähnrich, daß Ihr die Fahne bergt wie vor Missetätern?«

Georg antwortete: »Liebe Gesellen, ihr fragt, was eurem Säckel frommt; mich aber habt ihr dazu gesetzt, daß ich die Ehre der Bruderschaft wahre, und da ich Worte höre, welche zu Meineid und Verrat an unserm Kriegsherrn führen, so behüte ich die Fahne und berge das Tuch, denn ihr wißt, daß es nicht über eure Schande wehen darf.« Wieder erhob sich lautes Geschrei, und einzelne griffen zornig nach den Waffen, aber Hans entschied mit starker Stimme: »Er übt sein Recht, und wir dürfen es ihm nicht wehren. Dennoch mahne ich Euch, Fähnrich, daß Ihr den Sinn der Brüder nicht mehr beschwert, denn noch ist nichts abgemacht.«

»Beschließt, Euch als fromme Knechte zu halten«, rief Georg, »dann werfe ich das Tuch in den Wind über ehrliche Leute.«

Darauf sprach Benz Streitenberg: »Vernehmet den Rat eines Alten. Daß der Stibor uns einiges Geld hinlegt, das können wir bewirken, wenn wir die Stadt preisgeben; aber wir können nicht hoffen, daß wir es in das Reich bringen. Denn sobald wir das Geld des Polen nehmen, verlieren wir die Fahne und den Schutz des Hochmeisters, und ohne Fahne sind wir ein armer Schwarm von Flüchtigen, welche des Befehls und der Ordnung entbehren. Wie wollen die einzelnen mit dem Troß unversehrt aus diesem Lande sich retten? Der gerade Weg hinaus führt drei Tagereisen durch ödes Heideland. Wer soll dort die hungrigen Mäuler verpflegen? Und das Geld in den Taschen wird uns Wegemüden von den polnischen Strauchdieben bald abgejagt werden.«

Dieser Meinung waren auch andere, es erhob sich lautes Geschrei und Getümmel und dazwischen der Ruf: »Stellt die Frage und hebt die Hände, damit wir nicht weiter beraten in Schande.« Als nun Hans fragte, erhob 892 eine große Mehrzahl die Hand für Ablehnen, und Georg lachte und rief, das Tuch entfaltend: »Ich bedanke mich bei euch, Hauptmann und Gesellen.«

Als die Fremden wieder in den Kreis geführt wurden, sprach Hans feierlich: »Mein Volk muß ablehnen, was ihr geboten, um der Fahne und des Eides willen; wir aber sagen euch Dank und bitten, daß ihr nicht für ungut nehmt, was wir nicht mit leichtem Herzen beschlossen haben.«

Die fremden Landsknechte vernahmen den Entscheid ohne Verwunderung, und der Sprecher sagte nur: »Bestätigt auch ihr, daß wir euch, soweit wir vermochten, gute Nachbarschaft gehalten haben.«

»Das tun wir«, riefen die Knechte, und Hans gebot: »Geschlossen ist der Rat und geöffnet der Ring, euch aber bitte ich, daß ihr als unsere Nachbarn einen Trunk nicht verschmäht.«

Die Boten waren der Einladung nicht abgeneigt, und der Haufen geleitete sie in die Halle; ein Faß wurde herangeschleift und starkes Zechen begann. In heller Fröhlichkeit und mit hochroten Wangen tranken die Parteien einander zu auf gutes Glück und treue Nachbarschaft, am lautesten die Heimischen, weil sie eine Sorge im Herzen bargen. Der fremde Hauptmann lobte die feste Mauer und das Schloß und begann scherzend: »Wenn ja das Schicksal wollte daß wir noch einmal gegeneinander schlagen müßten, so wird euch der Vorteil der Mauern und des Grabens nötig sein, damit ihr die starken Fäuste meiner Knechte abwehrt. Denn obwohl wir an Zahl ziemlich gleich sind, so meinen unsere Gesellen doch, daß ihr im freien Felde euch niemals gegen uns wagen werdet.«

Da erwiderte Hans, gehoben vom Trunke: »Wir begehren gegen euch keinerlei Vorteil der Mauer und des Grabens; auch in gleichem Kampfe trauen wir euch obzusiegen nach unseres Ordens Brauch auf offener Heide, im gevierten Haufen, wann und wie ihr den Kampf begehrt.« Und seine Genossen riefen stürmisch die Bestätigung. Der Fremde aber sprach mit lauter Stimme: »Wenn sein müßte, was wir nicht begehren, soll alsdann das Wort gelten, ihr frommen Knechte?« Alle schrien: »Ja«, Hans schlug ein, daß es schallte und setzte lachend hinzu: »Wenn es sein muß.« Auch der andere lachte.

Erst gegen Abend brachen die Gäste auf.

Hans, der die Fremden bis zum Kreuz geleitet hatte, kehrte nachdenkend ins Lager zurück; am Tore erwartete ihn Georg: »Sie werden den Kampf fordern, Hauptmann.«

»Ich denke nicht«, versetzte Hans unsicher. »Sie werden sich ungern Schläge holen; sie wissen auch, daß wir kahl sind und daß sie bei uns nur geringe Beute finden.«

Als Georg am Abend in seine Behausung zurückkehrte, betrat er vorsichtiger als sonst die Frauenstube. Es war still darin, kein Gruß empfing ihn, er vernahm nur leise Atemzüge. Mutter und Kind lagen in friedlichem Schlaf, der Kleine näher der Wand, durch Betten gegen den kalten Zug aus den Steinen geschützt, die Mutter vor ihm, noch im Schlaf mit ihrem Leibe seine Schützerin. Der Vater stand lange versunken in den Anblick des liebsten Lebens, welches in zwiefacher Gestalt vor ihm lag, und sein Auge wurde feucht. »Mein alter Feind gedenkt die Rache an einem zu nehmen, noch weiß er nicht, daß er mit einem Schlage drei Leben trifft. Ob er den Fähnrich allein sucht oder auch die Fahne, in jedem Fall hat er dafür gesorgt, daß er im Vorteil ist. Ich sah den hündischen Blick des fremden Landsknechts, als unser Hauptmann den Kampf auf der Heide versprach. Ich fürchte, er hat damit auch euch, ihr beiden süßen Schläfer, den Dritten abgesprochen, der zu euch gehört. Wenn das Fähnlein auszieht und der Fähnrich den Rückweg nicht findet, was wird alsdann aus diesen? Vater im Himmel, tu mit mir, was du willst, aber rette mein Weib und Kind.« Er kniete am Lager nieder und hob in bittrer Angst die Arme nach der Höhe, bis der kleine Sohn die geballten Händchen öffnete und schrie Da erwachte die Mutter, sie lächelte glücklich, als sie das Antlitz des Gatten dicht neben dem ihren sah, und sie fand noch Zeit, den Arm um seinen Hals zu legen und ihn herzlich zu küssen, bevor sie sich zu dem Schreier wandte. Da lachte Georg wieder und sagte ihr noch halblaut Lustiges von der Gesellschaft, aus welcher er kam, bis er sich auf sein Lager an der Tür warf und das Gesicht der Fahne zuwandte, um die wilde Neuigkeit weiter zu erwägen.

Am andern Morgen rief er den Magister in die Turmstube und berichtete seinem Weibe in Gegenwart des Vaters einiges von seinen Sorgen. »Es ist ein Anschlag im Werke, sich dieses Schlosses zu bemächtigen. Obgleich der Krieg durch Stillstand geendigt ist, so hoffen die Polen doch, bei einem künftigen Frieden zu behalten, was sie jetzt in Besitz nehmen, und es ist wohl möglich, daß diesem Schlosse eine Belagerung droht. Denn wir haben die Pflicht, die Stadt und das Amt dem Hochmeister zu bewahren. Da ist mir der Gedanke unerträglich, daß euch die Unruhe umfassen könnte. Wuz zieht morgen mit einigen Knechten nach der Seite hin, wo Elbing liegt. Vermagst du mit dem Kinde bei günstigem Wetter die Schlittenfahrt zu wagen, so will ich, daß du mit dem Vater dorthin aufbrichst und in den nächsten Tagen nicht zurückkehrst, sondern dort oder wo es dem Vater am sichersten erscheint, verweilst, bis über dieses Amt und das Fähnlein entschieden ist. Denn, wie man vernimmt, ist auch im Werke, das Fähnlein zu entlassen.« Als er so sprach, suchten zwei große Augen angstvoll seine ganze Meinung zu verstehen, der Magister aber fiel ihm eifrig bei. Anna sprach nicht ja, nicht nein, sie beugte sich über das Kind, und ihre Tränen fielen auf den Kleinen herab. Georg selbst

mühte sich, die Bewegung, welche ihn fast übermannte, in der Geschäftigkeit zu verbergen, womit er den Aufbruch betrieb. Anna saß unterdes bleich und schweigend, das Kind im Arme, aber sie regte sich nicht, um für die Reise zu rüsten, wie Frauen pflegen. Nur des Kindes Bedarf, über dem sie im Herbste genäht, rollte sie in ein Bündel. Erst als Georg heraufkam, ihr zu sagen, daß der Schlitten seiner Ladung harre, erhob sie sich und trug ihm das Kind entgegen: »Vater, segne deinen Sohn.« Da verließ ihn die Fassung, die er bisher mühsam bewahrte. Er hielt den Knaben unter Tränen in den Armen, und sie sprach leise zu ihm: »Das Jahr ist zu Ende.« Und als er das Kind in die Hände des Großvaters legte, umschlang sie ihn mit heißer Leidenschaft und hing an seinem Halse, er aber hob sie in wildem Schmerze und trug sie nach dem Schlitten. Sie hielt die Augen starr auf ihn geheftet, bis die Pferde anzogen und der Weg ihr seinen Anblick entzog. Beide vernahmen nichts von den Grüßen und Abschiedsrufen der Männer und Weiber, welche sich um den Schlitten gesammelt hatten, denn in unsäglichem Weh und schwerer Ahnung schwanden ihnen die Gedanken.

In dem stillen Kontor des Marcus König fanden sich jetzt zahlreiche Besucher ein, doch kamen sie schwerlich als Kunden des Geschäftes. Es waren meist Zunftgenossen aus der Neustadt, sie traten vorsichtig von der Hintergasse in den Hof, und während sie in der Kammer mit dem Kaufherrn und dem Gehilfen verhandelten, hielt Dobise, über einem Frachtstück beschäftigt, an der Vordertür Wache und pochte, so oft ein störender Gast nahte. Als Marcus sich gegen Abend von seinem Sitz erhob, sagte er mit stolzem Lächeln zu seinem Vertrauten: »Die Flut steigt schnell, die Galeone von Thorn fühlt Wasser unter dem Kiel, es wird Zeit, daß wir alle Hände zuhauf rufen.«

Da meldete Dobise mit schlauem Augenzwinkern einen Fremden, der in dringendem Geschäft den Herrn allein sprechen müsse. Marcus trat eilig in den Flur, fand einen kleinen verhüllten Mann, der seinen Hut tief in die Augen gedrückt hatte, und winkte mit der Hand in die Wohnstube. Dort erst nahm der Gast den Hut ab, der Magister stand dem Kaufherrn gegenüber. Die Gestalt des Marcus hob sich wie zum Kampfe, und ohne dem andern einen gastlichen Sitz zu bieten, begann er: »Was führt den Herrn Magister in die Stadt, welche ihn gebannt hat, und was führt ihn zu dem Vater, welcher durch ihn seines Erben beraubt ist?«

Das Gesicht des Gelehrten war gerötet, und seine Stimme zitterte, als er zur Antwort gab: »Die Sorge eines Vaters zwingt mich zu Euch, auch ich habe ein Kind, welches durch Euren Sohn der Herrschaft des Vaters entzogen wurde, wahrlich ohne meinen Willen und in furchtbarer Notzeit. Als es sich für Euren Sohn und meine Tochter um Ehre und Leben han-delte, haben die Armen sich vermählt. Sie mußten den Segen der Eltern entbehren, aber Gott hat ihre Ehe gesegnet, ein Enkel ist Euch und mir geboren, und ich bin in die Stadt gedrungen, um Euch, hochansehnlicher Kaufherr, als dem Vater und Großvater, dies anzuzeigen und Euch zu bitten, daß Ihr durch Eure Bestimmung und durch Euren Segen die Ehe bekräftigt.«

Marcus trat zurück, und ein düsteres Licht glomm in seinen Augen. »Sendet Euch der Fähnrich Georg König?«

»Er weiß nichts von dieser Reise.«

»Weilt Eure Tochter bei ihm?«

»Ich habe sie und das Kind mit seinem Willen zu besserer Sicherheit und Pflege nach Elbing geführt.«

»Dort mögt Ihr sie von jetzt an bewahren«, versetzte Marcus, »und redlicher, als Ihr seither getan.«

Den Magister ergriff unsägliche Angst bei der abweisenden Haltung des strengen Mannes, und mit heiserer Stimme fragte er: »Wie soll ich Eure Rede deuten, Herr?«

»Daß ich als Vater dem wilden Zusammenleben feindlich bin und daß ich einer Ehe meines Sohnes mit Eurer Tochter, von der Ihr redet, Einwil-ligung und Segen verweigere.«

Dem Magister bewegten sich krampfhaft die Hände. »So war meine Ahnung«, murmelte er und wischte sich den Schweiß von der Stirn. Erst nach einer Weile fand er die Worte: »Obgleich ich kein großer Mann auf Erden bin, so wird mir doch schwer, mich zu demütigen; aber heut tue ich es, nicht für mich, sondern für mein armes unglückliches Kind, und ich flehe Euch herzlich und in Todesangst an, erweist uns Geschlagenen eine mildere Gesinnung, laßt meine Tochter nicht in Schimpf und Unehre vergehen, denn ich sage Euch, Herr, sie ist ein gutes Kind, und sie war der Stolz meines Lebens.«

»Auch Georg König war lange die Freude seines Vaters und dem einsamen Hause die einzige Hoffnung«, antwortete Marcus. »Wer trägt die Schuld, daß er von seinem Vater und aus der Heimat hinausgeworfen wurde in ein elendes Leben? Ihr, Herr Magister, und Euer Kind. Jahrelang habt Ihr Besuche meines Sohnes und heimliche Liebschaft in Eurem Hause geduldet; Ihr selbst habt in seine Seele Irrlehren und Unglauben gesäet, Euch zuliebe geschah es, daß er sich offen gegen die heilige Kirche empörte und der Blutrache des polnischen Königs verfiel. Und Ihr und Euer Kind habt bewirkt, daß er in wüstem Leben bei fremden Landsknechten festgehalten wurde. Durch Euch ist der Sohn dem Vater entfremdet. Mit Bitterkeit und Gram habt Ihr mein Leben erfüllt, und jetzt wagt Ihr vor mich zu treten und von mir zu fordern: Gib einen Segen, alter Mann, zu unserm Werke.«

896

Der Magister stand wie überwältigt durch die Vorwürfe des Gegners. »Unser Vater im Himmel weiß, daß ich von der Neigung Eures Sohnes nichts geahnt habe, solange ich mit ihm zusammen war, und unser Vater im Himmel weiß auch, daß meine liebe Tochter züchtig und ehrbar in Worten und Werken gelebt hat. Was ich Eurem Sohne beigebracht habe von Lehre und Gedanken, das ist wahrhaftig in guter Gesinnung geschehen; keiner vermag anderes zu geben, als er hat, und ich habe ihm in Latein und in Lehrmeinungen überliefert, was für den Magister Fabricius der Stolz seines Lebens war. Wenn Euch das nicht gefällt, Herr, so ist dies nicht die Schuld des Lehrers, denn Ihr habt mich geworben. Wenn Ihr mir sagt, daß wir Euch den Sohn entfremdet haben, so sage ich dagegen Euch, Euer Sohn hat auch mir mein Kind entzogen. Und ich weiß, wie wehe es einem Vater tut, wenn er sein Kind einem andern überlassen soll. Dies aber ist von dem Allmächtigen selbst geordnet, daß die Kinder Vater und Mutter verlassen um der Gatten willen, und weder Ihr noch ich haben ein Recht, darüber zu zürnen, wie wehe es auch tun mag. Darum, Herr, unternehme ich, was ich noch niemals in meinem Leben getan habe, ich flehe zum zweitenmal da, wo ich einmal abgewiesen bin, nicht für mich, sondern für mein Kind. Herr, Ihr bedenkt nicht, um was es sich hier für meine Tochter Anna handelt«, rief er mit stärkerer Stimme. »Die Frage ist, ob sie vor den Leuten ein redliches Weib sein soll, oder eine Dirne. Ihr habt oft Gut und Geld gewagt, Herr, aber niemalen wart Ihr in der

Lage, daß der böse Wille eines andern Euch so elend und verworfen machen konnte, wie Euer böser Wille mein liebes Kind elend und verworfen machen kann; ein gutes Kind, Herr, und wie ich Euch sagte, die Freude meines Alters. Und wahrlich, Herr, für Euer stolzes Haus wäre es ein Segen und ein Glück, wenn mein Kind als Eure Schwiegertochter darin hauste. Und ich versichere Euch, Herr, hätte ich eine Ahnung gehabt, daß Euer Sohn heimlich meine Tochter im Herzen trug, ich hätte ihn, wie wert er mir auch als Schüler geworden war, aus dem Hause gejagt auf Nimmerwiedersehn. Denn nichts ist mir in meinen Tagen nächst den Lügen der Pfaffen so verhaßt gewesen, als der Dünkel der Reichen, und niemals, Herr, habe ich die Gesellschaft Euresgleichen geliebt und gesucht, denn ich weiß wohl, wie selten Nächstenliebe und ein freundliches Herz unter den Geldsäcken gedeiht. Und darum, Herr, mahne ich Euch noch einmal und zum letzten Male, nicht mehr um meines Kindes willen, sondern um Eures Sohnes willen, damit er nicht als Schelm und Bösewicht gegen meine Tochter fortlebe, und ich mahne Euch noch einmal um Euer selbst willen, damit Euch das Unglück, das Ihr über mein Kind bringen wollt, nicht in Eurer letzten Stunde das Scheiden schwer mache.«

Marcus, dem die steigende Heftigkeit des andern seine Ruhe zurückgab, antwortete ohne Härte: »Ich bin alt und denke zuweilen an meine letzte Rechnung. Der Sorge dafür enthebe ich Euch. Hat mein Sohn in dem Übermut der Jugend ein Unrecht an Eurer Tochter geübt, was ich nicht weiß, so muß er das Unrecht auf sein Leben nehmen und bei den Heiligen um Vergebung seiner Schuld werben. War es auch für Euch ein Unglück, was für mich leidvoll geworden ist, daß mein Sohn in Euer Haus kam, so bin ich bereit, Euch die Entfernung aus diesem Lande möglich zu machen, welche Ihr selbst wünschen müßt. Sagt mir, wo Ihr Euch hier verborgen aufhaltet, damit ich deshalb meinen Gehilfen zu Euch sende.«

897

Das gerötete Gesicht des Magisters erblich während der Rede des andern wie das eines Sterbenden. Er drückte seinen Hut in das Gesicht, rief mit heiserer Stimme: »Pfui! Sendet Euren Gehilfen in die Weichsel!« und stürzte aus dem Hause.

Unterdes ging Lips Eske, bei welchem der Magister das Versteck gefunden hatte, unruhig in seiner Kammer auf und ab und erwartete die Rückkehr des Lehrers. Als der Alte entstellt in Antlitz und Gebärde hereinwankte, erkannte der treue Knabe, daß alles gekommen war, wie er gefürchtet. Er rückte schnell dem Magister einen Sessel, der Alte hielt sich daran. »Schaffe mich fort, mein Sohn, denn der Boden dieser Stadt brennt mir unter den Füßen.«

»Ich leide nicht, daß Ihr so von mir geht«, bat Lips, und drückte den Gelehrten in den Stuhl, »hier sitzt nieder und nehmt diese Stärkung.« Er goß Wein in ein Glas und zwang den Alten, die Lippen zu befeuchten. »Und wenn Euch lästig ist, mir die Reden des harten Mannes zu wiederholen, so sollt Ihr stillsitzen; aber bleibt bei mir, Herr Vater, bis Ihr Euch erholt habt, hier seid Ihr sicherer als anderswo. Ich weiche nicht mehr von Eurer Seite, bis ich Euch wohlbehalten außerhalb des Stadtgrundes sehe.« Er setzte sich zu ihm, umfaßte die Hand des stöhnenden Alten, hielt sie fest und strich sie zuweilen mit seinen knochigen Fingern, wie ein Kind die Hand seiner lieben Mutter streichelt. Der Magister ließ sich das gefallen, und die beiden beharrten lange, ohne ein Wort zu sprechen. Endlich ermannte sich der Magister. »Du hast das Verzeichnis meiner Bücher, die ich in Verwahrung des Lischke zurückließ.«

»Ja, Herr Vater. Ich selbst bewahre den Schlüssel.«

»Gib das Verzeichnis an Hannus, er soll aus alter Gunst die Bücher hier oder in Danzig verkaufen, sich einen gebührlichen Vorteil nehmen und den übrigen Ertrag dir einhändigen.«

»Aber, Herr Vater, Eure ganze Liberei? Sie war für Euch ein Schatz.«

Der Gelehrte bestätigte durch ein Kopfnicken. »Sie ist mühsam zusammengebracht, und manches Geschenk ehrenwerter Gönner steht darunter. Aber sie muß fort, mein Sohn, und so schnell als möglich. Empfängst du das Geld, so trägst du es zu dem reichen Manne, von dem ich komme, und sagst ihm: dies sei die Summe, welche der junge König dem weiland Magister Fabricius damals auszahlte, als er sein Weib Anna, geborene Fabricius, und seinen Sohn Romulus König dem erwähnten Magister zu fernerer Behütung übergab. Ob das Geld im Betrage stimmt, wird unwichtig, da es alles ist, was ich besitze.«

»Das Geld will ich übergeben; aber was bedeutet weiland, Herr Vater?«

Finster antwortete der Alte: »Der lateinische Ehrenname Fabricius ist von heute ab verloren; der Mann, welcher unrühmlich und verborgen zu leben hat, heißt fortan mit gemeinem deutschen Namen Schmieder.«

Mit Betrübnis hörte Lips den verzweifelten Beschluß. »Vertraut mir, lieber Herr Vater, was wollt Ihr jetzt tun?«

Der Magister richtete sich auf und saß stolz vor ihm wie in der Schule: »Erinnerst du dich noch an den Römer Virginius, welcher seine Tochter vor Unehre zu bewahren hatte?«

»Herr Vater«, rief Lips, erschrocken aufspringend.

»Still«, gebot der Magister, »wir sind Christen, und es war nur ein Beispiel.«

Tag auf Tag verrann, und Georg erhielt von Anna und seinem Kinde keine Nachricht. Der Tauwind erhob sich und schüttete Regenwolken über das Stromeis und die Schneehügel der Heide. Auf die starre Ruhe des Winters folgte wilde Bewegung, in zahllosen Rinnen lief das Wasser, es tilgte den Schnee, hob die Eisdecke der Bäche und wälzte die Trümmer dem Meere zu. Georg sandte Boten über Boten nach der Stadt Elbing, aber keiner brachte Kunde von seinen Lieben. Wortkarg saß er unter seinen Gesellen, täglich ging er hinaus auf die Stellen, wo im vorigen Jahre Anna gern geweilt hatte; wenn er des Abends in dem öden Turm saß, hörte er die Stimme der Gattin und den Schrei des Kleinen, aber was von den Mauern widerklang, waren nur die Seufzer seiner eigenen Brust. Unterdes kam langsam die Gefahr heran, welche er vorausgesehen. Das gute Einvernehmen mit den polnischen Landsknechten hörte plötzlich auf. In den Grenzdörfern gab es täglich Zusammenstöße, Pferde wurden gestohlen, Knechte erschlagen, entlaufene Dirnen nicht zurückgeliefert, und auf die Beschwerden, welche Hans den Nachbarn zugehen ließ, kamen abweisende Antworten und höhnende Reden. So geschah es, daß die Knechte in kurzer Zeit zornig wurden und beim Hauptmann Rache forderten und daß dieser Mühe hatte, den Ingrimm der Seinen zu bändigen. Jeden Tag erwartete Georg, daß die Feindschaft zu heller Flamme aufschlagen werde. Als er einst draußen am Walle stand, unweit des wilden Rosenbusches, und an die Stunde dachte, wo er Anna in den Schlitten hob und an den Unheil ahnenden Blick, mit dem sie von ihm schied, da kam Henner durch die Pforte auf ihn zu; unsicher war der Schritt des rastlosen Gesellen und in Falten zusammengezogen sein Antlitz. »Habt Ihr Botschaft von Eurem Weibe?« fragte er mit heiserer Stimme.

»Ihr bringt die Botschaft«, schrie Georg.

»Ich ritt nach Elbing, obwohl es dort für unsereinen nicht geheuer ist, und fragte in den Herbergen des Hafens. Die Leute erzählten als Schiffernachricht, daß ein Weichselkahn umgeschlagen sei und die Fahrenden im Strome ertrunken: ein kleiner Alter, ein junges Weib und ein Kind. Ich lief zu dem Wirt, bei dem der Magister gewohnt hatte, er hielt mir den Brief eines Danziger Buchführers entgegen, den er eben erhalten, der

Brief meldete dasselbe, mit dem Auftrage, Euch davon Nachricht zu geben.«

Georg stieß einen gellenden Schrei aus, daß Henner zurückfuhr, und stürzte wie ein gefällter Stamm zu Boden; er lag stöhnend und wandte das Antlitz vom Himmel ab, der Erde zu. Henner beugte sich an ihm nieder und versuchte unbehilflich Tröstendes zu sagen, aber der Liegende verstand ihn nicht und entzog ihm wild die Hand. Da setzte sich Henner schweigend neben den Geschlagenen, und während diesem der starke Leib zuckte und schauerte, schrieb er mit der Schwertscheide Totenkreuze in den Sand. Der Regen rieselte herab, er nahm seinen Mantel von den Schultern, warf ihn über den Fähnrich, setzte sich wieder auf den Stein und zeichnete von neuem viele Kreuze um sich und den andern, soweit sein Arm reichte. Als endlich ein Bube vorüberlief, ließ er den Hauptmann benachrichtigen und rief dem erschrockenen Hans zu: »Hier liegt, was von Eurem Fähnrich übrig ist; helft ihn nach dem Turm schaffen.« Sie hoben den Armen, der sie zuerst rauh abwehrte und sich dann schwerfällig wie im Traume zum Turm bewegte. Dort warf er sich auf sein Lager, das Gesicht der Wand zugekehrt, und Henner blieb neben ihm sitzen und mühte sich, den Fußboden aufs neue mit den Zeichen des Todes zu bedecken.

Als der Hauptmann am nächsten Morgen eilig eintrat, fand er einen bleichen, finstern Mann, der am Herde vor sich hinstarrte, während Henner an Stelle der Hausfrau Töpfe zum Feuer rückte. »Vermögt Ihr herauszukommen, Fähnrich, so gedenkt der Fahne«, mahnt Hans bekümmert, »es ist etwas auf dem Wege.«

»Der Pole kommt«, antwortete Georg mit rauher Stimme, »dies ist die rechte Zeit für ihn und mich.« Er legte schnell sein Schwert um, ergriff die Fahne und stieg mit seinem Gefährten die Mauer hinauf zur Stelle, wo die Wache stand, während Henner bei den Kochtöpfen zurückblieb.

Es war ein kalter Morgen, die Sonne stand gedeckt hinter einer dunklen Wolkenwand, über der kahlen Heide lag der Reif. Ein einzelner Reiter bewegte sich von dem polnischen Lager langsam heran.

»Er führt einen Kurzspieß und kommt als Bote«, sagte Wuz.

»Er reitet mit steifen Beinen«, fuhr der Hauptmann fort, »daran erkennt Ihr den Landsknecht, und wenn sie auf Kamelen und Seehunden ritten, sie müßten die Beine spreizen.« Er schüttelte den Kopf. »Es ist Tiele Storch, ihr Ausrufer, diesmal hat er's nicht eilig, alte Gesellen zu begrüßen.«

Argwöhnisch umschauend, ritt der Fremde in den Schloßhof. »Treibe deinen Gaul«, rief der Hauptmann von der Mauer herab, »der Morgentrunk ist bereit.«

Aber Tiele hielt mitten im Hofe an. »Ich bringe Botschaft an Euch und Eure Gesellen, gefällt es Euch, so hört sie unter freiem Himmel, wo die Sonne scheint und die Luft weht.«

Hans sah den Fähnrich mit düsterm Blicke an. »Der Wein ist ausgetrunken, werft die Gläser gegen die Wand und kümmert Euch nicht, wohin die Scherben fallen. Kommst du als Bote, so harre, bis ich die Brüderlade.« Er hob die alte Trommel, welche unter einem schützenden Dächlein stand, die dumpfen Schläge trieben die Knechte aus den Häusern, sie eilten an das Tor und traten mit ernsten Mienen in den Kreis, der sich nach der Seite des Fremden öffnete, so daß dieser dem Hauptmann und Fähnrich gegenüberstand. Er war vom Pferde gestiegen, hielt seinen Kurzspieß verkehrt mit der Spitze nach unten, und seine lauten Worte kamen mit Anstrengung aus der Kehle. »Ich grüße den Orden der freien und wehrhaften Knechte, tragen sie Spieße oder Rohr, ich grüße den Hauptmann, und ich grüße den Fähnrich, mit Gunst oder ohne Gunst bringe ich Botschaft von meinem Hauptmann und von meiner Bruderschaft, und sie senden euch, weil es nicht anders sein kann, dies rote Zeichen, nicht zu Liebe, sondern zu Leide, und sie sagen euch ab allen Frieden und bieten euch Unfrieden.« Er warf einen großen rotgefärbten Handschuh vor dem Hauptmann nieder. »Am dritten Morgen von heute wollen sie ausziehen gegen euch mit Harnisch und Wehr von Sonnenaufgang nach Untergang, um sich mit euch zu schlagen nach Landsknechtsbrauch. Am Kreuze auf brauner Heide, wo im Sommer die Blumen blühen und im Winter der Schnee weht, wollen sie den Grund rot färben mit eurem Blut. Ihr aber, Hauptmann, bestätigt, daß ich meinen Auftrag nach Gebühr verkündet, sei er mir oder Euch lieb oder leid.«

Hans trat einen Schritt vor und gebot: »Fähnrich, hebt das Pfand auf und bewahrt's. Wir aber bieten Euch und Euren Gesellen unsern Gegengruß ohne Gunst und in heller Feindschaft, die sie durch Euch gefordert haben. Am dritten Morgen von heut ab werden auch wir ausziehen mit Harnisch und Wehr von Abend gegen Morgen, damit wir euch treffen und auf brauner Heide schlagen nach Brauch freier Knechte. Euch aber bestätige ich, daß Ihr nach Gebühr abgesagt habt, wenn nicht zuliebe, dann zuleide, und die Bruderschaft verweigert Euch nicht den Botenlohn, der dem Absager gebührt als letzte Gunst. Holt einen Becher mit rotem

901

Wein, damit er ihn trinke, abgewandt und ohne Bescheid.« Während ein
Knecht den Trunk holte, standen die Männer einander schweigend gegenüber. »Ihr hattet es eilig, den Frieden aufzukündigen«, begann endlich
Hans mit erheuchelter Ruhe, »ich selbst war gestern am Kreuz, aber ich
sah keinen dürren Ast, der doch verabredet war als Warnung.«

Der Bote räusperte sich. »Der Pan Stibor kam erst gestern zu uns geritt-
ten, auf jeder Sattelseite einen Beutel mit Geld, er hat allen Rückstand
bezahlt, doppelten Sold verheißen und ehrliche Ablohnung zum nächsten
Monat, damit wir heimkehren, wenn wir vorher euch aus der Burg werfen
und die Herrschaft über euren Garten in seine Hand geben.«

Hans wandte sich grimmig lächelnd zu seinen Gesellen: »Dann kommt
ihr also schwer um die Hüften, mit gefüllten Taschen; meinen Knaben
wird es wohltun, mit euch zu teilen. Nehmt den Becher und trinkt.«

Der Bote wandte sich ab, leerte das ansehnliche Gefäß, in dem aber
nur Bier war, und goß die Neige in den Schnee. »Aus der Erde kam's,
zur Erde fällt's«, sagte er, den Becher vor dem Hauptmann auf den Boden
setzend.

»Aus der Erde wuchsen wir, und zur Erde sinken wir«, wiederholte
Hans, das Haupt neigend, »unsern Seelen aber sei Gott gnädig. – Um die
Männer haben wir gehandelt nach Brauch der gewappneten Knechte,
sorgen wir jetzt um unsere Weiber und Kinder, daß sie Frieden behalten
beim Sieger. Wollt Ihr einen Eid darauf geben und empfangen, damit ihr
euch als ehrliche Feinde erweist? Denn ihr dient einem Fremden, der
unlustig ist, unsern Brauch zu ehren.«

»Wir bieten Freiheit für die wehrlosen Weiber und Kinder, und von
ihrer Habe Kochlöffel und Bett, ihr Gewand und was sie sonst unter dem
Gürtel tragen.«

»Wir fordern auch Pferde und Wagen für die Unsern«, versetzte Hans,
»und wir wollen sie den Euren gewähren.«

»Ihr wißt, daß dies gegen den Brauch ist«, antwortete der Bote rück-
sichtsvoll.

»Wir sind aber in fremdem Lande, und hundert Meilen über Heide
und Schnee sind weit für kleine Füße.«

»Darf ich's nicht beeiden, so will ich doch bei meinen Brüdern dafür
sprechen«, sagte der Bote.

Als der feindliche Rufer sich entfernt hatte, standen die Knechte auf
ihre Wehren gelehnt und sahen bestürzt einander an.

»Die Hunde verlassen sich darauf, daß sie unser Gelöbnis in der Tasche haben«, murmelte Hans.

»Was werdet Ihr tun?« fragte Georg.

»Ihnen entgegenziehen, wie wir gelobten«, versetzte Hans düster. »Die Knechte können nicht in Schande leben.«

»Müßt Ihr das Fähnlein im Freien daran wagen, so dürft Ihr doch die Hilfe des Ordens anrufen, damit Euch der Rücken gedeckt werde.«

»Den Orden?« rief Hans verächtlich, »ich sage Euch, die Junker und alle ihre Kumpane werden froh sein, wenn man uns von hier vertreibt, und sie werden sich lieber mit den Polen vertragen, als uns helfen. Die Bürger aber und das Landvolk sind so armselig und zerschlagen, daß es ihnen geringe Sorge macht, wer aus der Burg nach ihren leeren Höfen sieht. Dies ist ein Streit, der nur uns Knechte angeht. Werden wir der andern Meister, so fegen wir ihnen die Taschen und ziehen in unsere Burg zurück, werden sie die Stärkeren, so ist ganz gleich, wer nach uns in diesen Steinen gebietet.«

»Dennoch mahne ich Euch, daß Ihr die Pflicht habt, diese Stadt und Burg unserem Kriegsherrn zu bewahren. Darum bitte ich, berichtet dem Pfleger ohne Verzug durch sichere Boten von dem drohenden Zweikampf.«

»Wozu dem Pfleger eine Freude machen? Sende ich einige aus meinem Haufen, so könnten sie fehlen, wenn ich sie brauche, und wir sind um keinen zuviel.«

»Wenn niemand reiten will, so entsendet mich.«

Hans sah ihn mißtrauisch an. »Wollt Ihr von uns weichen?«

»Ich hoffe, daß Ihr das nicht im Ernste meint«, rief Georg.

»Ihr aber sollt daran denken«, entgegnete der Hauptmann, »daß der Weisel den Stock nicht verlassen darf. Reitet Ihr ohne Euer Tuch, so geht es Euch an Ehre und Hals, und nehmt Ihr den Knechten das Zeichen weg, dem sie sich gelobt haben, so wird ihr Eid null und nichtig, und sie schwärmen auseinander wie Raubbienen. Was meine Knechte hier zusammenhält, ist nur der Glaube, daß sie im Haufen vor Eurer Fahne kämpfen müssen und Euch rächen, wenn Ihr auf dem Grunde liegt.«

»Wollt Ihr niemanden aus dem Fähnlein daran wagen, so gestattet, daß ich den Henner abschicke, damit er für Burg und Stadt eine Hilfe herbeiholt.«

»Die Helfer, wenn sie kommen, könnten uns bei der Gelegenheit selbst aussperren«, antwortete mürrisch der Hauptmann. »Doch tut nach Eurem Gutdünken.«

Georg kehrte zum Turme zurück und berichtete dem Reiter, welcher ruhig über dem Frühstück saß, in Eile die neue Gefahr. Henner erhob sich: »Zum Henker mit der ganzen Bruderschaft. Sie hätten sich dreimal besonnen, bevor sie für den Hochmeister ihre Hälse wagten, weil sie aber eine Bosheit gegen ihresgleichen gefaßt haben, stolpern sie wie Betrunkene in eine nutzlose Schlägerei.« Er stürzte die Blechkappe über sein Haupt. »Auch ich rate nicht, dem Pfleger zu vertrauen. Doch vernahm ich, daß der Hochmeister selbst zu einer Reise in das Deutsche Reich aufgebrochen ist und hier in der Nähe verweilt, vielleicht gelingt mir, ihn zu finden. Verlaßt Euch darauf, daß ich mein Pferd nicht schone. Tragt Euren Kummer wie ein Mann, Jörge, in drei Tagen hört Ihr von mir.« Er eilte hinaus, Georg warf sich in den Sessel, und sein Haupt sank ihm schwer auf den Herd.

Die drei Tage vergingen in stürmischer Vorbereitung. Schnelle Boten beritten die Dörfer der Umgebung und riefen die Rotten, welche dort mit ihrem Troß lagerten, nach der Stadt; die Waffen wurden gemustert, die Knechte neu eingeteilt und gezählt. Es waren noch an dreihundert Mann, welche unter die Fahne traten, und etwa ebenso stark sollte der feindliche Haufen sein. Aber die Knechte des Hans waren stolz auf größere Erfahrung im harten Kampfe.

Am Frühmorgen des dritten Tages stand Georg mit dem Hauptmann über dem Tore. Hans wies nach dem Osten, wo die Morgenröte feurig heraufstieg: »Dort oben brennt's rot genug, auf der Heide aber liegt der Reif. Noch niemalen habe ich vor einem Streite den Morgenschauer so tief im Mark gefühlt als heut.«

»Wenn unsere Knechte die Arme heben, werden sie wärmer werden«, versetzte Georg zerstreut und sah nach dem Wege, auf dem er die Rückkehr des Henner erwartete. »Er bleibt zu lange aus«, murmelte er.

»Ein Landsknecht soll sich niemals auf Pferdehufe verlassen, ist eine alte Rede«, sagte der Hauptmann.

»Wenn nicht Gewalt ihn zurückhält, so kommt er«, antwortete Georg.

»Wir aber können nicht warten, bis ihm gefällig ist, die Gesellschaft der Junker zu verlassen. Ich wollte, Fähnrich, eine, um die Ihr trauert, wäre heut hier. Sie würde einen Segen über unser Eisen sprechen.«

Er sah prüfend auf Georg. »Um Euch sorge ich nicht, obgleich Ihr zum erstenmal die Fahne im Sturme tragen sollt. Vergeßt nur nicht, sie hochzuhalten, die Spitze stracks nach vorwärts, denn auf dies Zeichen achten alle Knechte, und denkt auch daran, daß Ihr nicht in die erste Reihe gestellt seid und nicht in die zweite, sondern in die dritte, weil Ihr nicht selbst um Euch schlagen sollt, sondern das Tuch gegen den Wind halten. Nur wenn keiner mehr vor Euch steht und die fremden Fäuste nach Euch greifen, mögt Ihr die Fahne um Euch werfen und Eure Rechte gebrauchen, solange Ihr könnt.« Noch einmal sah er in die Runde und neigte sein Haupt. Dann gebot er mit mannhafter Stimme: »Laß die Trommel schla- gen, Wuz, damit die Knechte ihren Frühtrunk verlassen.«

904

Die Trommel dröhnte, und Hans achtete scharf nach dem Ton; als die Schläge in der frischen Morgenluft kräftig über den Alarmplatz klangen, sagte er zufrieden: »Sie spricht an, ihr ist der Streit gelegen.«

In der Stadt wurde es laut, Weiber und Kinder schoben die Karren aus den Torwegen und warfen die Bündel hinauf, um sich in dem Schloßhofe zu bergen. Überall ängstliche Gebärden und wilde Rufe, die Knechte rannten zum Platze und stellten sich auf, viele mit bleichen Gesichtern und verstörten Mienen. Hans aber sprach zu seiner Frau, die gleich einem Mann bewaffnet zu ihm geeilt war: »Manches Jahr bist du Hauptmann gewesen in meiner Hütte und an meinem Feuer, heut übergebe ich dir, den Weibern und Troßbuben die Wache über das Schloß«, und leiser fügte er hinzu: »Auch die Wache über die Vorräte, welche ich hier zurück- lassen muß. Stelle die besten der Weiber auf das Tor, laß Steine herzutra- gen und achte darauf, daß der Zugang und alles übrige verschlossen bleibt.«

»Sorge nicht um uns, Johannes«, versetzte das Mannweib, »achte auf dich selber, daß du nicht gerade mit dem Hauptmann zusammenstößt, denn er hat einen alten Groll auf dich noch vom Reiche her, und verdeckte Kohlen halten lange die Glut.«

»Euch haben sie Frieden gelobt. Wenn ich nicht wiederkehre, so ge- braucht eure Zungen, damit sie ihr Wort halten; denn auch ein Unbändiger scheut sich vor eurem Geschrei und Fluchen. Ich denke, Alte, daran wirst du es nicht fehlen lassen, lange Jahre hast du dich bei mir redlich geübt.« Er hob ihr das Kinn und sah ihr vertraulich in das wettergebräunte Ge- sicht. Sie hielt seine Hand fest, und eine Träne lief langsam über die Wange.

»Sonst war ich näher bei dir auf dem Felde«, klagte die Frau.

»Unsere Spur ist breit genug, ich denke, du wirst noch zurechtkommen. Finde ich den Rückweg nicht, so findest du den Weg zu mir; ich hoffe, die Heiligen werden sich mehr um dich kümmern als um die andern, weil du mit mir an der Kirchentür standest. Alles hat sein Gutes.« Er wandte sich ab und trat zum Haufen, dort gab er die letzten Befehle, dann hob er den Spieß, welchen er im Kampfe trug, lüftete seinen Hut und gab das Zeichen zum Aufbruch.

Langsam bewegte sich der Haufen aus dem Tore; im Schloßhof beim Trinkkruge hatten die Knechte sich für eine ansehnliche Schar gehalten, jetzt im Freien auf der weißen Decke, welche der Reif über das Land gelegt hatte, erkannten sie, wie klein ihre Zahl war, und besorgte Blicke spähten nach der Ferne, um zu erkunden, ob die Feinde in größerem Zuge entgegenkämen.

Kurz darauf sprengte ein Reitertrupp durch die Stadt, dem Schlosse der Landsknechte zu, die Weiber in der Burg erkannten weiße Mäntel und das Ordenskreuz. »Öffnet«, gebot die Stimme des Pflegers an dem geschlossenen Tore. Aber über die Zinne hob sich die Frau des Hauptmanns, eine Hellebarde in der Hand. »Weicht von hinnen, wer Ihr auch seid; hier gebietet niemand als Hans Stehfest und sein Volk.«

»Öffne, alte Törin«, wiederholte der Reiter ungeduldig und stieß mit dem Schaft seiner Lanze gegen das Tor, »oder meine Buben lassen dich ihr Speerholz fühlen.«

»Kommt der Ordenspfleger, um die geworbenen Knechte zu grüßen, so soll er hinausreiten auf die Heide, wo unsere freien Knaben zum Streite ziehen. Wollt Ihr kämpfen, so rückt gegen die Polen, nicht gegen uns Weiber. Macht Euch fort, sage ich, oder mein Troß wirft Euch mit Steinen.«

Der Reiter zog sich zurück. »Sprengt die hintere Pforte«, gebot er einem Trupp Knechte. Diese führte Henner um das Schloß herum, trotz dem Widerstand der Weiber rissen sie die Pforte auf. Nach längerem Verzug und vielem Lärm gelang es, den vorderen Zugang zu öffnen. Mühsam wanden sich die Reiter durch aufgefahrene Karren des Trosses, umtobt von dem Geschrei und Geheul der Weiber und Kinder.

Mit seinen Begleitern ritt der Hochmeister in den Hof. »Besetzt die Mauern und sichert die Pforte«, befahl Herr Dietrich von Schönberg, »wir kamen noch zu rechter Zeit.«

»Wohin zog der Hauptmann mit dem Fähnlein?« fragte der Hochmeister die Alte, welche mit ihrer Hellebarde feindselig vor ihm stand.

»Den Weg zum Steinkreuze findet ein Blinder. Seid Ihr der Herr, dem die Fahne gehört, so achtet darauf, daß Hans Stehfest mit seinen Knechten nicht unter Euren Farben erschlagen werde.« Sie wandte sich finster ab, stieg auf einen Karren, ergriff die Zügel und peitschte die Pferde zum Schloßtor hinaus.

Da gebot Herr Albrecht dem Pfleger: »Sorgt mit Euren Reisigen für die Sicherheit des Schlosses«, und dem Herrn Dietrich: »Laßt ihm an Mannschaft zurück, was die Mauer bedarf, und ihr Herren folgt mir, daß wir den Bruch des Stillstands verhindern.« Aber er sah rings um sich umwölkte Gesichter und widerwillige Mienen. Herr Dietrich bat mit höfischer Ergebenheit: »Wir dürfen nicht leiden, daß mein gnädiger Herr sich mit dem schwachen Haufen in freiem Felde einem polnischen Angriff preisgebe.« Von der andern Seite drängte der Pfleger sein Pferd heran. »Nichts Besseres kann Eurer fürstlichen Gnade und dem Orden geschehen, als wenn die fremden Ratten sich untereinander auffressen.«

»Ohne Befehl und wie Meuterer sind die Schelme ausgezogen, ganz eigenmächtig und in Rachsucht«, rief ein alter Komtur. »Das Schloß behaupten wir, wie mögen wir unsern Gebieter und unsere Waffen in unrühmlichem Kampfe gegen Knechte daransetzen.« Und mit Kopfnicken und Gemurmel fielen ihm andere bei. Da trieb Henner sein Pferd aus dem Kreise. »Ich bitte um Urlaub, Herr, daß ich zu dem Haufen reite, ich habe dort einen Gesellen, der zu mir gehört, und ich will ansehen, wie er im Sturm die Ordensfahne hält.«

»Nehmt mich mit, Junker«, gebot in bitterem Unwillen der Hochmeister, »wenn meine Ordensbrüder in bedächtiger Klugheit die Ehre ihres Herrn vergessen, so will ich allein dafür sorgen, daß meinem Andenken die Schande erspart bleibe.« Und er ritt hinter Henner dem Tore zu.

Da blickte Herr Dietrich finster auf seine Kumpane und jagte mit einem Teil der Weißmäntel dem Herrn nach.

Gerade als sie aus den engen Gassen der Stadt ins Freie kamen, fuhr im gestreckten Lauf ein Schwarm polnischer Reiter ihnen entgegen. Die Polen stutzten und warfen sich seitwärts auf das Feld, dort hielten sie an, und ihre Führer berieten, endlich ritt ein einzelner Reiter auf die Ordensbrüder zu. Herr Dietrich löste sich aus dem Trupp und rief dem Fremden entgegen: »Ihr kommt zu spät, Kastellan, wenn Ihr ein Gastlager im Schlosse sucht; der Hausherr hat den Schlüssel abgezogen und bewahrt ihn an seiner Schwertseite.«

Aber Pan Stibor schwenkte lachend die Hand zum Gruße: »Dennoch komm ich nicht zu spät, Seine fürstliche Gnaden zu begrüßen und meine Landsleute zu entschuldigen. Denn nicht wir Polen sind darüber her, den

Frieden zu brechen, sondern die fremden Knechte, welche untereinander in Zwist geraten sind und jetzt auf der Heide zusammen schlagen.«

»Wollt Ihr deshalb mit meinem gnädigsten Herrn verhandeln, so seid Ihr in unsern Reihen willkommen«, rief Herr Dietrich dagegen, »Ihr mögt uns helfen, den Streit zu hindern. Euren Haufen aber ersuche ich aus unsern Feldern heimzusenden, denn Ihr seht, Pan Stibor, wir sind hier die Stärkeren.« Der Pole überlegte, dann rief er einen Befehl zurück, der polnische Haufe stob von dannen, er selbst kam mit höflichem Gruß auf den Hochmeister zu.

Unterdes bewegte sich das Fähnlein der Knechte langsam nach der Stätte, wo auf öder Heide ein verwittertes Steinkreuz ragte. Die Gesichter der Wilden waren fahl, aber in den düstern Zügen lag mürrische Entschlossenheit. Georg trug die Fahne mit gehobenem Haupte, gleichgültig wie ein Traumwandler gegen alles, was um ihn vorging, denn immer schwebten zwei körperlose Gestalten vor seinem Auge, ein Weib und ein Kind, und kein Gedanke wurde in ihm lebendig als der eine, daß er auf dem Wege sei, sie wiederzufinden. Zur Seite sah er das Kreuz zwischen erstorbenen Distelstauden, und einen krächzenden Raben, welcher auf dem Kreuze saß, und er lächelte über den Vogel. Der Hauptmann rief Halt, denn wenige hundert Schritte vor ihm brach der feindliche Haufe aus einem Kieferngehölz. Auch dieser hielt. »Wir haben sie«, rief Hans mit starker Stimme über seine Schar, »dringt gegen sie und stecht in ihre vollen Taschen.« Ein wilder Schrei folgte der Mahnung, und von drüben antwortete ein gleicher Ruf. Der Trommler schlug, die Führer sprangen vor und ordneten ihre Rotten zu viereckigem Schlachthaufen; mitten auf der Seite, die dem Feinde zugekehrt war, hielt Georg die Fahne, umgeben von den stärksten Knechten, welche riesige Schlachtschwerter führten. Vor die Spießträger traten in gelöster Ordnung die Knechte mit Feuerrohr, um den feindlichen Haufen für den Einbruch zu lockern. Umständlich wurde die Schlachtordnung von beiden Teilen geformt. Endlich dröhnte die große Trommel zum zweitenmal, der ganze Haufen fiel auf die Knie, jeder der Knechte sprach mit gehobener Waffe ein stilles Gebet und warf, um sich für den Tod zu weihen, eine Handvoll Erde hinter sich. Als Hans aufstand, gab er dem Fähnrich das Zeichen. Da schwenkte Georg das Fahnentuch in der Luft und rief den alten Schlachtenruf der Knechte: »Wohl über sie, Herr«, und »Über sie, Herr«, schrie der Haufe nach. Von drüben klang derselbe Schrei, und langsam, mit schwerem Tritt, rückten die Fähnlein aufeinander zu, so daß beide in Schußweite hielten; die

Schützen stützten sich auf ein Knie, bliesen das Zündkraut an, und die ersten Schüsse krachten aus den schweren Rohren. Aber nicht lange ertrug die grimmige Ungeduld das tatlose Harren, nach jeder Kugel, welche traf, tönte der Kriegsruf wilder aus den heiseren Kehlen. Die dichte Masse bewegte sich und drückte, bis der Hauptmann erkannte, daß der Augenblick gekommen sei; der Trommler schlug zum dritten Male in schnellem Sturmschlag, die Schützen liefen zur Seite, die Spießträger senkten die Waffen, und die Haufen brachen zum Sturm gegeneinander vor.

In dem Augenblick regte sich's hinter den Feinden am Holz, ein Schwarm berittener Polen trabte aus dem Walde und stellte sich zur Seite auf, den Reitern folgte fremdes Fußvolk, welches als Rückhalt für die Landsknechte den Waldrand besetzte. An der Spitze der Reiter meinte Georg seinen Feind Pietrowski zu erkennen. Hans aber stieß einen schweren Fluch aus: »Die ehrlosen, meineidigen Schufte!« Denn er verstand wohl, daß gerade in der Entscheidung seinem Haufen die Kraft des Stoßes zerbrochen wurde, und er schrie mit mächtiger Stimme zurück: »Drauf und dran.« Da stießen die Haufen zusammen, die Spieße krachten, Todwunde fielen, mit wildem Geschrei rückten und drängten die beiden zusammengeschobenen Massen gegeneinander, treibend und weichend, gleich zwei wütenden Stieren, deren Hörner sich nicht mehr zu lösen vermögen. Aber nur kurze Zeit behielt der Haufe des Hans Stehfest seine Stärke; an den scharfen Ecken, wo Wuz und Benz den Befehl hatten, vermochte ihr gutes Beispiel nicht zu verhindern, daß in der Sorge um die neue Gefahr die Kraft erlahmte. Dort begann die Flucht; nicht lange, und nur in der Mitte, wo der Hauptmann und der Fähnrich trieben, hielt noch ein Knäuel zusammen. Vor der Fahne lag eine Reihe der alten Doppelsöldner am Boden, und von den Starken mit den Schlachtschwertern sprang einer nach dem andern vor die Fahne, zerschlug Spieße und warf sich gegen die Leiber der Feinde; und einer nach dem andern wurde erstochen. Der letzte war Peter Meffert, wütend hieb er um sich, und sein Schwert traf den Heinzelmann, daß dieser in die Arme seiner Nachbarn sank. Als der Wilde zurücksprang, sah er seinen Hauptmann am Boden, den Haufen zerstreut und den Fähnrich, der, nur noch von wenigen Knechten umgeben, in der Linken die Fahne hielt und in der Rechten den geschwungenen Degen. Da schrie der Landsknecht: »Der letzte Streich sei für mich und die Rache«, und sich zur Flucht wendend, schlug er mit dem furchtbaren Schwerte gegen den Arm des Fähnrichs, daß diesem die

908

Hand mit der Waffe zu Boden fiel und der Verstümmelte auf die Fahne hinsank.

Vom Walde flogen die polnischen Reiter heran, und ihr Führer senkte mit brennenden Augen die Lanze, um den Wunden auf dem Fahnentuch zu durchbohren. Aber von der Seite rief eine Stimme: »Hierher, du Henkersknecht, daß ich dir die adlige Feder ausraufe«, und Henner stürmte mit seinem Rennspieß gegen den Polen. Er stach ihn im Nu durch die Gurgel und vom Pferde, doch er selber stürzte gleich darauf, von einem polnischen Streitkolben getroffen, neben Georg auf die Heide. »Armer Henner«, seufzte Georg.

»Gehab dich nicht weinerlich, Jörge«, antwortete Henner leise, und ein Lächeln flog über sein entstelltes Gesicht. »Jetzt liegen zwei beieinander, die zusammengehören; ich aber hab dir meine Treue bewiesen als ein deutscher Edelmann.« Er zuckte, dann lag er still.

Unterdes dröhnte auf dem Felde der Hufschlag eines geschlossenen Reitertrupps, die Verfolger wichen zurück, da, wo der Fähnrich und die Fahne lagen, umschlossen die Reiter im Kreise den Hochmeister. Aber Albrecht stieg ab, beugte sich über den toten Henner, sprach herzlich zu Georg und übergab ihn der Pflege eines Arztes in seinem Gefolge. Und zu seinem Vertrauten gewandt, setzte er traurig hinzu: »Der Hochmeister kam zu spät, weil seinen Ordensbrüdern der Ritt nicht behagte; jeder Landesherr, der mit angeborenem Recht seinen Leuten gebietet, hätte
williger Gehorsam gefunden.«

Der kurze Tag ging zu Ende, bewaffnete Ordensleute schützten die Stätte des Kampfes vor Raubtieren mit menschlichem Antlitz und vor den hungrigen Wölfen, während die Weiber des Trosses mit lauter Klage die Wunden und Getöteten auf ihre Karren luden. Da saß am Steinkreuz unter den Disteln eine alte Frau; über den Leib des starken Hans gebeugt, hielt sie sein Haupt in ihrem Schoße; sie saß unbeweglich und ohne Tränen, nur zuweilen strich sie mit ihren Händen sein graues Haar. Um sie flatterte und krächzte der Rabe, und über die Heide brauste mit mächtiger Stimme der Wind: Aus der Erde wuchset ihr, zur Erde sinket ihr.

Enttäuschung

Auf seiner Reise nach dem Deutschen Reiche ritt der Hochmeister in Thorn ein unter polnischem Geleit, das der König nicht hatte versagen können. Dem Rat war die Herberge des gefährlichen Nachbars unwillkommen, er trug Vorsorge, daß die Stunde der Ankunft vorher nicht ruchbar wurde, und öffnete den Gästen Zimmer des Artushofes, damit der Verkehr mit den Bürgern leichter beaufsichtigt werde. Trotz dieser Vorsicht fand der Hochmeister bei seinem Einzuge die Straßen mit Menschen gefüllt, empfing Grüße von allen Seiten und sah neben den ernsten Mienen der Polnischgesinnten viele erfreute Gesichter. Als er das Gastgeschenk der Stadt entgegengenommen und mit dem neuen Burggrafen Hutfeld höfliche Begrüßung ausgetauscht hatte, sagte er Herrn Dietrich:

»Ich trete heut nicht ohne Sorge unserm finstern Alten gegenüber, ich fürchte, er ist mit uns nicht zufrieden, und ich muß ein Bote werden, der ihm Unwillkommenes meldet.«

»Sein guter Rat, der unerbeten aus dem Winkel kam, ist Eurer Gnade oft lästig geworden. Wer nicht die Arbeit und Last der Verhandlungen auf sein Leben nimmt, der sollte sich hochtönender Ratschläge enthalten.«

»Ehre seine Klugheit und Treue«, gebot Herr Albrecht.

»Lieber ehre ich sein Geld, und deshalb bitte ich Euch, mit hoher Huld nicht zu kargen, denn Geld brauchen wir jetzt nötiger als je.«

»Wie darf ich ihm, der so große Opfer für uns gebracht, neue Zumutung stellen?«

»Was Ihr selbst nicht tun wollt, überlaßt getrost mir«, antwortete lachend der Vertraute, »da der Bürger die Ehre hat, Euer Bundesgenosse zu sein, so ist billig, daß er wenigstens zuträgt, was Euch fehlt.«

Auch Marcus erwartete den angekündigten Besuch nicht mit leichtem Herzen. Auf die begeisterte Hoffnung war Ernüchterung gefolgt, vieles war nicht gelungen, das Wichtigste noch unentschieden, und der Kaufherr hatte sich zuweilen gefragt, ob die rührige Geschäftigkeit des Hochmeisters nicht größer sei als sein festes Beharren. Aber als der edle Herr jetzt vor ihm stand und mit herzgewinnender Freundlichkeit seinen Gruß bot, da leuchtete doch die Freude im Angesicht des stillen Mannes.

»Ihr seid nicht einverstanden, Vater, daß ich in das Reich gehe«, begann Herr Albrecht nach dem ersten Austausch höflicher Worte.

»Verzeiht, gnädigster Herr, wenn ich mich zu der Meinung bekannte: der Herr gehört in sein Land und gute Helfer an fremde Höfe und Kanzleien.«

»Gute Helfer, selbst wenn ich sie hätte, werden meinen Bitten in der Fremde schwerlich geneigtes Gehör schaffen. Um den Hochmeister, welcher einsam in Königsberg sitzt, kümmert sich niemand; auch meine

Vettern sind froh, wenn sie meine Mahnungen nicht hören. Allzuweit bin ich von den Reichstagen, von Rom und dem Kaiser entfernt. Die Reise ist lange bedacht, und meine beste Hoffnung ist, daß ich da, wo die letzte Entscheidung liegt, selbst für mich handle.«

Unzufrieden fragte Marcus: »Und hofft mein gnädigster Herr, daß in dem eigenen Lande, dem der Gebieter fehlt, Sicherheit und gutes Vertrauen zurückkehren werden? Vieles bleibt dort ungeordnet, und alle Gegner erheben ihr Haupt. Man erzählt, daß die neue Ketzerei in dem Ordenslande wenig Widerstand findet.«

»Wie vermag ich den Kampf aufzunehmen mit Gedanken, welche jetzt jeden erregen?« rief der Hochmeister lebhaft, und seine Vorsicht vergessend, setzte er hinzu: »Wie darf ich wehren, Vater, was beschwerte Gewissen für sich als ein Recht fordern? Jedermann weiß, daß die Kirche einer Besserung bedarf.«

Die Brauen des Marcus zogen sich finster zusammen: »Der Hochmeister des Deutschen Ordens ist verloren, wenn Mißtrauen und übler Wille des Heiligen Vaters sein Werk kreuzen. Nicht Eurer fürstlichen Gnade steht es zu, um die Schäden der Kirche zu sorgen; denn für das große Geschäft Eures Lebens ist der Heilige Vater ein Geschäftsfreund, den Ihr zur Zeit notwendig braucht. Dem König von Polen gelingt besser, sich in Rom guten Willen zu sichern.«

»Mein Oheim trennt sich ungern von seinem Golde, dennoch kann er leichter volle Felleisen über die Alpen senden als ich. In seinem Lande zeigt er zwei Gesichter, den Polen einen römischen Hofmann, den Deutschen einen nachgiebigen Schutzherrn. So muß auch ich tun, Herr, denn unter meinen Augen löst sich von dem alten Bau der Kirche ein Stein nach dem andern.«

»Der große Dom, welcher die Christenheit umschließt, wird durch keine Neuerung zerworfen werden«, antwortete Marcus mit gehobenem Haupt, »und ich flehe in Ehrfurcht, daß mein gnädigster Herr um des eigenen höchsten Vorteils willen auch im Reiche die Gemeinschaft mit den Sektierern sorglich meide. Denn von wildem Rausche sehe ich die Menschen erfaßt, Gelübde sollen nicht mehr gelten, frech verkünden die neuen Lehrer Befreiung von jeder lästigen Pflicht, überall ist der Friede in Unfriede verkehrt und Krieg zwischen den Herzen, welche zusammengehören, die Dienenden erheben sich gegen ihre Herren, die Kinder gegen die Eltern.«

911

»Dennoch werdet Ihr es nicht tadeln, wenn ich einen Unfrieden, den ich nicht zu schlichten vermag, für mich zu benutzen suche; Ihr selbst in Thorn setzt Eure Hoffnung darauf.«

»Ungern tue ich es«, entgegnete Marcus finster. »Auch ist es nicht das Gewissen des Unzufriedenen, auf welches Eure ergebenen Freunde Hoffnung setzen, sondern die Sünde und Schwäche unserer Gegner; und Euch, gnädiger Herr, würde, wenn Ihr im Lande geblieben wäret, wohl in wenigen Tagen die Kunde zugegangen sein, daß die Bürger von Thorn sich gegen das polnische Regiment erhoben haben und Euch zu dienen bereit sind. Vermögt Ihr auch während des Stillstandes Euch dieser Stadt nicht offen anzunehmen, so sind es doch Eure Freunde, welche die Macht erhalten; ihr Beispiel wird in andern Städten Nachahmung finden, und ihre Klagen gegen die Polnischen laut genug bis in das Deutsche Reich hinüberklingen. – Ich nehme an, Eure Gnade hat befohlen, die Landsknechte, deren Fähnrich Georg König geworden ist, abzuzahlen, damit den Hochmeister kein Vorwurf treffe, wenn die Bürger von Thorn sich einen Teil der Heimziehenden anwerben.«

Der Hochmeister erhob sich schnell. »War es unrecht, Euch die Nachricht bis jetzt vorzuenthalten, so zögerte ich nur, weil mir schwer wird, dem Vater Schmerzliches zu sagen. Das Fähnlein ist in Händel mit polnischen Landsknechten geraten und in offenem Kampfe zerstreut worden; Euren Sohn fand ich auf blutigem Felde. Ich hoffe, Herr, daß es der Kunst meines Arztes gelingt, ihn dem Vater zu erhalten; aber er ist schwer verwundet.«

»Noch habt Ihr nicht alles gesagt«, rief Marcus, in das bewegte Gesicht des Herrn starrend.

»Er hat seine Schwurhand durch den Schlag eines Schwertes verloren.«

Da sprach Marcus vor sich hin: »Der Vater setzte die Hand auf das Eisen, und dem Sohne wurde sie abgeschlagen.«

»Ich denke daran, Herr, daß Euer Sohn die Hand verlor, als er meine Fahne trug. Ich bitte, gebt mir Gelegenheit, ihm und Euch meine guten Dienste zu erweisen, soweit ich armer Mann das vermag. Ich habe meinen Medikus bei dem Kranken zurückgelassen; gestattet dem Sohn, wenn sein Zustand das erlaubt, mir in das Reich zu folgen, dort wollen wir ihn pflegen, und ich will ihn halten wie den liebsten meiner Diener.« 912

Der Vater stand abgewandt mit gebeugtem Haupte; als er das düstere Antlitz seinem Gaste zukehrte, zitterte seine Stimme: »Öffnen sich meinem Sohn die Tore der Vaterstadt, so soll er hierher zurück, denn der Vater vermißt ihn jeden Tag; bleibt der Bann, welcher über ihm hängt, in Kraft, dann möge er Eurer fürstlichen Gnade zu dienen suchen.« Er rang nach Fassung, aber der Hochmeister sah mitleidig den bittern Zwang, und aufbrechend sagte er traurig: »Was wir beide hoffen, werde unser Trost.«

»Auch gutes Glück gibt nicht jedem wieder, was er verlor«, antwortete der Alte. »Wenn die Heiligen unsere Wünsche nur gegen ein Opfer erfüllen, so möge das Unglück mich und die Meinen treffen und Ihr, gnädiger Herr, frei ausgehen. Denn Ihr seid immerdar die Hoffnung des ganzen Preußenlandes.«

Als Marcus allein in der Stube saß, das schwere Haupt in die Hand gestützt, vernahm er vor der Tür ein klägliches Seufzen, sein Knecht Dobise schlich herein, wischte die Augen bald mit der Mütze, bald mit dem Ärmel und brachte endlich heraus: »Meister, die Alte ist fort.«

»Wohin?« fragte Marcus in seinen Gedanken.

»Wer kann das sagen«, seufzte Dobise. »Sie verging ganz schnell, bevor sie den letzten Segen erhielt. Es gab im Holze ein großes Gekrach und Dröhnen, das man weit auf dem Felde hörte, und die Leute liefen ins Dorf und schrien, daß die Eiche umgestürzt war.« Marcus fuhr auf und sah ihn fragend an. »Ja, Herr, der alte Baum in der Lichtung. Es wehte kein arger Wind, und allen kam der Sturz wunderlich vor. Da schrie die Alte: ›Jetzt geht es zu Ende, und alle Seelen fliegen von dannen!‹ Wer weiß wohin, Herr. Aber der Baum ist zur Erde gefallen und die Alte auch.« Er wischte sich wieder die Augen. »Herr, wie wird's mit dem Sterbekleide? Ich denke, weil sie Euch gehört hat, ist das eher Eure Sache als die meine.«

Marcus bedeutete ihm durch eine Bewegung der Hand, zu entweichen, und Dobise setzte sich kummervoll in seine Kammer. »Ob ich ihr den Goldstoff zu ihrem Kleide einpacke und mitgebe, oder ob ich ihn behalte? Denn sie wäre eine vornehme Frau, wenn sich nicht vor ihrer Zeit manches in der Welt geändert hätte. Die Eiche und die Alte sind fort, Junker Georg ist verloren, die Jungfer Anna und das Kind sind tot, und mit diesem Haus geht es auch zu Ende, ich höre seit langem das Knistern im Gebälk. Dobise, sorge dafür, daß du deine Schätze anderswo versteckst. Niemand in Thorn weiß so viele Verstecke als ich«, fuhr er ruhmredig fort, »Geheimnisse des Hofes und andere, die ich als Erbteil von meinen Landsleuten überkommen habe. Auch diese sind jetzt verschwunden, und ich bin der einzige, der Bescheid weiß.«

Nach diesem Selbstgespräch geschah es, daß Dobise mit besonderer Heimlichkeit in dem alten Hause wirtschaftete, er trug zusammen und schnürte Bündel, wo ihn niemand sah, und begann am nächsten dunklen Abend mit seinem Kram auszuziehen. Er lief, scheu um sich blickend, zu den Trümmern der alten Burg, drang an der wegsamsten Stelle, zu welcher er einst die Musikanten geleitet hatte, über den Graben, kletterte die gemauerte Einfassung hinauf und verlor sich unter den dunklen Schatten des Trümmerhaufens. Wenn er dort in einer Ecke den Schutt entfernte, fand er eine niedrige Holztür und dahinter Zugang in den Keller des alten Schlosses. Früher hatten Schiffsleute das Versteck gebraucht, um geraubtes Gut zu bergen oder Waren dem Auge des Zollwächters zu entziehen, jetzt freute sich Dobise der günstigen Stelle. Aber nicht lange blieb ihm dieser Besitz; denn seit einiger Zeit achteten fremde Augen auf jeden seiner Wege, und als er zum drittenmal unter die Steine kam, sein Bündel niedergelegt und mit Hilfe der Blendlaterne die Tür geöffnet hatte, fühlte er sich von starken Fäusten gepackt, und aus dem Schatten der Mauer trat eine Gestalt, welche er trotz der Verhüllung zur Stelle erkannte, weil er sie nächst seinem Gebieter mehr fürchtete als jeden andern. Es war der Schwager seines Herrn, einst Genosse der Handlung. »Bindet ihn, Lischke«, gebot der Burggraf, »und steigt mit einem Trabanten hinab; ihr andern führt den Knecht ohne Lärm zum Kerkertor, dort will ich ihn selbst verhören.«

In der Neustadt lag unweit des Marktes die Schenke zur blauen Marie, in welcher ansehnliche Zunftgenossen am liebsten verkehrten. Sie war für Fremde von weitem kenntlich durch ein Holzbild der Himmelskönigin, welche im schönen blauen Gewande die geöffnete Hand über der Tür ausstreckte, als Zeichen, daß an diesem Ort den Neustädtern durch den frommen Wirt das Geld abgefordert wurde. In der großen Schenkstube standen Tische und Bänke aus Fichtenholz, dort saßen dichtgedrängt die Gäste, welche der Zufall oder alte Genossenschaft zusammenführte: Handwerksgesellen, Landleute aus der Umgegend mit ihren Weibern, dazwischen andere, deren Heimat und Amt unsicher war, leicht erkennbar an den herausfordernden Mienen, mit welchen sie ihre Nachbarn betrachteten. Aus dem Raume für das gemeine Volk führten mehrere Stufen zu einer Oberstube, welche stattlicher eingerichtet war, der untere Teil der getünchten Wände war mit gebohnten Brettern verschlagen, Tische und Bänke weiß gescheuert, auf dem Fußboden lag weißer Sand zu zierlichen Kreisen gesiebt, ein Ofen verbreitete behagliche Wärme und Talglichter in großen kupfernen Leuchtern erhellten den Raum, und wenn sie einmal dunkler brannten, so schneuzte sie der auf und ab gehende Wirt geschickt mit den Fingern. Aber heut tat er das nur aus alter Gewohnheit, denn die Stube war leer, und er selbst bewegte sich als Wächter, um fremde Kunden abzuhalten. Denn seine Stammgäste waren in geschlossenem Gemach dahinter versammelt, und durch die Tür tönte ein Durcheinander heftiger Stimmen. »Jetzt spricht Herr Seifried«, brummte der Wirt, »man merkt's an der Stille – er zählt die Summen auf, welche der Rat vergeudet hat, nicht umsonst hat er die Ratsbücher geführt – er verhöhnt das Vornehmtun – jetzt verklagt er den Rat wegen der Ungerechtigkeiten, welche dieser an Neustädtern verübt hat – das hat sie erzürnt, er versteht sein Handwerk. Er versteht sich auch auf Striche am Kerbholz, denn er ist mir am meisten schuldig.«

Ein untersetzter Mann in dunklem Mantel, den Hut tief über die Stirn gedrückt, stieg aus dem Dunst der unteren Stube herauf; der Wirt maß den Fremden mit ängstlicher Miene, und als dieser leise gebot: »Öffnet und haltet Euch in der Nähe«, da ließ der Wirt den Gast dienstbeflissen in das verschlossene Gemach und hielt sein Ohr an die Tür. Die meisten Viertelsmeister und Zunftältesten der Neustadt standen in dem Raume zu geheimer Beratung, beim trüben Schein des Lichtes erkannte man kaum die geröteten und eifrigen Gesichter. »Was braucht es noch vieler Worte, uns zornig zu machen«, mahnte ungeduldig Dendel, der Zinngießer, »wir haben lange genug die Fäuste in der Tasche geballt, jetzt gilt's, sie ihnen unter die Augen zu strecken. Meiner Zunft bin ich sicher, schlagt um und ruft zum Sturme.«

Und Herr Seifried rief übermütig einen Spottvers, der auf den Straßen gesungen wurde: »Auf und an mit frischem Mut wohl gegen das edle Blut, das wenig hat und viel vertut.«

»Auch meine Knappen sind bereit«, schrie Kunz, der Lohgerber, die Faust auf den Tisch setzend, »und sie haben nichts dagegen, ihre gelben Schürzen im Rathause rot zu färben.«

»Ihr wißt, Nachbarn«, rief Barthel, »daß die Schneider der Neustadt bei jedem Alarm den Vortritt haben.«

»Wenn Ihr sie führt, Barthel«, spottete der Lohgerber, »Ihr tragt ihnen die Quaste vor, die Eure Schere vor Zeiten dem Hausteufel der Könige von seinem Schwanz geschnitten hat.«

»Schweigt mit den Possen«, gebot in dröhnendem Basse Wolf, Obermeister der Schmiede, »verteilt lieber die Arbeit für morgen zur Mitternacht. Wer lockt mit der Feuerglocke?« – »Wir Schlosser«, antwortete ein Meister.

»Und wer öffnet das Kerkertor?« – »Bilse, der Grobschmied«, rief ein anderer.

Da klang aus dem Hintergrunde eine helle Stimme: »Wollt ihr die alte Ordnung der Stadt zerschlagen, Nachbarn, so nehmt mich mit, denn ich gedenke euch zu helfen.« Zwischen den Bürgern trat der Verhüllte an das Licht und entblößte sein Haupt, es war der Burggraf Hutfeld. Flüche und zornige Rufe wurden laut, die Messer fuhren aus der Scheide, und vom Hintergrund schrie eine Stimme: »Auf ihn, er darf nicht lebendig von hinnen.« 915

»Laßt die Eisen stecken, günstige Nachbarn und gute Freunde«, gebot Hutfeld, »wenn scharfe Waffen diesen Streit beenden sollten, dann wäre euer Burggraf im Vorteil, und ihr wäret Gefangene des Rats. In der vordern Wirtsstube zechen Trabanten und andere bewachen die Tür, durch welche ihr eingetreten seid.« Die Gesichter wurden lang, die gehobenen Arme sanken herab. »Wie durftet Ihr wagen, hier einzudringen?« schrie der Lohgerber, welcher zwischen Zorn und Sorge zuerst Worte fand.

»Da ihr nicht zu mir an den Ratstisch kamt, um eure Beschwerden vorzutragen, so komme ich zu euch, und ich schwöre bei den Heiligen unserer Stadt, ich komme ohne Arg in guter Meinung. Denn ich wiederhole euch, wollt ihr den Rat werfen, wollt ihr alten Mißbrauch nicht ärger machen, sondern bessern, so bin ich auf eurer Seite, und ich, der Burggraf, will euch helfen mit meinem Leben nach meinem besten Vermögen. Ich denke, wir müssen den Streit untereinander ausmachen, damit wir weder den andern Städten noch der Landschaft, weder den Polen noch anderen Fremden ein Recht geben, sich in den Zwist der Kinder von Thorn einzumischen. Denn dies geht uns allein an. Es handelt sich um Stadtgut, und es handelt sich nur um unsere Hälse. Und darum bitte ich euch, hört auf meine Worte. Manches ist hier und anderswo geklagt worden über unser Regiment; ich weiß besser als ihr, daß vieles übel geordnet ist, und ich könnte zu euren Klagen noch andere setzen, die nicht weniger Grund hätten. Aber nicht die einzelnen Beschwerden sind das größte Leiden der Stadt, sondern der Rat selbst.«

Die Bürger trauten ihren Ohren nicht und standen in finsterm Schweigen, aber die Stimme des Schneiders rief: »Hört ihn, er hat das Richtige gesagt.«

»Liegt die Schuld am Rate«, fuhr Hutfeld fort, »so liegt sie doch nicht an den Männern, welche jetzt darin sitzen, denn diese sind nicht schlechter als andere in der Stadt; sondern der Schaden liegt darin, daß nach eingerosteter Gewohnheit nur wenige die Macht haben und zuweilen eigennützig gebrauchen und daß sie nicht immer erkennen, was der Bürgerschaft frommt. Vieles würde besser geschafft werden, wenn die Stadt den Beirat der verständigen Männer gewinnen könnte, welche hier versammelt sind, und einiger anderer aus der Altstadt, welche Einsicht und das Vertrauen ihrer Mitbürger besitzen. Darum ist meine Meinung, daß für die Thorner hohe Zeit ist, die Ratsstühle umzustellen, die kleine Zahl der Ratsherren zu vergrößern und euch und euresgleichen an den Ratstisch zu setzen, damit die Bürgerschaft das Recht erhalte, selbst für das Wohl ihrer Stadt zu sorgen. Mir ist nicht leicht geworden, euch dieses Angebot zu machen, denn ich gehöre zu den alten Regierenden, und ich und mein Geschlecht, wir hatten den Vorteil davon; aber ich erkenne die große Gefahr der Stadt, Fremde lauern darauf, sich einzudrängen, und der Unfriede frißt an eurem Wohlstand und ehrlichen Verdienst. Traut mir darum nicht weniger, weil ich mit schwerem Herzen komme, ich will euch ein ehrlicher Bundesgenosse sein, und ich hoffe, wenn ich am Ratstische mit euch sitze, daß wir das Beste der Stadt williger wahrnehmen, als der alte Rat vermochte. Wisset auch, günstige Nachbarn, in denen ich gern meine künftigen Ratsgenossen begrüße, ich bringe euch noch einen andern Verbündeten zu, und dieser ist König Sigismund von Polen.«

Ein Murren erhob sich, aber der laute Ruf: »Stille!« bändigte es. Und der Burggraf sprach weiter: »Der König weiß durch mich von vielem, was ihr mit gutem Grunde fordert, er ist gewillt, euch nachzugeben und eine Reformation der Stadt, die wir zusammen beschließen, durch sein Siegel zu bestätigen. Und darum frage ich euch jetzt noch einmal in Treue: Wollt ihr euren Burggrafen als Genossen annehmen zu gemeinsamem Werk?«

Alle schwiegen, aber Hutfeld erkannte in vielen Gesichtern die Befriedigung. Endlich begann Wolf, der Obermeister: »Da Ihr zu uns kommt als guter Nachbar, wie Ihr sagt, so sollt Ihr auch von uns ehrlichen Bescheid erhalten. Große Verheißungen haben wir von Euch gehört, und mancher unter uns meint vielleicht, daß es für ihn und die Stadt gut wäre, wenn wir auf Eure Worte achten; aber es besteht ein alter Verdacht zwischen uns und euch Herren vom Rat, und wir wissen nicht, wieweit wir der Vertröstung trauen dürfen. Darum suchen wir zuerst bei Euch Sicherheit, daß keinem von uns in Zukunft nachgetragen werde, was er bisher gehandelt hat, auch nichts von dem, was Ihr, Herr, heut bei uns vernommen habt; denn heimlich seid Ihr zu uns eingedrungen.«

»Was ich von eurer Heimlichkeit gehört«, antwortete der Burggraf, »das gelobe ich euch zu verschweigen und zu vergessen, wenn auch ihr in meine Hand gelobt, euch die nächste Nacht und fernerhin der Gewalt zu enthalten und fortan in guter Gesinnung mit mir zu verhandeln. Alle habt ihr gesprochen als freie Bürger, die in ihren eigenen Schuhen stehen, und keinen von euch soll deshalb ein Vorwurf kränken, nur diesen hier nehme ich aus«, er wies auf den Stadtschreiber Seifried. »Er war ein Diener des Rates, und er hat seinen Schwur gebrochen, denn er hat Ratsgeheimnis unter die Bürger getragen. War er unehrlich gegen den alten Rat, so wird er auch unehrlich gegen euch, die Herren vom neuen Rate, sein.«

Wieder erhob sich Gemurr, und einige riefen: »Wir dürfen unsern Genossen nicht preisgeben«, aber Herr Hutfeld gebot kurz: »Entfernt Euch, Ratsschreiber«, und als Seifried entwich, ohne ein Wort zu sprechen, beschwichtigte der Burggraf die andern: »Auch ihr sollt über sein Schicksal entscheiden.« Und siegreich an den Tisch tretend, fuhr er fort: »Wohlan, ihr Bürger von Thorn, bietet jetzt freundlich eurem Nachbar einen Sitz in eurer Mitte, damit wir nach guter deutscher Weise bei einem Trunke besprechen, was unsrer Gemeinde vor allem nottut.«

Da lächelte achtungsvoll die Mehrzahl der künftigen Ratsmänner.

Marcus durchschritt am späten Abend ungeduldig die Kammer, sein vertrauter Knecht, der um vieles wußte, war verschwunden. Zuerst hatten die Hausgenossen gemeint, daß er, durch den Tod der Mutter verwirrt, auf das Gut entwichen sei, und Bernd war deshalb hinausgeritten, aber im Dorfe wie in der Stadt wußte niemand, was aus Dobise geworden war. Jetzt erwartete, Unheil ahnend, der Kaufherr seinen Gehilfen: ›Auch die Neustädter beraten zu lange‹, sprach er vor sich hin, ›beim Trinkgelage vergessen sie, daß ihre Hälse in Gefahr sind.‹ Da pochte es stark an die Haustür, er vernahm den Schritt der Dienstmagd, welche öffnete, gleich darauf ihren Schrei und Geklirr von Waffen. Schnell erhob er sich und griff nach der Wand, wo sein Schwert hing, aber er trat zurück und sagte: ›Es kommt nicht unerwartet.‹

Die Tür flog auf, und der Burggraf stand vor ihm. »Verzeiht, Herr Schwager, wenn ich zur Unzeit störe, ich komme diesmal im Amte.«

»Dann ist mir, wie Euch, jede Stunde gleich, hochgebietender Herr«, antwortete Marcus und bot dem Gaste den Sitz.

Hutfeld neigte dankend das Haupt. »Ihr wißt, Herr Schwager, daß die Bürger sich zuweilen über nächtlichen Verkehr auf dem Burghofe beschwerten. Der Rat ließ die Stätte bewachen, die Wächter ergriffen Euren Knecht, welcher im Begriff war, dort in einem Kellerloch gestohlenes Gut zu bergen. Es wurde vielerlei gefunden, was er selbst versteckt, auch alter Raub, den er gehehlt hat. Manches ist aus Eurem Hause, und darüber wird Euch das Gericht gegen Euren Knecht zustehen; anderes ist nach seinem Bekenntnis an fremder Stelle entwendet und von ihm gehehlt; und darüber steht das Gericht bei der Stadt, die Vollstreckung des Urteils aber, da er ein Unfreier ist, nach unserer Gewohnheit bei Euch, der Ihr sein Gerichtsherr seid. Nach dem Recht und Urteil der Stadt gebührt seinem Halse der Strang. Die Trabanten führen Euch den Gefangenen zu, ob Ihr ihn gegen Eure Bürgschaft selbst bewahren wollt oder dem Gefängnis der Stadt übergeben, bis Ihr ihn richten laßt. Auch den Kram, den er Euch entwendet zu haben bekennt, trägt der Ratsbote in Euer Haus zurück.« Und leiser fragte er: »Ihr bewahrtet einst die Goldhaube Eurer seligen Frau in dem Gewölbe des Oberstocks, habt Ihr sie etwa vermißt? Sie findet sich unter seiner Beute.«

Jetzt vermochte Marcus den Schrecken nicht zu verbergen und stemmte die Hand auf sein Pult. »Die Neuigkeit, welche Ihr mir in das Haus bringt, gebietender Herr, erschreckt mich mehr, als vielleicht eine andere, die mir größeren Verlust verkündete; denn der Unglückliche ist ein Hausgenosse gewesen, dessen Ergebenheit ich fest vertraute.«

»Er war Euch ergeben, nur daß er die Art eines Raben an sich hatte«, antwortete der Burggraf mit flüchtigem Lachen.

»Kann ich ihn sehen?«

»Er ist zur Stelle.« Hutfeld öffnete die Tür und winkte. Als Dobise mit gebundenen Händen hereinwankte und auf die Knie fiel, hob Marcus gegen ihn den Finger: »Wie hast du die Haube entwendet?«

»Vom Seil durch das Fenster«, stöhnte Dobise, »sie blitzte mich beim Lichte an.«

Da wandte sich Marcus zu dem Burggrafen: »Ich übernehme die Bürgschaft für seinen Leib auf Habe und Gut, und ich lasse das Urteil gegen seinen Hals, wie ein ehrbarer Rat gebietet, vollstrecken auf der Gerichtsstätte seines Heimatdorfes.«

»Nehmt seinen Leib«, sprach Hutfeld.

Marcus hielt die Hand über den Gefangenen. »Er, der den Strang am Halse trägt, war durch viele Jahre ein heimlicher Knecht der Artusbrüderschaft, und die Ältesten des Hofes möchten ihm in seiner Not eine Gunst gewähren, soweit das strenge Recht verstattet. Ist's Euch genehm, hochgebietender Herr, wenn ich diese Gunst ihm biete?«

»Der Rat wird nicht dawider sein«, antwortete Hutfeld, und nachdrücklich fügte er hinzu: »Ich selbst habe ihn verhört und kein anderer.«

Ein düsterer Blick des Marcus antwortete der tröstenden Versicherung des Burggrafen, und er fragte den armen Sünder: »Begehrst du etwas Günstiges für deinen Leib und deine Seele, nur nicht dein verfallenes Leben, so sprich; dein Herr darf dir's gewähren.«

Zähneklappernd flehte Dobise: »Zum schwarzen Wasser im Walde, wo die vierzehn Nothelfer ihr Heiligtum haben, ziehen die Leute meines Volkes, wenn sie um ihre Seligkeit sorgen. Schickt mich dorthin, Herr, damit ich mir die Gnade des Himmels erwerbe.«

»Es sei«, antwortete der Herr. »Gelobe die Heimkehr, auf daß die Stadt ihr Recht an dir gewinne.« Er wies auf das Marienbild an der Tür, Dobise rutschte auf den Knien zum Bilde und hob die Hand.

»Du bist gebunden zur Wiederkehr, Tag und Stunde stehen bei dir, du darfst sie wählen nach deinem Gefallen. Kehrst du zurück, so verfällt dein Leib dem Richter.«

»Steh auf und entweiche«, gebot Hutfeld, »der Ratsbote öffnet dir das Tor.«

»Laßt mich noch einmal den Morgen in der Stadt erleben«, bat Dobise.

»In der Nacht bist du zu schädlichem Werk durch die Stadt geschlichen, darum versagen dir die Mauern den nächtlichen Schutz; zieh hinaus in die wilde Finsternis«, entschied der Burggraf.

Dobise sah sich mit irrem Blick in der Kammer um, dann schlich er schweigend hinaus. Die Schwäger standen einander allein gegenüber.

»Ich danke Euch, gebietender Burggraf, für Eure Mühe um mein Haus und meinen Knecht«, begann Marcus förmlich.

»Noch andern Dank möchte ich von Euch verdienen, Herr Schwager«, antwortete Hutfeld. »Ich hoffe, der Friede, welcher unserer Stadt lange gefehlt hat, soll zurückkehren. Ich habe heut mit den Häuptern der Unzufriedenen gehandelt, und wir haben uns über eine Reformation der Stadt friedlich geeinigt. An Stelle des alten Rates wird ein neuer treten. – Auch Euch geht die Neuerung an, Herr Schwager, und mir wird ein Wunsch erfüllt. Denn auch Ihr werdet zum Ratmann der Stadt erkoren.«

Marcus stand unbeweglich, aber dem forschenden Blick des Burggrafen antwortete ein flammender Blitz aus finsteren Augen. »Als Ihr über die Schwelle tratet, hochgebietender Herr, sah ich, daß Ihr als Sieger kamt.«

»Noch nicht«, entgegnete Hutfeld vorsichtig, »unser Schicksal wird nicht in Thorn entschieden.«

»Bis dahin laßt Euch meine Antwort genügen«, sprach Marcus. »Ihr könnt den letzten der Könige von Thorn zu der Stätte führen, wo sein Vater geendet hat, aber Ihr dürft ihn nicht mit dem Strang am Halse entlassen, wie seinen Knecht.«

Auf dem Wege

Jahre vergingen; langsam für einen heißblütigen Alten, welcher mit Ungeduld auf die Erfüllung seiner liebsten Hoffnungen harrte, langsamer noch für den Sohn, dem die Hoffnung und Freude seines Lebens im kalten Strome versunken war, endlos und unerträglich für einen entlassenen Knecht, dem alles Hoffen und Harren beendet sein sollte, wenn er in die Heimat zurückkehrte.

Wenige Meilen von dem Turme, in welchem einst die jungen Gatten ihr Heimwesen geführt hatten, lag mitten unter hohen Fichten ein kleiner Landsee, tief eingesenkt in rundem Talkessel. Vor Zeiten war dort ein Heiligtum der heidnischen Preußen gewesen, und die Leute der Umgegend wußten von dem See viel Unheimliches zu erzählen. Darum hatten christliche Priester die Stelle den vierzehn Heiligen geweiht, welche sich als hohe Nothelfer den schwer geängstigten Gewissen zuneigten. Am Rande des Wassers standen rohe Holzbilder der seligen Fürsprecher, mit bunten Farben gemalt, jedes unter einem kleinen Schirmdach; ein umhegter Raum mit einer Kanzel vereinte zu frommem Dienst die Wallfahrer, welche im Sommer aus der Nähe und Ferne herzukamen. Für diese Zeit lebte ein frommer Bruder aus dem Orden der Predigermönche in kleiner Holzhütte als Wächter des Heiligtums und als Geistlicher der Wallenden. Solange die Landsknechte in der Nähe lagen, unterblieben die Wallfahrten, denn niemand wagte sich gern in die Nähe der Gewalttätigen; seitdem prangten die Heiligen in neu gemalten Gewändern, und das Kloster genoß wieder die frommen Spenden. Auch Dobise schlich um das schwarze Wasser, er diente dem Mönch und flocht Fichtenkränze für die Heiligen. Jahr und Tag war er umhergeirrt, er selbst wußte nicht wo, bald hatte er armen Stammesgenossen, mit denen er sich durch Sprache und geheime Zeichen verstand, in ihrer Wirtschaft geholfen, bald war er mit heimatlosem Volk und Wegelagerern gewandert; aber nirgends vermochte er zu haften, denn immer zog es ihn in die Nähe der Stadt, in welcher Hans Buck, wie er annahm, seiner harrte. Zuweilen war er heimlich bis zur

Grenze des Stadtgebiets gelaufen, hatte an den Steinpfeilern und Warten gekauert und nach der Stelle hinübergestarrt, wo die Türme von Thorn in der Dämmerung lagen. Im vergangenen Herbst war er dem einsamen Mönch ein willkommener Diener gewesen, den Winter hauste er allein unter dem Holzdach der Klause in furchtbarer Verlassenheit zwischen Wölfen und Krähen, fing Waldtiere in Schlingen und richtete Vögel im Bauer ab. Jetzt trieben die Fichten neue Knospen, in dem runden See spiegelten sich wie in einem großen Auge die Wolken des Himmels, der Mönch war angekommen, und Dobise vernahm wieder die Stimme eines Bekannten. Er saß am Saum des Waldes und erwartete die Heimkehr des Bruders, welcher am Morgen aufgebrochen war, ohne ihm zu sagen wohin, und sich den ganzen Tag verweilt hatte. Als er den leisen Schritt des Mönches hörte, wandte er den Kopf. »Ist es wahr, Vater Pankratius, daß die große Glocke, welche sie bei St. Johannes aufgehängt haben, ihre Stimme nur hören läßt, wenn zwölf Mann am Strange ziehen?«

»So ist es«, antwortete der Mönch.

»Und die Böttcher ziehen«, fuhr Dobise kopfschüttelnd fort. »Ich möchte wohl ansehen, wenn sie die Glocke schwenken, und ich möchte den Gesang hören.«

»Mancher sehnt sich nach dem, was er verloren hat«, sagte der Mönch traurig, und, erfüllt von den Ereignissen des Tages, setzte er vertraulich hinzu: »Es leben noch andere in der Gegend, welche sich um die Thorner in der Stille grämen, und sie gehen dich nahe genug an. Sieh dorthin, wo jetzt die Sonne schwindet; hinter dem Holze liegt eine Stadt, und in der Stadt steht ein Turm, dort hat einst dein Junker Georg mit Frau Anna, seinem Weibe, gewohnt.«

Dobises Augen zwinkerten: »Ihr kommt von dort, Vater?«

»Ich hatte mit dem neuen Stadtschreiber zu tun«, antwortete Pankratius, abbrechend, und schritt seiner Klause zu.

Am nächsten Morgen fand der Mönch das Lager des Knechtes leer, und niemand antwortete auf seinen lauten Ruf. Zu derselben Zeit lief Dobise wie ein Hündlein, welches eine Spur verfolgt, durch Wald und Heide der Landstadt zu. Sobald das Tor geöffnet wurde, wand er sich durch die Gassen, das Auge unverwandt nach dem Turme gerichtet. Als er Leute in den Schloßhof gehen sah, wagte auch er sich hinein und duckte sich hinter einem Haufen Bauholz in die Ecke. Nicht lange, und die Tür des Turmes öffnete sich, ein kleiner Mann mit faltigem Gesicht trat heraus, drückte ein Bündel Papiere unter den Arm und schritt über den Schloßhof der Stadt zu. Dobises Augen funkelten in der dunklen Ecke wie zwei Leuchtkäfer. Wie die Sonne höher stieg und ihr warmes Licht die düstere Masse des Turmes beschien, öffnete sich die Tür wieder, auf der Schwelle stand ein junges Weib in Witwentracht, sie hielt einen Knaben im Arme, der mit der Hand lustig eine Gerte schwenkte. Bald setzte sie ihn auf die Schwelle und ging an den Brunnen. Dobise lachte über das ganze Gesicht, er kroch hinter dem Holze näher heran, und da er die Frau in einiger Entfernung merkte, lief er schnell auf den Kleinen zu, hob die Gerte auf, welche diesem entfallen war, gab sie ihm in die Hand und schlüpfte in sein Versteck zurück. Am Abend saß er vor der Hütte des Mönches, schnitzelte über Holzstäben und sprach mit sich selbst: ›Ich habe unserm Junker den ersten Wagen gebaut, als er zu spielen anfing, jetzt mache ich einen neuen für den jüngsten Herrn. Wenn Lips Eske wüßte, was ich weiß.‹ Als der Mönch die kleine Glocke zum Abend geläutet hatte, fiel Dobise vor ihm nieder und bat: »Segnet mich, Vater.«

»Was liegt dir im Sinn, mein Sohn«, fragte Pankratius verwundert.

»Ich muß fort, ehrwürdiger Vater.«

»Wohin, du Tor?« fragte der Mönch.

»Wer weiß, wohin, Vater.« Am nächsten Morgen war der Flüchtling wieder verschwunden, und diesmal kehrte er nicht zurück. Aber auf der Schwelle des Turms stand ein kleiner, säuberlich geschnitzter Wagen als Spielzeug für das Kind.

Wenige Wochen später stand Georg zu Frankfurt am Main in der Herberge des Hochmeisters, breitete auf dem Arbeitstisch des Herrn neugefertigte Urkunden aus und stellte daneben einen Beutel mit Geld. Der feurige Jüngling war zu einem ernsten, stillen Manne geworden, lange hatte er an seiner Wunde gelitten und nach der Genesung viele Mühe darangesetzt, bevor seine Linke die Arbeit der verlorenen Hand verrichten lernte. Jetzt versah er bei dem Hochmeister, wenn dieser mit seinem unsteten Haushalt zu Frankfurt weilte, die vertraulichen Geschäfte der Kanzlei und arbeitete, sooft er Muße hatte, als freiwilliger Helfer bei einem angesehenen Kaufmann, welcher seinem Vater von Venedig her befreundet war. Heut sah er auf die Schrift der Urkunden, welche er nach Preußen senden sollte, und sagte trübe zu sich selbst: ›Die alte Handschrift ist wiedergewonnen, aber das Lautenspiel finde ich niemals wieder.‹ Er betrachtete den Beutel. ›Im sparsamen Hause zu Thorn wurde das Geld gesammelt, und in der Fremde verwendet's leichtherzig ein anderer.‹

Der Hochmeister trat ein und wog vergnügt den schweren Beutel. »Dies sind die Rößlein, welche mich eine Strecke Wegs vorwärtsbringen sollen, ich fürchte, sie werden nur allzu schnell auseinanderspringen. Nimm auch dir einen Anteil davon, Jörge, ich denke, daß ich in deiner Schuld bin; und hör, geh noch heut zum Goldschmied. Die goldene Kette, welche er mir wies, habe ich lange begehrt, jetzt will ich sie haben.«

Erschrocken vernahm Georg diesen fürstlichen Wunsch; er wußte, wie lange Fleischer und Bäcker, die für den Hofhalt geliefert hatten, nicht bezahlt waren. »Ich fürchte, gnädigster Herr«, wandte er bescheiden ein, »die Frankfurter, welche bis jetzt die Küche versorgt haben, werden neidisch nach der Goldkette schielen, sie drohen mit Klage.«

»Vertröste sie, versprich ihnen, was du kannst«, sagte der Hochmeister gleichgültig, »sie sitzen gemächlicher als ich und können warten.«

»Sie haben aber üblen Willen, und Herr Dietrich klagt, daß es unmöglich sei, den Herren und Knechten noch Kost zu schaffen.«

»Ich merke, auch du wandelst auf den Wegen des Marschalls und machst dich durch Widerspruch unleidlich, ich dachte besser von dir, Jörge.«

»Gestattet wenigstens, daß ich für mich nichts aus dem Beutel nehme, ich vermag mir durchzuhelfen, aber Euer Hofhalt vermag es nicht mehr.«

»Wie du willst«, versetzte Herr Albrecht gekränkt, »vergiß aber in Zukunft nicht, daß ich dir einen Teil angeboten habe.«

Georg beugte das Knie. »Ich dachte an das fürstliche Ansehen meines Herrn.«

»Mein fürstliches Ansehen«, brach der Hochmeister bitter heraus und ging, die Hände zusammenpressend, im Zimmer auf und ab. »Ich weiß, daß ich ein Bettler bin, und du brauchst mir es nicht vorzuhalten, ich weiß, daß mein ganzes Leben ein jämmerlicher Schein ist ohne Macht, daß die Fürsten über mich die Achsel zucken, die gemeinen Leute über mich spotten. Du hast nicht nötig, meinen Stolz zu demütigen, er wird täglich mit Füßen gestoßen. Du verstehst nicht, was es heißt, jahrein jahraus sich schwach und hilflos zu fühlen, alle Wochen neue Pläne zu machen und sich mit Hoffnungen zu trösten, die am nächsten Tage im Sande verrinnen. Dennoch bin ich ein deutscher Fürst, nicht schlechter als die andern, und ich habe, da ich den weißen Mantel nahm, ein Recht gewonnen auf Landherrlichkeit und Fürstenmacht. Bei aller Schmach hält mich nur der Gedanke aufrecht, daß ich für mich gewinnen will, was eines Edlen würdig ist. Wie vermag ich das, der Machtlose unter Hochfahrenden

923

und Eigennützigen, wenn ich nicht wenigstens den Schein behaupte? Die Ordensbrüder haben mir bitter vorgerechnet, daß ich armer Mann unter den Fürsten Goldgulden verspielte. Es mag übler Brauch sein, daß edle Herren jetzt im Brett um Goldgulden spielen, und es mag ein frommer Schwärmer dagegen predigen, daß die vornehmen Leute goldene Borten und Ketten tragen, sie tun's aber alle, und wenn ich nicht mehr tun kann wie sie, werde ich ihnen vollends verleidet und sitze als ein Schuhu unter den Falken. Darum liegt mir mehr an der Kette und dir mehr an den Mienen des Fleischers und Bäckers.« Und heftig setzte er hinzu: »Du meinst es gut in deiner Weise, und du hast mir ohne Sorge um den eigenen Nutzen gedient; ich werde nicht zürnen, wenn dir das ewige Borgen, Feilschen und Vertrösten verleidet wird und du mich verläßt, wie mancher andere getan. Vielleicht wärst du mir lieber, wenn du nicht so ungeschickt ehrlich wärest, dann wüßte ich eher, wodurch ich dich festhalten kann.«

Gekränkt durch die Rede des Herrn, nahm Georg sein Bündel Papiere zusammen und verneigte sich, um das Zimmer zu verlassen, da rief Herr Albrecht: »Bleib, ich habe unrecht, dich mit übler Laune zu plagen, du hast ohnedies Mühe mit mir.« Er legte ihm die Hand auf die Schulter. »Als du mir unzufrieden widerstandest, sah ich in dir den Sohn deines Vaters, der mich zuweilen auch durch seine Mahnungen quält. Ihm gegenüber aber fühle ich mein Gewissen bedrückt, und ich büße meine Unfreundlichkeit, indem ich dir das bekenne. Wisse, Georg, ich habe vor Jahren deinem Vater ein Versprechen getan, daß ich, der Hochmeister des Ordens, den Polen niemals huldigen werde. Das Gelübde war voreilig, unablässig habe ich bei aller Welt um die Freiheit meiner Herrschaft gehandelt, gedrängt und gefleht, es war alles vergebens. Der Kaiser und der Papst stehen auf seiten meiner Feinde, das Reich hat mich verlassen, der Orden in Deutschland ist mir feindlich und würde mich am liebsten aus der Welt schaffen. Der Orden in Preußen vergeht an seiner eigenen Schwäche, die starke Stimme von Wittenberg hat dringend geraten, mit dem Zwitterwesen ein Ende zu machen, und seit das Büchlein an die Herren des Deutschen Ordens im Druck ausgegangen ist, verändern die Brüder in Preußen eigenhändig ihren Stand, und schon mehr als einer hat sich ein Eheweib genommen. Darum bin ich jetzt dabei, mich in das Unvermeidliche zu fügen und mich mit meinem Oheim von Polen zu vertragen. Mein Gelöbnis halte ich nach den Worten, aber wie ich fürchte, nicht nach dem Sinn deines Vaters. Das lag mir heut schwer auf der

Seele, und deshalb war ich gegen dich widerwärtig. Denke nicht mehr daran«, bat er und hielt ihm die Hand hin.

Herr Dietrich kam, eine Tasche mit Briefen in der Hand. »Gute Zeitungen!« rief er, »hier ist das Schreiben des Königs von Polen an Eure fürstliche Gnaden; die Entscheidung ist gefallen, wir reisen nach Krakau.« Und zu Georg sagte er leise: »Auch für Euch ist ein Schreiben darunter.« Georg trat in das Vorzimmer und öffnete den Brief. Es war die Handschrift seines getreuen Gesellen Lips Eske, und es waren nur wenige Zeilen, darin stand etwas von seinem Weibe, von seinem Sohn und von einem Turmgemach. Alles wurde undeutlich im wilden Sturme, der ihm die Gedanken umhertrieb, den Mund zum Lachen verzog und die Augen mit Tränen füllte; nur den Turm sah er vor sich, schwarz war die Mauer, und auf halber Höhe wuchs aus dem Stein eine Eberesche, welche die Vögel gesäet hatten. Dorthin ging jetzt sein Weg. Ihm war, als ob Herr Albrecht ihm zum Abschied sagte: ›Du glücklicher Jörge‹, und daß ihm selbst wegen dieser Worte die Stimme beim letzten Gruß versagte. Er merkte, daß er im Kontor des befreundeten Kaufmanns stand und auf die kunstvolle Scheide eines Messers sah, das ihm der Frankfurter zu seiner Reise verehrte; dann fand er sich im Stall, sein Pferd sattelnd, und darauf vor der Herberge, einen Fuß im Steigbügel, und ihm war, als ob Herr Dietrich ihn lustig auf die Achsel schlüge. Bald ritt er auf der Landstraße. In den Gärten blühten die Apfelbäume, es war hier wärmer als da, wo die Esche aus dem Stein wuchs. Denn er war erst im Anfang des Weges, der hundert Meilen über Berg und Tal dem Aufgang der Sonne zuführte. Und er meinte zu sehen, wie ihre ersten Strahlen das Dach des Turmes röteten und immer mehr von dem Gemäuer vergoldeten, bis die Schwelle im hellen Lichte lag; und auf der Schwelle saß sein Sohn. So schrieb Lips Eske. Wie konnte der Sohn auf dem kalten Stein sitzen? Oft hatte er ihn geschaut in schwerer, banger Zeit als ein kleines nacktes Kind, mit wenig Härlein auf dem Kopfe, wie es ihm von den Frauen entgegengehalten wurde. Nackt war das Kind und winzig klein, welches er wachend und träumend in sich herumtrug und das er jetzt wieder vor sich sah; ganz deutlich schwebte es ihm zugewandt in der Luft und zeigte ihm den Weg nach dem Turme. Wie konnte das Kleine auf der Schwelle sitzen und spielen? Da merkte er, daß er jahrelang einsam und elend gewesen war, 925 und die Tränen stürzten ihm aus den Augen in Wehmut über sein langes Leid. – Er ritt weiter gen Norden und Osten; in den Dörfern klang Sturmgeläut, und Haufen bewaffneter Bauern umringten ihn, er vernahm drohenden Anruf, sah eiserne Flegel und Morgensterne gegen sich gehoben und bat herzlich: »Laßt mich ziehen, ich bin ein armer Vater, der sein Weib und Kind jahrelang als tot betrauert hat, und jetzt höre ich, daß sie leben, darum will ich zu ihnen.« Die Landleute senkten ihre Waffen und ließen ihn durch. Er kam in das Land des Kurfürsten von Sachsen und ritt längs der thüringischen Berge bei der Burg vorüber, in welcher ein anderer lange Zeit verborgen gelebt hatte, während das Volk seinen Untergang betrauerte. Er gedachte der Stunde, wo sein liebes Weib für den Verlorenen die Hände faltete, als sie im Turm zwischen ihm und ihrem Vater saß. Und in ihm klangen die Worte wider: ›Jener wurde damals bewahrt vor dem Verderben, auch wir dürfen wieder Gutes hoffen.‹

So drang er bis an die Elbe. Als er von seinem müden Pferde gestiegen war und am Ufer auf den Fährmann wartete, sangen die Kinder auf einem umgestürzten Kahn in der Nähe. Ihm fiel das Lied von der Jungfrau bei, welche im Strome versenkt werden soll und durch den Geliebten gelöst wird. Zum erstenmal seit Jahren vermochte er die Worte zu ertragen, und während er leise vor sich hinsang, überkam ihn wieder das Entsetzen jener Stunde, wo Henner von dem umgeschlagenen Kahn berichtet hatte; und er fuhr mitten im Liede wild empor, als er neben sich die Stimme seines alten Gesellen Wuz hörte, denn er meinte das Fürchterliche noch einmal zu erleben. Aber Wuz stand wirklich vor ihm und außer diesem noch einige Genossen aus dem Schloßhofe; rings um sich vernahm er frohen Zuruf, und auch er umarmte den Wuz und den Benz wie seine besten Freunde und sagte ihnen glücklich: »Verweilt mich nicht, liebe Gesellen, die Fähnrichin lebt, und mein Sohn lebt, und ich ziehe zu ihnen, denn sie wohnen im Turme.« Da freuten sich die alten Knechte über ihn; sie streichelten sein Pferd, einer lief und holte Hafer und Heu, und Wuz griff sogar in seinen Säckel, welcher leicht war, und wollte ihm daraus mitteilen. Er hörte, daß sie nach Torgau reisten, um sich dem Kurfürsten als Trabanten anzubieten; und wie er mit seinem Pferde auf der Fähre stand, erscholl ihr lauter Zuruf: »Grüßt die Frau Fähnrichin von der Bruderschaft, und sie soll unser im Guten gedenken.«

Durch Sand und Kiefernholz führte die Straße, die Gräben waren mit Winterschnee gesäumt, die Krähen flogen über das öde Land, und der Weg wurde mühsam, denn die Landschaft war auf mehrere Tagereisen berüchtigt als Aufenthalt grausamer Buschklepper; in den schlechten Herbergen verschwand mancher Wanderer für immer aus dem Tageslicht, und jeder Reisende mußte Not leiden. Aber die Sorge vermochte noch nicht aufzukommen, sein Rößlein wieherte, ein frischer Reisewind streifte seine Wange, und vor ihm schwebte wie leibhaftig eine Gestalt: das kleine nackte Kind glitt ihm zugewandt über Feld und Heide, über Wasser und Wald dem Turme zu. Deutlich schaute er das Kind, welches den Weg wies, und deutlich schaute er das dunkle Gemäuer, dem er zuzog; doch das Bild des Weibes sah er nicht außer sich, sie war bei ihm in seinen Gedanken, sprach ihm in das Ohr, lehnte an seiner Schulter und schlummerte an seiner Seite auf dem Lager.

Endlich stand er an dem Strome der Heimat und blickte über das wilde Wasser, dort lag die Schenke, und dort ragten die Deiche, wie an jenem Morgen, wo er mit Anna ein Gefangener der Landsknechte wurde. Jetzt legte sich die Angst um seine Brust, in welcher Gesinnung ihm sein Weib entgegentreten werde und ob er dem Magister die Feindschaft seines Vaters entgelten müsse. Denn durch seinen Gesellen Eske war ihm nicht verhehlt worden, wie grausam der Kaufherr mit dem Gelehrten gehandelt hatte, und zwischen ihm und seinem Vater war seit jener Zeit in Briefen kein vertraulicher Gruß gewechselt worden, nur mit kalter Vorsicht das Nötigste. Wild rief er nach dem Fährmann, sein Herz pochte, daß er den Atem verlor, und endlos dünkte ihm die Breite des tückischen Stromes. Dann trieb er sein Pferd auf dem Wege, den er einst neben dem toten Hauptmann durchmessen, und hob sich im Steigbügel, um über Heide und Holz das Schloß auf der Höhe zu erkennen. Vor ihm stieg es empor als ein dunkler Schatten, und er jagte darauf zu wie an jenem Winterabende, wo er nach dem Lichtschein im Fenster gespäht hatte. Alles Schauen und alles Denken ging verloren in dem heißen Fieber, welches ihn schüttelte. Er sprengte durch das Stadttor, undeutlich kam ihm vor, als ob andere Menschen wie sonst in den Gassen liefen und daß die Handwerker wieder in ihren Stuben bei der Arbeit saßen. Er spornte sein Pferd den Schloßberg hinauf, sprang ab und schlang den Zügel in den Ring des Pfostens. Wie gelähmt schritt er in den Hof, die Turmpforte stand geöffnet, und die Zweige der Esche bewegten sich im Winde, mattes Sonnenlicht lag auf dem Wege, und vor der Turmschwelle lief ein Knabe umher; er hatte kleine blonde Locken und rosige Wangen und stapfte mit den Beinchen kräftig auf die Erde. Georg stand erschrocken. ›Dort ist es; von ihr kam es, und mir gehört es; es gleicht einem Engel. Aber es sieht weit anders aus als mein armes kleines Kind.‹ – »Romulus«, rief er, kaum brachte er das Wort aus der heiseren Kehle. Der Knabe sah zu dem fremden Mann auf und lachte ihn an. Da schrie der Vater laut, riß den Knaben zu sich und sprang mit ihm in den Turm. Niemand war darin, aber alles wie sonst: der Herd, die Treppe, das Lager; er warf sich auf den Sessel am Herde nieder und küßte den Kleinen auf Stirn, Wangen und Mund. Das Kind aber wurde bei den Liebkosungen des Mannes ängstlich und rief nach der Mutter. Und er setzte seinen Sohn, der ihn nicht kannte, betäubt zu Boden.

Unterdes bellte laut und lauter das Hündlein, sprang an ihm herauf und legte sich vor ihm auf den Rücken, bis eine Frau eilig die Treppe herabkam in dunklem Gewande, das Haar in einer Witwenhaube verborgen. Zwei leise Rufe des Schreckens und Entzückens, sein Weib flog ihm entgegen, warf sich an seinen Hals, und er hielt sie an seinem Herzen. Unsäglich war das Elend der letzten Jahre gewesen, und unsäglich war die Seligkeit dieses Augenblicks. Als sie endlich unter Tränen und Küssen die Worte fanden, sprach Anna leise: »Ich wußte, daß du mich hier finden würdest«, und den Knaben zu ihm aufhebend, rief sie: »Hier ist dein Sohn, und du, Knabe, sprich: lieber Vater. Er ist die Rede gewöhnt, denn ich habe sie ihn alle Tage gelehrt.« Da sah das Kind von einem zum andern und verstand alles, es wußte, daß der Vater gekommen war und sagte leise die ehrwürdigen Worte nach. Als aber Georg den Sohn vom Arme der Mutter hob, erkannte sie erst, daß der Gemahl die rechte Hand unbehilflich regte, sie faßte den Arm und sank an seiner Seite auf die Knie.

Der Dämmerschein des heimlichen Raumes schwand in dem kalten Tageslicht, das durch die offene Tür hereinfiel. Der Magister stand vor den Gatten: »Was drängt Ihr Euch aufs neue zu meiner unglücklichen Tochter, Junker Georg König? Das Weib, welches einst allzu willig Eurer Liebe vertraut hat, ist von Euch geschieden und tot. Die hier lebt, gehört nur mir. Hinweg von meiner Tochter!«

Anna erhob sich und trat dem Alten gegenüber. »Es ist mein Hausherr, Vater, der zu mir und meinem Kinde heimkehrt.«

»Sendet Euch der ungerechte Mann, welcher Euer Vater und Herr ist, so will ich mich mühen, die tödliche Kränkung unserer Ehre zu vergessen. Kommt Ihr mit eigenmächtiger Werbung wie vor Zeiten, so gebiete ich Euch: weicht von hinnen!«

»Ich komme weit her aus dem Reiche, um mein Weib und Kind zu fordern, und nicht Ihr und nicht mein eigener Vater dürfen sie mir weigern.«

»Wißt Ihr, wozu Euer Vater mein Kind gemacht hat? Geht nach Thorn und hört es aus seinem eigenen Munde.«

Da warf sich Anna um den Hals des Gatten und rief dem Alten zu: »Ihr habt zwei Hände, um mich von seinem Herzen zu reißen, er vermag nur eine zu regen, um mich festzuhalten. Gedenkt, daß er die Hand verlor, weil er um meinetwillen seine Freiheit hingab.«

Der Magister starrte auf den Handschuh der Holzhand und murrte: »Scävola«, griff suchend in die Tasche und ging mit großen Schritten auf und ab. »Hier verweilen dürft Ihr nicht, Georg«, begann er endlich, »was aus uns allen werden soll, weiß ich nicht zu sagen. Kein Richter im Lande soll, weil ich lebe, über Ehre oder Unehre meines Kindes absprechen, und 928 Gott im Himmel allein vermag zwischen uns und Eurem Geschlecht zu entscheiden.«

Georg schwieg, aber er drückte seinen Sohn fest an sich. Wieder ging der Magister auf und ab.

»Vater«, flehte Anna, »einer lebt auf Erden, den der liebe Gott zum Ratgeber für angstvolle Gewissen bestellt hat.«

»Willst du einen Fremden zum Richter machen über deine und meine Treue?« fragte Georg traurig.

Da hob Anna die gefalteten Hände. »Er ist kein Fremder für dich und mich, denn er hat durch seine Lehre geholfen, daß ich die Trennung von dir ertrug.«

Wieder hielt der Magister vor dem Gaste an. »Ist meine Tochter vor Gott und den Menschen Euer eheliches Weib, so gehört sie mit ihrem Kinde Euch, ist sie es nicht, so bleibt sie mein. Darum lade ich Euch im zweiten Monat von heut, an demselben Tage, zu dieser Stunde, an die Klosterpforte der Augustiner zu Wittenberg. Dort soll ein Richter über Euer Anrecht entscheiden. Hier aber gestatte ich Euch unter meinen Augen nur so lange Zeit, als ein Wanderer braucht, um auszuruhen, nicht länger.«

»Ich füge mich Eurem Willen, Herr Vater«, sprach Georg. »Hat der Richter gesprochen, so sage ich ihm und Euch, was mir mein Gewissen gebietet.«

Er rastete und hielt das Weib in seinem Arm, den Sohn auf dem Schoße; der Magister aber ging schweigend vor ihm auf und ab.

Marcus wog einen Brief des Dietrich von Schönberg in seiner Hand, und ein herbes Lächeln fuhr über sein Antlitz. ›In den Tagen junger Freundschaft schrieb der Herr selbst, jetzt versieht der behende Diener die lästige Arbeit. Je schwerer das Gewicht des Geldes wird, welches ich ihnen zutrage, um so flüchtiger wird ihre Antwort auf die Fragen, welche ich in banger Sorge tue.‹ Er las: ›Die Zusammenkunft meines gnädigen Herrn mit dem Könige von Polen ist endlich durchgesetzt, der Hochmeister rüstet sich zur Reise nach Krakau, und die Entscheidung steht bevor. Auch Ihr, mein günstiger Herr und guter Freund, mögt den Ausgang mit gutem Vertrauen erwarten und Euch durch allerlei Gerüchte nicht beirren lassen, denn wir haben Sicherheit, daß der König in höchster Notwendigkeit ist, den alten Streit zu beenden. Die edlen Herren haben darüber bereits vertraulich eigenhändige Briefe gewechselt.‹ Marcus sah auf: ›Ist die Freundschaft der Edlen plötzlich so warm geworden? Sie bedroht das Preußenland mit kaltem Wetter.‹ Er las weiter: ›Ich darf dem Papier nicht übergeben, was noch als Geheimnis bewahrt werden muß, damit nicht unsere Feinde in der letzten Stunde die Vollendung hindern. Aber Seine fürstliche Gnaden befehlen mir, Euch mitzuteilen, wenn in dem Vertrage auch nicht alles erreicht werde, was wir in dem letzten Jahre betrieben haben, so steht doch ein fester Friede in Aussicht und für das Land unseres gnädigen Herrn eine heilsame Zukunft.‹ Marcus schleuderte den Brief auf den Tisch. ›Ich verstehe die Meinung. Thorn und das Weichselland sind den Polen preisgegeben, und wir zahlen mit unserer Zukunft und unserem Gelde dafür, daß der Hochmeister für sich und sein Land des schmachvollen Lehnseides enthoben wird. – Du hast lange gelebt, Alter, und solltest gewöhnt sein, daß deine Hoffnungen eitel und nichtig dahinflattern, und doch fühlst du so heißen Schmerz über diese letzte Enttäuschung. Füge dich, stolzer Sinn, begnüge dich mit dem kleinen Trost, daß Mühe und Opfer doch nicht ganz vergeblich waren. Wenn Onkel und Neffe einander noch so warmherzig die Hände reichen, sie werden nicht hindern, daß die Feindschaft zwischen dem freien Ordenslande und Polen aufs neue entbrennt. Was wir nicht vollendeten, das muß den Söhnen gelingen. Ich aber frage, wo ist mein Sohn, daß ich ihm die Erbschaft übergebe? Sein Erbteil an Geld ist klein geworden, dafür lege ich ihm eine große Forderung auf die Seele, daß er hasse und treibe wie sein Vater und, gefällt's dem Himmel, mit besserem Glück.‹ Er nahm den Brief auf und sah nach dem Datum: ›Das Schreiben war lange unterwegs, und manches mag unterdes geschehen sein.‹

Auf dem Markt liefen die Leute zusammen, sie sammelten sich in Haufen vor dem Rathause. Bernd kam eilig herein, der Schrecken lag über seinem behaglichen Gesicht. »Ein polnischer Bote trägt dem Rate seltsame Kunde zu. Habt Ihr sie vernommen? Es gibt keinen Hochmeister mehr.«

Marcus fuhr in die Höhe: »Ist Herr Albrecht tot?«

»Nein, der Herr lebt, aber der Deutsche Orden in Preußen hat, wie sie sagen, ein Ende. Herr Albrecht hat den Ordensmantel abgelegt, ist in weltlichen Stand übergetreten und durch den König von Polen unter polnischer Hoheit als Herzog eingesetzt worden, er selbst und sein ganzes Geschlecht.«

Da lächelte der Kaufherr und zuckte die Achseln. »Du bist alt genug, um zu wissen, was von Gerüchten zu halten ist, zumal von der Meldung polnischer Boten.«

»Der Bote ritt den weiten Weg von Krakau hierher, um dem Rate die Nachricht zu bringen.«

Marcus lächelte wieder: »Er wurde getäuscht oder er will die Bürger täuschen, denn dies ist unmöglich. Ich habe einen Brief erhalten, der weit anderes meldet, und, was schwerer wiegt, ich habe ein Gelöbnis des Hochmeisters selbst; ist er auch kein Mann von hartem Stahl, er hält sein Wort.«

»Soweit er vermag«, versetzte Bernd kopfschüttelnd. »Wer darf in den großen Welthändeln auf Jahre hinaus beeiden, was er dereinst tun wird?« 930

»Niemand kann das, aber ein Mann darf sagen, was er nicht tun wird.«

Wieder schüttelte Bernd den Kopf.

An der Haustür tönte ein scharfer Schlag, der Gehilfe rief seinen Herrn auf die Schwelle. Vor dem Hause stand der Ratsbote mit Hans Buck und zwischen ihnen der Knecht Dobise. »Der Rat sendet Euch Euren Knecht«, begann Hans Buck, »er kehrte freiwillig zurück und trat in mein Gehege. Sein Kopf gehört mir, und ich fordere ihn von Euch.«

»Guten Tag, Meister«, grüßte Dobise demütig, »da Ihr mir Tag und Stunde freigelassen habt, so komme ich erst jetzt, nehmt's nicht für ungut.«

»Und warum kommst du jetzt?« fragte Marcus.

»Herr, es wollte mir in der Fremde nicht mehr gefallen, und nach dem, was ich in den letzten Wochen erfahren habe, bin ich ganz zufrieden, daß es mit uns beiden zu Ende geht. Nach uns kommen andere. Vor Hans Buck fürchte ich mich nicht, ich habe ihm oft zugesehen, und einen besseren finde ich nirgends.« Hans Buck lächelte wohlwollend über das Lob.

»Nehmt den Mann, Ratsbote, und verwahrt seinen Hals, bis ich ihn abfordere.«

»Er treibt sich seit lange in der Gegend umher«, erklärte Lischke; »und wurde zuerst vor mehreren Wochen im Hause des gebietenden Herrn Eske erkannt, dann saß er zuweilen auf dem Kirchhofe von St. Johann, erst heut gab er sich unter die Hand von Hans Buck.«

»Was kann ich noch für dich tun, du Armer?« fragte Marcus.

Dobise drehte die Mütze in den Fäusten: »Wenn es Euch nichts verschlüge, so möchte ich noch einmal zusehen, wie sie die neue Glocke ziehen.«

»Dazu kann Rat werden«, sagte der Ratsbote, froh über die Neuigkeiten, welche er wußte. »Denn es ist Befehl erteilt, morgen mit allen Glocken zu läuten, um den Frieden mit dem neuen Herzog Albrecht einzuweihen. Ich selbst gehe jetzt mit dem Ausrufer, zu verkünden, daß der Herzog unserm Könige gehuldigt hat und zum Dank in dem früheren Ordenslande wieder eingesetzt ist. Morgen kommt Herr Albrecht selbst in die Stadt, der Läufer hat ihn angekündigt, und die gebietenden Herren wollen ihn festlich empfangen.«

Da winkte Marcus mit der Hand, daß sie sich entfernten, und Bernd schloß die Tür.

Der Abend kam heran, auf den Straßen trieb die frohe Menge umher, aus den Fenstern blinkten Lichter und lustige Herdfeuer, alle Türen waren geöffnet, und die Freunde der Hausbewohner gingen aus und ein. Nur das Eckhaus am Markte stand finster und verschlossen, kein Lichtschein verriet, daß es bewohnt sei, und kein Besucher hob den Klopfer der Haustür.

Erst am andern Morgen, als alle Glocken der Stadt miteinander das feierliche Friedensgeläut anstimmten, wurde die große Torfahrt geöffnet, Marcus König ritt aus seinem Hofe, wie ein Kriegsmann gerüstet. Im Tor stand die alte Dienstmagd und barg ihr Schluchzen hinter der Schürze, und Bernd ging barhäuptig zur Seite des Reiters, vergebens bemüht, seine Fassung zu behaupten. Auf dem Markt wandte der Kaufherr das finstere Antlitz noch einmal nach dem Hause seiner Väter und gebot von der Höhe seinem Gehilfen: »Sollte der neue Herzog von Preußen nach dem Hauswirt fragen, so sage ihm, Marcus König sei für Seine herzoglichen Gnaden nicht bei Wege. Er reitet über Land und läßt seinen Knecht henken, weil dieser ihm einen Eidschwur gehalten hat.«

Langsam und allein zog er unter dem Geläut der Glocken zum Tore hinaus.

Auf dem Dorfgrunde unweit des Stadtweges war der Galgenhügel, dort hielt der Karren mit Hans Buck und Dobise. Marcus stieg vom Pferde, schritt, von Bewaffneten seines festen Hauses umgeben, nach der Anhöhe und gab dem Scharfrichter das Zeichen. Dobise kletterte willig die Leiter hinauf und sah über das Gebälk auf den Himmel und die grünende Flur. »Alles blau und grün«, sagte er kopfschüttelnd.

»Sieh dir die Sache genau an«, ermunterte Hans Buck, der zur Seite über dem Querholz saß, »wir haben keine Eile.«

»Dort sehe ich die Türme unserer Stadt, der Ratsturm hat ein neues Dach, das hält wieder eine Weile.«

»Bis es herunterfällt wie das alte«, versetzte bedächtig sein Nachbar.

»Mein Alter sieht aus wie ein Kriegsmann«, fuhr Dobise fort, »er trägt selten die Brustplatte und das lange Schwert.«

»Heut hat er es als Gerichtsherr dir zu Ehren angelegt«, sagte Hans Buck.

»Niemals ist einer so hinausgefahren wie ich, während die zwölf Böttcher zogen«, berühmte sich Dobise, »und mich freut's, daß der Alte mir die letzte Ehre erweist. Er denkt daran, daß ich zu ihm gehöre.«

»Du bist von deinen Vätern her sein Knecht?«

Dobise nickte. »Die Bürger wollen die Leute meines Geschlechts nicht mehr in der Stadt leiden. Doch er und ich, wir gehören von Vater und Mutter zusammen, ich bin im Thorner Lande der letzte von den alten Preußen, und er ist der letzte von den alten Deutschen. Und jetzt geht es auch mit uns beiden zu Ende.« Hans Buck sah ihn fragend an und hob die Schlinge, Dobise half sie um den Hals legen. »Aber der Alte weiß doch nicht, was ich weiß; denn, Hans Buck, ich habe gesehen, wie sein Enkel die Gerte schwenkte.«

»Was spricht der arme Sünder?« fragte von unten eine starke Stimme. 932

»Lebt wohl, Hans Buck«, rief Dobise und sprang von der Leiter.

»Schneide ab«, schrie Marcus.

Der Henker zerschnitt mit Hilfe des Knechtes eilig den Strick. »Der gute Wille war vergeblich, Herr; er sprang zu jach in die Luft, das Genick ist gebrochen.«

In einer Ecke des kleinen Friedhofs wurde die Ruhestätte geschaufelt; die Schollen rollten auf den Leib, der Wind wehte, und die Wolken flogen, während Marcus am Grabe seines Knechtes auf den Knien lag.

Den Tag darauf standen die neuen Ratsmänner Kunz Lohgerber und Barthel Schneider am Ufer der Weichsel und sahen über den leeren Ladeplatz, zu dem nur einige Holzflöße trieben. »Der Friede ist verkündet«, begann Kunz, »ich gedenke der Zeit, wo die schweren Kähne hier so dicht lagen, daß man Mühe hatte, einen Kübel Wasser zu schöpfen. Ob sich's wieder füllen wird?«

»Dort stößt der große Danziger gegen den Strom heran«, antwortete sein Nachbar, »wunderlich ist es, daß er zurückkommt; er hat für Marcus König geladen und lag die letzte Nacht unterwärts am Ufer. Seht, er hat sich wie ein Kriegsschiff gerüstet, eine Schanze um den Mastkorb gebaut, und, meiner Treu, ich erkenne bewaffnete Männer im Korbe; meint Ihr nicht, daß wir Lärm machen?«

»Hier kommt jemand, der Euch die Sorge abnehmen wird, der Burggraf mit seinen Trabanten. Das Schiff bleibt im Strome, und der Ratskahn legt an, der Burggraf selber will den alten König zum Land fahren.«

»Ob zu einem Festmahle oder in den Turm? Nun, es haben schon bessere Leute darin gesessen als der alte Papist.«

Der Kahn des Rates führte den Burggrafen an das Schiff; Hutfeld bestieg die Planken, Marcus begrüßte ihn an der Treppe. »Ich danke Euch, hochgebietender Herr, daß Ihr gegen den Brauch des Rates nicht verschmäht, die Fahrt im Stadtgebiet auf einem fremden Schiff zu machen.«

Der Burggraf warf einen besorgten Blick nach dem Korbe, in welchem Bewaffnete ihre Rohre steif am Fuß hielten, und nach dem Steuer, wo neben einem fremden Maat Hendrick, der Schiffer, seine Mütze lüftete: »Sind die Schiffskinder auch zum Teil Fremde«, antwortete er lächelnd, »der Schiffsmeister ist ein Bürger von Thorn.«

»Er war es bis jetzt«, versetzte Marcus.

Hutfeld sah nach dem Kahne zurück, dann maß er prüfend das düstere Antlitz seines Gegners. »Ich war bis jetzt Bürger dieser Stadt«, fuhr Marcus fort, »und um mich von den Mauern zu scheiden, in denen die Sorge uns beiden das Haar gebleicht hatte, habe ich dich, mein Schwager, hierhergeladen. Ich denke, es sind die letzten Augenblicke, in denen wir einander gegenüberstehen. Den Burggrafen der Stadt hätte ich nicht bemüht, den Bruder meines lieben Weibes wollte ich noch einmal grüßen, bevor ich von hier gehe; denn mein Fuß betritt die Straßen von Thorn nicht wieder.«

Hutfeld faßte seine Hand. »Die Stimme alter Freundschaft höre ich nach Jahren zum erstenmal aus deinem Munde; zürne nicht, wenn ich widerstrebe, daß diese Stunde die letzte sein soll, in der ich dich sehe.«

»Auch du, dessen Klugheit und Vorsicht ich heut mit schwerem Herzen loben muß, wirst meinen Entschluß nicht beugen. – Den Burgwald von Nessau und das Landgut, welche ich als altes Erbe meines Geschlechts überkam, begehrt der Rat. Der Preis, welcher mir geboten wurde, ist so

gering, daß ich ihn zu anderer Zeit abgelehnt hätte, jetzt ist er mir willkommen, denn, Konrad, ich bin kein reicher Mann mehr.«

»Das habe ich gefürchtet«, sagte der Burggraf. »Es war ein Unglückstag,
wo der Herzog von Preußen in deinem Hause Einlager hielt.«

»Weißt du dies, du scharfblickender Mann, so weißt du auch mehr.
Du warst der Gegner, der meine stillen Wege aufspürte, und du gewannst
das Spiel, weil du mehr von mir wußtest als andere.«

»Nicht ich, Marcus. Du rangst gegen eine Flut, welche uns alle übermächtig forttreibt.«

»Vielleicht«, sagte der Kaufmann, das Haupt neigend. »Diese Planken
sind Danziger Grund, und auf fremdem Boden darf ich dir sagen, daß
ich getan habe, wahrlich aus Liebe zur Stadt, was mich ausschließt von
der Tafel Eures Hofes und von dem Glockengeläut Eurer Türme. Den
Rat wollte ich werfen und die Stadt in die Gewalt des deutschen Hochmeisters zurückbringen als ein wertvolles Unterpfand für seinen Frieden mit
Polen. Jahre hindurch habe ich unter Euch gelebt als Euer Todfeind.«

»Wozu von Vergangenem reden? Dir frommt nicht, es zu sagen, mir
nicht, es zu hören.«

»Du darfst es doch hören, Konrad, denn deiner Mäßigung verdanke
ich, daß ich heut vor dir stehe.«

»Ob du mit Grund sprichst oder nicht, ich weigere dir die Antwort«,
antwortete Hutfeld, »wäre es aber, wie du sagst, so weißt du auch, daß in
dem Frieden Verzeihung für alle Parteinahme ausbedungen ist. Hättest
du Unrecht geübt gegen die Stadt und die Krone Polen, es wäre jetzt ge-
sühnt.«

»Du sagst es«, versetzte Marcus, »aber du weißt auch, daß es für den
Kampf um die Herrschaft kein Vergessen gibt. Bald würden der König
und der Rat einen Vorwand finden, mir an Habe und Hals zu gehen. Und
zürne mir nicht, wenn ich es sage, ich bin zu stolz, um länger als dein
Schützling zu leben, der auch dir unablässig die Sicherheit gefährdet.«

»Der Kampf ist ausgetragen und wir werden alt«, sprach bittend der
Burggraf, »und ich denke, ebenso wie das Weichselland und die Stadt
begehren wir beide fortan den Frieden.«

»Nicht ich«, rief Marcus zornig. »Könnt Ihr verzeihen, ich vermag es
nicht.« Er wandte sich rückwärts, wo die Mauern und Türme von Thorn
ragten. »Einst priesen dich die Nachbarn als Königin der Weichsel, jetzt
ist die Krone für immer von deinem Haupt gerissen; zu einer polnischen

934

Metze bist du geworden, der die Könige einmal ein Almosen hinwerfen, um sie darauf wieder mit Ruten zu streichen nach ihrem Gefallen.«

»Lästere nicht, Marcus, in der letzten Stunde die Stadt, welche dich geboren und lange getragen hat«, mahnte Hutfeld, »blutiger Zwist und Krieg waren fast hundert Jahre im Lande, Dörfer sind geschwunden, durch menschenleere Einöden schweifen die Raubtiere, aber die alte Stadt steht als ein sicherer Schutz für ihre Getreuen und als gastfreie Zuflucht für Flüchtlinge aus aller Herren Ländern. Der Spruch unseres Fähnleins, der in harter Zeit darauf gesetzt wurde, hat sich als wahr erwiesen, sie hat's überdauert.«

»Ja, zwischen feindlichen Flammen, wie der Wurm, den niemand kennt. Hoffe nicht, daß in dem polnischen Feuer deine Bürger gedeihen werden. Verhaßt ist die deutsche Art dem fremden Volke, verhaßt euer Reichtum dem polnischen Edelmann und euer Stolz dem Palatin, der über euch herrschen will. Scheuen sie sich, die Tore zu brechen, so werden sie zu den Pforten hineinschlüpfen, und fürchten sie eure helle Klage, so werden sie langsam durch Schmeichelei und hohles Getön der Worte euch zu Knechten machen.«

»Nicht wir haben die Feindschaft geschaffen, Marcus, die dich jetzt von uns scheidet, wir haben sie als ein Erbe von den Vätern überkommen. Was die Zukunft uns bringt, dafür mögen die Künftigen sorgen, wir tun heut und morgen, was wir müssen.«

»Bis der Tag kommt, wo das schwarze Gerüst, das für meinen Vater errichtet wurde, wieder auf dem Markte von Thorn erhöht wird, damit die Polen die Häupter eurer Nachkommen werfen. Das ist der letzte Gruß, mit dem ich von euch scheide, als ein Flüchtling, der eine Stätte sucht, wo er unter freien Landsleuten sein Haupt bergen kann. Dir aber, Konrad, übergebe ich die Sorge für die Gräber meines Geschlechtes, du warst der erste Freund meiner Jugend, du bliebst dem Alten hochgesinnt auch als Feind.«

Der Burggraf umfaßte den Scheidenden, er fühlte den krampfhaften Händedruck und sah das Zucken in dem Antlitz des andern. Gleich darauf trieb sein Kahn auf dem gelben Wasser der Stadt zu. Als er noch einmal

zurückschaute, stand Marcus, den Blick nach dem dunklen Norden gerichtet, dem die Strömung zueilte, rastlos und unaufhaltsam.

Der Einsame hob die Augen zu dem Wolkenhimmel und suchte nach einer Stelle, wo die Himmelsbläue sichtbar wäre, es war alles in Grau gehüllt. Nichtig war seine Erdenarbeit gewesen, all seine Hingabe eitel und nutzlos. Keiner der Fürbitter, wie ängstlich er sein Lebelang um ihre Gunst geworben, hatte vermocht, ihm den großen Wunsch zu gewähren. Auch sie erschienen ihm kalt und fremd, alt und machtlos, und er gedachte ihrer wie ein gottloser Mann; fruchtlos war alle Gabe und Verehrung, welche Bittende ihnen zollten, und verächtlich das Drängen der Pfaffen, welche für jeden beteten, der die Macht hatte und der sie bezahlte. Jetzt feierten sie das Hochamt um einen unseligen Frieden und flehten für das Wohl des Polenkönigs. Er setzte sich nieder und barg das Gesicht in den Händen. Gnade für dieses Leben hatte er nicht gefunden, und er glaubte nicht mehr, daß seine Rechnung mit dem Himmel ihm für das Jenseits heilsam sein werde.

Das Schiff legte bei, Marcus fuhr auf, neben ihm stand der Schiffer Hendrick und wies auf die Steinsäule am Ufer. »Ihr wißt, es ist Brauch, an dem Bilde der Jungfrau zu halten und um günstige Fahrt zu bitten. Hier war es auch, wo Euer Sohn auf seiner Flucht das Boot des Elbingers betrat.« Marcus wandte sich ab und barg wieder seine Augen in der Hand. »Auch er ist mir durch fremde Schuld verdorben, und wenn ich ihn wiedersehe, wird er mein Gegner«, sprach er finster vor sich hin.

Da klang über das Deck der flehende Ruf: »Mein Vater!« Und der Sohn warf sich vor seine Füße und umschlang ihn mit den Armen.

Bei den Augustinern

In der Schreibstube des Doktor Martinus Luther zu Wittenberg standen der Magister und Anna mit dem Knaben und vernahmen die Worte des verehrten Mannes: »Mir ist durch Magister Philippus Gutes über Euch und Euer Kind berichtet, und ich will es an mir nicht fehlen lassen, damit der Zweifel und die Unsicherheit ein Ende nehmen, welche jetzt Euer Leben verstören. Denn in Gewissensnöten schlägt an den Zweifel gern der leidige Teufel seine Krallen, und jede Sicherheit, selbst wenn sie schmerzlich ist, hilft eher zur Gesundheit der Seele und des Leibes.« Und gegen Anna fuhr er gütig fort: »Es ist ein seltsamer Handel, um den Ihr mit Eurem Sohne die weite Reise unternommen habt, möge sie auch dem vaterlosen Kinde frommen.« Er strich dem Kleinen über das Haar. »Ich denke, dieser hat dazu geholfen, daß Ihr die traurige Verlassenheit tapfer ertrugt; er nächst Eurem Gottvertrauen, denn auch davon ist mir Kunde zugegangen.«

Romulus sah zu dem Doktor auf und verstand, daß der Herr es gut zu ihm meinte und hier zu befehlen hatte. Aber der Handel, welcher die Großen bekümmerte, machte ihm heut wenig Sorge. Denn noch erfüllt von der Reise, dachte er vielmehr darauf, wieder in die Welt zu fahren, und achtete begehrlich auf zwei schwarze Filzschuhe hinter dem Ofen, um diese als Gäule anzuschirren.

Ein junger Mann, in der Tracht eines Schülers, öffnete leise die Tür. »Euer Verlobter ist zur Stelle«, sagte der Doktor, »laßt euch beide gefallen, daß ich euch in dieser Stube bewahre, denn ich will den Junker zuerst allein sehen.«

Mit pochendem Herzen öffnete Georg die Pforte zum Kloster, die Scheu vor dem mächtigen Manne und schwere Ahnung bedrückten ihm die Seele, auch ein Rest des alten Trotzes, daß der Priester über das Glück seines Lebens entscheiden sollte. Auf der Bank vor dem Hause saß ein Jüngling über einem großen Buche. Als Georg grüßend seinen Namen nannte, erhob sich der andere: »Der Herr Doktor ist noch beschäftigt, Ihr mögt hier niedersitzen und seiner harren.«

Georg saß allein und sah sich in dem Hofe um. Trotz seiner Not dachte er, wie unscheinbar und dürftig die Stätte erschien, aus welcher ein so helles Licht über das ganze deutsche Land leuchtete. Ein Baum in voller Blätterpracht war die einzige Zierde des stillen Raumes; auf dem Boden vor ihm flatterten die Vögel, ein Fink schritt dicht vor seinen Füßen, die Sperlinge als klügere Weltkinder hüpften in größerer Entfernung und sahen ihn mit ihren runden Augen von der Seite mißtrauisch an. Ihre Geschlechter lebten hier seit Jahrhunderten im Besitz der Mauerritzen und immer hatten die Mönche ihnen Krumen gestreut. Jetzt war das Kloster im Schwinden, nur die Kleinen saßen dick und stolz wie Prälaten. Das dachte auch Georg, und unter den vertrauten Gesellen wurde ihm leichter ums Herz. Endlich flog der Fink gar auf die schöne Laute, welche an der Bank lehnte, und sang in kunstvollem Schlag den Fremden an, während die Saiten von der Erschütterung leise klangen. Da konnte Georg der Versuchung nicht widerstehen, mit dem Finger prüfend über die Saiten zu fahren, aber er setzte die Laute sogleich wieder hin, betroffen über das Getön, welches er verursacht hatte.

»Ihr seid des Saitenspiels mächtig?« fragte eine helle Stimme neben ihm. Georg fuhr empor und stand dem Herrn gegenüber, den er noch nie leibhaftig gesehen hatte, und dessen Angesicht doch durch die Holzschnitte fast jedem Deutschen bekannt war. Er sah einen Mann von stattlicher Mittelgröße, mit großem Haupt, in welchem zwei tiefliegende Augen wie dunkle Sterne blitzten. »Ihr seid der Junker aus Thorn, welcher bei mir sein Eheweib begehrt?« fuhr der Doktor fort. »Auch in Eurer Vaterstadt weicht jetzt die Finsternis dem Lichte. Ist mir recht berichtet, so hattet Ihr vor einigen Jahren Tumult, weil die Päpstlichen ein Bild des Luthers verbrannten. Ich denke, sie hätten lieber den Luther selbst in die Flamme geworfen; doch ich hoffe, sie sollen noch manchmal durch ihn erzürnt werden, bevor sie ihren Mut an ihm kühlen. In Thorn widersprach der Magister Fabricius dem Beginnen der Mönche und wurde deshalb aus der Stadt verbannt. War's nicht so?«

Georg bestätigte, und der Doktor fragte weiter: »Damals geriet noch ein anderer in Streit mit den Papisten, wer war dieser und was ist aus ihm geworden?«

»Es war ein Schüler des Herrn Magisters, auch er mußte die Stadt verlassen und lebt seitdem in der Fremde.«

»Und verlor seitdem, wie ich sehe, die Hand, mit welcher er sonst die Laute spielte«, setzte der Doktor, auf den Handschuh blickend, die Rede fort. »Was trieb Euch dazu, den Mönchen das Ketzerfeuer zu verstören?«

»Herr, ich sah meinen Lehrer in Gefahr und hatte außerdem einen alten Handel mit dem Polen, welcher die Hand gegen ihn ausstreckte.«

»Ihr seid für Eure Gewalttat mit Recht gestraft worden«, versetzte der Doktor kurz. »Aber mich freut's, daß Ihr so ehrlich seid und Euren wilden Streich nicht mir auf die Seele reden wollt.« Und abbrechend sagte er in gütigem Ton wie zu einem alten Bekannten: »Setzt Euch zu mir auf die Bank, Junker.« Georg rückte sich bescheiden in die Ecke. »Dieser Platz ist mir lieber als jeder andere, wenn ich meditiere und wenn ich mit guten Freunden ein vertrauliches Wort rede. Ich sah vorhin, wie Ihr meinen kleinen Flattergeistern zulachtet, auch ich achte gern auf sie, denn in ihrem bunten Kleide sind sie die kleinen Närrchen unseres Herrgotts, und sie haben mich manchmal getröstet, wenn mir der Papst und der Teufel Not machten. Ihnen ist gesetzt, sorglos dahinzuleben, wir Menschen freilich haben besseren Witz empfangen, damit wir mit größeren Sorgen ringen. Uns Thüringern vorab ist die Freude an diesen Federhelden gemein. Eure Vorfahren haben immer in Thorn gewohnt?«

»Es geht die Sage«, antwortete Georg bescheiden, »daß auch meine Voreltern aus Thüringen stammen.«

»Ihr seid vom Adel?«

»Mein Vater gehört zu den Ältesten des Artushofes und einer von unserm Geschlecht war vor Zeiten Hochmeister von Preußen.«

»So?« sagte der Doktor. »Euer Vater also ist reich und stolz auf seine Vorfahren. Wie hält er sich im Glauben?«

»Er ist eifrig für die alte Kirche.«

»Und Ihr habt die Frau, welche er Euch verweigert, von Herzen lieb?«

Georg stand auf: »Herr, so lieb, daß mir alles auf Erden wenig gilt gegen sie.«

Auch der Doktor erhob sich und sprach feierlich: »Dann erwartet mit Demut gegen den Herrn, was Euch die nächste Stunde bringt.« Er winkte dem Schüler, welcher an der Tür harrte, der Magister und Anna traten mit dem Knaben in den Hof. Als Georg Weib und Kind wiedersah, eilte er auf sie zu, küßte sein Gemahl auf die Stirn und hob seinen Sohn zu sich auf, dann legte er die Hand des Kleinen in die der Mutter, trat zurück und begrüßte den Magister von weitem. Der Doktor sah aufmerksam zu, wie das Kind dem Vater sein Händchen reichte und dabei ›lieber Vater‹ sagte, mit so zarter und verschämter Liebe, als käme der Gruß aus der Seele seiner Mutter. Aber gleich darauf war Romulus wieder mit eigenen Angelegenheiten beschäftigt. Er hatte sich im Hofe sofort einer Gerte bemächtigt und damit nach einem jungen Sperling des Doktors geschlagen. Auf die Kriegserklärung flog das ganze geflügelte Volk zur Höhe und die beiden Parteien saßen lauersam gegeneinander.

»Ich flehe, ehrwürdiger Herr«, bat Georg, »daß Ihr mir gestattet, die Zeugen vor Euer Angesicht zu führen, welche für mich aussagen können. Sie warten vor dem Tor.«

»Ich bin kein Schöffe und kein Romanist«, antwortete der Doktor, »und das Zeugnis anderer wird Euch in dieser Stunde wenig helfen. Doch habt Ihr sie herbeigeführt, so laßt sie ein.«

Georg eilte zur Pforte und herein trat Wuz mit zwein seiner Gesellen und hinter ihnen ein alter Mann in der Tracht eines Wallfahrers. Die Männer blieben an der Tür, die Landsknechte nahmen ehrerbietig ihre Hüte ab und standen steif bei ihren Hellebarden.

Der Doktor sah unzufrieden auf die wilden Gestalten. »Was sollen die fahrenden Hansen und Jakobsbrüder in Eurer Sache?«

»Die Landsknechte waren Zeugen, als ich mit meinem Weibe vermählt wurde«, erklärte Georg bittend, »und sie haben in guter Meinung für mich die Reise gemacht.«

»Tretet näher«, gebot der Doktor, »da ihr einmal gekommen seid. Ihr also ward zugegen, als der Mann die Magd zur Ehe nahm. Habt ihr in eurem Orden besonderes Gesetz für die Vermählung?«

Wuz dachte nach: »Wir haben keine besondere Ordnung, sondern wir üben denselben Brauch, welchen im deutschen Oberlande die Bürger und Bauern anwenden, nur daß wir die Fahne darüberhalten.«

»Und wie empfing dieser das Weib?«

»Säuberlich, es ging zu wie vor einer Kirche«, versetzte Wuz, »das Fähnlein trat zum Ringe, ich gab die Braut, und Benz Streitenberg stand hinter dem Bräutigam.«

»Wer tat die Fragen, und mit welchen Worten?«

»Der Hauptmann fragte: Fähnrich, wollt Ihr diese zu Eurem Ehegemahl nehmen? Der Fähnrich sagte ja. Dann fragte der Hauptmann die Jungfer, und da diese nicht vernehmlich wurde, so sprach ich das Ja, was ebensogut war; und hernach erinnerte der Hauptmann den Fähnrich, daß er der Braut auf den Fuß treten müsse, denn dieser hatte nicht daran gedacht.«

Der Doktor wandte sich zu Anna. »Habt Ihr auf die Frage ja gesagt?«

»Ich wollte ein Ja sagen«, antwortete Anna. Der Doktor nickte und sprach zum Landsknecht: »Und wie haltet ihr es bei euren Ehen mit dem Priester?«

»Wenn sich eine Gelegenheit bietet, so läßt auch der fromme Landsknecht seine Ehe an der Kirchtür weihen, obgleich das Fähnlein solches nicht begehrt.«

»Mich wundert diese Ordnung; denn ich höre, ihr lebt zuchtlos mit euren Weibsen?«

»Es ist ganz wie der Herr Doktor gehört hat«, bestätigte Wuz ehrerbietig. »Die meisten wirtschaften mit ihren Dirnen, jedoch treten auch zuweilen zwei miteinander in den Ring. Nämlich eine Ehefrau sitzt vor den andern auf dem Karren, und wenn es an Fuhrwerk fehlt, müssen die Dirnen zu Fuß laufen, auch darf der Troßweibel keine Ehefrau mit dem Stock schlagen. Und es würde wohl jede am liebsten Frau sein, jedoch ist ihnen wieder hinderlich, daß die Ehefrau nicht wechseln darf, solange das Fähnlein fliegt.«

Martinus winkte finster mit der Hand. »Es ist genug, tretet zurück.« Die Knechte wichen rückwärts zu dem Baum, in dessen Schatten der Wallfahrer lehnte.

Der Doktor wandte sich wieder zu Anna. »Habt Ihr nach eurer Vermählung den Segen eines Priesters empfangen?«

»Nein«, antwortete Anna unsicher.

»Wie kam das? Da Ihr, wie ich vernehme, eine gottesfürchtige Frau seid.«

»Zuerst fürchtete ich mich, trotz der Vermählung sein eheliches Weib zu werden«, sprach Anna mit stockender Stimme. »Dann las ich in Eurem Buche, daß nicht des Priesters Dienst eine rechte Ehe bewirkt, sondern fromme Liebe und christliche Gesinnung der Verlobten, und ich wurde ruhiger darüber, daß kein Priester in der Nähe war. Denn die Knechte waren widerwärtig gegen alle Pfaffen und hatten diese verscheucht. Als sich endlich ein Predigermönch aus Thorn zu uns fand, lag mein Hausherr diesem hoch an, daß er uns trauen möge. Da erbot sich der Mönch, da er mit dem Vater meines Hausherrn wohlbekannt sei, vorher um die Einwilligung des Vaters zu werben und uns bei seiner nahen Rückkehr zu segnen. Bevor er wiederkam, wurden wir getrennt.«

»Wohlan«, sprach der Doktor, »höret zu, ihr, die ihr meine Entscheidung angerufen habt. Ich bin kein weltlicher Richter, sondern ein Diener unseres himmlischen Vaters. Die Ehe der Christen aber ist ebensowohl nach göttlicher als nach menschlicher Ordnung eingesetzt. Darum liegt mir vor allem ob, zu erforschen, ob euer Verlöbnis zu einer rechten Ehe vor dem Herrn geworden ist. Das Wohlgefallen unseres Vaters im Himmel wird gewonnen durch christliche Gesinnung der Gatten, wenn sie in dem Gedanken an Gott die Ehe eingehen, und sein Wohlgefallen wird erhalten durch ehrbare und fromme Liebe, in welcher die Verlobten fest beharren mit dem Willen, ihr lebelang beisammen auszuhalten. Daß euch beiden eure Liebe zueinander hoher Ernst war und nicht nur ein leichtfertiges Spiel übermütiger Jugend, das erkenne ich aus der Not, in welcher ihr euch verbunden habt, und aus der Angst, in welcher ihr jetzt vor mir steht. Ob ihr aber auch als gute Kinder eures himmlischen Vaters im Glauben und Vertrauen auf ihn euren Bund geschlossen habt, das müßt ihr mir jetzt selbst bekennen, und ihr müßt die Worte auf euer Gewissen nehmen, damit nicht Unwahrheit eurer Seele und Seligkeit schade. Darum frage ich zuerst Euch, Junker, nach Gesinnung und Glauben dieses Weibes vor, bei und nach der Vermählung.«

»Ach, Herr«, antwortete Georg mit gefalteten Händen. »Jedermann, der mein Weib gekannt hat, muß bezeugen, daß sie schon als Jungfrau gottseliger war als andere ihresgleichen. Mich hat sie lange durch hohen Ernst und Strenge verschüchtert. Und in der Ehe habe ich täglich Ehrfurcht gefühlt vor der Innigkeit, in welcher sie mit dem lieben Gott verkehrte.

Auch die Kriegsleute, unter denen sie leben mußte, erkannten das und ehrten sie darum.« Wuz unter dem Baume nickte heftig mit dem Kopfe.

»Das dachte ich wohl«, sagte der Doktor freundlich. »Und Ihr, junge Frau, vermögt Ihr Ähnliches von Eurem Gatten zu sagen?«

Da Anna schwieg, fuhr er ermunternd fort: »Denn Ihr müßt doch gemerkt haben, wie es mit seiner Gottesfurcht stand schon vor der Ehe und sicher in der Ehe.«

Leise antwortete die Frau: »Er hatte mich von Herzen lieb und war bereit, sein Leben für mich hinzugeben.«

»Für Euch, das Geschöpf, doch ob für seinen Schöpfer? Auch der Hirsch kämpft zuzeiten für die Hindin. Solch heißer Drang hat mit dem Glauben nichts zu schaffen.«

Anna schwieg. »Wie?« fragte der Doktor, »hatte er, als Ihr mit ihm in den Kreis der Kriegsknechte tratet, kein Wort, keinen Blick für den Vater im Himmel, der Euer Bündnis segnen sollte? Besinnt Euch«, mahnte er dringend, »denn es handelt sich hier um Großes für euch beide.«

»Herr, ich war damals kaum meiner Sinne mächtig.«   941

Da nahm ihr Georg die Sorge ab. »Ehrwürdiger Herr, ich stehe hier wie in der Beichte, und obwohl es meines Lebens Glück gilt, so will ich doch nicht täuschen. Als ich ihr zugesprochen wurde, sah ich nichts als sie, und dachte an nichts, als an ihre Gefahr und daß ich sie für mich gewinnen wollte.«

»Und nachher?« forschte der Richter unruhig.

»Herr, ich fühlte nur Schmerz und Zorn, daß sie sich mir versagte; und um Euch die ganze Wahrheit zu bekennen, lange Zeit war mir ihre Frömmigkeit verleidet, weil sie sich in solcher Gesinnung von mir entfernt hielt.«

Da blitzten die Augen des Doktors zornig auf das Weltkind und er sprach rauh: »Sie tat recht, Euch zu meiden, denn Ihr waret nicht der Mann, der ihrer Seele heilsam werden konnte. Doch als Ihr sie endlich wegen ihrer weiblichen Schwäche gewannet und mit ihr in Gemeinschaft lebtet, kam Euch niemals der Gedanke, daß Ihr verdammt sein werdet, und daß Eure Ehe eine wilde Buhlschaft sein werde ohne Gottes Gnade? Und kam Euch niemals der Schrecken vor dem Richter?«

»Ich kann's nicht sagen«, antwortete der ehrliche Georg in seiner Bedrängnis. »Ich habe, obgleich wir im Elend waren, doch am liebsten fröhlich vor mich hingelebt, meines Herzens Freude war immer mein gutes Weib, und ich habe sorglos darauf vertraut, daß ihr Gebet auch mir zugute kommen werde. Bis ich einst an einem kalten Wintertage spät in unsere Behausung zurückkehrte. Dort fand ich ein Geschenk Gottes, das nicht gewesen war, als ich wegfuhr. Draußen heulte der Schneesturm, als sie es mir entgegentrugen, es war nackt und winzig, und ich hatte dergleichen niemals gesehen; oben sah es aus wie ein altes Männlein und unten ähnlich einem Frosch, der im Wasser steuert. Und es war mein lieber Sohn. Da erschrak ich vor Gottes Wunder und mir erbebte das Herz.«

»Endlich«, rief der Doktor aufatmend.

»Seit der Zeit, ehrwürdiger Herr, lernte ich den großen Gott anflehen. Oft, wenn ich den Knaben ansah, riß es mich nieder auf die Knie; denn ich bedachte, daß ich für ihn zu leben und zu sorgen hätte und wieviel unser Vater im Himmel noch dazu tun müßte, bevor das Kind seine Locken bekäme, feste Beinchen und einen verständigen Sinn. Auch mein eigenes Leben erschien mir weit anders als früher, gleich einem Amte, das mir übergeben war, damit ich sein Wunder ehrlich großzöge. Und als ich meinen Sohn verloren glaubte, stand er immer so in meinem Gemüt, wie ich ihn das erstemal sah, und wenn sein Bild erschien, trieb es mich, die Hände aufzuheben und zu bitten, daß ich bald dorthin erhoben werde, wo nach meinen Gedanken er und seine Mutter auf mich warteten.«

Der Doktor sah auf die Mutter, und in seinem Antlitz leuchtete die Freude. »Nun, dieser ist kein verzweifelter Kunde, und er vermöchte wohl neben einer guten Frau ein frommer Hauswirt und Vater zu sein; zumal wenn die Frau, welche im Glauben stärker ist, ihn nicht durch Mahnungen quält, sondern die Zeit abwartet und ihm herzlich zuredet.« Und näher an beide tretend, begann er feierlich: »Soweit ich als kurzsichtiger Mensch den Willen des Herrn zu deuten vermag, sage ich euch, euer Bündnis ist vor Gott eine rechte Ehe. Und wenn der Herr euch beiden die Gnade erwiese, euch aus dieser sündigen Welt in das Reich des Lichtes abzurufen, so vertraue ich, daß euch, ihr armen Kinder, im Himmel eure Stübchen nebeneinander gerückt werden.«

Da umfaßte Georg glücklich die weinende Frau; und der Doktor fuhr fort: »Auch bin ich jede Stunde bereit, eurer Ehe durch Priestersegen nachträglich die Bekräftigung zu geben, welche ihr noch fehlt, wenn ich von denen geladen werde, die das Recht dazu haben.« Er löste die Hände der beiden voneinander. »Denn die Ehe ist nicht allein nach göttlicher Ordnung eingerichtet, sondern auch nach menschlicher. Und obgleich die Bräuche, durch welche eine Ehe vor den Menschen gültig wird, nicht in jeder Landschaft dieselben sind, so ist doch unter Deutschen überall

Gesetz, daß der Haussohn und die Tochter sich nicht vermählen dürfen ohne Einwilligung der Eltern oder derer, welche an Eltern Statt über sie zu gebieten haben. Euch aber Junker, lebt der Vater, und dieser hat die Erlaubnis nicht gegeben, sondern er hat sie ausdrücklich verweigert. Darum muß ich euch sagen, fürwahr mit schwerem Herzen, vor den Menschen, in dieser sündigen Welt, ist euer Bündnis eine rechte Ehe nicht.«

So schrecklich war für zwei Seelen der Sturz aus hoher Freude zum Elend, daß die Verlobten fassungslos standen. Der erschrockene Magister zog die Tochter an sich und hielt die Unglückliche umschlungen. Der Doktor aber sah unzufrieden auf das Entsetzen der Geschiedenen, denn ihn erfreute zumeist ihre gute Aussicht für jenes Leben, sie aber fühlten stärker das Elend der irdischen Trennung. Doch sprach er schonend zu Georg, welcher mit gefurchter Stirn und geschlossener Faust vor ihm stand: »Da Ihr im höchsten Vertrauen zu mir gekommen seid und mich wider meinen Willen zum Meister Eures Geschickes machen wolltet, so vernehmt den besten Rat, den ich Euch geben kann: Eilt von hier zu den Füßen Eures Vaters und fleht inständig, daß er Euch den Segen nicht länger vorenthalte. Denn Liebe der Eltern flackert nicht umher wie Liebe junger Herzen, sie sitzt tief und bleibt beständig, und wenn sie auch einmal in den Winkel gestampft wird, so bricht sie immer wieder hervor.«

»Ich habe zu den Füßen meines Vaters gefleht, ehrwürdiger Herr«, antwortete Georg, »und er hat seine Einwilligung verweigert. Da habe ich ihm bekannt, daß ich mit dem Vater meines Weibes vereinbart habe, uns unter Euren Richterspruch zu stellen. Er aber hat gefordert, selbst ein Zeuge Eures Ausspruches zu sein, um sein Recht als Vater gegen Euch zu behaupten, wenn Ihr ihm die Herrschaft über seinen Sohn absprechen wolltet. Und ich gab ihm zur Antwort, wenn er mich begleite, so sei auch ich durch mein Gewissen gedrungen, mein Recht unter Euren Augen gegen ihn selbst zu vertreten. Darüber vertrugen wir uns. Und ich bitte, gestattet mir, daß ich ihn vor Euch führe, denn ich erkenne, daß die schwerste Stunde meines Lebens gekommen ist.« Er wies auf den Wallfahrer, welcher herantrat: »Dies ist mein Vater.«

Die Gestalt des Doktors hob sich gebietend: »Ihr tatet klug, Euch in dem Schatten zu bergen, Herr. Hättet Ihr mir sofort Euren Namen genannt, so würde ich auch Euch gesagt haben, was Euch unlieb zu hören ist.«

943

»Dennoch zürnt nicht«, begann Marcus mit gleichem Stolze, »daß ich ein Zeuge Eures Urteils war; denn was ich niemals für möglich gehalten, habt Ihr bewirkt: ich bin Euch dankbar geworden für Eure Rede.«

»Vermögt Ihr nach allem, was Ihr hier gesehen und gehört habt, Eure Einwilligung noch ferner zu versagen?«

»Ich versage sie«, antwortete Marcus.

»Dann habe ich mit Euch nichts mehr zu schaffen«, sagte Martinus. »Ich sehe wohl, Ihr seid einer von den Hochmütigen, welche sich in der Stille ihrer guten Werke berühmen und den Willen unseres Herrgotts zu meistern hoffen, weil sie fasten, opfern und zu den Altären der Heiligen fahren. Ich aber sage Euch, Ihr werbt um die Gunst Eurer Heiligen so, wie ein schlechter Verwalter durch Bestechung um die Gunst der Hofleute wirbt, damit sie ihm bei ihrem Gebieter zu weltlichem Vorteil helfen. Eure kalte Frömmigkeit ist eigennützig und gottlos, sie macht Euren Sinn nicht demütig, sondern stolz und hart. Und Ihr und Euresgleichen, die dem Herrn nur dienen wollen, damit er Euch wieder dienstbar sei, Ihr sollt erfahren, daß Euer Hoffen eitel und Euer Wille ohnmächtig sind, gerade dann, wenn Ihr am stolzesten auf Euer Recht vertraut.«

Marcus zuckte unter diesen Worten, aber er legte seinem Sohn die Hand auf und gebot: »Komm.«

Da sprang Georg zu seinem Kinde, riß es an sich und rief: »Fordert Ihr Euer Recht an mir, so bin auch ich Vater und fordere mein Anrecht an meinem Sohn. Diesen hat mir der Herr durch seine Mutter zugeteilt für mein Leben, und er hat auf mein Gewissen gelegt, daß ich dem Kinde und seiner Mutter ihre Tage behüte als Wirt und Herr.«

»Sprich nicht weiter, Georg«, rief Marcus heftig, »denn wie du den Knaben hältst, so hielt ich dich in meinen Armen.«

Doch Georg warf sich, den Knaben festhaltend, auf die Knie. »Im Angesicht des Himmels klage ich mein bitteres Leid. Zwingt mich dein harter Wille, Vater, zu wählen zwischen deiner Liebe und der Treue gegen Weib und Kind, so muß ich deine Liebe missen, damit ich die Liebe meines Kindes verdiene.«

Marcus hob drohend den Arm: »Wahre dich, daß nicht der Fluch des Vaters dein Haus niederreiße.«

Da ermahnte der Doktor: »Ich höre zwei, welche allzu hart auf ihrem Recht bestehen. Euer Recht, Kniender, ist nach dem Evangelium das bessere, nach Brauch und Ordnung dieser Welt ist es das schwächere. Stürmt in Eurer Seele eine hohe Pflicht gegen die andere, so hütet Euch, daß Ihr nicht allzu schnell die eine verachtet, um die andere zu erfüllen. Denn was dem Menschen unversöhnlich scheint, weiß einer, der die Herzen lenkt, in Liebe zu vergleichen über alles Hoffen. Darum sage ich Euch zum zweiten Male, weichet um Eurer Geliebten willen nicht von Eurem alten Vater, wie hart er auch gegen Euch poche. Wisset, ich selbst habe erfahren in langem Herzeleid, wie es schmerzt, mit seinem Vater in Unfrieden zu leben, und ich habe ihn nicht um irdischer Liebe willen verlassen, sondern um meines Gottes willen, weil ich damals wahrhaftig nicht anders konnte. Aber den rechten Frohsinn habe ich in meinem Herzen erst gefühlt, seit ich aus der Möncherei erlöst wurde und mein alter Vater mich wieder freundlich anlachte. Seid Ihr ein solcher Gesell, wie Ihr mir heut erschienen seid, so fühlt Ihr in stillem Herzen denselben Stein, der mich im Kloster drückte. Sprecht aber nicht etwa: Herr, mein Gott, ich will zu meinem irdischen Vater gehen und ihn bitten, und wenn er meinen Wunsch nicht erfüllt, so tue ich dies und das. Solcher Vorsatz ist eitle Vermessenheit, er nimmt Eurem Flehen die Kraft und hindert Euch, den Willen Eures himmlischen Vaters zu erkennen; sondern geht und sprecht so: Ich will als ein guter Sohn gegen meinen irdischen Vater handeln. Und wenn dann Euer Herr Vater Euch ferner widersteht, so wendet Euch wieder zu Eurem Gott und sorget unablässig, daß Ihr mit diesem in Frieden bleibt und seinen rechten Willen erkennt. Dann wird auch er Euch zur Zeit eingeben, was für Euch das Rechte sein wird; und ich hoffe, lieber Junker, er wird's mit Euch wohlmachen.«

Georg hielt schweigend den Sohn an seinem Herzen. Martinus nahm ihm den Knaben aus der Hand und stellte ihn vor den Großvater: »Bitte du, Kleiner, denn unsere Stimme dringt nicht an sein Ohr.«

Doch Romulus, welcher wußte, daß die armen Pilger seine Mutter um Almosen baten, sah zu dem Doktor auf und antwortete: »Er muß bitten.«

»Wahrlich«, rief Martinus, »du hast in deiner Einfalt das Richtige gesagt. Dennoch flehe, denn du stehst vor dem Ahn deines Geschlechts.« – Da streifte das Kind seinen Ärmel zurück und wies einen braunen Fleck auf der Haut, welchen die Mutter seinem Vater im Turme als ein Zeichen des Geschlechts gewiesen hatte, und es sprach: »Ich habe auch ein Mal.« 945

Als Marcus das Zeichen sah, welches er selbst auf dem Arm hatte, wollte die weiche Regung seiner Herr werden; doch wieder zog sich sein Antlitz zusammen und er rief seinen Sohn nochmals an: »Komm!« – »Fahrt dahin in Eurem Hochmut«, gebot der Doktor in heiligem Zorn. »Seht zu, was Euch von dem Sohne bleibt, wenn Ihr seinen getreuen

Willen zerbrecht. Für diese hier zu leben hat er gelobt, was Ihr aber aus ihm machen wollt, ist ein ehrloser, eidbrüchiger Mann.«

Wie ein Blitzstrahl schlug das strenge Wort in das verdüsterte Gemüt des Vaters. Langsam trat er auf Anna zu, faßte die Schaudernde bei der Hand und führte sie zu Georg. »Nehmt ihn von mir, junge Frau, er war mein einziger Sohn.«

Anna sank neben dem Geliebten auf die Knie, und Marcus begann mit hartem Stolze zum Doktor: »Ihr ward bereit, zu segnen, Herr. Helft, daß er seinen Eid gegen diese halte, der Vater ist nicht dawider.«

Da sprach Martinus Luther feierlich den Segen über die knienden Gatten. Als die Vermählten sich erhoben, ergriff Marcus den Stab: »Lebe wohl, mein Sohn.«

»Vater«, schrie Georg.

»Während du im Kerkerturme lagst, dem Tode verfallen, gelobte ich den Heiligen, damit sie dich bewahrten, die Betfahrt nach Compostella. Zwingt dich dein Eid, für deinen Sohn zu leben, auch ich halte den Eid, den ich für meinen Sohn getan.« Er winkte mit der Hand und wandte sich zur Klostertür.

Wie Romulus sah, daß der Wallbruder unzufrieden und ohne Gabe entweichen sollte, tat ihm der Alte leid, er lief ihm nach und sagte: »Da hast du meine Gerte.«

Marcus fuhr zurück, wie vor einem unsichtbaren Schrecken, und rief: »Der Tote sah den Enkel des Alten, und seine letzten Worte haben ihn verkündigt.« Und den Knaben aufhebend, trug er ihn zu der Mutter: »Nehmt meinen Enkel, liebe Tochter, mit meinem Segen.« Er rührte ihr mit der Hand das Haupt, dann schritt er aus der Pforte.

Georg wollte dem Vater nacheilen, der Doktor hielt ihn zurück: »Was unsere Mahnung nicht vermochte, hat der Herr durch die Einfalt des Kindes getan. Widersteht ihm nicht, wenn er auch im Irrtum dahinwandelt. Ich kenne diese trotzige Art; in seiner Seele kämpft ein starker Engel mit dem Teufel. Ihr dürft hoffen, daß er Euch wiederkehrt.« Er wandte sich zu dem Magister. »Ihr habt einst vor dem Scheiterhaufen der Mönche für den Luther Zeugnis abgelegt, heut dankt er Euch dafür, Herr Magister.«

»Wieder Fabricius«, antwortete unter Freudentränen der Gelehrte.

Da trat Wuz herzu, entblößte sein Haupt, strich das spärliche Kopfhaar mit der Hand zurecht, und sein runzliges Gesicht rötete sich. »Dies ist die Gelegenheit, welche wir lange gesucht haben, ehrwürdiger Vater, denn wir erkennen, daß Ihr als ein Feldhauptmann vor uns steht im Streite gegen den Teufel.«

»Ängstigt Euch der alte Bösewicht?« fragte Martinus, die narbigen Gesichter musternd.

»Wir Landsknechte haben eine Verheißung wegen der Hölle, und wir möchten wohl wissen, ob wir darauf bauen dürfen.«

»Nein«, versetzte der Doktor.

»Derselben Meinung war zu ihrer Zeit die junge Frau Anna«, fuhr Wuz unsicher fort. »Auch würde uns das wenig frommen wegen alter Abneigung des heiligen Petrus. Nun ist uns von der erwähnten Fähnrichin verlesen worden und auch anderweitig zu Ohren gekommen Eure Lehre von den zehn Geboten, welche man gewissermaßen als Christ beachten soll.«

»Es sind nicht meine Gebote«, unterbrach ihn der Doktor, »sondern die Gebote deines himmlischen Vaters.«

Wuz verneigte sich aufs neue demütig: »Es wird uns gesagt, daß sie notwendig sind für unserer Seele Seligkeit, jedoch meinen wir aus vielen Gründen, daß sie nicht für uns Knechte gegeben sind. Denn, hochwürdiger Herr, sie sind uns bei weitem zu schwer und ganz unmöglich zu beachten. Darum kommen wir, um Euch flehentlich zu bitten, ob wir nicht mit einem Teil, etwa mit der Hälfte, genug hätten, weil wir keine hohe Würde im Himmel begehren, nur daß wir dort einen ehrlichen Ruhesitz finden.«

»Hinweg, du Narr«, versetzte Martinus, »meinst du, daß der große Gott mit zweierlei Maß mißt? Dasselbe Gesetz ist gegeben für den König wie für den Landsknecht.«

Wuz sah sehr bekümmert aus, als er erwiderte: »Aber, lieber Herr Doktor, übt Nachsicht mit uns, denn die zehn sind mit dem Amt eines Landsknechts unverträglich.«

»Ich weiß, daß ihr Spieler seid, Flucher, Räuber, voll von Unzucht, und daß euch der Teufel beim Kragen hat, ohne daß ihr ihn merkt.«

Wuz bestätigte durch Kopfnicken jede Eigenschaft, die ihm der Doktor zuteilte. »Alles ist, wie Ihr sagt, jedoch wie sollen wir anders sein, denn wir bestehen ohne Geld, nur durch Gewalttat, und leben in einem Notstande.«

»Wenn eure Herren auch zur Sünde verlocken, so werden sie dafür büßen wie ihr, euch aber vermag das nicht zu entschuldigen.«

Wuz drehte ängstlich seinen Hut: »Nichts für ungut, ehrwürdiger Herr, wir möchten aber doch auch selig werden.«

Als der Doktor die Angst des Mannes sah, trat er ihm näher. »Ihr habt allerlei Zauberei und geschriebenen Segen, auf den ihr euch gern verlaßt, wenn ihr ins Treffen geht.« Das gab der zerknirschte Wuz zu. »Wohlan, ich will euch einen besseren Segen lehren, der euch vielleicht helfen mag, wenn ihr ihn fleißig gebraucht. Kennt ihr das Vaterunser?« Das kannte Wuz ganz gut. »Aber die Worte allein tun's nicht«, belehrte der Doktor, »sie wirken nur dann, wenn ihr sie in der Weise gebraucht, welche ich euch jetzt lehren will. Bevor ihr sie sprecht, hebt die Augen zum Himmel und denket daran, daß auch euch armen Schelmen ein Vater im Himmel lebt, der euch liebhat und für euch sorgt, und der euch gar zu gern gnädig sein möchte, wenn ihr nur nicht so arge Unfläter wäret. Denkt an den Vater mit herzlichem Vertrauen, dann faltet die Hände, wie ich jetzt tue, und sprecht leise, was ich euch vorsage.« Er sagte ihnen langsam und mit heißer Andacht die Bitten vor, und die Landsknechte murmelten sie nach. »Diesen Segen«, fuhr er fort, »gebe ich euch auf den Weg, sprecht ihn jeden Abend und jeden Morgen und wenn ihr sonst einmal mit guten Gedanken allein seid, und ich sage euch, er wird euch aus eurem Elend helfen; denn es liegt eine wunderbare Kraft in ihm, er weckt das Gewissen und widersteht der Hölle.«

Wuz sah fröhlich aus, aber noch stand er zögernd, griff in seine Tasche, zog die Ohren eines schwarzen Lederbeutels und zählte drei Goldstücke in seine Hand. »Jeder von uns hat eins geopfert für die arme Seele des starken Hans, welcher unser Hauptmann war, bis eine Hellebarde seinen Schädel traf. Dies möchten wir gern anwenden, um unserem guten Gesellen noch etwas Günstiges zu erweisen für den Einmarsch bei Sankt Peter, und wir flehen, ob Ihr uns auch dazu helfen könnt.«

»Hinweg, ihr Leute«, gebot der Doktor, »ihr seid hier nicht im Papsttum; euer Hauptmann hat seinen Richter gefunden. – Möge der Herr euch allen gnädig sein.« Er grüßte und trat in das Haus zurück.

Schluß

Im Jahre 1530 wurde zu Augsburg auf dem Reichstage über die Geltung der neuen Lehre verhandelt. Der gebannte und geächtete Mönch aus Wittenberg war zu einer Macht geworden, mit welcher Kaiser und Reich sich vertragen mußten. Er selbst war südwärts gezogen bis zur letzten

Burg seines Kurfürsten. Wähend er als geehrter Gast in der Feste Koburg wohnte, ritten seine Boten nach Augsburg und wieder zurück.

Auf dem Vorsprung eines hohen Hügels erhob sich die stolze Burg mit ihren Türmen, durch einen doppelten Mauerring gepanzert; am Saum der Höhe breiteten sich Obstgärten, zur Seite lag die alte Stadt Koburg, weiter unten das Tal des Itzbaches in leuchtendem Grün, gegenüber ragten schön geschwungene Höhen, mit Laubwald bedeckt, und in der Ferne die blauen Hügel des Mains mit alten Grenzburgen und Klöstern. An einem Tor der Feste stand ein Führer der kurfürstlichen Trabanten, breitbeinig hielt er seine Partisane im Arm, so daß man an der Haltung einen früheren Landsknecht erkannte, und streckte die beiden Hände grüßend den Fremden entgegen, welche von ihm Einlaß begehrten. Der eine war ein hochgewachsener Mann in voller Kraft, wie ein ansehnlicher Kaufmann gekleidet, er hatte den Handschuh der Rechten geschlossen und bot dem Trabanten die Linke. Neben ihm stand ein blühendes Weib, welches einen achtjährigen Knaben an der Hand führte; auf dem Torsitz aber ruhte mit gekrümmtem Rücken ein Greis, dem ein kleiner Herr als Begleiter und Stütze diente, und der Kleine hob dem Sitzenden den Stock auf, welcher diesem entfallen war, und klopfte ihm mit freundlicher Zurede auf die Schulter. Der jüngere Fremde bat: »Wir sind vom Main heraufgereist, um in schwerer Sache den Herrn Doktor zu sprechen. Helft dazu, lieber Wuz, daß es uns gelinge.«

»Alles soll gelingen, was Ihr und die Fähnrichin beginnt«, rief Wuz vergnügt. »Ich denke, unserem ehrwürdigen Vater wird es recht sein, daß ihr kommt. Wisset, er hat mich bereits euretwegen angeredet und mir erzählt, daß ihr zu Frankfurt durch Handelschaft fröhlich gedeiht. Zu ihm selbst dürfen wir nicht dringen, aber er hat zwei bescheidene Knaben als Begleiter, diesen müßt ihr euch vertrauen. Der dort auf dem Söller steht und jetzt die Treppe herabkommt, ist einer von ihnen.«

Georg ging dem Jüngling entgegen und nannte Namen und Begehr. Zögernd erwiderte dieser: »Der Herr Oheim hat geboten, in diesen Tagen Fremde von ihm abzuhalten, weil er mit großer Arbeit allzusehr beschwert ist. Doch da ihr aus der Ferne zugereist seid und seine Hilfe nottut, so harret im Hofe. Gegenüber seiner Arbeitsstube ist an der Mauer ein Sitz, wenn er aus dem Fenster sieht, wie er oft tut, und euch wahrnimmt, so beschließt er vielleicht selbst, euch zu sprechen.« Der Jüngling geleitete zur Seite des stattlichen Hofgebäudes, dort führten breite Stufen die

Mauer hinauf, oben war ein Ausbau mit einer Bank, von der man über die Zinne in den nahen Bergwald und das lachende Tal sah.

Georg führte den Alten mit zärtlicher Sorgfalt zu der Bank, er und die übrigen setzten sich auf die Stufen vor seine Füße. Um den hohen Schloßturm lärmten die Dohlen, in dem niedrigen Gebüsch, welches draußen am Fuße der Mauer aufgeschossen war, zirpten furchtsam die kleinen Vögel. Die Fremden saßen in andächtigem Schweigen, nur von der untersten Stufe, wo Romulus die Hand des Magisters hielt, vernahm man leise die Lehre: »Fringilla, im Latein Femininum, obwohl der Fink ein kecker und tapferer Vogel ist.«

Da klirrte oben ein Fenster, man sah die Gestalt des Doktors und vernahm feierliche Laute einer Stimme. Die Gesellschaft unten senkte andächtig die Häupter, als aber die Stimme verhallte, rief der Greis auf der Bank nach der Höhe: »Seid Ihr der Rat und Helfer beschwerter Gewissen, so neigt Euch zu mir und helfet zum Frieden.«

Der Doktor trat an das Fenster. »Ich komme«, rief er herab. Georg eilte ihm entgegen. »Euch alle erkenne ich«, sprach der Doktor gütig, »wer aber ist der Alte, der mich rief?«

»Mein Vater, ehrwürdiger Herr.«

»Ich erinnere mich. Welche Hilfe begehrt er von mir?«

»Er ist jahrelang als Waller umhergezogen, von Compostella nach Rom, dann kam er zu uns zurück mit gebeugtem Mut; seitdem las er in Euren Büchern, ehrwürdiger Herr, und niemand kann eifriger sein, als er geworden ist. Aber er glaubt sich ausgeschieden von der Christenheit, weil er an dem Heiligen Abendmahle nicht teilnehmen darf.«

»Was hindert ihn?« fragte der Doktor.

»Er will die Bedingung nicht erfüllen, welche uns Christen gesetzt und durch Eure Lehre geschärft ist, er kann sich nicht überwinden, einem Feinde zu vergeben. Darum hält er sich fern von Kirche und Gemeinde, und wir alle leben in Angst um seiner Seele Seligkeit. Er hat mit sich gerungen, daß es für den Sohn jammervoll anzuhören war; aber immer wieder brennt ihm der Zorn auf, und die Rachegedanken werden übermächtig, so daß er selbst an seinem Heile verzweifelt.«

»Ich gehe zu ihm«, sagte der Doktor. Er trat mit schnellem Schritt unter die Gesellschaft, grüßte durch eine Handbewegung, winkte, daß sie beiseite trat und stieg zu dem Alten hinauf. »Ihr riefet den Lehrer, hier steht er.«

Der Alte, dessen Kraft durch den Bergweg erschöpft war, versuchte sich zu erheben, der Doktor hinderte ihn. »Bleibt sitzen, Herr; durch Euren

Sohn habe ich von Eurer Bedrängnis vernommen. Wer ist der Mann, den Ihr so haßt, daß Ihr seinetwegen die Versöhnung mit unserm himmlischen Vater nicht findet?«

»Albrecht, Herzog von Preußen«, antwortete heftig der Alte.

»Wie?« rief der Doktor, »er ist unter seinesgleichen der Schlechteste nicht. Hat er Euch an Gut, Leib oder Ehre geschädigt?«

»Er und ich haben uns zu gemeinsamem Werke verlobt, und er hat sein Gelöbnis, nachdem er mich lange getäuscht, nicht gehalten.«

»Ihr seid Kaufmann; ging Euer Bündnis auf Geld und Gut?«

»Es ging auf die Befreiung des Preußenlandes von polnischer Herrschaft, der Kaufmann gab sein Geld, der Hochmeister setzte die rechte Hand zum Pfande, daß er niemals der Krone Polen huldigen werde. Mein Sohn hat in seinem Dienst die Schwurhand verloren, er aber trägt die seine heil am Arm und lebt als Vasall des polnischen Königs.« 950

»Hat er Euch Euer Geld zurückgezahlt?«

»Er hat kaum den Anfang dazu gemacht.«

»Das war zu fürchten«, sagte der Doktor. »Hat er während Eurer Genossenschaft selbst und allein mit Euch verhandelt?«

»Zuerst er allein, als ihm der Vertrag lästig wurde, durch seinen Vertrauten.«

»Das denke ich mir wohl. Die Zwischenträger verderben einen üblen Handel vollends. Und was trieb Euch, den Bürger von Thorn, zu solch hohem Vertrage?«

»Meine Ahnen waren unter den ersten, welche das Kreuz in das preußische Heidenland trugen, und das Haupt meines Vaters fiel auf dem Blutgerüst, weil er gegen die Polen treu zum Orden hielt.«

»So werden die Taten der Väter das Unglück der Söhne«, seufzte der Doktor. »Wenn der Herzog Euch gelobt hat, etwas zu tun, was er nach dem Willen Gottes nicht durchsetzen konnte, so war das Gelübde ein Unrecht, nicht die Vereitlung; und der Zorn über den vorschnellen Eid steht dem Herrn zu, nicht Euch. Mein Amt ist nicht, weltklug zu sein, doch muß ich Euch sagen, daß gerade Euer heißer Wunsch für das deutsche Wesen Eurem Haß gegen den Herzog unrecht gibt. Ihr wolltet Eure Heimat unter deutscher Herrschaft sehen, und deshalb wolltet Ihr, daß der Herzog lieber untergehen sollte, als dem Polen huldigen. War's nicht so?«

»So war es, Herr.«

»Nun gebt acht. Gesetzt, der Herzog wäre seinem Versprechen, das er Euch töricht gegeben, so treu nachgekommen, wie Ihr fordert, was hätten wir erlebt? Wäre er Hochmeister und Knecht des Papstes geblieben, so hätten ihn seine eigenen Untertanen verachtet und ausgestoßen, denn wir wissen wohl, daß der ganze Orden zerfiel wie morsches Gestein. Und hätte er bis zum Tode widerstehen wollen, so wäre ihm nichts übriggeblieben, als sich auf der Heide von polnischen Säbeln niederhauen zu lassen. Dann war er tot und seines Gelübdes quitt. Doch was wurde aus dem Ordensland, wenn der letzte Herr wie ein Katzbalger erschlagen war? Es wäre den Polen gänzlich anheimgefallen, kein Hahn hätte darum gekräht; und was Ihr hartnäckig begehret, das wurde nach menschlichem Erkennen für alle Zeit vereitelt. Aber gerade, weil der Herzog erkannte, daß sein Versprechen gegen Euch eine sündige Vermessenheit war, und weil er sich beim Leben und bei der Regierung erhielt, bewahrte er seinem Lande ein deutsches Regiment. Und daß er den geistlichen Stand aufgab und ein weltlicher Herr wurde, verschaffte dem Lande die Hoffnung auf fürstliche Nachkommenschaft und auf ein Herrengeschlecht, welches sich dort behaupten und Euer deutsches Wesen, wie Ihr wollt, für künftige Zeiten bewahren kann. Ihr seht also, das Versprechen, welches Ihr von ihm erhieltet, war nicht nur ein Unrecht vor dem Herrn, die Erfüllung wäre auch nachteilig für das, was Ihr selbst begehrt.«

»Meine Vaterstadt aber und das Weichselland überließ er dem Verderben«, antwortete Marcus finster. »Ihr sprecht als Anwalt eines Unbeständigen, und Ihr selbst, hochwürdiger Herr, habt die Deutschen gelehrt, daß ein Mann, der in guter Sache fest auf seinem Worte steht, über Tod und Teufel triumphiert und ein ganzes Volk zwingt, nach seinem Willen zu tun. Gerade damals, wie ich mit dem Herzog handelte und Euch als einem Ketzer abgeneigt war, habe ich an Eurer Tapferkeit gelernt, was ein Starker auf dieser Erde in dem Gemüt der Menschen zu ändern vermag.«

»Ich bin ein Diener des Herrn in geistlichen Dingen, und wer mit seinem Gott in Frieden lebt, kann die ganze Welt verachten und darf frohlocken, wenn die Feinde seinen Leib töten, damit er aus dieser sündigen Welt zu seinem lieben Vater gehe. Weit anders steht es in weltlichen Händeln, wo Tausende in Eigennutz und Herrschsucht gegeneinander streiten. Wer sich hier behaupten will, der muß auch seinen Gegnern etwas nachgeben. Und merket wohl, in weltlichen Dingen ist der Klügste vor unserm Herrgott ein armer Tropf. Seid Ihr ein Landwirt gewesen?«

»Auf dem Landgut, das ich besaß, stand die Eiche, um welche die Deutschen an der Weichsel ihre erste Burg schlugen; die Eiche fiel zu Boden, als der Hochmeister mir die Treue brach.«

»Wohl, mein guter Freund, die Eiche ist gestürzt, und Gottes Sonne scheint noch heut wie damals über die Flur. Wir nennen die Eiche einen dauerhaften Baum, der viele hundert Jahre auf Erden steht, aber viele hundert Jahre sind vor dem Herrn wie ein Tag, die Geschlechter der Menschen, welche aufeinanderfolgen, sind vor ihm wie Halme eines Sommers und die Erde gleich einem Landgut; und wie ein Wirt Weizen und Hafer, so säet er Deutsche und Polen nacheinander auf denselben Grund, gerade die Frucht, welche er für die himmlische Wirtschaft bedarf. Was wollt Ihr, der Ihr nur ein Halm der Erde seid, im voraus bestimmen, welche Frucht der Herr jetzt und künftig an der Weichsel säen soll?«

»Kein ehrlicher Mann vermag in den Tag hineinzuleben, ohne gute Vertröstung auch für seine irdische Zukunft«, antwortete der Alte, »und jeder Deutsche muß Angst um seine Angehörigen fühlen, wenn er zusieht, wie die Feinde seines Geschlechtes und seines Volkes die Herrschaft gewinnen. Könnt Ihr einem Manne raten, ehrwürdiger Herr, daß er ohne Widerstand gegen Feinde das Gericht Gottes und den Jüngsten Tag erwarten soll?«

»Er soll bescheiden seinem Gott vertrauen«, antwortete der Doktor. »Ich bin ein deutscher Mann wie Ihr, und Gott weiß, daß ich meinem Volk das Beste gönne, aber ich sage Euch, vor dem allmächtigen Gott steht die Frage nicht so, wie Ihr sie gestellt habt, ob Deutscher oder Pole, sondern sie steht so, ob echter Glaube oder teuflische Verblendung. Wenn die Polen Gottes Wort annehmen und treu bewahren, wie sie ja auch guten Willen haben, so werden sie und ihre Herrschaft fröhlich gedeihen, und Euren Landsleuten wird es frommen, in Eintracht mit ihnen zu leben. Wenn sie aber beharren in ihrem alten Wust und Unrat, so werden sie darin umkommen und hier und dort ihren Lohn erhalten. Sind die Deutschen besser in Glauben und Gewissen, so mögt Ihr vertrauen, daß sie auch tüchtiger auf der Erde sein werden und dem Herrn liebere Kinder Evä als die Polacken, wenn diese ungewaschen und strotzig bleiben.«

»Ich höre die Verkündigung, ehrwürdiger Vater, aber sie tröstet mich nicht. Dem Hochmeister gab der Herr des Himmels den Beruf, im Preußenlande unsere Herrschaft wiederherzustellen, und seine Treulosigkeit ist schuld, wenn meine Landsleute durch Schmeichelei, List und Gewalt der Fremden umgarnt werden. Um eitler Ehre willen hat er mein Vertrauen getäuscht und mich verraten, und darum vermag ich dem Grimm und der Rachsucht nicht zu widerstehen. Jeden Tag steigen die bösen Geister in mir auf, und wie ich auch im Gebet gegen sie ringe, sie bleiben übermächtig.«

»Herr mein Gott«, rief der Doktor, »hier ist ein Greis, der wenig mehr auf Erden hat, was ihn von dem Gedanken an dich abziehen kann, und doch hält er fest an seiner Rache! Erbarme dich seines Gemütes und senke in die Bitterkeit seines Herzens einen Tropfen deiner himmlischen Gnade. Ich denke«, fuhr er fort, »Euch dem bösen Feind nicht zu überlassen, der jetzt die Krallen nach Eurer Seele ausstreckt; manches Mal habe ich mit dem Grobian gerungen und bin sein Meister geblieben. Auch Euch will ich stärker bedräuen, damit Ihr auf mich achtet. Ihr wollt einem nicht vergeben, den Ihr Euch selbst in gehässigen Gedanken zu Eurem Feinde gemacht habt, und Ihr vermögt von dem Recht nicht zu lassen, das Ihr, wie Ihr meint, an seiner Seele erworben habt. Wohl, tragt seinen Schuldschein vor Gottes Thron und beschuldigt ihn des Treuebruchs gegen Euch. Seht zu, ob der Richter Euch nicht antworten wird: Bevor ich deinen Zorn entschuldige, will ich prüfen, ob du selbst niemals der Verzeihung anderer bedurft hast. Bist du immer treu gewesen gegen deine Mitbürger und deine Stadt, der du verpflichtet warst?«

»Nein«, rief Marcus mit starker Stimme. »Untreu war ich gegen die Obrigkeit meiner Stadt, aber die Sünde nahm ich auf mich um seinetwillen. Gerade darum hasse ich ihn.«

»Und der Richter wird weiter fragen, du bist niemals ungerecht und untreu gewesen gegen dein eigenes Geschlecht, welches du in deinem Ehrgeiz durch den Hochmeister erhöhen wolltest?«

»Ja«, rief Marcus wieder, »hart und ungerecht war ich gegen meinen lieben Sohn, meine Pflicht als Vater habe ich gering geachtet, um den Eid zu halten, den ich dem andern geleistet. Gerade darum fühle ich den Grimm, daß er mich getäuscht, wie ein Werkzeug benutzt und preisgegeben hat.«

»Und zum dritten wird der Richter fragen: Hast du selbst niemals einen anderen getäuscht und zur Täuschung verlockt, zu deinem Vorteil benützt und preisgegeben?«

Marcus zuckte empor und starrte mit verglasten Augen vor sich in die Luft: »Dort ward er gerichtet, es war mein vertrauter Knecht.«

Da winkte der Doktor die Angehörigen herzu und wies mit der Rechten nach der Höhe: »Darum spricht dein Richter in deiner letzten Stunde:

›Vergib, damit dir vergeben werde.‹ Er stand gebietend vor dem Alten: ›Vergib! Dein Richter ladet dich vor seinen Thron.‹«

Die Augen des Scheidenden fuhren unsicher über den Sohn und über die Tochter, welche vor ihm knieten, und sie hafteten zuletzt auf dem Kinde, welches Georg mit tränenden Augen vor ihm festhielt. Plötzlich erhob er sich, griff mit beiden Händen nach dem Arm des Doktors und seufzte zurücksinkend: »Nehmt die Hand zur Versöhnung.«

Um den Toten glänzten Himmel und Erde in goldenem Abendlichte. Er hatte zornig die Heimat an der Weichsel verlassen, um in der Fremde zu sterben, und er schloß die Augen auf der alten Heimatstätte seines eigenen Geschlechtes. Aber nicht er und keiner seines Stammes kannte die Heimat.

Die Krähen und Dohlen flogen schreiend um die Türme der Burg, und im Gebüsch an der Mauer sangen furchtsam die kleinen Vögel. Da klang über den Lauten der Natur die feierliche Stimme des Mannes, in welchem sich die Kraft, die Größe und die Einfalt des deutschen Wesens vereinten wie nie vorher in einem einzelnen Menschen. Auch an dem Geschlecht des Toten übte er sein hohes Amt, indem er die Trauernden ermahnte, jeden Tag und jede Stunde mit ihrem Gott zu leben, den er nach alter Überlieferung als gebietenden Herrn und liebenden Vater verstand. Spätere Enkel desselben Geschlechtes deuteten das Unermeßliche nach dem Maß ihres Erkennens und nach dem Bedürfnis ihres Herzens zugleich freier und bescheidener; aber alle späteren, wohin sie auch der himmlische Landwirt nach dem Bedarf seiner Wirtschaft säte, wurden Dank schuldig für ihre Freiheit und für ihre Frömmigkeit dem Doktor Martinus Luther. 954